Wodehouse Special
ウッドハウス・スペシャル

Eggs, Beans and Crumpets
P.G.Wodehouse

エッグ氏，ビーン氏，クランペット氏

P・G・ウッドハウス 著　　森村たまき 訳

国書刊行会

目次

エッグ氏、ビーン氏、クランペット氏

ユークリッジとママママ伯父さん

「コーキー、おう大将」スタンリー・ファンショー・ユークリッジがあっけに取られたみたいに言った。「わが人生航路の全行程中、一番びっくり仰天の言葉を聞いたぞ。実に驚いた。羽根一枚でだってノックダウンされちまってるとこだ」

「羽根があったらよかったんだ」

「このスーツのことか？――このよれよれの、着古したスーツの？――お前そこに立ってまさかこの俺様に、こんなぼろぼろの、みすぼらしい、オンボロスーツが必要だっただなんて、ほんとにほざいて聞かせるつもりじゃないだろ？　こりゃあびっくり、昨日お前の所持品をかき回して物色してる最中にこいつを見つけた時にゃあ、てっきりお前が何年も前に不要って決めて、救済に値する貧民にやり忘れたシロモノにちがいないって、俺は思い込んでたんだ」

　僕は胸のうちを忌憚《きたん》なく語った。いかなる公平な判定者をもってしたとて、僕に春暖を享受する正当理由があるとは認定してくれるはずだ。黄金の陽光の炸裂《さくれつ》とともに春訪ない、すべての若人《わこうど》にわが青春を寿《ことほ》げ、新しきヘリンボーン柄のスーツを着て、民草《たみくさ》に眼福《がんぷく》を施せ、と、切実に呼びかけている。そして僕がそれをできずにいるのは、ひとえに僕の新しいスーツが不可解にも消滅したという事実のゆえなのだ。

二十四時間の別離の後、僕はそれとピカディリーにてふたたび巡《めぐ》りあった。そいつの中には、ユークリッジがいた。

僕は話し続けた。そしていくらか雄弁に達しようとしかかっていた。と、僕たちの横についたタクシーから、小柄で小粋な老紳士が降りてきた。公爵でも高位高官の大使でもそんなようなものなら何であったって全然おかしくないような人物だ。彼は先のとがった白いあごひげとシルクハット、ラベンダー色のスパッツ、アスコットタイとクチナシの花を身につけていた。それで、もしこんな紳士がユークリッジなんかとほんのちょっぴり会釈するくらいの知り合いだって誰かに聞かされたとしても、僕はうつろな冷笑を発してやっていたにちがいない。それもそれだけでなく、こんな紳士に熱烈な挨拶《あいさつ》をされたにもかかわらず、ユークリッジは彼を無視して冷たく見送ったと聞かされたとしたら、断然信じるのを拒否したことだろう。

にもかかわらず、この奇跡の両方ともが現実に起こったのだ。

「スタンリー！」その老紳士は叫んだ。「こりゃあ驚いた。何年も会ってなかったなあ」それだけではない。その人物は、僕が咽喉《のど》から手が出るほど希求してやまない僥倖《ぎょうこう》に与かったというふうではなく、あたかもその事実を悔やむかのようにそう言ったのだ。「なあお前、一緒に昼食にしようじゃないか」

「コーキー」その紳士を石のごとく冷酷に見やると、低く、緊迫した声でユークリッジは言った。「さっさとお暇《いとま》しようぜ」

「だけど聞いたろ?」急ぎ足で立ち去る奴を追いかけ、僕はあえぎあえぎ言った。「あちらは昼飯をおごってくれるって言ってるんだぞ」

「聞こえたさ、コーキー、なあ」ユークリッジは厳粛な顔で言った。「教えてやる。あの親爺《おやじ》に会ったら逃げるが勝ちだ」

「何者なんだ？」

「俺の伯父さんだ」

「だけどたいそうご立派そうだったじゃないか」

「継《ママ》伯父なんだ。それとも継継《ママママ》伯父っていうのか？　あいつは俺の今は亡き継《ママ》母の継《ママ》姉と結婚したんだ。もしかして」頭をひねりながらユークリッジは言った。「継継継《ママママママ》伯父ってのが正しい言い方なんじゃないかと思うんだが」

　これは深き淵であるし、僕はそういうところに飛び込みたくはない。

「だけどどうしてあの人を無視するのさ？」

「そいつは長い話なんだ。昼飯を食いながら話すとしよう」

　僕は情熱を込めて手を上げた。

「僕の春物のスーツをくすね盗《と》った後で、この上パンの耳一つだって僕からせしめようだなんて考えてるなら――」

「落ち着け、なあお前。俺がおごらせてもらう。このスーツのお陰様で、たったいま外務省の入り口警備をうまいこと突破して、ジョージ・タッパーから五ポンド借りてきたところなんだ。よろこびは限りなしだ」

「コーキー」十分ばかりの後、リージェント・グリルルームにて思慮深げにトースト上にキャヴィアを載せながら、ユークリッジは言った。「もしこうだったらなって考えたことはないか？」

「いま考えてるところだ。もしそのスーツを着ていられたらなあ、ってな」

「その件についてはこれ以上立ち入る必要はない」ユークリッジは威厳を込めて言った。「そのちいさな誤解については説明済みだ――完全に説明した。俺が訊《き》きたいのは、運命の計り知れないみ業《わざ》に想いを馳《は》せ、あの時こうだったりああだったりしなかったら、自分は――うーん、ああだったりこうだったりしてたんじゃないかって思うってことだ。たとえば、あのママ親爺がいなかったら、俺様は今頃巨大企業の大黒柱で、十中八九、かわいい女の子と幸せな結婚をして半ダースもの片言しゃべりの子供たちの父親になってたはずだった、とかさ」

「そういうことになってたとすると、もし遺伝法則ってものがちょっとだって正しいとしたら、僕は春のスーツを金庫に入れとかなきゃならなくなってただろうな」

「コーキー、なあ大将」ユークリッジは傷ついたふうだった。「お前はこの腐れスーツのことをいつまでもくどくど言い過ぎだ。そういう無作法な態度を見るのはいやだな。ああ、何の話をしてたんだっけか？」

「運命のことをべらべらしゃべってた」

「ああ、そうだった」

　運命とは面妖《めんよう》だ（と、ユークリッジは語った）。おかしい。そうじゃないなんて言ったってだめだ。その点に気づいてる連中は多いんだ。そいつの一番面妖きわまりないところは、人の頭を撫《な》でてすっかり安心させておきながら、突然そいつの足をバナナの皮の上まで運んでみせてくれるところにある。すべてがとびきり快調に進行中でいるみたいに思えたまさにその時、がつんと機械にスパナがぶち込まれ、ハイそれまでよ、って具合になるってことだな。

俺がこれから物語る話がそれだ。そいつが起こる直前まで、俺様は自分のことを宿命の寵児《ちょうじ》だってふうに思ってたんだ。すべてがすべて、驚くばかりにうまくいっていた。俺のジュリア叔母さんは、また講演旅行とやらでアメリカに出発したばかりで、俺にサセックスのマーケット・ディーピングにあるコテージを貸してくれたんだ。それも近在の商人に、俺の生活必需品はみんな渡してやって代金は自分につけとくようにって指示した上でだ。今はちょっと思い出せないどこかの出所から、俺は白のフランネルのズボンを二本とテニスのラケットをかっさらって来てあった。その上、タッピーの奴のことを間抜けの官僚呼ばわりすることを余儀なくされたちょっぴり痛ましい場面を経た後、奴からは何ポンドかうまいことせしめてあった。俺の立場は磐石《ばんじゃく》だ。だがそんな幸運がいつまでも続くわけがないってことを、俺は知ってなきゃならなかったんだ。

さてと、ウォータールー駅で臨港列車の出発を待つ間の別れの会話中、俺をコテージに送りつける動機は、俺様に心地よいひと夏を過ごさせてやろうって趣旨だけじゃないことをジュリア叔母さんは明かしたんだ。地元の大邸宅であるディーピング・ホールってところには、サー・エドワード・ベイリス、O・B・E［大英帝国四等勲士］なる人物が住んでいて、ジュート産業にざっぷり浸かっているらしい。今日この日に至るまで俺はジュートって物がほんとのところ何なのかよくわからないでいるんだが、何であるにせよだ、そのサー・エドワードはそいつでうまいことやっている。つまりその親爺さんの事業はそこいらじゅうに支社を持ってるし、輝かしく若き人生航路のビギナーたちに果てしのない前途を提供してくれてるんだ。それだけじゃない。親爺さんは俺の叔母さんの小説の大ファンなんだ。それで叔母さんがいくつかの、所々デリカシーに欠ける発言でもって俺に言って聞かせたところじゃあ、向こうに出かけてゆくにあたってはその親爺に取り入って仕事にありつけ、ってことなんだ。そうすれば――ここのところがデリカシーを欠いてるって思う点なんだが――俺が何か有用なことをして、叔母さん言うところのごくつぶしのナマケモノでいるのをやめる機会を得られるって言うんだ。

　ナマケモノだって！　言わせてもらう！　わが生涯のうち一日たりと、俺様が十人分の仕事をしようって忙しく飛びまわってなかった日はありゃしないんだ。たとえばタッピーの奴から何ポンドかせしめた件を例に取ればだ、聞く分にゃあ楽な話に思える。だがナポレオンにだって成し得たことかどうか俺は疑問に思う。タッピーは途轍《とてつ》もなくいい奴だが、その朝のあいつの調子はよくなかったんだ。オフィスに入るや否や、ウルグアイ大統領か誰かから来た手きびしいメモが机の上にあるのを見つけたんだな。だからその件のせいで奴のうちの人間的優しさの甘露《かんろ》〔『マクベス』一幕五場〕は腐りこごり果てていた。そういうときの奴はものすごくきちきちのしまり屋になるから、腕いっぱいにウナギを抱えて五階も階段を上がったって一匹も落っことさないくらいの勢いなんだ。だがしかし十五分もしないうちに、俺は奴から数ポンドせしめていた。

　ああ、まったく女ってもんは埒《らち》もないことを言ってよこしやがる。

　さてと、俺様はスーツケースに荷造りし、次の汽車でマーケット・ディーピングに向かった。それでコーキー、この話を続ける前に最初にその土地の全般的な配置図を頭の中に思い描いて欲しいんだ。叔母さんのコテージ〈ジャーニーズ・エンド〉がここ、このパン一ちぎりがある場所だ。それでここの隣の、ジャガイモを置いたところに、ジュート夢想家の弟のベイリス大佐の小さい家〈ポンディチェリー〉がある。庭は隣接している。だがご近所同士の友好とかそんなようなものはその時には何ら果たされようがなかった。つまり大佐は留守で——後からわかったことじゃ、ハロゲートに行って、肝臓に冗談の真《ま》に受け方を教えてやってるところだったんだな。ここの敷地全体は——ウースターソースをちょっぴりかけて印をつけるぞ——ディーピング・ホールの大庭園の一部なんだ。その向こうにはホールと庭園各種と家屋敷と遊歩道とか、その他ありそうなものが全部あるんだ。

わかったか？　よし。

さてと、この図解を見てもらうとわかるように、ホールの大庭園は俺のコテージの裏庭に境を接して——って言葉で正しければだが——いる。それで俺が到着の翌朝、木の下で朝食後のパイプをくゆらしていたら、そこに途轍もなくかわいらしい女の子が馬に乗ってる姿を見つけたときの俺の感動を想像してくれ。あちら、こちらへと行ったりきたりしていた。一度なんかあんまり近寄ってきたからりんごを投げたらぶつけられるくらいだった。もちろんそんな真似はしやしなかったけどさ。

お前これまで一目ぼれってやつをしたことがあるか、コーキー？　しばらくの間、俺は生垣の間にぼんやり目をやりながら蹄《ひづめ》のパカパカいう音はどこからしてくるんだろうって眺《なが》めてたんだ。次の瞬間、俺の頭の先から足の先まで電流が走った。そして俺のまわりの茂みじゅうから、百万羽の小鳥たちがピイピイって囀《さえず》りだしたんだ。すぐさま俺はこれはO・B・Eの娘か、誰かその線の子だって思って、それでその時までいわゆるぬるま湯的だったジュート産業に対する俺の姿勢が、たちどころに変化するのを感じたんだ。この女の子との関係を含有する仕事なら、ほぼ理想的だってことが、一瞬のうちに俺には理解された。

その日の午後、俺はホールを訪問し、名前を告げた。それで一番の最初から、すべてがすべてそよ風のごとくうまくいったんだ。

俺はうぬぼれるのはいやなんだが、コーキー――それにもちろん、いま話してるのは何年か前のことで、人生が俺のひたいに深くしわを刻み、俺の目にこういう苦悩の表情を与える以前の話だ――だが率直に言わせてもらうと、この件が起こった当時の俺の見た目はまばゆいばかりの有様だった。ちょうど散髪を済ませたばっかりだったし、フランネルのズボンはぴったり合っていたし、すべてひっくるめて俺様は貴重な財産――ああそうさ、なあ大将、いかなる社交的集いの輪にあっても好ましき貴重な財産だったんだ。それから毎日はあっという間に過ぎ去った。O・B・Eは友交的だった。その女の子は――彼女の名はマートルで、それで思うに俺が登場するまで彼女はマーケット・ディーピングでの生活をちょっぴり退屈気味だって感じてたんだな――俺に会うといつも嬉しそうだった。俺はお気に入りの隣の若者だったんだ。

そしてある日の午後、あのマママ親爺が歩いてきたんだ。

俺様の人生にはさ、コーキー、見知らぬ男が自分のうちの玄関ドアに向かって歩いてきたら、腰をかがめて裏口から逃げ出して、そいつが行っちまうまでラズベリーの茂みの中で身を隠し続けてなきゃならないって時もときたまありはした。だがたまたまその時代の俺の財政事情は健全で安定していてこの世に一人たりとも債権者はなしだったんだ。だから俺は玄関に行ってドアを開け、その親爺が玄関マット上にてニコニコ笑ってるのを見た。

「スタンリー・ユークリッジかな?」奴は言った。

「はい」俺は言った。

「先だってウィンブルドンのお前の叔母さんのうちを訪ねたら、お前はここだと聞いた。わしはオーストラリアから来たお前のパーシー伯父さんじゃ。わしはお前の継母の継姉のアリスと結婚したんじゃ」

白くて先のとがったあごひげの男ってものがこれほどまでに心からの歓迎を受けたことが歴史上かつてあったかどうか、俺は疑問に思う。コーキー、お前にお気に入りの妄想があるかどうかは知らないが、俺のお気に入りはいつだって突然オーストラリアから金持ちの伯父さんが現れるってやつだったんだ。小説にこれでもかって出てくるじゃないか。古臭い小説のことだ。主人公がヤク中じゃないようなさ。さてとそれでもってここに奴はご登場あそばされた、ってことだ。いつだってこういうふうに見えて欲しいって期待してたとおりのお姿でな。今さっき奴のスパッツを見ただろう? クチナシの花もよく見たな? うん、いま話してるその日の午後も、奴は同じようにスパッツを履き、クチナシの花完全装備で、かてて加えて極上のミニチュア・ダイヤのネクタイピンみたいなものをつけてたんだ。

「さて、さて、さて!」俺は言った。

「さて、さて、さて!」奴は言った。

奴は俺の背中をはたいてよこした。俺は奴の背中をはたいてやった。奴は自分は孤独な老人で、晩年を気心の合った親戚と過ごしたいとイギリスに戻って来たんだって言った。俺は奴が甥《おい》を見つけ出したがってるのと同じくらい、自分も伯父さんを見つけ出したかったんだって言った。ことは愛の饗宴《きょうえん》だ。

「わしを一、二週間かそこら、泊めてくれるかの、スタンリー？」

「よろこんで」

「ここは小ぢんまりしたいい家じゃの」

「気に入ってもらえてよかったですよ」

「じゃが、いくらかもっときれいに飾りつけをする必要があるのう」家具装飾品を見まわして、あまり気に食わないといったふうにママママ親爺は言った。ジュリア叔母さんはこのコテージにちょっぴりしか家具を置いてなかったんだ。

「多分おっしゃるとおりなんでしょうね」

「いくつか座り心地のいい椅子がいるの？」

「いいですね」

「それとソファじゃ」

「素晴らしいですね」

「それとおそらく庭には素敵な小さい東屋《あずまや》があるとよいの。東屋はあるか？」

俺は言った。「いいえ、東屋はありません」

「探しておくとしよう」ママ親爺は言った。

かくして俺がオーストラリアから来た金持ちの伯父さんについてこれまで読んだことはぜんぶ実現したみたいになった。親爺さんの態度はゆったり広々って言葉でしか形容のしようがなかった。親爺さんは東方の王侯が宮廷建築家に新しい宮殿の設計を指示してるみたいだった。これこそこういう最上等の陽気な帝国建設者たちのかくあるべき姿だ――寛大で金離れがよく、掛かりを気にしない。この人にもっと早く会いたかったって、俺は思った。

「さてと、坊主」ママ親爺は言った。舌を十五センチから二十センチくらい突き出して、そいつを口の周りに走らせながらだ。「飲み物はどこにしまってあるのかの？」

俺様が常に主張することだし、また将来も主張し続けるものだが、この世に本当の独身者の家庭に勝るものはない。男ってものには、女にゃあまずもたらし得ないくつろぎの場をつくり出す才覚があるんだ。たとえば俺のジュリア叔母さんの考える椅子なるものは、スペインの宗教裁判の指図の許に作られた何かしらの骨董《こっとう》家具だ。このママ親爺は真っ当な考えの持ち主だった。小型トラックにて到着した連中は、背もたれが斜めに傾き、座部にクッションの付いた椅子を荷降ろししていった。それでホールに行っていないときには、いつだって俺はそいつでくつろいでいたものだった。

ママ親爺はいつだってそいつでくつろいでいた。ときどき奴は東屋で一時間かそこら過ごした――つまり親爺さんは庭のはずれに東屋を出現させたからだ――だがたいていの場合、奴は室内で窓をぜんぶ閉め切り、脇に何か飲み物を置いて過ごしていた。オーストラリアで新鮮な空気は十分吸ってきたから、今じゃスプーンですくえるくらいの濃い空気が吸いたいんだって話だった。

一度か二度、俺は奴にホールを訪問させようとやってみた。だが奴はぜんぜん受け付けない。O・B・Eについて自分が知ってるところからすると、彼は自分がブーツを脱ぐのを許してはくれなかろうし、それればかりか大麦湯を飲まされる重大な危険を冒《おか》すことになる、って言うんだな。どうやら親爺さんはオーストラリアで一度絶対禁酒のO・B・Eに会ったことがあって、それから偏見を持ってるってことらしい。しかし、俺がマートルのことを話すと、ものすごく共感的な態度を示してくれたんだ。自分は婚姻制度というものに諸手《もろて》を挙げて賛成するものではないが、わしの今は亡き妻みたいじゃない女性もおそらくこの世の中にはきっといるんだろうってことがわかるくらいに心は広いつもりだ。奴はその亡妻を指して、普通言われるウサギじゃあなく、彼女こそがオーストラリア最大の害獣だって付け加えた。

「お前の女の子について話しちゃくれんかな、坊主」奴は言った。「隅っこの暗がりで、その子のことはずいぶんぎゅっと抱いてやってることなんじゃろうな、きっと？」

「そんなことはありません」俺はきっぱりと言った。

「となるとわしの若い頃と、事情はだいぶ変わってきとるようじゃ。お前たちはどういうことをしとるのかな？」

自分は彼女をどっさり見つめ、彼女の語る一語一句を聞き逃さないとか、そんなようなことを俺は言ってやった。

「その娘にプレゼントは贈ったのか？」

奴はきっかけさえあったら俺が自分から切り出したかった話題に触れたんだ。わかるだろ。マートルの誕生日が近づいていた。それで何かささやかな贈り物に関して何かしら実際に発言があったわけじゃあないんだが、俺は空気中に若干量の期待を知覚していた。最高最善の女の子だって、そういうものなんだ、コーキー。連中は誕生日がこんなに近づいて来ちゃって、わたしすごく歳を取ったような気がするわ、とか言って晴れやかにお前を見つめるんだ。

「あー、実を言いますとね、パーシー伯父さん」奴の袖《そで》からホコリを払い落としながら俺は言った。

「できさえしたら、何かそういうことをしたいと考えているんですよ。来週彼女の誕生日が来るんです、パーシー伯父さん。それで誰か僕に何ポンドか貸してくれる人に会えたら、何とかなるんじゃないかってふと思ったんですが、パーシー伯父さん」

奴はオーストラリア流に手を振った。

「ぜんぶわしにまかすんじゃ、坊主」

「えっ、まさか、そんなことは！」

「是非ともまかせてくれ」

「あー、是非にとおっしゃるんでしたら」

「わしの今は亡き妻はお前の今は亡き継母の継姉じゃ。また血は水よりも濃しと言う。さてとそれじゃあ待てよ」ママ親爺は熟考を開始した。脚をテーブル方向に五、六センチもぞもぞっと伸ばし、ちょっぴり眉《まゆ》をひそめながらだ。「何がいいかのう？　宝石？　だめじゃ。女の子は宝石は好きなものだ。だがおそらくそれじゃあまるでだめじゃな。わかった。日時計じゃ」

「何ですって？」俺は言った。

「日時計じゃ」ママ親爺は言った。「これ以上に愛らしく趣味のよい贈り物がどこにある？　間違いなく、その娘さんは自分の庭を持っているはずじゃ。その娘さんが自分の手で世話をして、夏の宵には娘らしいもの思いに耽《ふけ》りつつ逍遥する、ちょいと奥まった秘密の花園じゃな。であるならば、その娘さんには日時計がいる」

「ですが、パーシー伯父さん」疑わしげに俺は言った。「本当にそう思われるんですか――？　僕はどちらかと言うと、五ポンド貸していただけたら――いや、切りのいいところで一〇ポンドかな

——いいと思っていたんですが」

「その娘さんは日時計をもらうんじゃ」きっぱりとママ親爺は言った。「それでそれが気に入る」

　俺はこの親爺に言い聞かせようとした。

「ですが日時計なんて手に入らないでしょう」俺は強く言った。

「日時計なら手に入れられるとも」手にしたウィスキー・アンド・ソーダを荒々しく振りたてながら、ママ親爺は言った。「わしは何でも手に入れられるんじゃ。日時計、東屋、もし欲しければ象だって手に入れてやれるとも。チャールズ・パーシー・カスバートソンには日時計が手に入れられないなんてほざく奴をここに連れて来るがよい。しからばわしがそいつの嘘の皮をひんむいてくれるわ。ひんむいてやるとも。嘘の皮をじゃ！」

　それで親爺さんがぐんぐん温度を上げてくようだったから、その件はそこまでにしたんだ。もちろん奴さんにどうにかしようがあろうだなんて俺は夢にも思わなかった。思うに、コーキー、俺がひどく才能豊かな男だってことは、お前も認めてくれるだろう。だが誰かにほとんど一瞬の間の事前予告でもって日時計を取り出してみせろって言われたとしたら、途方に暮れるはずだ。だがしかし、マートルの誕生日当日、俺の部屋の窓の下でヨーデルする声がして、そこに奴はいた。送り状のとおり、手押し車に日時計を乗っけてだ。俺には何よりかにより魔法としか思えなかったし、アラジンになったような気分になりはじめていた。どうやらこれから俺様の仕事はランプをこするだけで、あとはママ親爺がぜんぶやってくれるってことらしい。

「さてさて、坊主」そいつをハンカチではたき、慈父のごとき目もて眺めやりながら、奴は言った。

「こいつをお嬢さんにやるんじゃ。そしたら玄関ドアの陰でぎゅうぎゅう抱き締めさせてもらえるぞ」

むろんこの発言はいくらか気障りだった。すぐれてスピリチュアルな俺様の偉大なる愛に対し、奴はあんまりにも低俗な見方をしてるように思われたからだ。だが今はそんなことを言ってる場合じゃない。

「彼女は愛らしく拍手喝采することじゃろう。家じゅう歌を歌ってまわるはずじゃ」

「きっと気に入ってもらえますよ」俺は同意した。

「むろん気に入るとも。途轍もなくとんでもないくらいに気に入るとも。健康で心うつくしき英国娘で日時計のきらいな奴がいたらわしに見せてみろってもんじゃ。鼻の上に一発がつんとお見舞いしてくれるわ」ママ親爺は熱を込めて言った。「あれまあ、ここには銘文やらなにやら、ぜんぶ揃っとるわい」

そのとおりだった。俺たちは最初それに気がつかなかった。その装置はだいぶコケで覆われてたからだ。しかしママ親爺はきびきびとそいつをテーブルナイフで剝《は》がし取っていて、それが見えるようになったって寸法だ。俺の記憶が正しければ、昔の字で太陽《たいやう》とにはか雨やらに関するヨタ言が書いてあった。それでこの日時計の印象はすっかり変わった——つまり、もっと高級でもっと品格のある階級入りしたってことだ。それではじめて俺は本当の意味でそいつに夢中になった。

「これはいいですよ、パーシー伯父さん」俺は言った。「これはいけます。どうやって伯父さんに感謝したらいいものでしょうか？」

「感謝しきれるわけがない」ママ親爺は言った。

「これからの手順を説明します」俺は言った。「僕はこれを今朝のうちにホールに持っていってマートルとお父上にうちにお茶に来てくれって頼みます。これほどの日時計を贈られたばかりだったら、断れるわけがありませんよ」

「もちろんじゃとも」ママ親爺は言った。「実にいい考えじゃ。お二方をここにお茶にご招待するんじゃ。わしはこの家をバラの館にしてやろう」

「バラなんか手に入るんですか？」

「バラが手に入るかじゃと？　わしに何か手に入れられるかなんて質問はやめるんじゃ。もちろんバラなら手に入るとも。それとタマゴもじゃ」

「タマゴはいらないですよ」

「タマゴはいるんじゃ」ママ親爺は言った。またもや熱くなりながらだ。「タマゴがわしにとってよいものなら、クソいまいましいO・B・Eの目玉のとび出た娘にとってだっていいにきまっとる。そうは思わんとでも言う気か？」

「え、ああ、そうですね、パーシー伯父さん」俺は言った。

俺はマートルは目玉のとび出た娘じゃあないって言ってやりたかったんだが、奴はそういう心境じゃないようだった。

俺の誕生日プレゼントが受け取ってもらえるか否かについていくらかであれ心に残っていた疑いは、とんでもなく大汗をかきながら手押し車を押して大庭園を横切った瞬間に雲散霧消した。ママ親爺の思ったとおりだ。マートルは日時計にぞっこん夢中だった。俺様はお茶の招待を投げかけた。ところが一瞬、障害がありそうな雲行きに見えたんだ。彼女のフィリップ叔父さんこと大佐殿が、その日の午後お姿を現すご予定になってたからだ。そいつはどんなご遠方よりはるばる旅することになろうとて、姪《めい》の誕生日には必ず彼女の許を訪問することにしてるんだ。それで叔父様がお着きになってわたしが叔父様を失望させたことを知ったら、どんなにかひどくお心をお痛めになられることでしょう。どうしたらいいかしら？　って言うんだな。

「叔父さんもご一緒にどうぞ」もちろん俺は言ったさ。それでそういう線で段どるってことになった。大佐殿は、汽車を降りてホールにご到着されたら、大庭園をてってと歩いて〈ジャーニーズ・エンド〉を訪ない饗宴に加われとのメモを見つけることだろう。実際にマートルにそう言ったわけじゃないんだが――つまりいまだ機は熟さずと思われたからなんだが――さすれば姪を探し求めてやってきた大佐殿は、姪のみならず甥をもそこに見いださん、って、俺は感じていた。年をとり、可能な限り愛する者たちにまわりに寄ってきてもらいたがってる親爺さんにとって、それ以上に嬉しい驚きがあるだろうか？　いやコーキー、ちがう。どんな甥かになんかよらないんだ。孤独な独身者には、どんな甥だって貴重なんだ。

そういうわけで俺様は手押し車を転がしてコテージに戻った。天下泰平、って思いながらだ。それで四時半くらいに、村から通いで来て料理と洗濯をやってくれてるメイドが、サー・エドワードとベイリス嬢のご到着を宣言したんだ。

俺も今じゃあ歴戦の勇士だ、コーキー。だから運命のほうだって俺に一杯食らわせたいって時には、上着を脱いで両手を唾《つば》で湿《しめ》してかからなきゃならない。今じゃ運命が何か一見して金ぴか超一流品ってようなものを差し出してくれる時にゃあ、俺は冷たくそいつをざっと見て、そうじゃないってはっきりわかるまでは、どこかにヒモがくっついてるんだろうって決めてかかることにしてる。だが今の話の頃の俺はもっと若かったし、もっと楽天的で、もっとバカ正直だった。それで俺はこのお茶会が最初からしまいまで大成功でゆくだろうって、真っ正直に信じ込んでたんだ。

大惨事みたいなものの影もかたちも、ちらりともないままに次第は開始された。まず最初に、メイドは俺の指示に実に見事に従った。質朴《しつぼく》な土着民の出であるから、彼女の生まれ持った素質からすれば、ドアをばしんと開けて「お客さんだよー!」って怒鳴《どな》りたてるのがほんとなんだ。だがそうする代わりに、彼女は様式性と洗練を備えた宣言をやり、それでそもそものはじめから一連の進行に格調が加わった。第二に、サー・エドワードは玄関ドアを入ってすぐのところにある梁《はり》に頭をぶつけたりはしなかった。そして最後に、ママ親爺のバラは盛大に咲き誇ってそこいらじゅうにありはしたものの、親爺さん本人は姿を現さなかった。そのことは数ある中で一番の幸いだって俺には思われた。

わかるだろう。あのママ親爺は万人向きってわけじゃあない。何よりまず、奴はどうやら治癒不能のO・B・E嫌悪症の持ち主だ。それにカッカと血がのぼりやすくて傲慢《ごうまん》な性質と一緒に、タマゴは成人が午後五時に食べるにふさわしい食べ物だっていう変な信念を併せもっている。また奴はひどく気難し屋だ。自分とちがう意見にすぐ憤慨する。奴がサー・エドワードにナイフの先を突きつけて脅《おど》して、タマゴを咽喉に突っ込んでやってる幻を俺は見たんだ。奴には席を外しててもらったほうがいい。ママ親爺がどぶに落っこちて這《は》い上がってこられないようにって、俺は願った。

紅茶の最初の一滴が注がれた瞬間から、すべては油のごとく滑らかに進行した。最近じゃあ、コーキー、俺が客人役を務める姿を見る機会ばっかりにお前は接してることだろう。だけど聞いてもらいたいんだが、正しい条件さえ揃えば、俺様はまばゆいばかりの主人役となりうるんだ。われに住まいとバタ付きトーストをたっぷり与えよ、また視界内に債権者の姿を入れるなかれ。さすればわれ最もすぐれたる主人役として光り輝かん、てことだな。

このときの俺様は絶好調だった。俺はカップを手渡した。俺はトーストを配った。俺は陽気におしゃべりした。俺には親爺さんが感銘を受けているのがわかった。こういうO・B・Eってのは寡黙で物静かな男であるもんだ。しばらくの間、親爺さんはときどき俺をもの思うげに見つめるだけだった。それから、三杯目の紅茶を飲みはじめたところで、口が開いてざっくばらんな話が始まったんだ。

「ところで、君の叔母上……からは、何かおたよりはありましたかな？」

「いいえ何も言ってきません。忙しいんだと思います」

「そうなのでしょうな。実にエネルギッシュな女性だ」

「本当にそうです。僕たちユークリッジ家の者は皆エネルギッシュなんです。一刻も労を惜しまないんですね」

「君の叔母上は」お茶をもっと飲み込むと、親爺さんはまた始めた。「イギリスを発たれる前、君が実業界で仕事口を探しているとの印象を会話中で漏《も》らされたのだが」

「はい」俺は言った。考え深げにあごを撫でつけ、クライスラー・コーポレーションの会長に合併話を持ちかけに来られたときのゼネラルモーターズの会長みたいに見えるようにって、できるかぎり心がけながらだ。こういう連中にゃあ、自分には自分の価値について十分自覚があるっていう印象を与えてやらなきゃならないんだ。すぐ飛びついたりしたら、最初から話がないのとおんなじだからな。「給与と待遇に申し分がなければ、営利雇用をお引き受けすることがあるかもしれません」

親爺さんは咳払《せきばら》いをした。

「私の事業は……」奴さんは始めた。「ジュート事業なのだが」

ちょうどその時、ドアが開いてメイドが登場した。彼女は鼻を鳴らす娘で、その時はとある紳士さまのことで何か鼻を鳴らした。俺には皆目《かいもく》わからなかった。

「紳士とはどなたのことだ？」俺は言った。

「お外です。あなた様に会いたいと言っておいでです」

「きっとフィリップ叔父様だわ」マートルが言った。

「もちろんだとも」俺は言った。「お通ししろ。お待たせするんじゃない。すぐにお通しするんだ」

それで一瞬後、そいつが入ってきた。明らかに大佐じゃない。マートルもO・B・Eも、心当たりのある気配はなかった。じゃあ誰だ？　その男は俺にとってまるきり見ず知らずの赤の他人だった。

しかしながら、俺は主人役を果たした。

「どうもこんにちは」愛想よく俺は言った。

「こんにちは」そいつは言った。

「椅子にお掛けください」俺は言った。

「この椅子はぜんぶ引き上げさせてもらいますよ」そいつは言った。「それとソファもです。あたしはマンモス家具会社から来た者ですが、この品物の支払いに当てられた小切手が振出人回しで返されてきたんです」

俺はめまいがしたと言ったって過言じゃない。そうさ、お前の親友はよろめいて、それでもし椅子にしがみついてなかったら倒れてたところだったんだ。それから、その男の目に浮かぶ表情からすると、このままそのおんなじ椅子にしがみついていられる見込みは、すぐにも過去のことになりにけりになりそうな雲行きに見えてきた。そいつは陰気な右目をしていた。おそらく両目とも陰気だったんだろうが、左目には眼帯がしてあったんだ。誰かがそっちを殴ったんだと思う。ああいう男ってのは、目にパンチを食らわされずに人生航路を渡ってゆけるもんじゃないんだな。

「だけど、なあ大将――」俺は始めた。

「問答無用ですよ。こちらから二度お手紙をお送りしてますが、お返事はいただいてませんね。あたしは会社から品物を引き上げてこいって指示をもらって来てるんです」

「だけど、ただいまこいつは使用中なんだ」

「ただいまはそうじゃありません」そいつは言った。「もう終了です」

俺様はあの瞬間を、コーキー、わが生涯最悪の時として思い返す。愛する女の子の父親を歓待するってのはいつだって緊張のするもんだ。そこで幾人かのワイシャツ姿のプロレタリアートが室内に殺到して椅子をぜんぶ運び出しはじめたとなったら、その場を言い繕《つくろ》おうったって無理な話だ。本件事態進行中、会話は膠着《こうちゃく》したと言っていい。また作業終了後においてすら、会話の調子を取り戻すのはけっして容易なこっちゃなかった。

「何かの馬鹿げた間違いです」俺は言った。

「そうに相違ありませんな」O・B・Eは言った。

「向こうには、今晩抗議の手紙を書くことにします」

「それがよろしいでしょう」

「あの家具は僕の伯父が買ったものなんです。オーストラリア一番の大金持ちの一人です。考えるだけで馬鹿げてますよ。伯父ほどの地位にある人がそんなことを――」

「そうに相違ありませんな。マートルや、さてそろそろお暇《いとま》するとしようか」

それからだ、コーキー、俺は大奮発で弁舌を揮《ふる》った。けっして起伏の緩やかではなかったわが人生において、俺様は幾度《いくたび》か雄弁を揮うことを余儀なくされてきたものだが、しかし、このときの俺は過去の実績をすべて凌駕《りょうが》したんだ。二人が俺の許を去っていってしまうとの思いは、かつて、またその後も到達し得なかったほどの雄弁の高みにまで俺を駆り立てた。そして、次第に少し、また少しと、俺は前進した。親爺さんは俺を振り切ってフランス窓からにじり去ろうとしたが、ベストの時の俺を振り払うのは至難の業だ。俺は親爺さんの服のボタン穴をつかみ、室内に引き戻した。そして、放心状態になったみたいに、親爺さんは手を伸ばしてケーキを一切れ取ったんだ。俺は自分の勝利を知った。

「僕はこういうことじゃないかと考えます」窓の前に立ちはだかり、俺は言った。「僕の伯父のような人はむろんたくさんの銀行に口座を持っていることでしょう。伯父が小切手を振り出した口座はたまたま残高が十分じゃなくて、それで銀行の支店長は、まったく無礼にも――」

「ああ、そうですな。おそらく――」

「僕は伯父にどういう事態になったかを話すことにします――」

そしてこの瞬間、誰かが俺の背後で「ハッ！」と言った。あるいは「ホー！」だったかもしれない。それで俺は振り向いた。と、フランス窓のところには、もう一人、別の見知らぬ赤の他人が立っていたんだ。

われらがささやかな集《つど》いへのこの新たな参入者は、背が高く、細身で、インド在住英国人風に見える人物だった。そういうタイプってのはわかるだろ。全般的な配色はベージュで、ちょっと白い口ひげのハゲワシみたいな風貌《ふうぼう》だな。

「フィリップ叔父様！」マートルが叫んだ。

そのハゲワシ親爺は彼女の方に向かってちょっとうなずいて見せた。親爺さんは何かに動転してる様子だった。

「今は黙っておいで」親爺さんは言った。「時間がない。今日のよき日が幾度《いくたび》も巡《めぐ》りこんことを、とかなんとか言うのはさておきだ、話は後にしよう、かわい子ちゃんや。そこの男に話がある」

「ユークリッジさんをご存じでいらっしゃるの？」

「いいや、知らん。知りたくもない。だがわしにはそいつが泥棒したことがわかっておお──」親爺さんは声をひどくガラガラ言わせて、言葉を中断した。そして俺は奴がテーブルのところを凝視しているのを見た。それは叔母さんの所有物で、ワイシャツ姿の男たちが部屋に残していった唯一のものだった。だからそいつは相当目立っていた。「なんたること！」親爺さんは言った。

奴は目を転じて部屋を見回し、その目は酸素アセチレンの吹管みたいに俺の身体に作用した。ハロゲートで肝臓の治療にどういうことをするもんだか俺は知らないが、そいつは内容を変更したほうがいい。効果なしだ。明らかにこの親爺にゃあまったく治療効果が上がっちゃいない。

「なんたることだ！」親爺さんはまた言った。

O・B・Eが水面に浮上してきた。

「どうした、フィリップ？」気分を害した様子で、彼は言った。ケーキを気管に飲み込んでむせ返って、ようやく咳が止まったところだったんだ。

「どうしたかは説明してやる。たった今わしの庭に行ってきたところ、そこは略奪されていたんだ

——略奪だぞ！　そこの男がわしの所有するすべてのバラをぜんぶ剝《は》ぎ取ったんだ。わしのバラを！　バラ園は砂漠と化しておったわ」

「それは本当ですかな、ユークリッジ君？」Ｏ・Ｂ・Ｅは言った。

「もちろんそんなことはありません」俺は言った。

「ああ、そうじゃないだと？」ハゲワシ親爺は言った。「そうじゃないと、えっ？　ならばこのバラはどこから来たのかな？　この家の庭のどこにもバラはないようだが。コン畜生め。わしはここには十回以上訪ねてきておるから、承知しているわ。このバラはどこから来たのかな？　さあ答えてもらおう」

「僕の伯父が僕にくれたんです」

ケーキを処分したＯ・Ｂ・Ｅは、意地の悪い哄笑《こうしょう》を発した。

「貴様の伯父上がか？」ハゲワシ親爺は叫んだ。「その伯父上なる人物はどこにいる？　その伯父上様に会いたいもんだ。出してもらおう」

「それは少々むずかしいのではないかなあ、フィリップ」Ｏ・Ｂ・Ｅは言い、俺はその言い方がまったく気に食わなかった。「ユークリッジ君は不思議な伯父上をお持ちと見受けられる。誰も彼の姿を見た者はいない。だが彼は家具を買ってはその支払いを滞《とどこお》らせ、バラを盗み……」

「それと日時計もだ」ハゲワシ親爺が付け加えた。

「日時計？」

「そのとおり。庭を見た後、わしはホールに向かった。すると芝生の真ん中に、わしの日時計が置いてあった。ここにいるこの男が、そいつをマートルに贈ったと聞かされたわ」

この時までに俺は全然本調子じゃなくなっていた。だが俺は持てる限りの雄々しき精神をかき集め、そいつに反撃したんだ。

「どうしてそれがあなたの日時計だってわかるんですか？」俺は言った。

「なぜならそれにはわしのモットーが刻まれておるからじゃ。その上、それだけじゃ足らんと言わんばかりに、こいつはわしの東屋まで盗みおった」

O・B・Eは息を呑《の》んだ。

「お前の東屋だって？」親爺さんは低く、ほとんど畏敬《いけい》の念に満ちた声で言った。その規模の雄大さは、彼の声帯に影響を及ぼしたようだった。「どうやって東屋なんかを盗みだせたと言うんだ？」

「どうやったかは知らん。分解してだろう、きっと。移動式の東屋なんだ。先月店から送らせたばかりだ。そいつがなんと、こいつの庭の端に立っているときたじゃないか。こいつを野放しにしちゃいかん。こいつは公衆の敵だ。なんたることか！　ボーア戦争時にアフリカにおった時には、オーストラリアの一個連隊がある晩わしの鋳鉄《ちゅうてつ》製の小屋を寄ってたかって持ち去ったもんじゃった。だが、そんなことが平時のイングランドで起ころうとは思ってもみなかったわ」

コーキー、俺は突然明るい啓示を得た。ぜんぶわかったんだ。「たかり」って言葉が鍵だ。オーストラリアとそこのたかり屋連中の話を聞いたことがあるのを思い出したんだ。連中は物をくすね盗《と》ってまわるんだ、コーキー――いやちがう、春用のスーツのことを言ってるんじゃない。もっとほんとに重要な物のことだ。日時計とか東屋とかいった、決定的に重要な物のことを言ってるんだ――だれも欲しがらないクソいまいましい春用のスーツのことなんかを言ってるんじゃない。ともかく明日には新品同様で返してやるんだからいいじゃないか。

さてと、それはそれとしてだ。俺にはすべてがわかった。

「サー・エドワード」俺は言った。「僕に説明させてください。僕の伯父は……」

だが言ったって無駄だった、コーキー。聞く耳持ちやしないんだ。O・B・Eは俺を一目見てよこし、ハゲワシ親爺ももう一目見てよこした。マートルももう一目見てよこしたものと推測される。そうして三人は揃って退席し、俺は一人残された。

俺はテーブルのところに行って、冷えたバタつきトーストを取って食べた。失意の人となりながらだ。

それから十分くらいした後、外から陽気な口笛の音がして、ママ親爺が入ってきた。

「ただいま、坊主や」ママ親爺は言った。「タマゴをとってきてやったぞ」そして奴さんはありとあらゆるポケットからタマゴを取り出して見せたんだ。近所じゅうの雌鳥のねぐらをくまなく略奪してまわったってふうだった。「われわれのお客人はどこかの?」

「帰られました」

「帰ったじゃと?」

親爺さんは辺りを見まわした。

「もしもーし！　家具はどこじゃ?」

「なくなりました」

「なくなったじゃと?」

俺は説明をした。

「ちっちっ！」ママ親爺は言った。

俺は鼻を鳴らした。

「わしに鼻息を聞かせるんじゃない、坊主」ママ親爺は非難するげに言った。「最善最高の男とて、時に小切手をつき返されることはある」

「それで最善最高の男はタマゴやバラや日時計や東屋をくすね盗ってまわるんですね？」俺は言った。それも苦々しげに言ったんだ、コーキー。

「うーん？」ママ親爺は言った。「お前、本気でそんなことを言ってるつもりじゃああるまい……？」

「もちろん本気ですとも」

「ぜんぶ話してくれ」

俺は奴にぜんぶ話した。

「そりゃあ残念じゃった！」奴は言った。「わしはどうしてもこのたかり屋の癖が抜けんのじゃ。チャールズ・パーシー・カスバートソンあるところ、必ずやたかり屋ありなんじゃな。だがそんな些細《さ》《さい》なことなんぞ、いったい誰が気にすると思う？　わが祖国には落胆させられたと言わねばならんな。オーストラリアには些細なたかりなんぞ気にかける者は誰もおらんぞ。わしの物はお前の物、お前の物はわしの物じゃ——向こうじゃそれがモットーなんじゃ。たかだか日時計やら東屋のことなんぞで大騒ぎしおって！　まったく、なんてこったじゃ！　わしは昔、テニスコートを芝生ごとたかったことがあるんじゃぞ。いいや、まったく、どうしようもないの」

「どうしようはいくらだってありますよ」俺は言った。「O・B・Eは僕に伯父さんがいるなんて信じちゃいません。僕がぜんぶ自分でくすね盗ったって思ってるんです」

「そうか？」ママ親爺は考えるげに言った。「そうか、そうか？」

「伯父さんにできる最小限のことは、これからディーピング・ホールに行ってご説明していただくことです」

「まさしくそれを提案しようとしておったところじゃ。これから歩いていってぜんぶ元通りにしてやろう。坊主や、信用しておくれ。ぜんぶ直してやるからの」

そして奴はとっとと出ていった。それでコーキー、その時が今日この日まで俺が奴を見た最後になった。ホールの近くになんか金輪際《こんりんざい》近寄らなかったに決まってるんだ。まっすぐ駅に向かったにちがいない。間違いなく途中で電柱を何本かと五本柵の門をいくつかポケットに失敬しながら、ロンドン行きの次の汽車に乗ったんだ。翌日村で会った時、O・B・Eの態度には、ぜんぶ元通りに修復するとかいったようなことが何かしら行われた気配はまるきり皆無《かいむ》だった。ジュート商がこれほどまでに徹底して人に知らん振りすることは、前代未聞だったろうな。

そういうわけだからお前にゃあしっかり憶えといてもらいたいんだ、コーキー、なあ大将、あのヘビみたいで良心なんてかけらもないママ親爺のことは、避けるが一番なんだ。あいつがどんなにきらびやかな希望を見せびらかそうが、言っておく——逃げろ！　今回の件を短期的でごく狭い見地から見るならば、俺は昼飯を食い損ねた。多分すこぶる結構な昼食だったことだろう。だが後悔はするか？　いいや。土壇場でお電話が掛かってまいりましたって呼ばれたっきり、ハイそれまでよってなって俺に請求書を押し付けたままとんずらしないって、誰にわかる？

あいつが今じゃ本当に金持ちになっているとしたってだ、その金を奴さんはどうやって手に入れたんだ？　そいつが問題だ。訊《き》いてまわって、もし誰かがアルバート公記念碑［ヴィクトリア女王の夫君アルバート公を記念してケンジントン・ガーデンズに建てられたゴシックリヴァイヴァル様式の大記念碑。一八七六年完成。高さ五十四メートル」

をくすね盗ったって聞かされたとしたら、俺には誰の仕業かわかると思う。

バターカップ・デー

「おう相棒」ユークリッジが言った。「俺には資本が必要だ、なあ大将——切実に必要なんだ」

　奴はぴかぴか輝くシルクハットを脱ぎ、困惑した体《てい》でそいつを見ると、また頭に載せた。僕たちは偶然ピカディリーの東の端で出会ったのだ。それで奴の衣装の息呑《の》まんばかりに華美な有様から、奴と最後に会った後、波乱万丈で悪評高き奴の経歴にたまさか差し挟まれる、ジュリア叔母さんとの間の一時的和解が成立したにちがいないと僕は了解した。

　かの永遠不朽のスタンリー・ファンショー・ユークリッジをご存じの方ならば、奴が金持ちの人気作家、ジュリア・ユークリッジの甥《おい》であり、彼女が時おり済んだ過去は過去として水に流せる境涯に達し得たときには、ウィンブルドンの叔母さんの邸宅にて一時的に金ぴかの隷従《れいじゅう》状態を過ごすことをご承知だろう。

「そうだ、コーキー、なあ相棒、俺はちょっぴり資本が欲しいんだ」

「そうか?」

「それも今すぐ欲しいんだ。世界で一番の真理は、投資なくして富の蓄積なし、ってやつだ。だがそもそもの最初に二、三ポンドかそこら蓄積しないことにゃあ、投資しようったって始めようがないってのはどうしたことだ」

「ああ」僕はあたりさわりのない態度で言った。

「俺様を例にとろう」大きな、美しく手袋の嵌《はま》った指を、いくらか首にぴったりし過ぎに見えるしみ一つないカラーの内側に走らせながら、ユークリッジは言葉を続けた。「絶対確実間違いなしって馬がいて、控えめに投資したって何百ポンドも儲《もう》かるはずなんだ。だがコン畜生の賭け屋連中は、現金前払いを要求してよこしやがる。俺はどうなる？　資本なくば、企業家活動は生まれた瞬間に扼殺されちまう」

「叔母さんからいくらか頂けないのか？」

「びた一文無理だ。とにかく金は出し惜しむってご婦人の仲間なんだな。剰余金はみんな嗅《か》ぎ煙草《たばこ》入れのコレクション購入に投下されちまう。そういう嗅ぎ煙草入れを見、そのうちのどれか一つでいいからうまいこと質入れしてやったら、俺の足は富に至る道に向かうんだって思う時、ひとえに我がうちなる信義誠実の意識ゆえ、俺はそいつをくすね盗《と》らないでいられるんだ」

「つまり鍵が掛かってるってことだな？」

「難しい、なあ相棒。ものすごく難しくって苦々しくって皮肉なんだ。叔母さんは俺にスーツを買ってくれる。帽子を買ってくれる。ブーツを買ってくれる。スパッツを買ってくれる。それだけじゃあなく、そういういまいましいもんを着ろってうるさく言ってよこす。その結果がどうだ？　着てて地獄のように不快だってだけじゃない。俺の外観は俺がたまたまちょいとばかり金を借りてる連中の胸のうちに、完全に間違った印象を生ぜしめるんだ。造幣局丸ごと所有してるみたいな顔して歩き回ってるときに、俺が連中に借りてるクソいまいましい一ポンド一四シリング一一ペンスなり何なりを払えないような立場にいるって納得させてやることは難しい。まったく、なあ相棒、その緊張たるや途轍《とてつ》もないほどで、今にも限界点に達しそうな勢いなんだ。日、一日と、あすこをとっととおさらばして独力で生活をやり直すのがどんどん緊急要請と化している。だがそれには現金がなくっちゃならない。そういうわけで俺は身の周りを見まわして自問する。〈どうやってちょっぴり資本を手に入れたもんかなあ?〉ってな」

自分もものすごく困窮していることを、ここで明らかにしておくのが最善だろうと僕は考えた。ユークリッジはその情報を、悲しい、寛大な笑《え》みでもって受けとめた。

「お前に金をせびろうなんて夢にも思っちゃないさ、なあ大将」奴は言った。「俺様が必要とする金額は、お前なんかに供給できるののはるか上方を行ってるんだ。少なくとも五ポンドだ。でなきゃ三ポンドだな。もちろん、別れ際にお前が俺に一シリングか半クラウン、当座しのぎに渡したいって言うなら――」

奴はぎょっとしたみたいに言葉を止めた。その顔には行く手にヘビを見いだした男の表情が認められた。奴は通り沿いをじっと見、それから回れ右をして、チャーチ・プレイス方向にあたふたと急ぎ向かった。

「債権者か?」僕は訊《き》いた。

「旗を持った女の子だ」ユークリッジは短く言った。奴の声には不機嫌な響きがあった。「旗の載ったトレイと募金箱を持った女の子を帝都じゅうに溢《あふ》れ返させているこの現代の慣行は、大災厄と化そうって勢いだ。ローズ・デーでなきゃデイジー・デー、デイジー・デーでなけりゃパンジー・デーだ。それで今、機転のひらめきのお蔭様で、俺たちは何とか逃げ切って――」

この瞬間、第二の旗持ち女の子がジャーミン街より姿を現し、輝く笑みでもって僕たちに金を要求し、また僕らは我慢できなくなって金を出した——ユークリッジの場合、ほぼたちどころに、ということだ。

「ずっとこんな調子だ」奴は苦々しげに言った。「こっちで六ペンス、あっちで一シリング。ついこないだの金曜日にゃあ、うちの前で二ペンスせびられたばっかりなんだ。こうひっきりなしに金を使われどおしじゃあ、ひと財産築き上げようがどうしてある？　あの女の子は何のために金を募ってたんだ？」

「わからなかった」

「俺様だってだ。誰にだってわかりゃしないさ。俺たちにわかるのは、自分が心の底から反対してやまない何かの大義のために、献金しちまったかもしれないってことだけだ。それで思い出したんだが、コーキー、俺の叔母さんが火曜日に地元の禁酒同盟助成のためのバザーにって屋敷の庭を貸すんだ。お前にゃあ、ありとあらゆる約束をほかしてやって来いと特に希望するところだ」

「結構。僕はお前の叔母さんにまた会うのはいやなんだ」

「会いやしないさ。でかけてるんだ。叔母さんは北部に講演旅行に行くことになってる」

「ふん、僕はバザーになんか行きたかないな。そんな金はない」

「心配するな、なあ相棒。金は要らないんだ。お前は午後いっぱい、俺と屋敷で過ごすってだけだ。叔母さんは、庭を貸すのは断り切れなかったんだが、どっさり他人にうろつき回られたら、誰かが忍び込んで嗅ぎ煙草入れをちょろまかしやしないかって恐れてるんだ。だから俺様が警備に残された。連中がみんな帰っちまうまで動くなって指示と共にだ。それに警戒しとくのは賢明なんだ。継続的なジンジャー・ビール投与によって情熱をかき立てられた野郎どもが飛びつかない事なんか、まったく何にもありゃあしないんだからな。お前も俺といっしょに番をするんだ。俺たちは書斎でパイプを吹かして、あれやらこれやらについて語り合い、それでもしかして二人して知恵を出し合えば、ちょっとは資本集めのできる計画を考え出せるかもしれない」

「ああ、そういうことなら――」

「頼りにしてるぜ。さてと、遅刻したくなけりゃもう行かなきゃならない。〈プリンス〉で叔母さんと昼食の約束なんだ」

ちょうど別の歩行者を呼び止めたばかりだった旗持ち娘を悪意に満ちた目で見やると、奴は大股に歩み去った。


ミス・ジュリア・ユークリッジの住まいであるウィンブルドン、〈シーダーズ〉は、ウィンブルドン・コモンに面する大邸宅の並びの一つで、広々した庭園によって道路から隔てられ立っている。通常の日ならばいつであれ、この場所を支配する空気は威厳ある平穏であったはずだった。しかし僕が火曜日の午後に到着したときには、大規模で常ならぬ活動が進行中だった。門の上にはバザーの存在を喧伝する巨大な横断幕が掛かっており、その門を大群衆が通り過ぎていた。庭のどこかからはメリーゴーラウンドの安っぽい音楽が聞こえていた。僕も人だかりの中に身を投じ、玄関ドア方向に進行しようとしていた。と、銀鈴を振るがごとき声が僕の耳にささやきかけてき、ひどくかわいらしい女の子がすぐ脇にいることに僕は気づいた。

「バターカップ《キンポウゲ》を買って下さいな?」

「何ですって？」

「バターカップを買って下さいな？」

それから僕は、彼女が大量の黄色の紙製の物体を載せたトレイを肩から皮ひもで吊るし持っているのに気づいた。

「これは何なのかな？」自動的にポケットの中を探りながら、僕は訊いた。女の子はお気に入りの見習い僧に儀式の手ほどきをする高位の女祭司のごとく、僕ににっこりと笑いかけた。

「バターカップ・デーです」勝ち誇ったように、彼女は言った。

もっと精神堅固な人物であったらば、バターカップ・デーとは何であるかときっと訊いたことだろう。だが僕の背骨はロウでできている。不器用に手探りした指が最初に触れた適当サイズの硬貨を僕は取り出し、募金箱に入れた。彼女はたいそう熱烈に感謝し、僕のボタンホールに黄色い物体を一つ留めてよこした。

かくしてこの面談は終了した。その女の子はたったいま通り過ぎた金持ち風の男性の方向に日の光のようにかろやかに飛び去り、僕は家の中に入った。そして書斎でユークリッジが、庭の光景の見えるフランス窓の向こうを熱心に眺《なが》めやっているのに出会ったのだった。僕が入っていくと奴は振り返った。僕の上着のサフラン色の飾りに目を留めると、奴の口の端に柔らかな笑みが遊んだ。

「お前も一つもらってきたな」奴は言った。

「何をもらったって？」

「その何とか言うやつさ」

「ああ、これか？　ああ。前庭にこのトレイを持った女の子がいたんだ。バターカップ・デーだぞうだ。何かを支援する日なんだろう」

「俺様を支援する日なんだ」柔らかな笑みは顔を半分割するニヤニヤ笑いへと成長を遂げた。

「どういう意味だ？」

「コーキー、なあ大将」身振りで僕を椅子のところに呼びよせながら、ユークリッジは言った。

「この世で大切なのは上等で冷静な商才を持つことだ。資本が必要だがどこからそいつを調達したもんかがわからないっていう、俺の立場にあるような連中の多くは、運が悪いからって奮闘努力をあきらめちまうもんだ。なぜか？　なぜなら連中にはビジョンと、ビッグで懐が深くって柔軟性に富んだ態度が欠けているからだ。だが俺様はどうしたか？　俺様は座って考えた。そして何時間もの集中的な熟考の末、アイディアに恵まれたんだ。こないだのジャーミン街での苦痛に満ちた出来事のことは憶えてるだろう——あの女盗賊が俺たちから金を剝《は》ぎ取っていったときのことだ。大枚を何のために寄付したのか、俺たち二人ともわからないでいたのは憶えてるだろう？」

「それで？」

「それでだ、相棒。それで天啓のごとくひらめいたのは、旗を載せたトレイを持った女の子と遭遇するとき、人は自分が何のために寄付してるかなんてことはわからないでも金を出すってことだ。俺は偉大なる真理に到達した、なあ大将——われわれの現代文明におけるもっとも深遠なる真理だ——すなわち、いかなる男であれ、旗を載せたトレイを持ったかわいい女の子と対決したら、自動的に四《し》の五《ご》の言わず募金箱に金を突っ込むってことだ。そういうわけで俺は知ってる女の子につなぎをつけた——元気いっぱいのかわいい子ちゃんだ——そして今日の午後ここに来るようにって段どったんだ。大変なスケールのボロもうけになるはずだと、俺は自信を持って予想している。ピンと紙切れの費用はほとんどタダみたいなもんだからな。諸経費ゼロで稼ぎは丸儲《まるもう》けだ」

　強烈な激痛が僕を襲った。

「つまりお前は」僕は実感を込めて言った。「僕の半クラウンはお前のクソいまいましいポケット行きだって言うのか？」

「半分だけだ。当然ながら俺の仕事仲間でパートナーたる人物が分け前を半分取ることになってる。お前本当に半クラウン出したのか？」ユークリッジは喜んで言った。「みんなお前と同じだ、なあ相棒。お人よしなんだ。もし誰も彼もがお前みたいに気前のいい性質の持ち主ばっかりだったら、この世はもっと住みよい、素晴らしい所になるのになあ」

「わかってることと思うが」僕は言った。「十分もすれば、お前の言う仕事仲間でパートナーって人物は、人を欺罔《ぎもう》して財物を交付させた容疑で逮捕されちまうぞ」

「絶対にあり得ない」

「その後で、連中は――天に感謝だ――お前を捕まえるはずだ」

「まったく不可能だ、相棒。俺は人間心理に関する己《おの》が知識を信頼してるんだ。彼女はお前から金をまき上げるとき、何て言った？」

「忘れた。〈キンポウゲ《バターカップ》を買ってください〉とか何かそんなところだ」

「それから？」

「それから僕はこれは何なのかって訊いた。すると彼女は〈バターカップ・デーです〉って言ったんだ」

「その通りだ。また彼女も誰にだってそれだけ言えばいいんだ。今日の物質主義的な時代にあってすら、あれだけかわいい女の子に、今日はバターカップ・デーだって以上のことを言うよう要求するほどに騎士道精神は地に堕ちてるってお前は思うのか?」奴は窓辺に歩み寄って外を見た。「ああ! 彼女は裏庭にまわった」満足げに奴は言った。「彼女は途轍もない大商《おおあきな》いをやってのけてるようだな。毎秒ごと、人々はバターカップを胸に付けてる。今は副牧師にあれを付けてやってるぞ。有難いこった」

「それで数分のうちに、彼女はきっと私服刑事の胸にあれを付けようってやって、それでお仕舞いになるんだ」

ユークリッジは非難するように僕を見た。

「お前はあくまでも陰気なものの見方を続けるつもりだな、コーキー。もうちょっと祝福しようって態度を見せてもらいたいもんだ。親友の足が、ようやく巨富へと至る階梯《かいてい》を上り始めたってことが、お前にゃあわかってないようだな。いいか——最小限に見積もって——このバターカップ事業で四ポンド儲《もう》けたとしよう。ケンプトンの二時のレースでその金をキャタピラーにつぎ込む。キャタピラーが勝つ。オッズは——たとえばだが——十対一とするぞ。全額転がしてジュビリー・カップでビスマスを買う。そこでも十対一だ。それでもうきれいな四〇〇ポンドの資本が手に入ることになる。鋭敏な商才を持った男なら、そいつを元手に巨財を築くに十分な額だ。ここだけの話だが、コーキー、俺には一生一度って投資のあてがあるんだ」

「そうか?」

「そうだ。ついこないだ読んだばっかりなんだ。アメリカのねこ牧場の話だ」

「ねこ牧場だって?」

「そうだ。十万匹のねこを集めてくる。各ねこおのおの年に十二匹仔ねこを産む。ねこの毛皮は白ねこ一枚一〇セントから混じりけなしの黒ねこ七五セントまで値段に幅がある。それで一年に一二〇〇万枚、一枚平均三〇セントで売れれば、控えめに見積もっても年間三六万ドルの収入だ。だが、諸経費はどうする、とお前は訊くだろう?」

「訊くのか?」

「そいつは考慮済みなんだ。ねこえさ用に、隣でネズミ牧場を始める。ネズミはねこの四倍の速さで繁殖する。だから最初ネズミ百万匹で始めれば、それで一日ねこ一匹にネズミ四匹やれることになるし、それだけあれば十分だ。ネズミには皮を剝《は》いだ後のねこの残りをえさにやる。ネズミ一匹にねこ四分の一で大丈夫だ。それで自動的に自給自足が成立する。ねこはネズミを食べ、ネズミはねこを食べる――」

ドアをノックする音がした。

「入れ」ユークリッジは怒鳴《どな》った。こういう産業界の大立者は会議中の邪魔を嫌うものだ。奴の統計データ話に割って入ったのは、執事だった。

「紳士様がご面会でございます、旦那様」彼は言った。

「誰だ?」

「お名前はお名乗りではございません。聖職におありの紳士様でございます」

「教区牧師じゃないな?」ユークリッジは警戒して言った。

「いいえ、旦那様。当の紳士様は副牧師様でございます。ユークリッジ奥様はご在宅かとのお訊ねでございました。ユークリッジ奥様はご不在なれどあなた様がご在宅でおいでの旨《むね》をお伝え申し上げましたところ、ならばあなた様とお目に掛かりたしとの由にございました」

「ああ、わかった」ユークリッジはあきらめたというふうに言った。「お通ししろ。とはいえ俺たちは重大な危険を冒《おか》していることになるな、コーキー」ドアが閉まると、奴は付け足して言った。「こういう副牧師ってもんはしばしば袖《そで》の中に寄付金申し込みリストを隠し持っていて、断固たる態度を貫いていかない限り、教会オルガン基金とか何かのための寄付を吹っかけてくるんだ。それでもだ、ここは――」

ドアが開き、われらが訪問者が入ってきた。彼は副牧師としてはいくぶん小型で、愛想のいい利口そうな顔をして、鼻メガネを掛けていた。上着には紙のキンポウゲがついていた。そして話し始めるや否や、彼が一風変わったどもりの持ち主であることが明らかになった。

「パッパッパ――」彼は言った。

「はて?」ユークリッジは言った。

「ユークリッジさん――パッパッパ――ですか?」

「ええ。こちらは私の友人のコーコラン氏です」

僕は会釈した。副牧師も会釈した。

「どうぞ椅子にお掛けください」愛想よくユークリッジは言った。「飲み物はいかがですか?」

訪問者は言い訳がましく手を挙げた。

「謝絶いたします」彼は答えた。「アルコール飲料は完全に差し控えることがわたくしの健康にはより益するところ大と考えております。大学時分には幾らかは頂いたものですが、こちらに参ってよりはパッパッパ完全に禁酒いたしております。しかしどうぞあなた方はご遠慮なく。わたくしは石頭ではないつもりですから」

彼は束の間、親しげににっこりと笑った。それから彼の顔に厳粛な表情が入り込んだ。ここなるこの人物は、心に何か思うところありの様子だ。

「わたくしがこちらに伺いましたのは、ユークリッジさん」彼は言った。「パッパッパッパッパッ――」

「教区のことですか？」僕は彼を助けようと口を挟んだ。

彼は首を横に振った。

「違います、パッパッパ――」

「観光旅行ですか？」ユークリッジが示唆《しさ》した。

彼はまた首を横に振った。

「いいえ、パッパッパ、不快な用件なのです。ミス・ユークリッジはご不在で甥御《おいご》さんのあなたが、こちらのパッパッパ催事の天才責任者――かような表現を用いてよろしければ――であるとわたくしは理解しておりますが」

「はあ？」ユークリッジは当惑して言った。

「すなわち苦情を申し上げるならばそれはあなたに対してである、と」

「苦情ですって？」

「ミス・ユークリッジの庭園にて進行中のこと――彼女のイムプリマトゥール《裁可》の下にということになりましょうか」

古典に関するユークリッジの教育は、少年時代に一緒に通った学校から、不幸にも若くして放校されたという事実により中断されており、ラテン語の小噺《こばなし》などはお得意ではない。こいつは奴の理解力をはるかに越えていた。奴は僕を哀しげに見、僕は翻訳をしてやった。

「こちらの方がおっしゃっておいでなのは」僕は言った。「君の叔母上がこのお祭り騒ぎのために庭園を貸していらっしゃるんだから、ここで無作法なことが進行中ならそれについて初期情報を得る権利をお持ちだってことだ」

「まさしくその通りです」副牧師は言った。

「だけど、何てこった、なあ相棒」今や状況を理解したユークリッジは言った。「慈善バザーで何が起ころうと苦情を言う筋合いじゃないでしょう。あなただってご承知でしょうが、禁酒連盟のメンバーたちが寄ってたかって露天で物を売るって時には、ゆすりたかり以外は何でもありですよ。唯一の方策は足取りも軽く、側に寄らないでいるってことだけです」

副牧師は悲しげに首を横に振った。

「露天の営業方法に苦情を申し上げようというのではありません。パッパパッパさん。援助に値する大義を支援するバザーにあって、さまざまな物品の価格が通常取引市場におけるよりも高額であろうとはゆうに想定されるところです。しかしながら意図的かつ計画的な詐欺行為は別の問題でありましょう」

「詐欺行為ですって？」

「庭園内に、本日はバターカップ・デーであるとの主張に基づき大衆より金銭を強要している若い女性がおります。そして肝心なのはここのところなのです、ユークリッジさん。バターカップ・デーなどという日はございません。この若い女性は、意図的に大衆を欺《あざむ》いているのです」

ユークリッジは追い詰められた顔をして唇をなめた。

「きっと地元の団体なんじゃないかなあ」僕は示唆して言った。

「そうですよ」ユークリッジは嬉しそうに言った。「私もそう言おうとしていたところでした。きっと地元の団体なんでしょう。地域の貧民たちのための〈新鮮な空気基金〉とかそんなようなものなんでしょうね。その話は聞いたことがあるように思いますよ。今思い当たりました」

副牧師はその説を考慮することを拒否した。

「違いますね」彼は言った。「もしそうならばあの若い女性はわたくしにそう言ったはずです。わたくしの質問に対し、彼女の態度は逃げ腰でありましたし、また満足のゆく解答は得られなかったものです。彼女はただ笑って、〈バターカップ・デー〉という言葉を繰り返しただけでありました。警察を呼ぶべきであると、わたくしは考えます」

「警察だって!」ユークリッジは蒼白《そうはく》になり、ゴボゴボ咽喉《のど》を鳴らした。

「それがわたくしたちのパッパパッパ義務でありましょう」副牧師は言った。新聞に「プロ・ボノ・プブリコ［ラテン語・公共の利益のために］」と署名して手紙を書くような男の雰囲気を湛《たた》えつつだ。

ユークリッジは椅子から痙攣《けいれん》的に跳び上がった。奴は僕の腕をぐいとつかむとドアのところに引っ張ってきた。

「失礼します」奴は言った。「おい、コーキー」僕を廊下に押しやりながら、奴は切迫した体《てい》でささやいた。「行け、彼女に逃げろって言うんだ——急げ!」

「よしきた」僕は言った。

「きっと表の通りに警官がいるはずだ」ユークリッジが怒鳴りたてた。

「わかった、きっとつかまえる」僕はクリアなよく通る声で言った。

「うちでそんな真似を許しとくわけに行かないからな」ユークリッジは吠《ほ》え立てた。

「絶対にだめだとも」僕も熱を込めて叫んだ。

奴は書斎に戻ってゆき、僕は救難の使いへと旅立った。僕は玄関ドアのところに到着し、そこを開けようとした。と、それは自然に開き、次の瞬間、僕は自分がユークリッジのジュリア叔母さんの青い目を見つめていることに気づいたのだった。

「あ――あ――ああ！」僕は言った。

この世の中には、その人と一緒にいたらば絶対に落ち着けないという人がいる。僕の場合、じっと見つめられると極度の不快と罪悪感を覚えずにいられない度合いが一番顕著なのが、広範な読者を獲得する数多《あまた》の小説の作者にして、上流階級の文芸愛好者サークルにおけるきわめて人気の高いアフター・ディナー・スピーカーでいらっしゃるミス・ジュリア・ユークリッジその人なのである。僕たちが顔を会わせるのはこれで四度目だが、以前会ったどの機会においても、自分がたった今何か特別破廉恥《はれんち》な犯罪を犯したばっかりで――それだけではない――それもぶくぶく腫《は》れ上がった手と肥大した足をして、膝《ひざ》のところがだぶだぶになったズボンを穿《は》いて、ひげを剃《そ》ってこなかった日の朝にそいつをやった、という、毎回同じ不思議な錯覚を覚えるのだ。

僕は呆然《ぼうぜん》と立ち尽くしていた。間違いなく彼女は玄関の鍵穴に鍵を差し込みそれを回すという単純な過程を経て入ってきたはずなのだが、彼女の突然の登場は僕には奇跡のように思われた。

「コーコランさん！」彼女は所見を述べた。喜んでいるふうではなかった。

「あ――――」

「あなた、ここで何してらっしゃるの？」

無作法な物言いだ。だが、おそらく我々のこれまでの邂逅《かいこう》の置かれた状況——大層気持ちの良いというようなものではなかった——に鑑《かんが》みれば、正当化されよう。

「あ——スタンリーに会いに来たんです」

「あら？」

「今日の午後を一緒に過ごして欲しいって頼まれたんです」

「あらそう？」彼女は言った。またその態度は、甥の変わった、病的ですらある好みと彼女が考えるものに対し、明らかに驚きを覚えていることを表明していた。

「僕は——僕たちは——あなたは北部に講演旅行にでかけておいでだと思ってました」

「昼食にクラブに寄ったら、ご訪問ご延期頂きたしって電報が来ていたの」彼女はわざわざご丁寧にご説明までして下さった。「スタンリーはどこ？」

「書斎です」

「行ってみるわ。あの子に会いたいの」

僕は橋の上のホラティウス［テヴェレ川の橋の上で敵軍を撃退した古代ローマの英雄］みたいな気分になり始めていた。いろんな意味でユークリッジは人類の敵ではあるものの、あの副牧師がいなくなる前にこの女性が奴のところにたどり着くことを阻止するのが、奴の生涯の友としての僕の義務ではあるまいか、と思われたのだ。僕は女性の直感には絶大な信頼を抱いている。またミス・ジュリア・ユークリッジが、自宅の庭に存在しない慈善のための紙製キンポウゲを売っている女の子がいると知ったらば、彼女の鋭敏な知性は、この不面目な事件への甥の関与という結論にいささかの躊躇《ちゅうちょ》もなく飛びつくことだろう。ユークリッジの財テク手法に関して、彼女には以前から経験があるのだ。

この危機にあって、僕は迅速《じんそく》に思考した。

「えー、ところで」僕は言った。「あのう――えー――このイベントの総責任者の人が、あなたがお帰りになられたら是非すぐに会いたいと言ってました」

「このイベントの総責任者の方とおっしゃるのは、どういう意味かしら?」

「このバザーを仕切ってる人ってことです」

「禁酒連盟の会長のプロッサーさんということかしら?」

「そうでした。その方が僕にあなたに会いたいっておっしゃったんです」

「どうしてあの方に、あたくしが帰ることがわかったのかしら?」

「ああ、もしお帰りになられたらってことです」ユークリッジならば天啓と呼ぶであろうひらめきを得て、僕は言った。「あなたに何かお話をしていただきたいってことだと思いますよ」

他に何と言ったとて、彼女を動かすことは不可能であったろう。彼女の目には、鋼《はがね》のごとき輝きを一瞬間だけやわらげる、不可思議な光が宿った。それは何かお話をして頂きたいと頼まれた、令名高き講演者の目にのみ宿りうる光であった。

「んまあ、あたくし行ってあの方とお目にかかってきますわ」

彼女は回れ右をして去り、僕は書斎へと跳《と》んで帰った。館の女主人の出現は今日の午後の僕の計画にいちじるしい変更を加えた。いま僕が提案するのは、ユークリッジに彼女の到着を報《しら》せ、可及的速やかに副牧師を追い出し、奴に祈りの言葉を告げ、然《しか》る後に別れの形式ばった挨拶《あいさつ》はなしにして音なく控え目に退散することだ。僕は必要以上に神経質な人間ではないが、しかしただいまのミス・ユークリッジの態度物腰には、僕が彼女の理想の客人ではないと伝える何かがあった。

僕は書斎に入った。副牧師はいなくなっていた。そしてユークリッジは、荒く息を吐きながら、肘《ひじ》掛け椅子でぐっすり眠っていた。

一瞬、副牧師の消滅は僕を困惑させた。彼は取るに足らなげな小男だったが、僕が玄関ドアのところに立っていた時に目の前を通り過ぎても気がつかないほど取るに足らなそうではなかった。それから僕はフランス窓が開いていることに気づいた。

もはや僕を止めるものは何もないように思われた。この家に最初に入った瞬間より片時も僕の脳《のう》裡《り》を離れなかった、この家に対する強烈な嫌悪の念はどんどん膨張を続け、いまや広大なる地平が厳かに僕に呼びかけていた。と、そっと振り返ると、戸口のところに女主人が立っているのに僕は気づいた。

「あ、ああ！」僕は言い、手足がひどく不恰好に膨満してしまったという、あのおかしな感覚にふたたび襲われた。生涯を通じて自分の手のことは折ふしに見てきているし、それが特に不様《ぶざま》だと思ったことはないのだが、しかしミス・ジュリア・ユークリッジと会う時、常にそれは見た目も具合も未調理のハムみたいになってしまうのだ。

「コーコランさん、あなたあたくしにおっしゃいましたわね？」この女性は静かな、ねこが咽喉をゴロゴロ鳴らすような、それのお蔭でたくさんの友人を失っているにちがいない――それもウィンブルドンに限らず、外のもっと広い世界じゅうで――声で言った。「プロッサーさんとお会いになったらあの方があたくしとお話ししたいと言ってらしたって」

「その通りです」

「おかしいわねえ」ミス・ユークリッジは言った。「プロッサーさんは風邪で寝込んでらして、今日はいらっしゃらないってあたくしうかがいましたわ」

僕はプロッサー氏の風邪に同情してやれた。僕自身、風邪を引いたような気分だった。おそらく僕は何かしらの返答をしたのだろうが、この瞬間、バカでかいいびきが後ろの肘掛け椅子からして、それで僕の精神状態はあんまりにも張りつめていたものだから、若い雄ヒツジみたいに跳びあがったのだった。

「スタンリー！」椅子に目をやり、ミス・ユークリッジは叫んだ。

またもやいびきの音が辺りを轟《とどろ》かし、メリーゴーラウンドの音楽と張り合った。ミス・ユークリッジは前進し、甥の腕を揺すった。

「思うんですが」僕は言った。こういうバカげたことを言ってしまうような心理状態にいたわけなのだ。「彼は寝ているようですよ」

「眠ってるわ！」ミス・ユークリッジは短く言った。彼女はテーブル上の半分空になったグラスに目を留め、いかめしげに身震いしてみせた。

彼女が明らかにこの件に関し採用しているらしき解釈は、僕には信じがたいものと思われた。舞台や映画では、酒の虜《とりこ》となった人物がグラスに一杯飲んだ後で完全な意識不明状態で卒倒するということは起こる。しかしユークリッジはもっと頑丈なモノでできている。

「わからないなあ」僕は言った。

「本当だわ！」ミス・ユークリッジが言った。

「だって僕はこの部屋をほんの三十秒くらい空けてただけなんですよ。それに僕が部屋を出た時には、彼は副牧師と話をしていたんです」

「副牧師ですって？」

「断然副牧師です。まずあり得ないことですよ。つまり彼が副牧師と話している時に――」

僕の弁護側答弁は突然の鋭い物音によって中断された。またその物音は僕のすぐ後ろからしたから、またもや僕は痙攣《けいれん》的に震えたのだった。

「何事かしら？」ミス・ユークリッジは言った。

彼女は僕の向こう側を見ていた。それで振り向いてみると、見知らぬ人物がこの場に仲間入りしているのを知った。その人物はフランス窓のところに立っていて、また僕を驚愕《きょうがく》せしめた物音は、どうやら彼がステッキの握りでガラス窓をコツコツ叩いたことにより、生じた様子だった。

「ミス・ユークリッジでいらっしゃいますか？」新顔は言った。

彼はいわゆるいかつい顔をした、目つきの鋭い男というやつの一人だった。歩を進め室内に入る彼の周りには、えも言われぬ権威が漂っていた。この人物が気骨ある強い意思の人であることは、彼が震えもせずにミス・ユークリッジと目を合わせたという事実により証明されていた。

「あたくしはミス・ユークリッジですわ。あなたはどちら様かとお訊ねしても――？」

訪問者はそれまでに増して顔をいかつく、目つきを鋭くした。

「私の名はドーソンといいます。ヤードから来ました」

「どちらのヤードですの？」館の女主人は訊いた。彼女は探偵小説を読まないらしい。

「スコットランドヤードです」

「んまあ！」

「警告を申し上げに参りました、ミス・ユークリッジ」まるで僕が血痕《けっこん》だとでもいうみたいに僕を見ながらドーソン氏は言った。「ご警戒いただきたく存じます。悪党界一の悪党がこちらの庭園をうろついています」

「でしたらばどうして逮捕なさいませんの？」ミス・ユークリッジは詰問した。訪問者はかすかに笑った。

「なぜなら私はそいつに仕事をさせてやりたいのです」彼は言った。

「仕事をさせるですって？　更生させるってことですか？」

「更生させるということではありません」ドーソン氏は険《けわ》しい顔で言った。「しょっ引いてやれるようなことを何かやっている現場を押さえたいということです。つっかかりサムほどの男をただの容疑者として捕まえたって、どうしようもありませんからね」

「つっかかりサムだって！」僕は叫んだ。するとドーソン氏はまた僕を鋭く見た。こんどは僕がまるで殺人の凶器に使用された鈍器だっていうみたいにだ。

「さて？」彼は言った。

「えー、何でもありません。ただちょっと変だなと――」

「なにが変なのですか？」

「え、いいえ、そんなはずはありません。その男は副牧師でした。ものすごく尊敬すべき人物ですよ」

「どもりの副牧師と会われたんですか？」ドーソン氏は叫んだ。

「ええ、そうです。彼は――」

「ハロー！」ドーソン氏は言った。「こちらはどなたです？」

「それは」嫌悪を込めて安楽椅子に目をやりながら、ミス・ユークリッジが言った。「あたくしの甥のスタンリーですわ」

「ぐっすりとおやすみですね」

「この子のことはお話ししたくありませんの」

「その副牧師のことを話してもらえませんか」ドーソン氏がぶっきらぼうに言った。

「えー、彼が入ってきたのは――」

「入ってきたのですか？　ここにですか？」

「はい」

「どういう用件でしょう？」

「えー――」

「何か作り話を拵《こしら》えていたに違いありません。どういう話でした？」

ここに眠っている友人のためには、厳密な真理からいくらか逸脱しておいたほうが賢明だと僕は思った。

「彼は――あー――彼はミス・ユークリッジの嗅ぎ煙草入れのコレクションに関心があるというようなことを何か言っていたと思います」

「あなたは嗅ぎ煙草入れのコレクションをお持ちなのですか、ミス・ユークリッジ？」

「ええ」

「どこに保管しておいでです？」

「居間にですわ」

「よろしければ、私をそちらにご案内いただけますか」

「ですが、あたくしわかりませんのよ」

ドーソン氏はイラついたふうにチッと舌を鳴らした。彼は短気な警察犬みたいに見えた。

「もうすべてご理解いただけている頃だと思いましたが。その男はもっともらしい作り話を持ってあなたのお宅にこっそり入り込み、こちらの紳士を片付け――あなたのことはどうやって片付けたんですか?」

「えー、僕はただ部屋を出たんです。ちょっとぶらぶらしてこようと思いまして」

「ははん? ふむ、甥御さんとうまく二人きりになったところで、ミス・ユークリッジ、奴は催眠薬を飲み物に――」

「催眠薬ですって?」

「一種の薬品です」彼女の知恵の回りの遅さにイラつきながら、ドーソン氏は説明した。

「ですけど、その男は副牧師だったんでしょう!」

ドーソン氏は短く吠えた。

「副牧師の真似はつっかかりサムがもっとも得意とするところです。最高の役づくりをしてのけるんですよ。ここが居間ですか?」

その通りだった。そしてオーナーの唇を衝《つ》いて出た苦悶《くもん》の悲鳴を聞くまでもなく、最悪の事態が起こったのは明らかだった。床一面は、バラバラになった木片と壊れたガラスで一杯になっていた。

「ないわ!」ミス・ユークリッジが叫んだ。

同じ出来事が違う人に与える印象がどれほどに違うものかは、実に不思議なものである。ミス・ユークリッジは嘆きの氷像と化した。他方、ドーソン氏は嬉しそうな様子だった。温かい甘い自己満足を漂わせつつ、彼は短い口ひげを撫《な》でつけ、見事な手際だと語った。彼はつっかかりサムのことを無法者と呼び、悪党連中の一味だが一番の悪玉ではないとの私見を表明した。

「あたくし、どうしたらいいのかしら?」ミス・ユークリッジは泣き叫んだ。僕はこの女性に同情した。僕はこの人が好きではない。だが彼女は苦しんでいる。

「まず第一にすべきは」ドーソン氏がきびきびと言った。「あいつがどれだけ盗んでいったかを確認することです。この家に他に貴重品はありますか?」

「あたくしの宝石類が寝室にありますわ」

「どこです?」

「衣装ダンスの中の宝石箱にしまってあります」

「うーむ、あいつがそこまで探し当てたとは思えませんが、行って見ておいたほうがいいですね。あなた方はここを見てまわって、盗まれた物の完全なリストを作ってください」

「あたくしの嗅ぎ煙草入れがぜんぶなくなってますわ」

「ふむ、他に何かなくなっている物がないかどうか見ておいてください。寝室はどこですか?」

「二階ですわ。正面に面してます」

「了解」

ドーソン氏はきびきびと有能そうに僕たちの許を去った。彼が行ってしまったのは残念だった。この不幸な女性と二人だけで残されることは愉快ではあるまいという気がしたのだ。また思った通りだった。

「いったいぜんたいどうして」僕に向かい、まるで僕が親戚だとでもいうみたいに僕を責め立て、ミス・ユークリッジは言った。「あなたはその男が不審だって思わなかったの?」

「えー、それは――彼が――」

「子供にだってそんな人が本物の副牧師じゃないってわかったはずだわ」

「でも彼はそう見えたんです――」

「見えたですって!」彼女は部屋中を落ち着かなげに歩いていた。と、突然鋭い悲鳴が彼女の許より発された。「あたくしの翡翠《ひすい》の仏像!」

「何ですって?」

「あのろくでなしはあたくしの翡翠の仏像を盗んでいったんだわ。あなた、あの刑事さんにそう言ってきて」

「わかりました」

「早く! 何ぐずぐずしてるの?」

僕はハンドルをいじくり回していた。

「ドアが開かないようなんです」僕はよわよわしく説明した。

「チッ!」ハンドルをひったくり、ミス・ユークリッジは言った。人類の各成員に深く根ざした確信の一つは、仲間が開け損なったドアは自分には難なく開けられるというものだ。

彼女はハンドルを握ると、力強くぐいと引いた。ドアはキーときしみ音を上げたが、無反応なままだった。

「いったいこれはどうしたことなの？」ミス・ユークリッジは短気に叫んだ。

「開きません」

「開かないのはわかってるの。すぐに何とかしてくださいな。もうなんてことかしらね、コーコランさん、あなたいくらなんでも居間のドアを開けるくらいのことはおできになるでしょう？」

そういう口調で言われると、そんなことは立派な体格とそこその一般教養の持ち主たる男には、十分控えめな要求の芸当であるように思われてきた。だが何度か実験を繰り返した後、そいつは僕の力の限界を超えていると、不本意ながら僕は告白せざるを得なかった。このことはこの女主人が長らく僕に対して抱いてきた、僕は謎に包まれた天の摂理がこの世に存在をうっかり許してしまったモノの中でも最も哀れなイモ虫だという意見を再確認させたようだ。

彼女は実際にそこまでは言わなかったが、鼻をフンと鳴らし、また僕は彼女の意図するところを正確に理解した。

「呼び鈴を鳴らしなさい！」

僕は呼び鈴を鳴らした。

「もういっぺん鳴らしなさい！」

僕はもういっぺん鳴らした。

「叫びなさい！」

僕は叫んだ。

「叫び続けなさい！」

僕は叫び続けた。その日、僕の声の調子は良好だった。僕は「オーイ！」と叫んだ。僕は「ここだー!」と叫んだ。僕は「助けてくれー!」と叫んだ。僕はまた、広範かつ多様な言い方で叫んだ。そいつは感謝の言葉をひとつならず受け取って然《しか》るべき出来だった。だが僕が息継ぎに一休みした時、ミス・ユークリッジが言ったのは、

「ささやき声を出すんじゃありません!」

心傷つく沈黙のうちに、僕は痛む声帯を休ませた。

「助けて!」ミス・ユークリッジが叫んだ。

叫び声としては、それは僕のにははるかに及ばなかった。それにはボディと活力、また音色すらが欠けていた。しかし人の世のことどもを支配するあの不可思議な皮肉のせいで、そいつは結果をもたらしたのだった。ドアの外から返答する鈍い声がした。

「どうした?」

「このドアを開けなさい!」

ハンドルがガタガタ言った。

「開かない」声は言った。それはわが旧友、スタンリー・ファンショー・ユークリッジの声だと今や僕にはわかった。

「開かないのはわかってます。あなたなの、スタンリー? どうして開かないのか見て頂戴」

沈黙の一瞬が続いた。どうやら捜査が進行中らしい。

「ドアの下にくさびが押し込んである」

「んまあ、すぐに取るのよ」

「ナイフか何かを取ってこなきゃいけない」

休息と瞑想《めいそう》のための休憩時間がまた続いた。ミス・ユークリッジは眉間《みけん》にしわを寄せ、床を行ったり来たりしていた。一方僕は部屋の隅ににじり寄り、そこで立ち尽くしながら、ライオンの檻《おり》の中になぜかしら閉じ込められてしまい、こういう状況でどうすべきかについて通信教育コースの第三レッスンでは何と言っていたかを思い出そうとしている、駆け出しの若い猛獣使いにちょっぴりなったみたいな気がしていた。

外から足音がし、それからひねったりひっかいたりする音がした。ドアは開き、僕たちは敷物上に、肉切り包丁を持って頭痛で寝起き顔のユークリッジと、プロとしての威風態度を乱され、顔を石炭の粉で黒く染めた執事の姿を見たのだった。

最初に言葉を向けたのが、救助に来た甥ではなく不実な家事使用人に対してであったところに、ミス・ユークリッジの性格がよく表れている。

「バーター」彼女はシューシュー言った。彼女ほどの知的才能に恵まれていても、およそ女性に「バーター」という語をシューシュー言わせられる限りにおいてだ。「お前、あたくしが呼び鈴を鳴らした時、どうして来なかったの？」

「わたくしには呼び鈴が聞こえなかったのでございます、奥様《マダム》。わたくしは――」

「呼び鈴は聞こえたはずです」

「いいえ、奥様」

「どうして聞こえなかったの？」

「なぜならばわたくしは地下の石炭庫におりましたからでございます、奥様」

「いったいぜんたい、どうしてお前は石炭庫になんかいたの？」

「わたくしはある男にそこに連れて行かれたのでございます、奥様。その者はわたくしをピストルにて脅迫いたしました。然る後にわたくしを閉じ込めたのでございます」

「なんですって！　どんな男？」

「短い口ひげと突き刺すがごとき目をした人物でございます。その者は――」

彼ほどに興味深い物語を持ったラコントゥールというか達意の話し手であれば、話を最後まで終えることを許されるものと期待して相当だろう。しかし執事バーターの話はこの時点で聴衆の心を掌握《しょうあく》することをやめたのだった。あえぐようなうめき声と共に、彼の雇用者は跳び上がって彼の前を走り去り、われわれは彼女が階段を駆け上がる足音を聞いた。

ユークリッジはうら悲しい声で僕に訊いた。

「いったいどういうわけだ、相棒？　ったく、頭痛がする。何がどうしたんだ？」

「あの副牧師がお前の飲み物に催眠薬を入れたんだ。そして――」

この瞬間のユークリッジくらい身を切るまでに痛切な愛惜の情を表した者を、僕は見たことがない。

「あの副牧師が！　ちょいと参るぜ。こりゃあ驚いた。ちょっぴりあんまり過ぎるな、コーキー、なあ大将。俺は不定期貨物船やらなにやらに乗って世界中を旅してまわった。俺はモンテビデオからカーディフにいたる波止場の酒場じゅうで呑《の》んできた。それでたった一度、誰かが俺の飲み物に混ぜ物をするのに成功したのは、ウィンブルドンにおいてで――そいつをやったのは副牧師ときた。教えてくれないか、なあ相棒。副牧師ってのはぜんぶあんなふうなのか？　つまりさ、もしそうだとすると――」

「そいつは君の叔母さんの嗅ぎ煙草入れのコレクションも盗んでいったんだ」

「あの副牧師がか？」

「そうだ」

「ひゃあ！」ユークリッジは低い、畏敬《いけい》の念に満ちた声で言った。また僕には奴のうちに聖職者への新たな敬意が兆《きざ》しだしているのが見てとれた。

「それから別の男がやってきて——そいつの共犯者が刑事のふりをしてたんだ——僕たちを閉じ込めて、執事を石炭庫に閉じ込めた。それで僕は思うんだが、奴はお前の叔母さんの宝石を持って逃げたんじゃないかな」

階上から、甲高い悲鳴が宙をつんざいた。

「持って逃げたようだ」短く僕は言った。「さてと、ご友人、僕は失礼させてもらう」

「コーキー！」ユークリッジは言った。「側についててくれ！」

僕は首を横に振った。

「差し障りのない時なら、いつでもオーケーだ。だが今お前の叔母さんにまた会うのは僕はいやだ。たぶん一年かそこらしたらいい。だが今は駄目《だめ》だ」階段を走り降りてくる足音が聞こえた。

「じゃあな」僕は言った。奴を押しのけ、広大な地平目指しながらだ。「行かなきゃならない。愉快な午後のひとときを有難う」

その当時、財政は逼迫《ひっぱく》していた。だが翌朝、シーダーズへの電話一本に二ペンス出費することが正当化不能な浪費と見なされうるとは思われなかった。前日の午後、僕がそこを立ち去ってから何があったかを距離をおいた所から知っておきたいという、ある種の好奇心を僕は意識していた。

「もしもし？」電話に答えた重々しい声が言った。

「バーターかい？」

「さようでございます」

「こちらはコーコラン氏だ。ユークリッジ氏と話したい」

「ユークリッジ様はもはやこちらにおいでではございません。おそらく一時間ほど前に、ご出発あそばされました」

「えっ？　出発したって――あ――――永遠にか？」

「さようでございます」

「ああそうか！　ありがとう」

僕は電話を切った。そして深く思いに沈みながら、部屋に戻った。家主のバウルズに、ユークリッジがうちの居間で待っていると知らされた時、僕は驚かなかった。ストレスに苛《さいな》まれた時に僕の許へ避難所を求めてやってくるのは、暴風に翻弄《ほんろう》されるこの男のいつもの習わしなのだ。

「ハロー、相棒」墓場から出てきたような声でユークリッジは言った。

「来てたのか」

「来てたんだ」

「それじゃあ彼女はお前をけとばして追い出したんだな？」

ユークリッジはつらい回想をするかのごとく、わずかに顔をしかめた。

「言葉の応酬があってさ、なあ大将、それで最終的には俺たちは離れて暮らした方がいいってことになったんだ」

「今度のことでどうしてお前が責められなきゃならないのか、わからないな」

「俺の叔母さんほどの叔母さんにゃあ、コーキー、誰を何で責めるんだって責められないなんてことはないんだ。それで俺様はまたもや一文無しで、己《おの》がビジョンと頭脳以外に偉大な世界に立ち向かう武器何一つ持たず、人生をやり直すんだ」

僕は奴の注意を希望の曙光《しょこう》に向けようとやってみた。

「大丈夫さ」僕は言った。「お前がなりたかった身の上になっただけじゃないか。バターカップ娘が集めた金は持ってるんだろう？」

哀れな友人を強烈な痙攣が揺すった。精神的激痛に襲われた時にはいつもそうなるように、奴のカラーは止め具から飛び上がり、メガネは鼻から落っこちた。

「あの娘の集めた金は」奴は答えた。「もうないんだ。消えちまった。今朝彼女に会ったら、彼女が言ってた」

「何て言ったんだ？」

「彼女が庭であのバターカップを売っていると副牧師が近づいてきて、それで――強いどもりにもかかわらず――彼女は人を欺罔《ぎもう》して不正に財物を得ているのだから、あがった金は全額そいつの〈教会経費基金〉に渡してよりよい生活を送るべく決意して家に帰りなさい、って雄弁に説いて聞かせたんだ。女性ってのは情緒的で不安定な性だ、なあ相棒。連中とはできるだけ関わり合いになるんじゃない。それでだ、差し当たって俺に飲み物をくれないか、なあ大将。濃い目に拵えてくれよ。男の魂にとって試練の時だからな」

メイベルの小さな幸運

「人生ってのはさ、なあ」ユークリッジが言った。「とっても変だな」

奴はしばらく黙ったまま、顔を天井に向けてソファに仰向けに寝そべっていた。だから僕は奴は眠っているんだと思っていた。だが今や、奴には稀《まれ》な沈黙をもたらしたのは、眠りではなく思考であったことがわかった。

「とても、とっても変だ」ユークリッジは言った。

奴は身体を起こすと、窓の外を眺《なが》めやった。僕が田舎に借りているこのコテージの居間の窓は、雑木林《ぞうきばやし》に囲まれた芝生の広がりを見下ろしている。そして今、この窓を抜け、目覚めつつある外界から、夏の日の夜明けを告げる涼風が吹き入ってきた。

「なんてこった！」時計を見て僕は言った。「お前、僕を一晩しゃべらせて起こしてたってことがわかってるのか？」

ユークリッジは答えなかった。奴の顔には奇妙な、夢見るがごとき表情があり、また奴はいまはの際のソーダ・サイフォンのゴボゴボみたいな音を発してもみせた。思うにあれは奴なりのため息だったんだろう。何が起こったのか、僕にはわかった。一日の始まりには特別な時間があって、そいつは最大級のハードボイルド男の胸のうちにも、不思議な魔法、感傷の泉を呼び起こすのだ。太陽が東の空を桃色に染め、早起き鳥が餌のイモ虫たちにチュンと呼びかけるこういう時には、打ちのめされた怒れる男スタンリー・ファンショー・ユークリッジですら感傷的になる。そうして床に就いて寝《やす》むことを許される代わりに、僕は奴のあやしげな過去の話を聞かされるのである。

「途轍《とてつ》もなく変だ」ユークリッジは言った。「運命だって変だ。こう思うとおかしいじゃないか、コーキー、なあ大将、もし事があんなふうに進まなかったら、俺様は今頃とんでもない重要人物になっていて、シンガポールじゅうから尊敬され、頼りにされていたはずなんだ」

「どうしてシンガポールの誰かがお前なんかを尊敬しなきゃならないんだ？」

「金をうんうんうならせてさ」ユークリッジは切なげに言葉を続けた。

「お前がか？」

「そうだ、俺がだ。東方に行った誰かで、巨万の富を築き上げなかった奴の話を今まで聞いたことがあるか？　もちろんありゃしないさ。ふん、俺様の頭脳とビジョンをもってすれば、そうなってたはずなんだ。メイベルの父親はシンガポールでばっちりひと財産築いたが、あの親爺《おやじ》にまるきりビジョンなんかがあったとは思わない」

「メイベルってのは誰のことだ？」

「今までメイベルの話はしてなかったっけか？」

「ない。どういうメイベルだ？」

「俺は女性の名前は語らないんだ」

「僕は名前なしの話は嫌いだ」

「お前はこの話を名前なしで聞くことになるし――そいつが気に入るはずだ」ユークリッジは気概を込めて言った。奴はまたため息をついた。ものすごく不快な音がした。「コーキー、なあお前」奴は言った。「俺たちの人生のぶら下がってる糸がどんなにか細《ぼそ》いもんか、お前にはわかってるかなあ？　俺たちがけつまずく障害物がどんなにつまらないもんか、お前にはわかっているのか？お前はいったい――」

「どんどん続けてくれ」

「俺の場合、そいつはシルクハットだった」

「シルクハットが何だったって？」

「障害物だ」

「お前はシルクハットにけつまずいたって言うのか？」

「比喩的な意味では、そのとおりだ。俺の人生航路をまるきり変えたのは、ひとつのシルクハットだった」

「お前はシルクハットなんか一ぺんだって持ったことなんかないじゃないか」

「いいや、俺はシルクハットを持ってたことがある。俺がシルクハットを持ってたことがないだなんて言い張ろうったってだめだ。俺様がウィンブルドンのジュリア叔母さんと一緒に暮らしてるときにゃあ、どっさりシルクハットを持ってるって――文字通り、どっさりとだ――ことを、お前はよくよく承知してるはずじゃないか」

「ああそうだ。お前が叔母さんと暮らしてるときにはな」

「うん、メイベルに会ったのは俺が叔母さんと暮らしてる時だったんだ。シルクハットの事件が起こったのは――」

僕は時計をまた見た。

「三十分だけやる」僕は言った。「そのあとは眠らせてもらうぞ。メイベルの話を三十分間の素描にまとめ上げられるなら、続けてくれ」

「そいつは俺が旧友に取ってもらいたいって願うような態度じゃないなあ、コーキー」

「朝の三時半に僕に取れる態度はそれだけなんだ。とっとと始めてもらう」

ユークリッジは考え込んでみせた。

「どこから始めたもんか、難しいな」

「ふん、それじゃあまず第一に、彼女は何者なんだ？」

「シンガポールで何か事業をしてるものすごい大金持ちの娘なんだ」

「どこに彼女は住んでるんだ？」

「オンスロー・スクゥエアだ」

「お前はどこに住んでたんだ？」

「叔母さんと一緒にウィンブルドンにいた」

「どこで彼女に会った？」

「叔母さんのうちの晩餐《ばんさん》会でだ」

「お前は彼女を一目見て恋に落ちたのか？」

「そうだ」

「しばらくの間は、彼女の方でもお前の愛に応えてくれそうだったんだな？」

「まさしくそのとおり」

「そしてある日、彼女はシルクハット姿のお前を見て、すべてはおしまいになった。さてとこれで終了だ。話ぜんぶ二分十五秒で済んだ。さあ、寝るとしよう」

ユークリッジは首を横に振った。

「間違ってる、なあ大将。ぜんぜんそんな話じゃない。始めっから俺に話をさせたほうがいい」


その晩餐会の後、一番に俺がしたことは（ユークリッジは語った）、オンスロー・スクウェアにでかけていって彼女の許を訪問することだった。実際、最初の一週間で俺は三度も訪問した。それですべてはそよ風のごとくうまく行ってるように思えた。ジュリア叔母さんの所にいるとき、俺の見た目がどんなふうかは知ってるだろう。粋《いき》の一言だ。上品。身なり完璧だ。念のため言っとくが、俺は叔母さんといる時に、叔母さんが俺にお仕着せするような格好でいることを楽しんでるだなんて言っちゃいない。だがそいつが俺に威風堂々たる風格を与えてくれるって事実から逃れる術《すべ》はないんだ。手袋、ステッキ、スパッツ、靴、そしてシルクハットを身につけて街を歩く俺の姿を見たら、侯爵かなあ、それとも公爵かなって人は思うだろう。いずれにしたってそのどっちかなのは確かだって思うはずだ。

こういうのは女の子にゃあ効くんだ。女の子の母親にゃもっと効く。二週目の終わりには、俺様のことをオンスロー・スクウェアのモテモテ君って呼んだとてそんなに間違っちゃいないような具合になった。それからある日の午後、お茶を一杯頂きに立ち寄った俺は、俺のお気に入りの椅子に、どこからどこまですっかりくつろぎきったたって顔をして、別の男が座っているのを見てショックを受けたんだ。メイベルの母親は奴のことを長らく行方知れずだった息子みたいに、かいがいしく世話を焼いていた。メイベルもずいぶんそいつが気に入ってる様子だった。それで一番不快なショックだったのは、そいつが准男爵だってことを知った時だ。

今はお前だって俺同様に承知してるはずだが、コーキー、普通の平凡な男にとって准男爵ってのは張り合う相手としちゃあ強敵だ。准男爵ってものには、情熱的な女の子に訴えかける何かがある。その上平均的な母親なら、連中を躍《おど》り食いだな。二重あごにはげ頭の年寄り准男爵だって十分悪いんだ。それがこいつときたら若くてイキのいいシロモノときてる。そいつは整った、いくらかニキビのできた、高貴な顔立ちをしていた。それでもっと悪いことに、奴は近衛歩兵第二連隊にいたんだ。それでお前だって俺の言うことを支持してくれるはずだが、コーキー、普通の民間人の准男爵だって十分悪いのに、近衛兵までやってる准男爵なんてのは、もっとも勇敢な男だって身震いさせるくらいのライバルなんだ。

それで俺がこの重大な脅威に対抗して持ち出せるのは、誠実という財産と陽気な気質、それだけだってことを考えてもらえれば、座ってお茶を啜《すす》り、俺が一度も会ったことのない人たちや俺が行ったことのない催しの話を他のみんながしてるのを聞く俺のひたいにどっさりしわが寄せられてた理由は、わかってもらえるはずだ。

しばらくして、話題はアスコット競馬のことに移った。

「ユークリッジさん、あなたはアスコットにおでかけになられるのかしら?」メイベルの母親が言った。どうやらそろそろ俺もおしゃべりの仲間に入れてやる頃合いだって感じたらしい。

「ええ、何をおいても見逃しませんとも」俺は言った。

とはいえ、実を言うと、その瞬間まで俺はそいつはパスするつもりでいた。王者のスポーツたる競馬を俺様は愛好してやまない。だがモーニングコートとシルクハットを着ないといけないレースなんてのには――それも温度計が三〇度台を指してるときにだぞ――魅力を感じないんだ。時と場合によっちゃあ若き公爵でいることに俺は大賛成だが、競馬とシルクハットは俺には相性のいいもんとは思えなかった。

「あら素敵」メイベルは言った。またこの親切な言葉は俺をだいぶ元気づけてくれたって言わなきゃならない。「あたしたちあちらでお会いできるわね」

「サー・オーブリーが」メイベルの母親が言った。「わたくしたちをご招待してくださったんですのよ」

「向こうでその週、家を借りてるんですよ」准男爵は説明した。

「ああ！」俺は言った。つまり、それしか言えることは何にもなかったんだ。この近衛兵の准男爵は、准男爵と近衛兵であるのにかてて加えて、アスコットの週の間、あんなふうに無頓着で何気なさげに別邸を借りられる十分な現金を持っているんだってことを胸の悪くなるような思いで知らされて、俺は身体じゅうにじんましんが出そうな気分だった。俺様は狼狽《ろうばい》したんだ、コーキー。お前の親友は狼狽していた。ウィンブルドンに帰る途中も俺はひどく緊迫した思いで考え続けていた。

うちに着くと、叔母さんが客間にいるのに会った。すると突然叔母さんの態度のうちの何ものかが、俺を猛烈に殴りつけてよこしたんだ。これから地獄の大地が鳴動するところだよって何かが耳にささやきかけてよこす、おかしな感じをお前が経験したことがあるかどうかは知らない。だが叔母さんを見た瞬間に、俺にはそういう感じがした。彼女は椅子にしゃちほこばって座って、俺が入っていくと俺を見た。叔母さんのことはわかってるだろう、コーキー。それで首を寝違えたバシリスク［ギリシア神話の怪獣。息をかけたりにらみつけるだけで人を殺すことができる］だっていうみたいに、叔母さんがどんなふうに首を回さないまま目線をぶつけてよこすかを、お前は知ってるだろう。うん、その時叔母さんが俺を見たのが、そんな具合だったんだ。

「こんばんは」叔母さんは言った。

「こんばんは」俺は言った。

「そう、あなた帰ってきたの」叔母さんは言った。

「ええ」俺は言った。

「ええと、それじゃあまたまっすぐ出ていってもらおうかしら」叔母さんは言った。

「えっ？」俺は言った。

「それで二度と帰ってこないで頂戴」

　俺は目をむいて叔母さんを見た。よく聞いてもらいたい。俺はジュリア叔母さんにはこの家から何度も放り出されてきている。だから俺はそういうのに慣れてないなんてことはないんだ。だがこんなにも突然、こんなにも青天の霹靂《へきれき》のごとく追い出されるのは初めてだった。いつもだったら、ジュリア叔母さんが俺の耳をつかんでおっぽり出す時には、何日か前から来るぞって予測ができてるはずなんだ。

「こういうことが起こるんじゃないかって、思ってなきゃいけなかったんだわ」叔母さんは言った。

　それからぜんぶが明らかになった。叔母さんは時計のことに気が付いたんだ。またそんな件のことはきれいさっぱり忘れてたって言ったらさ、コーキー、愛が男にいかなる作用を及ぼすものかってことがわかろうってもんだな。

　俺がジュリア叔母さんと一緒に暮らしてるときの身の上がどんなふうかは知ってるだろう。叔母さんは俺に飯を食わせて服を買ってくれる。だが叔母さんのいびつにゆがんだ心だけに一番よく理解できる理由のせいで、彼女から少しばかりの現金を出させるのは不可能なんだ。その結果、すでに述べたようにメイベルと恋に落ち、経常費用として一、二ポンド入用になって、俺様としては生まれ持っての創意工夫と機知縦横に頼る他はなかったんだ。女の子に花やらチョコレートやらを時々贈ることが絶対的に必要だったし、それには金が要る。だから予備寝室のマントルピース上でなかなか結構な時計が何にもしないで遊んでるのを見て、上着の下に隠してこっそり持ち出し、地元の質屋に質入れしたんだ。そして今、何らかのよこしまで汚い手を使って、叔母さんはそのことを知ったんだな。

　ふん、ここは議論したって無駄だ。ジュリア叔母さんが袖《そで》をたくし上げて俺の襟首《えりくび》とズボンのお尻を摑《つか》みあげる準備万端で目の前に立ちはだかってるって時、言葉なんて何の役にも立たないってのが俺の経験だ。唯一なすべきはそこを去り、偉大な癒《いや》し手たる時の力を信じることだけだ。そういうわけで、四十分ほど後には、スーツケースを持って駅に向かう一人ぼっちの人影が見られた。俺は再び素晴らしき大世界に解き放たれたんだ。

　とはいえだ、俺様のことはわかってるだろう、コーキー。偉大なる作戦行動家だ。お前の旧友を粉砕するにはこの程度の打撃じゃあ足りないんだ。俺はアルンデル・ストリートに一間の下宿を借り、本状況の検討を開始した。

　事がいやらしくねじくれ曲がってきたってことに否定の余地はない。俺様ほどのビジョンと企業家精神を持ち合わせてない多くの連中は、顔を壁に向け「これでおしまいだ！」って言ったことだろう。だが俺はもっと頑丈なモノでできてるんだ。まだすべて終わったわけじゃないと、俺には思えた。俺はモーニングコート、ウェストコート、ズボン、靴、スパッツにグローブを荷物に詰め、シルクハットをかぶったまま出てきていた。そういうわけだから、純粋に装飾的な観点から見る限り、俺は以前とまったく変わらない身の上にあったんだ。つまり、俺はまだオンスロー・スクウェアを訪問し続けられる。それに、それだけじゃない。もしジョージ・タッパーに五ポンド借りられたら――また俺は遅滞なくそうするつもりでいたんだが――アスコットにでかける資金だってあることになる。

したがって、太陽は依然照り輝いているように思われた。なあ、コーキー、よく言ったもんじゃないか。いかに大嵐が近づこうとも、いつもどこかに陽光は輝いているとはさ。いやまあ、よく言ったもんだ――ああ、わかった、言ってみただけさ。

さてと、ジョージ・タッパーは最高の男だ。四《し》の五《ご》の言わずに金を出してくれた。いや、ああ――絶対厳密に言ったら――四の五の言わなかったわけじゃない。それでも金は出してくれた。それで現在の状況はこうだ。手持ち現金、五ポンド。アスコット初日の特別観覧席及びパドック入場料、二ポンド。アスコットまでの経過時間、十日。正味残額――それまでの生活費と現地までの交通費、それと花その他を買う金、三ポンド。前途は実にバラ色だ。

だが注意しなきゃならない、コーキー、運命がどんなふうに俺たちをもてあそぶかってことにだ。アスコットの前々日、オンスロー・スクウェアでお茶を頂いてよりの帰り――その午後准男爵の奴はものすごく優勢だったから、俺の頭は少なからずそのことで一杯だった――一見回復不能と思われるくらい最悪の事態が起こったんだ。

夕方までは快晴で暖かだった天気が突然崩れ、刺すように冷たい風が東から吹いてきていた。それで、もし俺が准男爵のことをくよくよ考えるのにあんなに気を取られてなかったら、もちろん適切な注意を払っていたはずなんだ。だがそんなような具合だったから、俺はいわゆる瞑想《めいそう》状態でフルハムロードへと道を折れた。するといきなり俺のシルクハットが頭からさっと落ち、パットニー方面へ向かって元気よく転がっていったんだ。

ああ、フルハムロードってところがどんなとこかは知ってるだろう。そんなところのシルクハットはドッグショーに出たウサギくらいに勝ち目なしだ。俺はあらん限りのスピードでそいつの後を追った。だがそんな真似がなんになる？　一台のタクシーがそいつをバス方向に斜めにはねやり、バスが、コン畜生だ、残りの仕上げをやってくれた。交通量がちょっぴり少なくなったところで、俺は廃墟の残骸を見やり、無言のうめき声を放ってその場を立ち去った。拾い上げるだけの値打ちもなかったんだ。

そういうわけで俺は、ぺしゃんこだった。

あるいはむしろ、俺の企業家精神とビジョンを知らないちょっと見の傍観者なら、ぺしゃんこと呼んだだろうってことだ。俺様みたいな男はな、コーキー、ダウンはするかもしれないが、決してアウトにゃあならないんだ。俺の思考過程はものすごく敏速だから、その帽子の残骸を見てから外務省にでかけていってジョージ・タッパーにもう五ポンド借りようって決心するまでに、五十秒と時間は経《た》たなかった。こういう人生の危機にあってこそ、ほんとの頭の違いってのはわかるんだ。

投資なくして富の蓄積なしだ。そういうわけでこの時までに資金はちょいと底をついてきていたが、俺様は何シリングか投資してタクシーに乗った。外務省に着いてはみたがタッピーは帰った後だったってことになるよりは、二シリング使ったほうがましだからな。

さてと、もう時間は遅かったが、タッピーはまだそこにいた。俺はジョージ・タッパーって男のこういうところが好きなんだ。奴は祖国の公僕として大した地位まで出世するだろうって俺様がいつも言う理由のひとつがこれだ――奴は義務を怠らない。奴は時計ばっかり見てる男じゃない。公務員ってものは五時には本日の仕事はここまでってしがちなもんなんだが、ジョージ・タッパーは違う。そこのところが、いつの日か、コーキー、お前がまだ『インタレスティング・ビッツ』誌に雑文を載せてもらえるかどうかってあがいたり彼女が彼女であるがゆえに愛される女の子に関するしょうもない話を書いてる間に、タッピーはサー・ジョージ・タッパー、K・C・M・Gになって大臣たちの間で大立物になってるはずだって理由なんだ。

奴は公文書らしきものの間に目の上のところまで浸かっていた。それで俺は最大限迅速に用件を切り出した。おそらく奴はモンテネグロに宣戦布告するとか何とかで忙しくって、おしゃべりなんかしてる暇はないってことが俺にはわかったんだ。

「タッピー、おう大将」俺は言った。「今すぐ五ポンド入手することが絶対に必要なんだ」

「何をだって？」タッピーは言った。

「一〇ポンドだ」俺は言った。

俺がこの男の目に、こういう時に人の目のうちに時折見られる冷たい、険《けわ》しい表情を認めて戦慄《せんりつ》したのはこの時だ。

「つい一週間前にお前には五ポンド貸してやってあるはずだ」奴は言った。

「お前によき報いのあらんことをだ、なあ大将」礼儀正しく、俺は応えた。

「これ以上何に金が要るっていうんだ？」

俺はぜんぶの事情を話し始めようとした。と、こう声がしたような気がしたんだ。「やめとけ！」ってな。何かが俺に、タッピーは意地悪な気分になってて俺の頼みをはねのけようとしてるって言ったんだ――そうだ、この俺を、旧い学校友達を、奴がイートン・カラーをつけてた頃から知り合いのこの俺をだ。また同時に突然俺は気がついたんだが、ドアのそばの椅子の上には、タッピーのシルクハットがあった。つまりタッピーはホワイト・ホールにフランネルのズボンと麦わら帽姿でのんびりやってくるような公僕の仲間じゃないんだ。奴は適切な装いをする人物だし、俺はその点で奴を尊敬してやまない。

「いったいぜんたい」タッピーは言った。「お前、何で金が要る？」

「個人費用だ、なあ相棒」俺は答えた。「この頃は生活費も高いんだ」

「お前に必要なのは」タッピーは言った。「仕事だ」

「俺に必要なのは」俺は奴に思い出させてやった――タッピーに欠点があるとしたら、問題点をすぐに逸らすところだ。「五ポンド札だ」

奴は見るも不快な体《てい》で首を横に振った。

「お前にとっていいことじゃない。こんなふうに借りた金で無益な時間を費やしてるってことはだ。俺は金を出し惜しみしてるわけじゃないんだ」タッピーは言った。また俺にはわかるんだが、こういうふうに尊大な外務省風を吹かした言い方で奴が話すときには、わが国の国益にとって何かうまくないことがあったってことなんだ。おそらくはスイスとの条約草案が外国の女スパイに盗まれたんだな。そういうことは外務省じゃしょっちゅう起こってるんだ。謎めいたベール姿の女がタッピーのところにひょっこり現れておしゃべりを始める。それで振り返ってみれば重要書類を入れた青い長封筒が消えてるのに、奴は気づくんだな。

「それはそれとして」俺は言った。「五ポンドは？」

「だめだ。やれない」

「たったの五ポンドだぞ」俺は強く迫った。「ほんの五ポンドだ、タッピー、なあ大将」

「だめだ」

「役所の帳面につけといて、納税者に負担させることだってできるんだぞ」

「だめだ」

「何が何でもだめか？」

「だめだ。それで大変申し訳ないんだが、なあ相棒、今すぐお引き取りいただくようお願いしなきゃならん。俺はものすごく忙しいんだ」

「ああ、よしきたわかった」俺は言ったさ。

奴はまた書類の中にもぐりこんだ。それで俺はドア方向に移動し、椅子の上からシルクハットを取りあげ、出ていった。

翌朝、俺がちょっぴり朝食にしていると、タッピーの奴がやってきた。

「おい」タッピーは言った。

「続けてくれ、相棒」

「お前、昨日俺に会いに来たのは憶えてるな？」

「ああ。五ポンドの件で考えを変えたって言いに来てくれたのか？」

「いいや、五ポンドの件で考えを変えたって言いに来てやったんじゃない。俺が言おうとしてたのは、役所から帰る段になって、俺のシルクハットが消えてるのに気がついたってことだ」

「そりゃあ残念だな」俺は言った。

タッピーは俺を刺すように見てよこした。

「お前が盗《と》ったんじゃないのか？」

「俺がだって？　どうして俺がシルクハットなんかを欲しがるんだ？」

「うーむ、本当に不思議だ」

「きっと国際スパイか何かに盗まれたってことなんじゃないかな」

タッピーはしばらく考え込んでいた。

「本当におかしい」奴は言った。「こんな目にあったのははじめてだ」

「経験は日々に新しだ」

「うーん、そのことはいい。ここへ来た本当の用件は、お前に仕事を見つけてやったって言いに来たってことだ」

「えっ、まさか本当か？」

「昨日クラブで会った男が秘書を探してるって言うんだ。書類を整理したりとか色々やってくれる人物を探してるってことだから、タイプと速記が絶対必要ってわけじゃない。お前、速記はできなかったな？」

「わからん。一度もやったことはないからな」

「まあいい、明日の朝十時に彼のところに会いに行くんだ。彼の名前はバルストロードで、俺のクラブで待っている。いいチャンスなんだからな、十時までのんびり寝てるなんて真似は絶対になしだぞ」

「わかってるさ。起きて用意して、いかなる運命をも甘受する覚悟にて待ち構えているとも」

「うむ、きっとだぞ」

「タッピー、なあ大将、こういう特別な親切には深く感謝してるよ」

「それはいいんだ」タッピーは言った。ドアのところで立ち止まって、奴は言った。「あの帽子のことは、謎だな」

「解明不能って言うべきだろうな。そんなことはこれ以上気にしないことだ」

「今までそこにあったものが、次の瞬間には消えてたんだ」

「人生そのものだな！」俺は言った。「そういうことがあると、人は考えさせられるもんだ」

奴は去り、俺は朝食の残りを食べ終えようとしていた。と、俺の大家のビール夫人が手紙を持ってやってきたんだ。

そいつはメイベルからで、俺にきっとアスコットに来て頂戴ねと促していた。目玉焼きを食べながら俺はそいつを三べん読んだ。また、コーキー、俺の目には涙が溢《あふ》れ出したと述べることを、俺は恥とは思わない。俺にぜひ来てと求める特別な手紙をわざわざ送ってくれるほど、彼女が俺のことを気に掛けてくれているんだと思うと、木の葉のごとく俺は震えたんだ。准男爵の進退はこれで窮まったってふうに俺には見えた。ああ、あの瞬間、コーキー、俺はあの准男爵のことをまったく可哀そうだって思ったくらいだ。奴は奴なりに実にいい奴なんだ。ニキビ面《づら》だがな。

その晩俺は最終準備をした。俺は手持ちの現金額を数えた。アスコット往復の交通費と特別観覧席とパドックの入場料にちょうど十分なだけと、昼食と雑費に一五シリング、それと慎重に投資すべき一〇シリングがあった。財政的には俺はビロードの上に乗っかって天下泰平だ。

また衣装部門でも大きくしくじりようはなかった。俺はズボン、モーニングコート、ウェストコート、靴とスパッツを引っ張り出し、タッピーのシルクハットをまたかぶってみた。それでこれで二十回目になるが、あのタッピーの奴が、ありとあらゆる他の点では第一級の人物ではあるものの、もうちょっと大きい頭の持ち主であってくれたらばなあと願った。ここなるは大国の命運を文字通り方向づけている人物だ——ともかく奴は外務省にいて、お偉方連中のおぼえ格別にめでたいんだ——ところが奴の帽子サイズは小さくて七号ときてる。タッピーの頭がそんなに小さいってことにお前、今まで気がついてたかどうかは知らないがな。他方、俺の頭はどっちかって言うと飼料ビートみたいな形状だ。お蔭ですべては複雑かつ不快な具合になってるんだ。

立って鏡を覗《のぞ》き込み、己《おの》が姿に最終検分をくれるにつけ、帽子ひとつで人がどれだけ違って見えるかってことに、俺は思い致さずにはいられなかった。無帽であれば、俺はありとあらゆる点で完璧だ。だが帽子をかぶった瞬間に、俺はミュージックホールで舞台に上がってこれからコミックソングを歌おうって男そのまんまに見える。とはいえだ、そいつはそうしてそこにあるんだし、その点くよくよしたってしょうがない。俺はズボンをマットレスの下に置いて、きちんと折り目がつくようにした。そして呼び鈴を鳴らしてビール夫人を呼び、モーニングコートにアイロンを掛けてくれるよう頼んだ。また帽子を彼女に渡して、スタウトビールで磨いてくれるよう指示もした。お前はもちろん知ってるだろうが、こうやるとシルクハットがものすごくぴかぴかになるんだな。准男爵に立ち向かうって時には、どんなに瑣末《さまつ》な細部だって無視するわけにゃあいかないんだ。

そして俺は床に就いた。

よくは眠れなかった。深夜一時くらいにバケツをひっくり返したような大雨が降りだし、突然思い当たったことがあったんだ。もし昼間雨になったら俺はどうしたらいい？　傘を買ったら修復不能なほどに予算計画が乱れちまうことになる。その結果、俺は安眠できぬまま、枕の上で寝返りを打ち続けることになった。

だがすべては良好だった。八時に目が覚めたときには、太陽が部屋に射し入り、最後の障害が俺の行く手から姿を消したように思われた。俺は朝食を済ませ、それからズボンをマットレスの下から取り出してそいつを穿《は》き、靴を履き、スパッツの留め金を止め、ベルを鳴らしてビール夫人を呼んだ。俺はかなり愛想のいい気分になっていた。ズボンの折り目は完璧だった。

「ああ、ビール夫人」俺は言った。「モーニングコートと帽子を頼みますよ。何て気持ちのいい朝なんでしょうねえ！」

それでこのビールってご婦人なんだが、彼女はやや陰険寄りの女性で、ジュリア叔母さんの目を思わせるような目の持ち主だった。また彼女が何だか意味ありげな目で俺を見てることに気づいて俺はいくらかぎょっとした。また彼女が何か書類か文書みたいなものを持っているのにも気づいた。そしてその時だ、コーキー、名状しがたい恐怖が俺を襲った。

あれは一種の本能みたいなもんだ。女家主が一枚の紙を持って人を意味ありげな目つきで見てよこすって時、俺様くらい頻繁にそういうものと立ち向かい続けてきた男は、自動的に身震いするようにできてるんだ。

一瞬後、俺の第六感に誤りのなかったことが明らかになった。

「あなたのお勘定書きを持ってきましたわ、ユークリッジさん」この恐るべき女性は言った。

「ああ、本当ですね！」俺は愛想よく言った。「テーブルの上にちょっと置いといていただけますか？　それで上着と帽子を持ってきてください」

彼女はかつてないほどの勢いでジュリア叔母さんみたいに見えてみせた。

「お支払いを今お願いしなきゃなりませんね」彼女は言った。「支払期限を一週間過ぎてますから」

これでこの朝のお日様の光はぜんぶ消え去った。だが俺は屈託のない態度を続けた。

「ええ、ええ」俺は言った。「わかってますとも。後でその件についてはじっくり話し合うとしましょう。帽子と上着をお願いしますよ、ビール夫人」

「今お願いしなきゃなりませんね――」彼女はまた始めようとした、が、俺は目つきでそれを制したんだ。この世で俺が嫌ってやまないことが一つあるとしたら、そいつは人の心の浅ましさだ。

「ええ、ええ」憤慨したふうに俺は言った。「いつか別の時間にしてください。帽子と上着を持ってきてください、お願いします」

この瞬間、最悪に運の悪いことに、吸血鬼みたいな彼女の目がマントルピース上に向かったんだ。いつになく気を遣《つか》って服を着るときってのがどんなもんかはわかるだろう――ポケットの中身は最後に仕舞うってことだ。だから俺はものすごく運の悪いことに、マントルピース上にささやかな資本を置いてたんだ。彼女がそれに気づいたことを知った時には、もはや遅しだ。人生の何事かを見知ってきた男の助言を聞くんだ、コーキー、金は絶対にそこら辺に置いといちゃだめだ。見た者の目にどうしたって不快な一連の思考を惹《ひ》き起こさずにはいられないんだからな。

「お金ならそこにあるじゃありませんか」ビール夫人は言った。

俺はマントルピースのところに跳《と》んでいって金をポケットに入れた。

「いや、いやだめなんです」俺はあわてて言った。「それはお渡しできません。必要なんです」

「ほう？」彼女は言った。「あたくしもですわ」

「ええと、聞いて下さい、ビール夫人」俺は言った。「僕同様、ご承知でいらっしゃることでしょうが――」

「あなたがあたくしに二ポンド三シリング六ペンス半借りがあるってことは、あなた同様よく承知してますわ」

「いずれ都合のいいときに」俺は言った。「それはお支払いしますよ。だけどちょっとだけ我慢してはもらえませんか。まったく、何てこった、ビール夫人」俺は熱を込めて言った。「あらゆる経済取引において一定量の信用貸しは了解事項だってことは、僕同様ご承知でしょう。信用貸しこそ商業活動の活力元なんです。信用貸しなくしては商業活動に弾力性は生じません。ですから帽子と上着を持ってきてください。また後でこの件は徹底的に議論することにしましょう」

それからだ、この女が魂の卑劣さ、恐るべき下劣なずる賢さを露わにしたのは。女性にこれほどのは稀《まれ》だと、俺は信じたいが。

「あたくしお金をいただくか、それとも」彼女は言った。「上着と帽子をお預かりしてるかどちらかにいたしますわ」また彼女の声の恐ろしく悪意に満ちた様ときたら、筆舌《ひつぜつ》に尽くしがたいくらいほどだった。「あれでいくらかにはなるでしょうからね」

俺は愕然《がくぜん》として、彼女を見つめた。

「だけどシルクハットなしじゃあ、僕はアスコットに行かれません」

「だったらアスコットには行かなきゃよろしいでしょう」

「道理をわきまえてください！」俺は懇願《こんがん》した。「よくよく考えてください！」

それでもだめだった。彼女は断固として二ポンド三シリング六ペンス半を要求し、俺様が何と言おうと頑として聞かなかった。将来二倍にして払おうと俺は彼女に申し入れたが、取引は不成立だった。社会階級としての女家主ってものの忌《い》むべきところは、また連中が安楽と富裕に決して至らない理由は、コーキー、奴らには先見性ってもんが欠けてるってところにあるんだ。連中にゃあ大型取引ってものが理解できない。連中には巨万の富に至る、ビッグで懐が広くって柔軟性のある態度ってものが欠落してるんだ。膠着《こうちゃく》状態は続き、最終的に彼女は俺をぺしゃんこにしたまま出ていった。

この世の真のむなしさが本当の意味で理解されはじめてくるのは、こういう状況においてだ。それからやっと、人間のこしらえた制度ってものの絶対的なバカバカしさやらくだらなさが身に沁みて思い知らされてくるんだ。たとえばこのアスコットの件だ。神の名にかけて訊《き》く。競馬を開催するのに、どうしてそこに来る人が何を着るべきかなんてことについて馬鹿げた決まりをこしらえる必要がある？　他のどんなレースじゃあ何だって好きなもんを着てってかまわないのに、アスコット競馬だけがどうしてシルクハット着用すべしなんて言いやがるんだ？

ここなる俺様は、ハースト・パーク、サンダウン、ガトウィック、アリーポーリー、リングフィールドその他何であれ名前が思い浮ぶレースにだったら、どこへ行くんだって完全武装だ。だのに、ただただ悪鬼グールまがいの女家主が俺のシルクハットをかっさらっちまったってばっかりに、完全にアスコットにゃあ立ち入り禁止だ。入場料金はポケットの中で膨れ上がってるってのに。現代文明に苛立《いらだ》ちを覚え、本当に人間は万物の霊長なのかって考えさせられるのは、まさしくこういう時なんだ。

なあコーキー、そんなことをつらつら考えながら俺は窓際に立ち、太陽の光を荒涼とした思いで見つめていた。と、突然、俺は通りを近づいてくる男の姿に気がついたんだ。

俺は興味を持ってそいつを見た。そいつは年配の、金持ちらしい親爺さんで、黄色っぽい顔と白い口ひげをしていた。そいつはドアのナンバーを見てまわっていた。目的地を探し当てようとしてるってみたいにだ。で、今そいつは俺のうちの玄関ドアの前に立ち止まり、ナンバーに目を凝らし、階段を上ってベルを鳴らした。それで俺様はたちどころに理解したんだ。これはタッピーの秘書探し男にちがいない。半時間後に俺がクラブで会うことになってる人物だって。ほんのちょっとの間、そいつがクラブで俺を待つ代わりに俺のところを訪ねてくるなんてのは変だって気がした。だがすぐ、タッピーがクラブで仲よくするような、こういう精力的な実業家タイプの男がいかにもやりそうな真似だって了解したんだ。こういう連中にとって時は金なりだ。またきっと彼は十時までクラブで待ってたら間に合わなくなる、別の約束を思い出したんだろう。

いずれにせよ、そいつはここにいる。俺は胸高鳴らせつつ奴の姿を覗《のぞ》き込んだ。俺をわくわく身震いさせたのは、コーキー、そいつの体格が俺とほぼおんなじで、シルクハットつきの、正式のモーニング姿に晴れやかに装っていたという事実だ。またこの距離と高低差ゆえ正確を期して言うのは困難だが、あのシルクハットはタッピーのよりもずっと俺にぴったり似合うだろうって思いが天啓のごとくひらめいたんだ。

それからすぐ、ドアにノックがあり、そいつが入ってきた。

至近距離から奴を見るにつけ、自分はこの人物を見誤ってなかったってことが俺にはわかった。そいつは小柄だが、肩幅は俺とちょうど同じくらいで、頭はでかくて丸かった。要するに、天の摂理によって俺にぴったり合う上着と帽子を着るべく取り計らわれた男がもしいるとしたら、その男はこの男だ。俺は目をギラギラさせて、そいつを見た。

「ユークリッジ君ですかな?」

「はい」俺は言った。「お入りください。ご訪問いただけるだなんて、恐縮です」

「いやいや」

さてとこの時、コーキー、お前には多分わかってるだろうが、俺はいわゆる、岐路《きろ》に立っていたんだ。賢慮の徳はあっちの方に矢印を向け、愛の矢印は反対方向を指し示していた。賢慮の徳はこの人物を懐柔《かいじゅう》し、公明正大に話しかけ、わが命運の行方を掌握《しょうあく》し、うまく好感を抱いてもらえたあかつきには、俺のビジョンと能力にもっとふさわしい何かもっとビッグな仕事を見つけるまでの間、糊口《ここう》をしのぐ仕事を与えてくれる人物に対するべく振舞えと、ささやきかけてよこした。

他方、愛は俺にこいつの上着と帽子をくすね盗《と》って開かれた地平目指して一目散に逃げ去れって叫んでいた。

まったくもってどえらいディレンマだ。

「私がこちらに伺ったのは——」

俺は心を決めた。決定権を得たのは、愛の方だった。

「おや」俺は言った。「上着の後ろに何か付いているようですよ」

「えっ？」振り向いて肩甲骨の間を見ようとしながら、親爺さんは言った――バカ間抜けだ。

「つぶれたトマトか何かみたいですね」

「つぶれたトマトですと？」

「か何かです」

「どうしてつぶれたトマトが私の上着に付きようがあるのかな？」

「ああ！」俺は言った。手を振ってそいつは深遠な問題だとの理解を伝えつつだ。

「実に不可解だ」親爺さんは言った。

「ほんとうですね」俺は言った。「上着を脱いで、ちょっと見てみましょう」

奴は上着を脱ぎ去った。そして俺はそいつにナイフのごとく襲い掛かった。こういう場合には、迅速《じんそく》に行動しなけりゃならないし、俺は迅速に行動した。俺は彼の手から上着をかっぱらい、置いてあったテーブルからシルクハットを取り上げると、親爺さんがキャンとも言えないうちに階段を突進し降り下った。

上着を着てみると、手袋みたいにぴったりだった。シルクハットを頭に放り投げてかぶってみると、まるで俺用に誂《あつら》えたみたいだった。然《しか》る後に俺様は、かつてピカディリーを歩いた連中じゅうで一番の洒落者《しゃれもの》として陽光の中に飛び出していったんだ。

表の階段を降りると、二階から怒鳴《どな》り声がするのが聞こえてきた。親爺さんが窓から身を乗り出していた。なあ、コーキー、俺は強靭《きょうじん》な男だ。だがあの瞬間、あの顔貌《がんぼう》を恐ろしげにゆがめる激しい怒りを見るにつけ、俺は怖気《おじけ》づいた。

「戻って来い！」親爺さんは叫んだ。

ふん、立ちどまって説明して暇なおしゃべりをのんびりやりとりしてる場合じゃない。ワイシャツ姿で男が窓から身を乗り出し、これほどの大声で騒ぎ立てるって時、群衆が集まってくるまでに時間はかからない。また俺の経験からすると、群衆が寄り集まってくる時、クソいまいましい、差し出がましい警官がやってくるまでにだって時間はかからない。この親爺さんと俺との間のこの小さい純粋に私的な問題を、大観衆の前で警官にかき回されるくらいに俺の望みからかけ離れたことも、まずは絶無だ。

だから俺はぐずぐずしちゃあいなかった。いずれ将来すべては好転するさっていうみたいに俺は手を振り、結構な高速で角を曲がってタクシーをつかまえた。ウォータールー駅までの地下鉄交通費二ペンスを予算計上してあっただけだったから、タクシー代まで支払うのは予定外だったが、節約第一が愚かな分別だって時もある。

タクシーに乗り込んで、ビュンと走り出し車輪の回転毎に親爺さんと俺との距離が離れるにつれ、俺は驚くほど元気を取り戻した。告白するが、この時まで俺は少しばかり不安を覚えていた。だがこの瞬間から、すべてが素晴らしく見えてきた。これまで言い忘れていたが、俺のひたいの上に心地よく載っているこのシルクハットは、グレイのシルクハットだった。それで男の外観に活力と悪魔のごとき魅力を加えるものが一つあるとするなら、そいつはグレイのシルクハットに他ならない。ガラス窓に映った自分の姿を見、それから窓の外の陽気な日の光を眺めるにつけ、神、天にしろしめし、すべて世はこともなしだって俺には思えたんだ。

全般的な絶好調はまだ続いた。俺は気分のいい汽車旅行をし、アスコットに着いた時、汽車の中で誰かが話してるのを聞いた馬に一〇シリングを賭けた。そしたら、有難いこった、そいつはご機嫌な十対一で楽勝したんだ。そういうわけで現場に着く前に、もうほぼ五ポンド浮いてたんだ。高揚した心持ちにて、なあコーキー、俺はパドックに歩いてゆき、群衆の中からメイベルを探そうとした。それでスタンドからパドックに歩いて抜けなきゃならないあのトンネルみたいなもんから出るかどうかしたところで、俺はタッピーの奴と出くわしたんだ。

愛すべきあの野郎の姿を見て俺がまず最初に感じたのは、奴の帽子をかぶってなくてよかったっていう安堵《あんど》だった。タッピーは最善最高の人物だが、些細《ささい》な事が奴の気を動転させるってことはありがちだし、俺は痛ましい場面を我慢できるような気分じゃなかったんだ。俺は陽気に挨拶《あいさつ》した。

「やあ、タッピー!」俺は言った。

ジョージ・タッパーは金のハートの持ち主だ。しかしデリカシーってもんが欠けてるんだ。

「いったいぜんたい、お前どうしてここに来た?」奴は訊いてよこした。

「普通の来方でさ、相棒」俺は言った。

「俺が言いたいのは、お前こんなところで念入りに着飾って何をしてるんだってことだ」

「当然ながら」少々よそよそしさを込めて、俺は答えた。「アスコットに来るときには、俺は身なりのよいイギリス紳士にふさわしいモーニング礼装を着るんだ」

「お前、ひと財産相続したみたいに見えるぞ」

「そうか?」こいつが話題を変えてくれないものかと願いつつ、俺は言った。グレイのシルクハットっていう完璧なアリバイの存在にもかかわらず、最近の帽子生き別れ事件の後こんなにすぐに、俺は帽子と服の話をタッピーと語り合いたくはなかった。奴がかぶってる帽子が新調したてで、少なくとも何ポンドかは掛かったにちがいないのは見てわかった。

「じゃあお前、叔母さんのところに舞い戻ったんだな?」もっともらしい解答に飛びついて、タッピーは言った。「いや、俺はものすごく嬉しいぞ、なあ。なぜってあの秘書の仕事は残念ながらおじゃんになったんだからな。今夜その件でお前に手紙を書くところだったんだ」

「おじゃんになった?」俺は言った。別れの時、窓から突き出していたあの親爺さんの顔を見たお蔭様で、あの件がおじゃんになったってことは俺にゃあわかっていた。だがタッピーにどうしてそれが知れたかがわからない。

「奴は昨日の晩電話してきて、残念ながらお前じゃ駄目だって言ってきたんだ。考え直してやっぱり速記のできる秘書じゃなきゃ駄目だって決めたんだそうだ」

「そうか?」俺は言った。「そうか、そうなのか? それじゃあよかった」熱を込めて俺は言った。「そいつの帽子をくすね盗ってやったことはさ。いたずらに人の希望をかき立てて、こんなふうに優柔不断な真似をやるなんてことはしちゃいけないって痛い教訓になるはずだ」

「奴の帽子をくすね盗っただって? どういう意味だ?」

ここは注意していかないといけないと俺は理解した。タッピーは俺をおかしな様子で見ていたし、この会話がとり始めた方向が、懐かしき学校友達に対しては抱かないよう心得てた方がいいような疑念をまたもや呼び覚ましたことが、俺には見て取れた。

「こういうことなんだ、タッピー」俺は言った。「お前が俺のところに来て、あの国際スパイがお前の帽子を外務省からくすねてったって話してくれた時、俺はアイディアを得たんだ。俺はアスコットに来たかったんだがシルクハットを持ってなかった。もちろん、お前が一瞬疑ったように俺がお前のをくすね盗ってたなら、俺は持ってたはずなんだが、お前のをくすね盗ってなかったから、持ってなかったんだな。それでお前のご友人のバルストロードが今朝俺様を訪ねてきた時、俺は奴のを失敬したんだ。それで今そいつがどんなに移り気で気まぐれな性格の持ち主かってことをお前が明らかにしてくれたわけだから、俺としてはそうしてとってもよかったと思ってる」

タッピーはちょっと呆然《ぼうぜん》としてみせた。

「バルストロードが今朝お前のうちを訪ねたって、お前言ったか？」

「今朝九時半頃だ」

「そんなわけがない」

「じゃあ俺が奴の帽子を持ってるわけをどう説明するんだ？　しっかりしてくれよ、タッピー、なあ大将」

「お前に会いに行った男はバルストロードであるはずがないんだ」

「どうして？」

「奴は昨日パリに発った」

「なんと！」

「汽車が出る直前に駅から俺に電話をくれた。奴は予定を変更しなきゃならなかったんだ」

「それじゃああの親爺さんは誰だったんだ？」俺は言った。本で読むような大いなる歴史上の謎が一つ生まれたってふうに俺には思えた。後世の人々がグレイのシルクハットの男の問題を、鉄仮面の男について論じるのと同じくらい熱中して論じない理由はないって気がした。「事実は」俺は言った。「全部俺の言ったとおりだ。今朝九時半に、モーニングコートに縞柄《しまがら》のズボンの華やかないでたちの男が、俺の部屋を訪問し、そして――」

この瞬間、俺の後ろで声がした。

「やあ、ハロー！」

俺は振り向き、准男爵の姿を認めた。

「ハロー！」俺は言った。

俺はタッピーを紹介した。准男爵は礼儀正しく会釈した。

「なあ、君」准男爵が言った。「親爺さんはどこだい？」

「親爺さんって誰のことだ？」

「メイベルのお父上だ。君は彼に会わなかったのかい？」

俺はこの男をじっと見つめた。俺にはこいつは訳のわからんことをくっちゃべってるように思えた。また訳のわからんことをくっちゃべる准男爵なんてのは、ちょっぴり昼食を食べて身体《からだ》をしっかりさせる前に付きまとわれるには厄介なシロモノだ。

「メイベルのお父上はシンガポールにいるんだ」俺は言った。

「いや、いないんだ」准男爵は言った。「昨日こっちに帰ってきて、それでメイベルが君を迎えにいって一緒に車で連れてくるようにって、君のうちに行かせたんだ。お父上が来る前に君は出発したのかい？」

さてと、そこでこの物語はおしまいだ、コーキー。ニキビ面《づら》の准男爵がこれだけの言葉を発した瞬間、俺は画面からフェイドアウトしたって言えるかもしれない。俺は二度とオンスロー・スクゥエア方面には近づいていない。俺に度胸がないなんてことは誰にも言わせない。だがあの家族の輪に紛れ込んで、あの恐ろしい親爺さんと再びお知り合いになろうだなんて神経は俺にはないんだ。

明るい笑いでぜんぶ水に流してくれるような相手だってきっといることだろう。だが、俺がちらっと見た、あの窓から身を乗り出して怒鳴っている親爺さんの姿は、彼がそういう人物じゃないってことを如実《にょじつ》に物語っていた。俺は姿を消した、コーキー、なあ大将。ただ姿を消したんだ。それから一カ月ほどして、メイベルが准男爵と結婚したって記事を俺は新聞で読んだ。

ユークリッジはまたため息をついてソファから身を起こした。外では夜が白々と明け、世界は青灰色に染まっていた。遅起き鳥たちもイモ虫の間で忙しくやっていた。

「これで小説を書けばいい、コーキー」ユークリッジは言った。

「かもな」僕は言った。

「あがりはきっかり五分五分で分割ってことでいいな」

「もちろんさ」

ユークリッジはじっと思案した。

「この話の真価を十分に生かして、この悲劇の微妙な陰影をとらえて正確に語るには、本当はもっと偉大な作家が必要なんだ。ゴールズワージーとかキプリングとか、そういう誰かだな」

「僕に挑戦させてくれないか」

「よしきた」ユークリッジは言った。『失われたロマンス』とかそんなふうなやつだ。それとももっと簡潔で効果的なやつで行くか？〈さだめ〉とか〈宿命〉とかさ」

「タイトルは考えとく」僕は言った。

ユークリッジのホーム・フロム・ホーム

誰かが僕の部屋のドアをコツコツ叩いた。僕は感電したみたいにベッドから飛び起きた。マクベスを除けば、夜中のノックにこれほどびっくり仰天した者もそんなにはいなかろうと想像される〔『マクベス』二幕二場〕。時間は夜中の三時で、またロンドンの下宿で睡眠中の者がそんな時間にそんなふうに起こされることはそうはない。

いまドアが開き、僕はキャンドルの明かりに照らし出されし、ローマ皇帝のごとき我が大家、バウルズの体軀を視認した。スローン・スクゥエア界隈《かいわい》の家具付き下宿のすべての経営者と同じく、バウルズは元執事である。そしてチェックのガウン姿でも、昼間のあいだ僕を威圧してやまない冷たいあの威厳を、彼はほぼそのままに維持していた。

「失礼をいたします、旦那様」いつも僕に話しかける時の、謹厳な声で彼は言った。「もしや金八シリング六ペンスをお持ちではいらっしゃいませんか?」

「八シリングだって?」

「と、六ペンスでございます。ユークリッジ様のおためでございます」

その名を口にするにつけ、彼の口調にはある種尊敬に満ちた愛情といったものが入り込んだ。我が人生の大いなる謎のひとつは、この神のごとき人物は、家賃をきちんきちんと定期的に入れる僕のことを、まるで僕がとっても若くて未熟でだぶだぶのズボンを穿《は》いていて、主菜をフィッシュナイフで食べているところを見つけたとでもいうみたいに冷ややかで尊大な態度で取り扱う一方で、長年社会公認の汚点男をやってきたスタンリー・ファンショー・ユークリッジのことなんかを、どうして積極的にちやほやしてこびへつらってやらなきゃいけないのかということである。

「ユークリッジ氏のためですって？」

「さようでございます、旦那様」

「ユークリッジは何のために八シリング六ペンス必要なんですか？」

「タクシー代のお支払いでございます」

「ここに来てるってことですか？」

「さようでございます」

「タクシーで？」

「さようでございます」

「朝の三時にですか？」

「さようでございます」

何がなんだか僕にはわからなかった。実際、近頃のユークリッジの活動は謎に満ちていた。奴にはここ数カ月会っていない。しかし高名な作家である奴のジュリア叔母さんの留守中、奴が管理人みたいなものとしてウィンブルドン・コモンの彼女の家に住んでいる、ということはわかっていた。一番謎めいていたのは、ある朝起きると奴から手紙が届いていて、中には一〇ポンド紙幣が同封されており、過去に起債された借款《しゃっかん》——それについてはいくら感謝しても足らない——の一部返済だと説明してあった時のことだ。この奇跡について奴は、我が天才とご都合主義とがついに巨富へと通ずる道を見いだしたと述べる他に、何らの説明も加えてはいなかった。

「ドレッシング・テーブルの上に幾らか置いてあるはずです」

「ありがとうございます、旦那様」

「ユークリッジ氏はこんな時間にロンドンじゅうを走り回っている件について何を考えているのか、何か貴方《あなた》に話しましたか？」

「いいえ、旦那様。あの方は空いている部屋はないかとお訊ねあそばされ、ウィスキー・アンド・ソーダを用意して欲しいとご要望あそばされたのみでございます。また、それにつきましては、ご用意を済ませて参っております」

「それじゃあ奴はここに滞在しに来てるんですか？」

「さようでございます」いちじるしい喜びもあらわに、バウルズは言った。彼は放蕩《ほうとう》息子の父親みたいに見えた。

僕はガウンを羽織り、居間に行ってみた。そこにはバウルズが先触れしたとおり、ウィスキー・アンド・ソーダがあった。僕は深夜に深酒をしたいという酒飲みではないのだが、ここは一杯拵《こしら》えるのが賢明という気がした。S・F・ユークリッジが唐突に僕の所に押しかけてきたという時には、いつだって準備万端でいるのが最善だ。

次の瞬間、重たい足どりの下で階段が鳴動し、怒れる男おん自らがお姿を現した。

「いったいぜんたい？」僕は叫んだ。

僕の興奮は故なしとはされまい。ユークリッジの人相風体については、僕はいつだって覚悟ができている。だがしかし、今現在のコスチュームについてはノーだ。あか抜けた洒落者《しゃれ》では決してなかった男だが、今や想像できぬまでのどん底に身を落としていた。奴は縞々のパジャマ上下の上に、不面目な冒険の数々を通じ、常に奴の友であった黄色のマッキントッシュコートを着ていた。足には寝室用スリッパを履いていた。靴下は履いていなかった。奴の外観は、たった今火事場から逃げ出してきた男のそれだった。

僕の絶叫に応え、無言の挨拶《あいさつ》として奴は手を振った。飛び出した奴の耳にジンジャー・ビールの針金で留めつけられている鼻メガネを調節した後、奴は猛烈な勢いでデカンタに突進した。

「ああ！」グラスを置きながら、奴は言った。

「いったいぜんたいお前は何をやってるんだ？」僕は訊《き》いた。「そんな格好でロンドンじゅうをうろつきまわってさ」

奴は首を横に振った。

「うろつきまわっちゃいない、コーキー、なあ大将。俺はウィンブルドン・コモンからタクシーの進むまま、まっすぐここに来たんだ。またどうしてそうしたのかについてだ。なぜならお前みたいな真の友人は、掛け金のひもを垂らし、窓辺にキャンドルの明かりを灯しておいてくれるだろうってことが、俺にはわかってたからだ。お前、最近靴下は潤沢《じゅんたく》に持ってるか？」

「一足ある」用心深く僕は答えた。

「明日何足か借りなきゃならない。それとシャツ、下着、クラヴァット、スーツ、帽子、ブーツ、それとサスペンダー一揃いだ。お前の目の前にいる男は、コーキー、一文無しだ。人生最初からやり直しって、お前なら言うかもしれん」

「いったい何のためにそんなパジャマを着てるんだ?」

「英国紳士のごく普通の就寝着だ」

「だがお前は就寝してないじゃないか?」

「してたんだ」ユークリッジは言った。また奴の顔には苦悩の表情がよぎったように見えた。「一時間前には、なあコーキー――あるいはおそらく一時間半前って言った方が正確かもしれん――俺様は途轍《とてつ》もない勢いで就寝してたんだ。それから……」

奴は葉巻入れに手を伸ばし、しばらく物思うげに煙をくゆらしていた。

「ああ、まったく!」奴は言った。

おそらくは陰気な笑いのつもりと思われるものを、奴は発した。

「人生!」奴は言った。「人生! 人生なんてこんなもんさ――人生なんてさ。俺が送った一〇ポンドは受け取ったか、コーキー?」

「ああ」

「たぶんちょいとばかし驚きだったことだろうな?」

「その通りだ」

「あの一〇ポンドを支払ったとき、それが俺にとってどれほどのもんだったか、お前にわかるか? なんでもなかったんだ。ただのなんでもないことだった。ほんのちっぽけな金額だ。俺の収入からしたら取るに足らないはした金だったんだ」

「お前の何だって?」

「俺の収入だ、なあ大将。俺の定期収入のごく一部だ」

「お前、どこから定期収入を得てるんだ？」

「ホテル業だ」

「何業だって？」

「ホテル業だ。ユークリッジのホーム・フロム・ホームの収益金の俺の取り分さ。本当にそう呼んでたわけじゃないんだが、俺はそんなふうに思っていた。ホーム・フロム・ホーム、第二の我が家ってことだな」

　表情豊かな奴の顔に、またもや翳《かげ》りが差した。

「続いてる間は、あれがどんなにボロ儲《もう》けだったことか！　うまく続いてる間はさ」奴は悲しげに繰り返した。「こういうおいしい話ってのの問題は、そこのところだ――続かないんだ。いつかおしまいになっちまうんだ」

「その話はそもそもどう始まったんだ？」

「俺の叔母さんが案を出したんだ。少なくとも、案を出すっていう言葉で俺は……まあいい、こういう具合だ、コーキー。トーキー映画の出現以来、映画スタジオの奴らは性別不問で台詞《せりふ》を書ける連中を求めて世界中を探して回ってる。俺の叔母さんに打診が来るのは時間の問題だったんだ。叔母さんはハリウッド行きの一年契約にサインした。それで叔母さんがウォータールー駅で臨港列車の窓から頭を突き出して言い残した言葉っていうのが、どんなことがあっても、決して留守中は他人を家に入れるんじゃありませんよっていう指図だったんだ。叔母さんが家に他人が入るのを嫌悪してるのは知ってるだろう？」

「お前の家で一緒に食事をしてるところにお前の叔母さんが入ってきた時、それには気がついた」

「うん、神かけて誓う、コーキー、俺はその瞬間まで、あの家で暮らして泥棒に吠《ほ》え掛かろうって、それ以外のことをしようなんて考えはこれっぽっちも持っちゃいなかったんだ。俺様は平穏で安らかな一年を予期していた。その間に自分の周りを見渡して自分に一番向いた仕事を探そう、ってな。執事その他の使用人は住み込みだ。俺は一日三度の充実した食事をいただける。このまま順調に行けば未来はバラ色だ。俺は満足していた。

それから、叔母さんが無分別な発言をしたんだ。

コーキー、お前が歴史に通じてるかどうかは知らない。だがもしお前が歴史に詳しけりゃ、この世界のトラブルの半分は女性の無分別な発言によって惹《ひ》き起こされてるってことに同意してくれるはずだ。ぜんぶうまく収まってて素敵で順調に見えてる。と、そこに誰か女性がやってきて無分別な発言をする、それでほら見たことかだ。誓って言う、片方の肘《ひじ》を他の乗客の目にぶつけ、もう片方の腕は俺の方向に権威的に振りたてながら、ジュリア叔母さんが別れの言葉を口にしたその時まで、ウィンブルドン・コモン、〈シーダーズ〉を居住型ホテルにしようってアイディアは、俺の頭にはチラリとも浮かんじゃいなかったんだ」

これはずいぶんと大掛かりな話だと思われた。僕は畏敬《いけい》の念をあらわにしながら、息を呑《の》んだ。

「お前は叔母さんの家をホテルにしたのか？」

「そうしないのは天の摂理に反逆することだって思えたんだ。この計画にはでっかい金が転がってる。もしお前が郊外事情に詳しけりゃ、こういう居住型ホテルが雨後のタケノコみたいにそこいらじゅうに生まれてるってことは承知してるはずだ。かつてないほどの大需要が生じてるんだ。大型の私邸の持ち主は、そいつを維持してくのがあんまりにも大変過ぎるって思いだして、それで立居振舞いのつんけんしたスイス人のウェイターを二、三人雇って、それからここなるはシティの男達の理想の住みかって銘打って新聞に広告するんだ。

だがそんな所と〈メゾン・ユークリッジ〉の差にご注目いただきたしだ。一方はどちらかって言ったら、みすぼらしい。もう一方は、豪華絢爛《けんらん》だ。なあ、コーキー、ジュリア叔母さんのことを自分の友達とは思えないかもしれないが、だがお前だって叔母さんが家の飾り付けをどうしたらいいかをよく承知してる人物だってことは否定できまい。趣味のよさ。優美さ。洗練のデルニエ・クリっていうか最新流行だな。

それからスタッフだ！　スイス人ウェイターはいない。だがうちの執事だけだって、入場料を払う価値はある。一分の隙なく訓練されたパーラーメイド。百万人に一人ってコック。超一流のハウスメイドたち。ウィンブルドンじゅうで名高き仲働き女中。教えてやろう。ウォータールー駅からよたよた歩き出て、最寄の新聞社に行って広告を出した俺様は、歌を歌っていた。長い間じゃない。なぜってまわりの連中が俺をじろじろ見てよこしたからだ。だがいずれにせよ、俺は歌った」

お前だって驚いたはずだ、コーキー（と、ユークリッジは語った）、いや、それだけじゃ足りないな、びっくり仰天したはずだ——俺の受け取った申し込みの数にさ。値段はだいぶお高めに設定してあった。なぜってもちろんこの種の起業をする前には、執事一人、パーラーメイド二人、ハウスメイド二人、コック一人、仲働き一人とブーツ磨きのボーイ一人——一人残らず強欲な吸血動物だ——を買収する必要があったんだからな。しかし、それにもかかわらず、ロンドンの人口の半分がこの話に乗りたがってるみたいな勢いだった。

そのわけを分析すると、つまり、ウィンブルドン・コモンってのは結構な住所だってことだ。何か特別で、きらびやかなんだな。目利き連中だったら、それを聞いて感心する。お前がシティ勤めの連中の一人で、別のシティ勤めの連中に会ったとして、さりげなく「時には家に立ち寄ってくれたまえ。私はいつだってウィンブルドン・コモンの〈シーダーズ〉にいる」と言ってやる。そしたら相手はお前をちやほやして、たぶん昼飯をおごってくれるはずだ。

そういうわけで、言ったとおり、滞在をご許可いただきたしって申込書は俺の許に洪水のごとく押し寄せ、断然殺到って具合だったんだ。残る仕事は、誰に白羽の矢を立てるかってことだけだ。最終的に俺は厳選された六人に絞った。第四ロイヤル・リンカンシャー部隊を退役したB・B・アグニュー中佐。レディー・バスタブル、北部の方でナイトの称号を与えられた何とかさんの寡婦だ。残りは善良で堅実で、イギリスの屋台骨をやるのに大忙しだが、毎週金曜日にきっちり精算するのを忘れるほどは忙しくないって連中だ。

連中は一人一人、一斉にやってきた。そして今や巣は満杯で事業は快調だった。

さてと、これ以上にビッグな成功もあり得なかった。滑り出しからすべては一曲の壮麗な賛歌だった。それは牧歌的だった、コーキー、そうだったんだ。俺は軽々しく物を言う男じゃない。俺は自分の言葉を大切にする。その俺が牧歌的って言うんだ。俺たちは素晴らしい、幸福な大家族みたいだった。

状況の巡《めぐ》り合わせのせいで、俺は過去において余りにしばしば、客人役を務めることを余儀なくされてきた。だが俺の言葉を信じて欲しいんだが、大自然は俺様のことを本当は主人役にって意図してたんだ。俺には行儀作法と雰囲気がある。俺様が晩餐《ばんさん》のテーブルを取り仕切る姿をお前に見てもらいたかったな。温厚で人当たりよく皆に好かれている。こちらで優しい言葉を掛け、こちらで素早い笑《え》みを放つ。守旧派の貴族、それ以下じゃあない。

理性の饗宴《きようえん》魂の交歓［ポープの詩『ホラティウスの諷刺詩第二巻一の模倣』一二七行］について話そう。食卓を囲む会話がきわめて高レベルに達さぬときはなかった。中佐は自分が祖国に忠実かつ立派に仕えてきたインドの地の逸話をどっさり蓄えていた。レディー・バスタブルは八月のブラックプールについて耳寄りな情報を話してくれた。とはいえ、時にはハダーズフィールド［ブラックプールと共にイングランド北部の町］社交界の熾烈な競争のことを——もっと厳粛な口調で——語りもした。また他の住人も知的で、活発な精神を備えた人々で、帰りの列車で夕刊紙を読んできてはブライトン優先株と天気について何か気の利いたことを言わないことはなかった。

そして晩餐後。静かにブリッジ。ラジオ。快く会話するささやき声。時折ちょっぴり音楽。

これを牧歌的とは言わないか？　ああ、その通りだったんだ。

ここで、ユークリッジはもう一杯ウィスキー・アンド・ソーダを飲み、しばらく黙って物思い、座っていた。

俺のジュリア叔母さんは（奴はふたたび話し始めた）、こんなふうにたまさかに自宅の炉辺を離れる時に、筆マメであったためしはないんだ。少なくとも俺にゃあ滅多《めつた》に手紙を書いちゃよこさない。そういうわけだから叔母さんから便りが来ないって事実についちゃ、俺は何の心配もしなかった。叔母さんはハリウッドで立派に仕事をし、気持ちのいい陽光を浴びて、でかけてった先々のパーティーの呪《のろ》いになってることだろうって、決めてかかってたんだ。それで一年じゃなくって三年契約にサインするビジョンと進取精神があってくれたらなあって願う他にゃあ、俺は叔母さんのことなんか考えもしないでいた。

そして、ある日の午後、新鮮な葉巻を買い置きしようとロンドンに出向いた俺は、ボンド街で叔母さんの友人で詩人のアンジェリカ・ヴァイニングに偶然出逢った。この女性のことは憶えてるだろう、コーキー？　とある記憶すべき折に、叔母さんのブローチを借りたがった人物だ。だが俺は強硬に貸し出しを拒んだんだった――ひとつには原理原則ゆえ、またもうひとつは俺がその前日そいつを質入れしてたって理由でだ。

その件以来、一定量の冷気が生じていたんだが、彼女のほうはそいつを克服した様子だった。いま彼女は俺に歯を見せてにっこり笑いかけてくるくらい、愛想がよかった。

「あなた報せを聞いて、きっとお喜びでいらっしゃることでしょうね？」儀礼的な挨拶《あいさつ》の交換の後、彼女は言った。

「報せですって？」俺は言った。何を言ってるんだか皆目《かいもく》わからなかったんだ。

「あなたの叔母様がおうちに戻られることについてよ」ヴァイニングは言った。

なあ、コーキー、パブで和気藹々《あいあい》と政治の話をしていたら、鼻の頭に正面からパンチを食らわされたって経験はあるか？　うん、ボンド街のど真ん中であんなにも何気なさげに発されたこの言葉を聞いて、俺が感じたのがそんな具合だったんだ。俺たちはそのとき犬屋の前に立っていた。それで俺の言葉を信じてもらいたいんだが、ウィンドウの中にいた二匹のスコティッシュ・テリアとブルドッグの仔犬一匹は、突如四匹のスコティッシュ・テリアと二匹のブルドッグの仔犬になって見えた。全員がちらちらチラついていた。俺の足の下の地面はがったんがったん揺れた。

「戻ってくるですって？」俺はガボガボ言った。

「あらあの方手紙で言ってらっしゃらなかったの？　そうよ、今すぐにも船でご帰国なさるのよ」

それで夢うつつでいるみたいに、俺はこの女性がこういう悲劇に至った事の経緯をつまびらかにするのを聞いた。聞けば聞くほど、ジュリア叔母さんは誕生の瞬間にクロロフォルムを嗅《か》がされていて然《しか》るべきだったたっていう俺の信念は、いよいよ強まったんだ。

彼女が勤労奉仕を提供したそのスタジオにあっては、雇用された著名作家には多大な自由度が与えられていたらしい。親切なパワーズとかいう人物は、芸術家気質《かたぎ》ってものの存在を認めて、そいつを許容した。したがって、俺の叔母さんが監督を鼻であしらいカメラマンをうるさくせき立て統括者を追っかけて木に登らせてるばっかりだったとしたって、なんにも言われやしないんだ。だがいかに芸術家魂といえども〈コロッサル・スーパーファイン〉でやっちゃあならないことがひとつあった。それは宝石で飾り立てた手を振り上げて、大ボスのソル・ブラッターズの耳の穴をぴしゃりと引っぱたくってことだ。

それも叔母さんの出してきた台詞《せりふ》が何にも意味のないたわ言どっさりだってそいつが言ったたって事実のせいで感情を昂《たかぶ》らせて、ジュリア叔母さんはそれをやっちまったんだな。

で、その結果、叔母さんは今や東の方目指して進行中で、ヴァイニングによれば、いつ家に着いたっておかしかないんだそうだ。

さてと、コーキー、お前はいままで俺がいろんな窮状に置かれるのを見てきた。お前はこの旧友が——一再ならず——進退窮《きわ》まり、顔に険《けわ》しく、こわばった笑みを湛《たた》える様を見てきたことだろう。そしてお前は、必ずやきっと、ここなる男はそうやすやすと降参する人間じゃないって結論に達してるにちがいない。またその通りなんだ。しかしこの状況で、俺はハッピーエンディングを見いだせずにいたってことは、率直に告白しなきゃならない。

　俺のとるべき道は明白だってお前は言うかもしれない。金の鉱脈にまさしく他ならないものを閉業するなんて思うことはまことに遺憾だが、しかし我が客人たちを〈シーダーズ〉から遅滞なく放り出し、叔母さんが懐かしき我が家に帰ったときには、みんな一掃済みで片づけ済みで他人が居座ってた痕跡なんか皆無にしとく以外に方策はない、ってな。

　無論そんなことは、俺だって考えた。たちどころにそう頭に浮かんださ。だが難しいところは、どうやってそうすりゃあいいのかってことだ。わかるだろう。我らがささやかなる無断居住者の一団は、水も洩らさぬ合意の下、六カ月間居座る法律上の権利を有しており、まだその期間のうち三カ月が経過しただけだ。ちょっと歩いていって「みんな、出てってくれ」って言ったらそれで済むって話じゃないんだ。

　厄介すぎる問題だ。その晩、晩餐の席で俺に輝きはなかった。俺が何かに気を取られているって感想が多出した。実に初めて、シーダーズの晴れやかなる館主様が、上《うわ》の空で寡黙で、食卓上を稲妻のごとく行ったりきたりする気の利いた警句の応酬に何ら貢献しない姿が見られたんだ。

　晩餐後、もっと考え込もうと俺は叔母さんの書斎に引っ込んだ。それから突然思い当たったんだが、もし三人寄れば文殊《もんじゅ》の知恵であるならば、九人寄ったらもっといい知恵が出るんじゃないかってことなんだ。憶えてるはずだが、この事業は俺一人のものじゃない。本事業の上がりは端《はな》っから

――最初の話し合いにおいて決定された割合で――俺と執事、二人のパーラーメイド、二人のハウスメイド、コック、仲働き女中、ブーツ磨きのボーイ――の間で分割されていた。俺は呼び鈴を鳴らし、緊急会議のため株主全員を招集するよう執事に指示を飛ばした。

さてとそれで一同勢揃いだ――ブーツ磨きのボーイ、仲働き女中、コック、二人のハウスメイド、二人のパーラーメイド、そして執事だ。女性は椅子に座り、男性は壁を背に立った。そして俺は机の上に座り、幾らか形式的な挨拶を済ました後は、立ち上がってただいま出来《しゅったい》している状況について説明した。

この大不幸が青天の霹靂《へきれき》であったことを考えれば、皆一様によくこれを受けとめたと言わなきゃならない。確かに、コックは号泣を始めて神の怒りとソドムとゴモラの街［『創世記』十三・十三］について何か言った――彼女はちょっと聖書寄りの人物だったんだな――し、ハウスメイドの一人はヒステリーを起こした。だがそんなのは決定的に重大な株主会議じゃあゆうに想定内だ。誰かがコックにハンカチを貸し、仲働き女中がパーラーメイドを落ち着かせてやり、われわれはこの問題に頭脳を傾注しようと本腰を入れたんだ。

もちろんこういう雑多な編成の集会にあっては、一定量の不規則発言が飛び出そうとは予測されるところだ。提案の中には、率直に言ってとんまなやつが幾つもあった。またこう述べるにあたって、俺はブーツ磨きのボーイのことを念頭に置いている。

この若造は、チビでソバカス面《づら》のガキで、赤ん坊のときに頭から落っことされた後、人生の人格形成期を扇情的《せんじょうてき》なフィクションを読んで過ごしたらしいんだな。信じちゃもらえないと思うが、コーキー、だがあいつの問題解決策ってのは、俺たちみんなで幽霊の格好をして現金客の皆さんを怖がらせて追い出してやればいいってやつだったんだ。それでそのアイディアでいってみようかって一瞬俺は思ったたって言ったら、考えすぎた挙句に俺がどんな状態まで追いつめられてたかってことが幾らかわかってもらえようかと思う。それから男女混合九体の幽霊の団体がこの屋敷じゅうに溢《あふ》れ返るって計画の実行不可能性ってことが俺の胸を圧倒し、それでもっと別の策はないかって俺は訊《き》いたんだった。

そしたら今度奴は誰かを頼んでサザンプトンの港で叔母さんを待ち伏せして誘拐させ、どこかの地下室に監禁して次なる沙汰《さた》を待つってことでどうかって言ってきた。この策の魅力ある副産物は、ときどき彼女の爪先やら指先やらを切り取ってやることにしたらば、高額の小切手を支払ってくれるように仕向けられるだろうから、そしたらみんなずいぶん助かるってことだと奴は指摘した。

この時点で、執事がきわめて適切にもこのガキの左耳をつかんで放り出した。それからことは解決に向かいだした。そして最終的には執事の友人に下水管検査官を装ってうちに来てもらい、シーダーズの下水システムを人間の消費には不適って宣告してもらうことで合意が成立した。紳士淑女様方におかれましては、お住まいのお屋敷の下水システムへの酷評に対しましてはご敏感にご反応あそばされることが一般によく知られておるところでございます。また必要経費としてパットニーよりの往復交通費とビール一杯を振舞ってやりますならば、わたくしの友人は一ポンド以下にて同作業をよろこんで引き受けてくれることでございましょう、てな。それでこれよりいい名案を出せる奴はいなかったから、この策略で行くってことに決まったんだ。

そういうわけで、翌朝、俺は思わせぶりな態度で鼻をクンクンさせて回り、客人たちにおかしな臭《にお》いはしないかって訊いて歩いた。それで午後には執事の友達がやってきて行動計画に取り掛かってくれるって次第になった。

執事の友達にゃあ、多大なる賛辞を捧げなけりゃならない。俺の意見じゃ、奴は仕事を見事にやってくれた。俺様ですらほとんど騙《だま》されそうになったくらいだ。そいつはくすんだ顔と垂れ下がった口ひげをして、いかにも下水管の検査にお似合いな人相風体だった。なんとなく役所らしい黒革の手帖とひさしつきの帽子を足し合わせたら、説得力のある仕上がりの完成だ。

だが人生の問題ってのはさ、コーキー、「わかってる男」、専門家、スペシャリスト、その問題を研究してその件についちゃ何の幻想も抱いてないって野郎に、どこで出会うもんか知れやしないってことだ。そいつがそこいらじゅうを嗅ぎ回って七時に帰って行くまでの間に、六人の客人中五人までが大変結構な精神衰弱状態に追いやられ、荷造り開始まではただもう時間の問題って具合になってたんだ。そこにこの時、その第六番目の客人、ワプショットって名前の男が帰ってきた。そいつはその日の午後、オーヴァルクリケット場でクリケットの試合を見て過ごしてたんだ。

さてと、コーキー、我らがささやかなる家族を作り上げるにあたり、俺は連中の職業経歴を確認するなんてことはまったくなしで、銀行の保証書とかだけで満足してたんだった。そのワプショットって野郎が、何が起こったかを聞くと、軍隊ラッパを聞いた軍馬［『ヨブ記』三九・二五］みたいに首を振り立てて、目をギラギラ輝かせながら、六カ月前に退職するまではそいつ自身が下水管の検査官をやっていて、それだけじゃなく、当該職業において最も明敏なる能力の持ち主として高名を馳《は》せてたって宣言したんだ。

一九〇六年の夏に下水管業界のどこかはるか高みにいる誰かさんがよこしたそいつの眼識と直観力への瞠目《どうもく》すべき賞賛を物語ることによって論を起こし、少なからぬ熱を込めて、もし誰かがシーダーズの下水システムに難癖をつけようというならば、自分は自分の帽子を食べてみせる、って奴は言ったんだった。それからそいつは自分の帽子をみんなに見せた――フラシ天のフェドーラ帽［柔らかなフェルトの中折れ帽。フランスの劇作家ヴィクトリアン・サードの『フェドーラ』（一八八二年）でヒロインのかぶった男性用帽子から］だったな。

「その男に会わせて下さい」奴は熱くなって言った。「この私が、自分の住む家の下水管が大丈夫かどうか知らないで三カ月も暮らしたなんて吐《ぬ》かした奴には、真っ赤な嘘つきだって言ってやりますから」

それから奴はこれまで出会った下水管と、奴を欺こうとした下水管たち、そしてそうした下水管が喫した悲しむべき敗北についてしばらく話し続けた。

ふん、俺たちは奴をその男に会わせてやるわけにはいかなかった。なぜならそいつはビールを一杯飲み、一ポンドをズボンのポケットにしまい込んで、一時間も前に西回りの路面電車で帰っちまってたからだ。だが皆が張り切った声でそいつの検査手法を説明すると、ワプショットは簡単に鼻で笑いとばしたんだった、なあコーキー。

どうやら下水管検査には特別な技法があるらしい。その専門家にはそれがわかるんだな。ひさし付きの帽子にもかかわらず、黒革の手帖に垂れ下がった口ひげにもかかわらず、いまや執事の友達がどっさり素人《しろうと》臭さを露わにしてたってことは明白だった。奴は間違った質問をしていた。奴がクンクン嗅ぎまわったことすら批判の対象になった。

「そいつはペテン師ですね」ワプショットは言った。

「ですけど、彼の動機は何だったのでしょう？」レディー・バスタブルが訊いた。「あんなに立派な、尊敬すべき人物に見える方でしたのに。あの方、わたくしにハダーズフィールドの市長さんを思い出させましたわ」

アグニュー中佐がわめき散らしだした。あれ以来、あいつはブーツ磨きのボーイと親戚なんじゃないかって俺は思ってるんだ。二人とも、どぎつい想像力に富んだおんなじ線で思考しがちなんだな。

「夜盗集団の先遣要員ですな」中佐は言った。「ああいう連中のお決まりのやり口ですよ。最初に現場をスパイする奴を送り込んで、屋敷の詳細な地図について完全な情報を得たところで、それから全員で突入するんです」

一瞬、コーキー、この提案ですべて解決ってことに収まりそうな時があったんだ。一同は目に見えて激しく反応した。シティ勤めの連中のうちの二人は不快げに互いを見やり合い、レディー・バスタブルはすっかりきっぱり緑色に変わった。

「夜盗ですって！」彼女は叫んだ。「わたくし、すぐにこちらを出ていかせていただきますわ」

それで二人のシティの勤め人は、こういうウィンブルドン・コモンの家々ってのがどんなに人里離れて孤立していて、いざ必要って時になって警官を見つけるのがどんなに大変かってことについて何かぼそぼそ言った。

それから中佐が――馬鹿オロカめ――ぜんぶ台無しにしてくれやがったんだ。

「マダム」奴は言った。「英国人たれ、ですぞ！　紳士諸君、男たれ、です！　我らが楽しき我が家から、数人のけちな泥棒ごときにおびえて逃げ出すおつもりですか？」

レディー・バスタブルはベッドの中で殺されるのはいやだと言った。シティの連中は、自分たちもベッドの中で――各々のベッドで、という意味だ――殺されるのはいやだと言った。あなたのべッドの中で殺されるくらいいやなことも想像がつかないと俺は言い、この線の議論を進めようとした。だが中佐は今や完全に血気盛んな勢いになっていた。こういうインド軍将校ってのもんを絶対に信用しちゃだめだ、なあコーキー。揃いも揃って英雄なんだ。そのことは連中を大いに嫌悪の対象としている。

「そんなことが可能だとお思いだとしたら、それは皆さんがああいった悪党連中のことをまるきりご存じないということですな」奴は言った。「意気地のない連中ですよ。奴らにわしの自慢の軍用拳銃を見せたら、ウサギみたいに走って逃げ出すことでしょう」

レディー・バスタブルがわたくし軍用拳銃なんか持ってませんわと言った。

「わしが持っとります」中佐は言った。「またわしの寝室のドアは貴女《あなた》のお部屋の廊下を挟んだ向かいにあります。わしをご信用ください、マダム。貴女が悲鳴を上げた瞬間に、わしはベッドを飛び出して猛烈に発砲し続けてやりますとも」

これで展開は変わった。連中は滞在を続けることに決めた。それでまた俺は、またしても大変な仕事を始めっからやり直さなけりゃならなくなったんだ。

だがさ、コーキー、こういう、普通の人間だったら途方に暮れるような時にこそ、お前の親友は真価を見せてくれるんだ。危機的状況は俺様の知性を研《と》ぎ澄ますんだな。無論最初っからそいつに思い至ってて然《しか》るべきだったたってお前は言うだろうし、その批判が正当だってことは認める。それでもだ、いま話した議論から一時間もしないうちに、俺はすべての問題を解決してくれそうなアイディアを思いついたんだ。

シーダーズの下水システムに疑惑を投げかけようと精妙な計画をこねまわして時間を無駄にしていた時、俺はことのほんの上っ面を引っ掻《か》いてただけに過ぎなかったんだ。俺に必要なのは端的に事の根幹に切り込むことだ。俺は人間の本性ってものをきわめて深く研究してきている。それで俺はあることを知っているんだ。すなわち、どれほどしっかりその家に落ち着いたとしても、家屋内に伝染性の病気が発生したと伝えてやれば、どんなにしつこい居座り屋だって家から追い出してやれるってことだ。

アグニュー中佐は軍用拳銃を振り回し、夜盗のことをせせら笑って語るかもしれない。だが俺は賭けたっていいんだが、もし仲働き女中が猩紅熱《しょうこうねつ》で床に伏したと知らされたら、奴があんまりにもすばやくここを引き払ったもんだから、私設車道になんだか薄ぼんやりした影が走り抜けるのが見えただけだった、てな具合になるはずなんだ。

俺はこの案を執事に話した。奴は物のわかった男だし、俺に次ぐ大株主だ。奴は全面的に俺に同意してくれた。また彼は俺に、冷硬鋼の女性たるジュリア叔母さんが、ハウスメイドがおたふく風邪に罹《かか》ったと知るやたちまち家を出、ビングレイ・オン・シーに着くまで前進を続け、その地に三週間留まった時のことを俺に思い出させてくれた。

したがって、翌朝仲働き女中はこっそり母親のところに帰らせることにし、執事が一日かそこら深刻な顔をして不吉げに首を振りながら歩き回り、ささやかな滞在者の一群に俺が囲まれている時を見計らってビッグニュースを切り出す、と、そうするってことで段取りがついた。

俺はこのシーンのことを何度も何度もあらかじめ頭の中で映像化してみたし、そこに何の欠陥も見いだせなかった。

「お話をさせていただいてよろしいでしょうか、旦那様？」

「ああ、バーターか？　何だ？」

「遺憾ながらお知らせ申し上げねばなりません。ジェーンの具合がよくないのでございます」

「ジェーン？　ジェーンだって？　ああ、家の働き者の仲働き女中か？　そうか、バーター？　それは実に困ったことだな。重病じゃないと信じたいが？」

「はい、旦那様。それが遺憾ながら重病なのでございます」

「もっと大きな声で言ってくれないか、バーター。何だって？」

「猩紅熱でございます、旦那様。医師によればさようとの由にございました」

センセーション、続いて全員どっと退散だ。失敗のしようはないと俺は思った。

しかしながら、何が跳《と》び出してきて事をめちゃくちゃにするかなんてことは、いつだって予測がつきゃあしないんだ。翌日のお茶の時間、バーターが皿に盛ったクランペットを供し、首を不吉げに振りながら引き下がったところで、海の真ん中で俺の叔母さんが発した無線電信が届いたんだ。それでコーキー、この無線電信をごく注意して読んで、俺がやったことは正当かどうかを教えてもらいたい。

そこにはこう書いてあった。

火曜日パリ着く

これでぜんぶだ。「火曜日パリ着く」だ。だがこれで、俺の作戦行動を全面的に変更するには十分だった。

この時まで、俺の全神経は顧客たちを家から追い出そうって仕事にすべて向けられていた。いまや俺には、そいつをやるのはとんでもないバカな大間違いだってことがわかったんだ。

事実を考慮せよだ、コーキー。諸経費を控除して仲間の株主たちに分け前を支払った後、この連中がシーダーズに一週間余計にいてくれれば、毎週三〇何ポンドか俺の取り分になる。その瞬間が訪れるまでは連中を蹴《け》り出すなんてのは狂気の沙汰だ。そしてこの無線電信は、その瞬間がはるかに遠い先だってことを告げていたんだ。

わかるだろう、ジュリア叔母さんはパリに行くと、少なくとも何週間かは滞在するのが決まりだ。愛する我が家が女主人の帰りを待ちわびている、通常時だってそうなんだ。それじゃあシーダーズが猩紅熱の被害に荒廃し果てていると知らせる電報を受け取ったらばどうなる？　我がホーム・フロム・ホームは少なくとももう一月は経営できると推定可能だって俺は確信した。その一カ月で俺様はおよそ一二〇ポンドものどでかい大金を稼げるはずなんだ。

他にとるべき手はないと思えた。翌朝、俺は地元の郵便局にでかけて行って叔母さんの定宿の〈オテル・クリヨン〉宛に電報を打ち、戻ってきてすべて世はこともなしって気分になっていた。電報には金が掛かった。つまり俺は意を明確にするために言葉を惜しまなかったからな。だが、投資なくして富の蓄積なしだ。

その晩の晩餐時には、誰にも俺が上《うわ》の空だって言ってよこす機会はなかった。猩紅熱の話を宣言する時が来たら、この連中に先を競い合ってこの家から出てってもらえるだけじゃなく、連中が法的合意に違反したって言って俺はおそらく高額の損害賠償を請求できる立場に立つことになるだろうって思い当たったんだ。その結果、俺はかつてないほど生き生きと輝きを放った。バーターには、俺事情変更に伴い、おって指示するまで深刻な顔をして不吉げに首を振るのは延期だと指示してあったから、食卓を囲む人々の中に笑顔でない顔はなかった。その晩は最高かつ最も愉快な晩であったとは、衆目の一致するところだ。

翌日もおんなじように快調に過ぎた。晩餐は完璧なる歓喜の饗宴だった。それから、他のみんなが寝室に引き下がり、俺はあんまり眠くなかったもんだから、葉巻を一本抜いて自分用の飲み物を拵え、書斎に行って腰を下ろし、いよいよこの結構な仕事が閉業を余儀なくされるって時までに、幾ら稼ぎ出せるもんか見積もろうとやってたんだ。

それでこう言っていいと思うんだが、コーキー、俺はものすごく陽気な気分だった。敗北の顎《あぎと》より勝利をもぎ取り、持ち前の冷静な頭脳とビジョンでどでかい富を築き上げようって立場に身を置いた男にふさわしくだ。

そんなことを俺は考えていたんだ、なあ大将。それでその妄想は刻一刻とおいしい話度を増していった。と、突然階上のどこかから、銃声がしたんだ。それからもう一発鳴った。ぜんぶで二発だ。それで何かが俺に、こいつはB・B・アグニュー中佐の軍用拳銃の功績に帰すべき事柄だって言ってよこしたような気がしたんだ。

それでやっぱり、しばらくして俺が次なる活動に耳を澄まそうとドアのところに立っていると、中佐が武器を振り立ててやってきた。

「あの銃声は何だったんです?」俺は訊いた。

中佐は自分のやったことに大層ご満悦の様子だった。奴は俺について書斎に入り、椅子に掛けた。

「申し上げませんでしたかな?」奴は言った。「下水管の監査官を装ってきた男は、集団窃盗《せっとう》団の先遣要員であると。うとうとし始めたところで、階段で物音がしたように思い、拳銃を取り出してヒョウのごとくしなやかに足音をしのばせ、廊下に出てみたのです。すると、階段の一番上に、ぼんやりした人影がこっそり忍び寄ってきておったです。暗すぎてぼんやりした輪郭以上は何やらわからなかったが、わしは発砲した」

「撃ったんですか？」俺は言った。「撃ったんですね？」

　中佐は心外げにチッと舌を鳴らした。

「撃ち損じたはずです」彼は言った。「明かりを点けてみたところ、どこにも死体はありませんでしたからな」

「死体はなかったんですか？」俺は言った。

「死体はありませんでした」中佐は言った。「視認性が低かったという事実のせいでしょうな。実際、われわれはほぼ完全な真っ暗闇の中でありましたから。前にプルンダポールで同じ経験があったものです。さて、わしはしばらく辺りを見てまわりました。だが無駄だとわかったんですわ。廊下の窓が開いており、不心得者はそこからまんまと逃げ去ったに相違ないのです。壁にはツタが這《は》っておるから、ツルをつたって難なく降りてゆけたはずですからな」

「そいつは何か言いましたか？」

「ああ」中佐は言った。「それをお訊ねになられるとは不思議ですな。わしが一発目を発砲した時、くせ者は何か〈バー！　バー！〉と聞こえることを言ったのですわ。それもおかしな高い声でしたなあ」

「〈バーバー〉ですか？」ちょっぴり面食らって俺は言った。意味をなすようには思えなかったからだ。

「そう聞こえましたな」

「頭のおかしい泥棒ですかねえ」

「怒鳴《どな》っていたのかもしれんの」

「泥棒が怒鳴りますか?」

「怒鳴りますとも」中佐は言った。

彼は自分で自分用にどっさり注ぎ、誇り高き連隊の元将校にふさわしき行動を取った男の気配を漲《みなぎ》らせながら、そいつをぐっと飲み干した。

家の中がこんなにも静かなのはおかしいってことに俺は思い当たった。夜間の銃声を聞いたんだから、うちの宿泊者たちがちょっとは騒ぎまわって色々訊いてまわってたってよさそうなものだ。

「他の皆さんはどちらにいらっしゃるんですか?」俺は訊いた。

中佐は寛大げにクックと笑った。

「しっかり身を伏せているんでしょう。さてさて」彼は言った。「彼らを非難すべきではないのでしょうな。身体的勇気というものは、当然に備わっておる者もあれば、なかなかそうはいかないという者もあるものですからな。わし自身、誰もこの些細《ささい》な出来事に気づいた様子がないのをいぶかしく思い、見てまわったのですが、全員ベッドにもぐり込んでいましたよ。本当に布団をかぶっておった奴はいなかったが、一人、二人はほぼそうしてるも同然ってところでしたな。可哀そうなレディー・バスタブルは特別取り乱しておいでしたよ。どうやら彼女はドアに鍵を差したまま取り忘れていたようです。さてと、それでどうしましょうかな? 家の中を捜索して回りますか?」

「あんまり意味はないんじゃないですか？　くせ者は廊下の窓から逃げたっておっしゃったじゃありませんか」

「そうしたに相違ないとは思います。まったく猛烈な速さで姿を消しましたからな。今そこにいたと思ったら、次の瞬間にはもう消えている、と」

「ふむ、この一杯で最後にして、寝るとしましょう」

「おそらく貴方《あなた》のおっしゃるとおりでしょうな」中佐は言った。

それで俺たちは最後の一杯を飲み、その晩はそれでお別れとした。とはいえ少なくとも、すぐにお別れとはならなかった。というのは二人とも同じ階に寝室があったからだ。俺の部屋は階段のてっぺんの、レディー・バスタブルの部屋の隣で、中佐の部屋は廊下の突き当たりだった。

レディー・バスタブルの部屋の前を通り過ぎる時、主人役としてはこのドアをノックして、具合はどうかって伺っとくのが礼儀正しい態度だろうと俺は思った。だが最初に一打ちしたところで、恐ろしい苦悶《くもん》の悲鳴が室内から聞こえ、それで俺はこの件についちゃあここまでにしとくってことにした。中佐は当然の報酬たる眠りに落ちるべく部屋に向かい、俺は自分の部屋に入って、パジャマを着、寝床についた。無論、シーダーズが泥棒に入られたって思うと、いくらか気持ちは動揺していた。だが頼もしき中佐の銃弾が抗戦してくるって向こうが思ってくれてる限り、戻ってくることはあるまいと思えた。そういうわけで、この問題は頭から追っ払うことにして、俺はライトを消し、夢見ぬ眠りに就いた。

それでそこで、もしこの世の中に何か正義があるなら、もし天の摂理が善行の報いを受けるべき者たちの世話を然《しか》るべくやってくれているならば、この話はここで終わってたはずなんだ。だが、どうだ？　ぜんぜん終わっちゃいない。

どれくらい眠ったものか、俺には言えない。たぶん一時間くらいだろう。もっとだったかもしれない。俺は肩を揺する手に起こされた。それで起き上がってみると、俺は部屋の中に女性がいるのに気がついたんだ。誰かははっきりとはわからなかった。それで俺はこういうきちんとした屋敷内でのこんなだらしない、ボヘミアンな行動に対する意見を表明しようとしたところだった。と、その女性が話しだしたんだ。

「シーッ！」彼女は言った。

「シーッ！　は結構です」俺はちょっと熱くなって応えた。「僕の部屋で何をしていらっしゃるんですか？」

「あたくしよ、スタンリー」彼女は言った。

コーキー、そいつは俺の叔母さんだったんだ！　それで一瞬理性が玉座でがたがた揺れたと言ったって過言じゃあない。

「ジュリア叔母さん！」

「物音をたてちゃ駄目《だめ》」

「だけど聞いてください」俺は言ったし、またたぶん俺の声は少しばかり不機嫌だったと思う。つまり、このこと全体の不正さが、少なからず俺をイラつかせていたからだ。「叔母さんは無線電信で、パリに行かれるって言ってらしたじゃないですか。〈火曜日パリ着く〉とおっしゃったんですよ」

「あたくしはパリ号にて着くって言ったの。パリ号っていうのはあたくしが航海した客船の名前よ。

それがどうしたっていうの！」

それがどうしたかだって！　あえて訊く、コーキー！　俺は訊きたい、なあ大将。ここなる俺様は、整然たる見事な計画をぜんぶぺしゃんこにされて、それもひとえにただこの女性がはっきり書くってことを怠ったからって、それだけのせいでだ。我が人生航路の折節に、俺は女性って性全体に対して苦々《にがにが》しい感情を覚えたことが間々あった。だがこれほど苦々しかったのは初めてだ。

「スタンリー」叔母さんは言った。「バーターの気が狂ったわ」

「へっ？」俺は言った。「誰がですって？」

「バーターよ。サザンプトンには遅くに着いたのだけど、自分のベッドで早く眠りたかったから、車を借りて埠頭《ふとう》から乗ってきたの。自分の鍵で家に入って、できるだけ静かに二階へ上がったのね。誰の邪魔にもならないようにって。それで階段の一番上に上がったら、突然バーターが現れて、あたくしにピストルを発砲したのよ。あたくし大きな声で〈バーター！　バーター！〉って叫んだし、彼にあたくしの声がわからないわけがないのに、まったくお構いなしだったわ。彼はもう一回あたくしに向けて発砲して、それであたくしは貴方の部屋に駆け込んで戸棚に隠れたの。有難いことに、彼はあたくしを追っては来なかった。頭がおかしくなったに違いないわ。あたくしの留守中、バーターのことで何か気がついたことはなくて、スタンリー？」

コーキー、お前はしばしば俺の巧妙さと機知とに称賛を表明してきた。え、何だって？　ふん、お前じゃなけりゃ、他の誰かだ。いずれにせよ、俺はそういう能力についてしょっちゅう惜しみない賛辞を受け取ってるんだ。だがこの瞬間の俺ほど、そうした賛辞にふさわしかった時はない。

つまりだ、こんなふうな破滅と崩壊の瀬戸際に立ち、自分の叔母さんが現実に家屋内にいて、それでこの家屋内には退役中佐、ハダーズフィールドから来たナイトの未亡人、さらに四人のシティの勤め人よりどりみどりが住まいしているという事実と直面しながらも、それでも俺は冷静な頭脳を保ち、解決策を見いだしたんだ。

「ええ、ジュリア叔母さん」俺は言った。「バーターについてはおかしなところがあるのに僕も気がついています。彼は深刻な顔をして、不吉げな具合に首を横に振りながら歩き回っているんです。まるで何か考え込んでるみたいにです。明らかにあの男はキチガイですね。それで貴女にしていただかなければならないのは」俺は言った。「こういうことです。彼がここにいる限り、この屋敷は明らかに貴女にとって安全な場所じゃありません。すぐに逃げ出さなきゃいけません。今すぐにです。待ってる間はありません。ぐずぐずしないでください。いま、爪先立ちしてそっと抜け出して、音なく階下にこっそり向かい、玄関ドアから出ていってください。通りの角には一晩中タクシーが走ってます。一台つかまえてホテルに行って下さい。その間に、バーターのことは僕が処理しておきます」

「だけど、スタンリー……」彼女は言った。またそう言う彼女の声は、うち震え、おびえた仔ジカ然としていて俺の耳には音楽のごとき調べだった。叔母さんが俺の恐れを知らぬ勇敢さに深く感動しているのは見て取れたし、この件全体は、俺が大惨事を逃れきるってだけでなく、実際かなり相当量の金額をせびり取れる結果に終わりそうな様子だった。男性の古き良きブルドッグの度胸くらい、女性の心に訴えかけるものはないんだ。

「全部僕にまかせてください」俺は言った。「こういうことは男の仕事です、ジュリア叔母さん。大切なのは貴女に今すぐ安全な場所に避難していただくことです」

「だけどお前はどうしようって言うの、スタンリー？　何をするの？　彼はピストルを持っているのよ」

「大丈夫ですよ、ジュリア叔母さん」俺は真心込めて言った。「僕は事態を完全に掌握《しょうあく》しています。明日の朝、彼の執事業務に関連した何か些細な家事の件で彼を呼び寄せます。〈ああ、バーター〉僕は平然と言ってやります。〈お入り、バーター〉と。そして彼の注意が逸らされた時に、僕は急な跳躍をして彼を取り押さえます。まったく簡単ですよ。全部僕にまかせてください」

うむ、暗すぎて叔母さんの目の中の崇拝の表情は見えなかったが、そこにそれがあるのはわかった。俺はドアのところに行って部屋の外を覗《のぞ》いた。廊下は完全に静まり返っていた。俺は叔母さんの手を取り、力づけるようにそれを握って、彼女を室外に導き出した。

それから、快調に移動開始したところで、コーキー、どうなったと思う？

「あたくし、スーツケースなしじゃホテルに行かれないわ」叔母さんは言った。「あたくしの部屋の戸棚の中に入っているわ。たぶん何か入れるものがあるはずよ」

コーキー、俺の心臓は止まった。お前の親友の心臓は止まったんだ。わかるだろう。レディー・バスタブルはわれらが一団中ただ一人の女性だったから、当然俺は彼女に一番いい寝室をやった。叔母さんの寝室だ。実際、叔母さんが今その部屋のドアノブに手を伸ばそうとしている、まさしくその部屋だ。彼女の指は、ハンドルから一センチってところにあった。

うーむ、俺は最善を尽くした。

「スーツケースなんていりませんよ、ジュリア叔母さん」俺は言った。「スーツケースなんか必要ありません」

だがだめだった。初めて、彼女の態度物腰に、いつもの厳格さが入り込んできた。「馬鹿おっしゃい」彼女は言った。「あたくし、この服のままじゃ寝られないわ」

そう言うと彼女はハンドルを回し、手を伸ばして電灯のスウィッチを見つけるとそれを押した。同時に中から失われた魂の甲高い絶叫がした――レディー・バスタブルは事を盛大に受けとめてくれたんだ。それからすぐ、飛び立つキジみたいな物音がして、向かいの部屋から中佐がとび出してくると、以前中断したところから拳銃発砲行為を再開した。

このこと全体が、途方もないほどにミステリー劇の見せ場にそっくりだった。

さてとコーキー、俺はその場を立ち去った。俺は待っちゃいなかった。俺は自分の部屋に忍び込み、銃弾を払いのけ、あわてて俺のマッキントッシュコートを取ると、あとは皆さんで解決していただくことにして階段をとっと逃げ去った。俺は家の外に出、タクシーを見つけ、そのタクシーを捕まえてここに来た。それで俺はここにいるわけだ。

さてとコーキー、試練の道を通り抜けてきた男、自分が何を話しているかがわかっている男として、ひとつお前に大真面目に言っておきたい。ボロ儲《もう》けをする機会にはとってもご用心、なあ大将ってことだ。たった今俺様が話した話みたいに、そういうもんにはあまりにしょっちゅう、ヒモがくっついてるんだな。お前は人生の春を謳歌《おうか》する若者だ。熱意に満ち、楽天的で、何かをタダでゲットするチャンスは逃さない。そういうチャンスが来たときにはな、コーキー、よくよくそいつを吟味《ぎんみ》するんだ。そいつの周りをぐるぐる回れ。手でポンポン叩いてみろ。においを嗅いでみるんだ。それで検査の結果、自分が思ってたのとは違うって兆候がちょっとでもあったら、ヒューズを飛ばしていずれお前をスープの中に着水させて腰の高さまでどっぷり浸からせるって方向性にちょっとでも気づいたら、そんなもんは放ってウサギみたいに逃げ出すことだ。

ドロイトゲート鉱泉のロマンス

若きフレディー・フィッチ＝フィッチが、イングランド西部にあるかの有名なる保養地、ドロイトゲート鉱泉に赴《おもむ》き、伯父にして後見人たるサー・エイルマー・バスタブル少将に、アナベル・パーヴィスと結婚するため信託財産を引き渡して欲しいと頼みにいった時、その会見が不快なものとなろうとの事実を彼はじゅうぶんに認識していた。しかし大いなる愛に衝《つ》き動かされ、彼は汽車の旅をし、御大《おんたい》が座って通風病みの脚を治療中の部屋に通されたのだった。

「ハロー、アロー、アロー、伯父さん」彼は叫んだ。こういう時には放り出されるまで陽気でいるというのが、いつだって彼のポリシーであったからだ。「おはよう、おはよう、おはようですよ」

「ガウ！」長く、身震いするようなため息と共にサー・エイルマーは言った。「お前か、そうか？」

それから彼は何かブツブツつぶやいたが、フレディーにはよく聞こえなかった。とはいえ「我慢の限界」とかいう言葉は聴き取ることができたのだが。

フレディーの心はちょっぴり沈んだ。血肉を分けたるこの親戚が、気難しい気分でいるのはわかったし、何があったに相違ないかもわかっていた。きっとサー・エイルマーはその日硫黄水を飲みにポンプルームに行き、そこで医者が二回も匙《さじ》を投げたとかいう有名人に会って威張り散らされたのだろう。そういうスノッブ連中は不幸な老人をいつだって邪険《じゃけん》にあしらうのだと、彼は承知していた。

ドロイトゲート鉱泉に来て落ち着くや否や、サー・エイルマー・バスタブルは屈辱的なショックを受けたのだった。由緒ある旧家の当主であり、軍人として卓抜した経歴の持ち主として、自分の到着は最善最高の人々に心から喜んで受け入れられ、ごく内輪の選り抜きの人々の仲間にすぐさま歓んで迎え入れてもらえるものと彼は予期していた。しかし彼の身体の不調が右脚のほんのちょっぴりの通風だけであることが判明すると、彼は自分が重要人物たちに冷たくあたられ、ぜんそく患者の仲間および肝臓に軽い不具合のある連中の方へと押しやられるのを知ったのだった。

この点に気づいている人々はごく少数であるのだが――世界の半分は他の半分がどう暮らしているものかを知らないというのはまったくの真理である――病人の間くらい、階級意識の過剰な共同体もありはしない。古代スパルタ人は彼らの奴隷にまったく友好的ではなかったというし、革命前のフランス貴族は自分のところの小作人にいくらかつんけんしたかもしれない。だが――たとえば――糖尿病治療のためにスイスでインシュリンを投与されてきた人物が、足の巻き爪で村医者に治療を受けているだけに過ぎない人物に対してとる態度と比べれば、そんなのはほとんど親しみを込めて背中をポンポン叩くのに等しい。そしてもちろん、このことは病人が群れなして集《つど》う場所――たとえば、バーデン゠バーデン、あるいはヴァージニア州ホット・スプリングス、あるいはサー・エイルマーの場合のように、ドロイトゲート鉱泉においては、とりわけ顕著なのである。

こういうリゾート地にあって、その趣《おもむき》はおよそ信じがたいまでに排他的である。旧い家柄の貴族、医学ジャーナルに症例を掲載された超一流人たちは、きわめて堅く結束し、雑魚《ざこ》どもに対してはごく無愛想な態度をとる。

かつて陽気であったサー・エイルマー・バスタブルの性格をねじくれさせ、いま彼をしてフレディーを敵意ある目でにらみつけしめているのは、こうした事情であった。

「ふん」彼は言った。「何が欲しいんじゃ？」

「えー、ちょっと立ち寄っただけですよ」フレディーは言った。「調子はどうです？」

「最低じゃ」サー・エイルマーは言った。「わしは看護婦をなくした」

「亡くなったんですか？」

「もっと悪い。結婚した。あの間抜け頭の娘は水虫にすらなったことのない下層民なんぞとくっついて、いなくなりおった。頭が狂っとるに相違ないな」

「それでも、僕にはその方のお気持ちが理解できますよ」

「いいや、できん」

「つまりですよ」この問題について強い意見を持っているフレディーは言った。「この地球を回しているのは愛なんですから」

「そんなもんじゃあない」サー・エイルマーは言った。多くの鍛《きた》え抜かれた老戦士たちと同じく、彼には融通の利かぬ傾向があった。「そんな馬鹿げたたわ言は聞いたことがないわ。この地球を回しているのは……ふん、今は忘れたが、少なくとも絶対に愛なんぞではない。いったいどうしてそんな訳がありうる？」

「ええ、よしきたホーですとも。おっしゃりたいことはわかりました」フレディーは言った。「ですけど別の言い方をしましょう。愛はすべてに打ち克《か》ちます。愛は正義です。僕の言葉を信じてください」

老人は彼を鋭く見た。

「お前、恋をしておるのか？」

「狂おしくです」

「まったくこういう若造のアホたれどもときたら！　するとお前は結婚するために金を出せと、そうわしに頼みにきたんじゃな？」

「全然そんなことはありませんよ。お加減はどうか様子を見にきただけです。ですが、たまたまこの問題が浮上してきたことですから――」

サー・エイルマーはそっと鼻を鳴らしながら、しばらくじっと思案していた。

「どういう娘なんじゃ？」彼は詰問した。

フレディーは咳払《せきばら》いをし、カラーを不器用にいじくり回した。この状況の山場が訪れたのだと、彼は理解していた。一番の最初から、ここのところでひょっとして思わぬ障害が生じるのではなかろうかと彼は恐れていた。というのはこのアナベルは身分の低い娘で、また生まれの重要性に関してこの親戚がどれほどに厳格な見解を持っているかを、彼は承知していたからである。

「えー、実を言うと」彼は言った。「彼女は魔法使いの弟子なんです」

「何じゃと？」

「奇術師のアシスタントですよ、わかりませんかねえ。慈善マチネーで初めて彼女を見たんです。彼女は〈偉大なるボローニ〉って名の男の助手をしてましたた」

「助手をするというのは、どういう意味かの？」

「えー、彼女はステージ上に立っていますね。それで時折ステージ下にスキップして降りていっては、その男に金魚鉢か何かを渡し、観客にニッコリ笑いかけ、ちょっとしたダンスのステップをやってスキップして戻るんです。そういうのはご存じでしょう?」

サー・エイルマーの顔に暗い難色が差し入った。

「ああ知っておる」彼は不快げに言った。「わしのたった一人の甥《おい》が、つまらんニッコリ金魚渡し娘に誘惑されおったか! ハッ!」

「誘惑とは、僕は必ずしも呼ばないですね」フレディーはうやうやしげに言った。

「わしは呼ぶ」サー・エイルマーは言った。「出ていけ」

「了解です」フレディーは言った。そして二時三十五分のロンドン行きの急行列車に乗った。彼にアイディアがひらめいたのはその汽車旅行の間のことだった。

当代のフィッチ＝フィッチは文学の大研究家ではないが、ときどきは雑誌を拾い読みすることがある。また、雑誌を拾い読みしたことのある者ならば誰であれ、主人公の恋人をどうしても受け入れない非情な老人がいて、それで娘の素性を隠したまま老人の許にこっそり入り込ませてやってみたらばあらまあなんと、御大は娘の魅力に完全に屈服し、そこで彼女は付けひげをむしりとって素性を明かす、と、そういう話を読んだことがおありのはずである。そして、フレディーがドロイトゲート鉱泉の駅の売店で買った雑誌にもこの手のヨタ話が載っていた。そして、それを読みながら、看護婦に辞表を渡されたと伯父さんが言っていたことを、彼は思い出したのだった。

汽車がパディントン駅に到着する時までに、フレディーの計画は完成していた。

「聞くんだ」フレディーは終着駅で彼を出迎えたアナベル・パーヴィスに言った。するとアナベルは言った。「なあに？」

「聞くんだ」フレディーは言い、またアナベルは「なあに？」と言った。

「聞くんだ」彼女の腕を優しく握りしめ、駅の軽食堂の方向に誘《いざな》いながら、フレディーは言った。彼はそこで軽く一杯やろうと思っていたのだ。「僕の遠征は失敗だったと、ある程度までは認めなきゃならない……」

アナベルははっと息を呑《の》んだ。

「承認はなしってこと？」

「承認はなしだ」

「じゃあお金もなしね？」

「金もなしだ。親爺《おやじ》さんは既舎《きゆうしや》予想どおりの走りを見せた。伯父さんは僕の言ったことを聞き、不快げに鼻を鳴らし、僕を追い返した。お約束さ。だけど今僕が取り掛かっているのは、空はいまだ晴れ、青い鳥が大活躍中って仕事なんだ。僕に計画がある。君は看護婦になれるかい？」

「わたし、ジョー叔父さんの看護をしたことがあるわ」

「それじゃあ君は僕のエイルマー伯父さんを看護するんだ。現在の在任者がちょうど突然やめたところで、後任人事が必要なんだ。僕は伯父さんに、お母さんの手作りみたいな猛烈にホットな看護婦を派遣するからって電話する。そして君はドロイトゲート鉱泉に向かい、伯父さんに気に入られるんだ」

「だけど、どうやって？」

「もちろん伯父さんに尽くしてやるのさ。枕をならしてやる。冷たい飲み物を運んでやる。優しく語り掛け、お世辞を言ってやるんだ。自分は家柄のよい生まれだって言ってやれ、そういう言い方でよかったらだけど。そして機が熟し、君が伯父さんのハートに絡みついて伯父さんが君を娘同然って思うようになったら、僕に電報を打つんだ。そしたら僕はでかけていって君と恋に落ち、伯父さんは結婚に同意やら承認やらをくれると、そういうことだ。この計画は僕が保証する。うまくいくさ」

かくしてアナベルはドロイトゲート鉱泉に向かった。それから約三週間後、フレディーの許に電報が届いた。文句はこうだ。

気に入られた。すぐ来い。愛とキス、アナベル。

到着後一時間以内に、フレディーは伯父さんの住むポダグラ《足部痛風》・ロッジへと向かっていた。サー・エイルマーは書斎にいた。アナベルは彼の横に座り、最近出版された何かしら知られていない延髄の疾病に関する研究論文を声に出して読んでやっていた。つまりこの老人は、ほんの痛風患者に過ぎぬとはいえ、より高きことどもに対する切ないまでの憧憬《しょうけい》を抱いていたのである。テーブル上には冷たい飲み物が置かれていた。また、フレディーが入ってゆくと、娘は朗読を中断して雇用者の枕をならした。

「ガウ！」サー・エイルマーは言った。「またお前か？」

「ただいま参上」フレディーは言った。

「ふん、きわめてまれな偶然じゃが、わしはお前に会えて嬉しい。わしらを二人きりにしてはくれんかな、パーヴィスさん。ここにいる甥《おい》に――これがわしの甥じゃ――重大かつ私的な用件につき話がしたいでの。お前、あの娘さんは見たか？」ドアが閉まると、老人は言った。

「ええ、見ましたとも」

「かわいらしいじゃろう」

「美人ですね」

「美しいだけじゃなく」サー・エイルマーは言った。「有能でもある。あの娘さんが枕をならす様を見るべきじゃ。またなんと美味なる冷たい飲み物を拵《こしら》えてくれることか！　家柄も申し分なしと聞いておる。父親は大佐だそうじゃ。いや、だったと言うべきかの。亡くなられたそうじゃ」

「あー、えー、すべての肉は草に等しい［『イザヤ書』四〇・六］、ですよ」

「いや、そんなことはない。そんなことがあるはずがない。両者はまったく別物じゃ。わしは肉を見たことがあるし、草を見たこともある。まったく類似性はない。しかしながら、そんなことは問題ではないわ。わしが言いたいのは、お前がバカな大たわけでないなら、ああいう娘さんこそお前が恋に落ちるべき相手だということじゃ」

「はい、そうです」

「お前はバカな大たわけということか？」

「ちがいますよ。もう恋に落ちてるってことです」

「なんと！　お前はパーヴィスさんと恋に落ちているのか？　もう？」

「はいそうです」

「ふむ、これまで目にした中で一番の早業じゃ。お前のニッコリ金魚娘はどうした?」

「ああ、あれならもう終わりましたよ。ただの少年じみた一時の気まぐれでした」

サー・エイルマーは冷たい飲み物を深々と飲み込み、しばらく彼のことを黙って見つめていた。

「ふむ」重苦しく息をつき、ようやっと彼は言った。「そういう浮わついた、無頓着な態度が、お前の人生一番の神聖な感情の扱い方だというなら、一刻も早く無事に結婚して落ち着くのがよかろうな。これ以上その少年じみた一時の気まぐれとやらに耽《ふけ》るままで野放しにされ続けたら、今世紀最大の婚約不履行訴訟が起こるものと予想されよう。しかしわしはこれで安心していないと言うわけではない。わしは安心したぞ。タイツを穿《は》いてたんじゃろうな、その金魚娘は?」

「ピンクでしたね」

「汚らわしい。ぜんぶ終わって神に感謝じゃ。ならば大変結構。お前はパーヴィス嬢に自由にアタックできるわけじゃな。そうするつもりなんじゃろう?」

「そうします」

「最高じゃ。お前は優しく上品でありとあらゆる点で申し分ない娘さんと結婚し、わしはお前の信託財産を一ペニー残さず全額お前に引き渡す」

「今すぐ始めます」

「天の力がお前の求愛を加速せんことを」サー・エイルマーは言った。

それから十分後、フレディーは伯父に、嵐のごとき彼の求愛は成功したと告げることができ、サー・エイルマーは自分が天に彼の求愛を加速するよう頼んだ時、そこまで加速してくれようとは思ってもいなかったと述べた。彼はフレディーを熱く祝福し、自分の幸運をよくよく認識するよう願っていると言い、フレディーはもちろんわかってますとも、なぜなら僕の恋人は赤い、赤い薔薇《ばら》のよう〔ロバート・バーンズの一七九四年の詩「赤い、赤い薔薇」冒頭〕なんですからと言い、サー・エイルマーは「いいや、彼女はそんなものには似ていない」と言い、またフレディーが僕は宙を歩いているみたいですと言うと、サー・エイルマーはそんなことはあり得ない——そんなことは物理的に不可能だと述べたのだった。

しかしながら、彼は結婚を承認し、必要書類が書き上げられ次第フレディーの財産は引き渡すと約束し、フレディーはこの件について彼の弁護士と相談すべくロンドンに戻った。

乗った汽車が静穏な田園地方を疾走してゆく時の彼の心持ちは、まったき平穏と幸福であった。問題は完全に解決したと思えた。彼は未来の展望を俯瞰《ふかん》し、歓喜と陽光の他には何ものも見いだせなかった。この瞬間誰かがフレディー・フィッチ＝フィッチに、今まさしくV字型の憂鬱《ゆううつ》が接近中で、いずれまもなく空を曇らせ気温全般を氷点まで低下させようと告げたとて、彼はそれを信じはしなかったろう。

二日後、彼がクラブで椅子に掛けていて、ラックストロー様がご面会されたいと小喫煙室にてお待ちでいらっしゃいますと告げられた時にも、このV字型の憂鬱が本人直々にご登場との暗示を彼が感じ取ることはなかった。その名に聞き憶えはなかったから、このラックストロー氏というのは誰だったかなあとぼんやり思いめぐらしつつ廊下を歩く時にも、彼の心は依然軽かった。小喫煙室に入ると彼は、背が高く、やせ型の、先のとがった黒い口ひげの男が、シルクハットの中からウサギを取り出しながら部屋中を行ったり来たりしているのを目にしたのだった。

「ラックストローさんですか？」

訪問者はくるりと振り返った。彼はフレディーを刺すように見た。彼はギラギラ輝く、いやな目をしていた。

「それが我輩の名前だ。モティマー・ラックストローである」

フレディーの記憶は、彼がアナベルに初めて出逢った慈善マチネーに飛び戻った。そしてこの人物が誰だったかが今わかった。

「偉大なるボローニさんですね？」

「我輩の職業上の名称がそれである。すると君がフィッチ君だな？　そうか、お前がフィッチか？はっはっは！　悪魔《フィエンド》め！」

「へっ？」

「我輩に誤りなしである。お前はフレデリック・フィッチだろう？」

「フレデリック・フィッチ＝フィッチです」

「これは失礼。であるならば、我輩はお前を、悪魔《フィエンド》め！　悪魔《フィエンド》め！　と呼ぶべきであった」

彼はトランプを一組取り出すと、フレディーに一枚取って――どれでもいいから一枚――それを記憶したら戻すように言った。彼は心ここにないままそれをやった。彼は相当困惑させられていた。何が何だかわからなかった。

「〈悪魔《フィエンド》め＝悪魔《フィエンド》め〉というのは、どういう意味ですか？」彼は訊《き》いた。

相手は不快げに冷笑した。

「愚民めが！」口ひげをひねりまわしながら、彼は言った。

「愚民ですって？」フレディーは当惑して言った。

「そうである。愚民めが。お前は我輩の愛する娘を奪った」

「わかりませんね」

「ならばお前は完全な阿呆《あほう》である。簡単な話ではないかな？　これ以上わかりやすい説明は無理ではないかな？　我輩はお前が奪ったと言った……ふむ、これを見るがよい」モティマー・ラックストローは言った。「このシルクハットが我輩だとしてみよう。このウサギが」中からウサギを取り出しながら、彼は言葉を続けた。「我輩の愛する娘である。お前がやってきて――プレスト！――ウサギは消えたのである」

「袖《そで》の中にいますよ」

「袖の中にはいない。また仮にいたとしても、もし我輩に千の袖があってウサギがすべての袖の中に居たとしても、お前が破廉恥《はれんち》にも我輩からアナベル・パーヴィスを奪い取ったという事実は変わらんのである」

「そうである」

フレディーには陽光が見え始めてきた。彼には相手の気持ちがわかるようになってきた。「それじゃあ、あなたもアナベルを愛してらっしゃるんですね？」

「そうでしょうとも。いい子ですよね、ねえ？　わかりました、わかりました。あなたは彼女をひそかに崇拝していた。しかし決してその愛を告げることはなかったんですね」

「愛は告げたとも。われわれは婚約していたのだ」

「婚約してたですって？」

「さよう。ところが今朝、我輩は彼女からすべては終わりだという手紙を受け取った。心変わりしてお前と結婚するというのだ。彼女は我輩と手を切ったのである」

「えっ、そうでしたか？　えー、それは大変すみません——大いに遺憾《いかん》に思ったりとか色々です。ですがどうしたものか僕にはわからないんです。どうでしょう？」

「我輩にはわかる。残された手段は——復讐《ふくしゅう》である」

「え、それは、困ったなあ！　その件で遺恨《いこん》をお持ちなんですか？」

「我輩はこの件で遺恨を持ち続ける。今のところはお前の勝ちだ。だがこれで終わりと思うな。言いたいことはこれで済んではおらん。まったく済んでおらんのである。不正なまやかしを使って我輩の愛する女性を奪うことはできたかもしれない。しかし、我輩はお前に復讐する」

「どうやってです？」

「どうやってかはいい。どうやってかはすぐにわかろう。お前は途轍《とてつ》もない衝撃を、それもすぐに受けるであろう。そのことは」フレディーの襟髪《えりがみ》からタマゴを取り出して説明に具体性を加えつつ、モティマー・ラックストローは言った。「タマゴがタマゴであるのと同じくらい確かなことである。さてと、本日の午後をご快適に過ごされんことを」

彼は激情の余り床に落としてしまっていたシルクハットを拾い上げ、それを上着の袖《そで》で拭《ぬぐ》い、そこからつがいのボタンインコ《ラヴバード》が入った鳥かごを取り出すと、大股に歩き去った。

一瞬の後、彼は戻って来、右と左に何度かお辞儀するとふたたび去っていった。

この場面の結果フレディーがちょっぴり不安にならなかったと述べたならば、ことを正確に伝えていない。自ら手を下し復讐すると語った相手の自信に満ちた態度には、自分は彼にぜんぜん好かれていないとフレディーに告げる何かがあった。彼の言葉には邪悪な響きがあったし、残る半日じゅう、彼はあれこれ思案を巡《めぐ》らせ、あれほど事物を袖に入れる技術に習熟を積んだ人物が、今はどんな計略を袖に入れて隠し持っていることかしらと考えていた。夕食をいただく時にも黙想がちで、翌朝になってようやく彼は平静を取り戻したのだった。

一晩寝て起きてみて、あの不快な会話を適切な観点から再検討することができるようになってみたところで、あんな男の脅迫はたんなるこけおどしだとの結論に彼は達した。結局のところあんな奇術師に何ができよう、と彼は自問した。まるであいう男が人に呪《のろ》いをかけては何かに姿を変えていた、中世に生きてるみたいじゃないか。

そうさ、あんなのはただのこけおどしだ。持ち前の楽観性が完全に復活したところで、彼はタバコに火を点け、愛する女の子に関する夢想を開始した。と、電報が彼の許に運ばれてきたのだった。それは次のようなものだった。

すぐ来て。すべて終わる。破滅が私を見つめる。愛とキス、アナベル。

半時間後、彼は車中の人となり、ドロイトゲート鉱泉に向かっていた。

汽車に乗った時には、乗車中の時間を真剣な熟考にあてようというのがフレディーの意図するところだった。しかし、汽車旅行で集中して考えたいという時のお約束の通り、気がつけば彼はおしゃべりな乗客と二人きりになっていた。

フレディーの思考を中断させた人物は、ぶよぶよたるんでむくんだ中年男で、赤いウェストコートと茶色い靴、モーニングコートと山高帽を身につけていた。これほど第一級のがさつ者と一緒では、心平穏な時ですら共通の話題を持ち得なかったろうし、フレディーはいらいら座って、この極彩色の人物がぺらぺらしゃべり続けるのを聞いていた。おしゃべり攻撃から解放されたのは、ほとんど一時間近くが過ぎてからのことで、やがてこの男がこっくりこっくり居眠りを始め、今やいびきを立て始めてくれたところで、ようやくフレディーは夢想に突入することができたのだった。

汽車が進むにつれ、彼の思考はどんどんどんどん好ましからざる方向に向かっていった。彼の精神的苦痛をとりわけ切実にしたのは、アナベルの電報における詳細さの欠如だった。そのことは不快な憶測の余地をどっさり提供するように思われた。

たとえば「すべて終わる」だ。こういう表現には、ずいぶんと考えさせられずにはいられないというものだ。それに「破滅が私を見つめる」だ。なぜ破滅が私を見つめるのだろう、と、彼は自問した。事を三十二文字に収めたアナベルの倹約精神を賞賛する一方で、もう二ペンスはずんでくれてもっと明晰《めいせき》な文章にはしてもらえなかったものかと、フレディーは思わずにはいられなかった。

しかし一点について彼には確信があった。これはすべて最近の訪問者に関係のあることだ。あの不分明な電報の背後に、彼はモティマー・ラックストローの手を見たような気がした。人の目を欺《あざむ》くあの手である。そして彼の力を取るに足らないものと気楽に片付けていたのは、あまりに楽天的であったと思い知ったのだった。

ポダグラ・ロッジに到着するまでに、神経の緊張はもはや耐え切れぬほどになっていた。呼び鈴を鳴らしながら、彼は食餌療法患者の前に置かれたゼリーのようにふるふると震えた。ドアを開けるアナベルの顔を見ても、彼の不安はまったく緩和されなかった。彼女は明らかにひどく動転していた。

「ああ、フレディー！」彼女は叫んだ。「最悪の事態になったの」

フレディーはあえいだ。

「ラックストローかい？」

「そうよ」アナベルは言った。「でもどうしてあなたが彼のことをご存じなの？」

「奴は僕に会いに来て、秘密の脅威とかについてどっさりまくし立てていったんだ」フレディーは説明した。彼は難しい顔つきで、彼女をしっかりと見た。「どうして君はあんな奴と婚約してるって、言ってくれなかったんだい？」

「あなたが興味持つだろうなんて思わなかったの。ただの少女じみた一時の気まぐれだったんだもの」

「確かかい？　君は本当にあのクソいまいましい手品師を愛していたんじゃないんだね？」

「ちがう、ちがうわ。わたしちょっとの間、目がくらんでいただけなの。彼にノコギリで半分に切られた時に、どんな女の子だってそうなるみたいによ。だけどそれからあなたが現れて、わたし、自分が間違ってたって、あなたが世界でただ一人のわたしの夫だってわかったの」

「よかった」安堵《あんど》し、フレディーは言った。

彼は彼女に愛しげにキスをした。すると、そうしている最中に、どこか下の方からリズミカルなどんどんいう音が聞こえてきた。

「あれは何だい？」彼は訊ねた。

アナベルはもじもじと両手をもみ合わせた。

「モティマーなの！」

「奴はここにいるの？」

「ええ。一時十五分の汽車で来たんだわ。わたし、彼を地下室に閉じ込めたの」

「どうして？」

「ポンプルームに行かせないためよ」

「どうしてあいつがポンプルームに行っちゃいけないんだい？」

「なぜってサー・エイルマーが楽団の演奏を聴きにあそこに行ってるからで、二人を会わせちゃいけないの。もし会ったらわたしたちおしまいよ。モティマーは恐ろしい陰謀をたくらんでいるんだわ」

フレディーの心臓は体内で降参したみたいだった。彼は楽観的でいようとしてきたが、モティマー・ラックストローが何らかの恐るべき陰謀をたくらんでいることが彼にはずっとわかっていた。そいつに全財産賭けたっていいくらいだった。生まれながらの陰謀家だ。

「どんな陰謀だい？」

アナベルはまた両手をもみ合わせた。

「あいつはサー・エイルマーにわたしのジョー叔父さんを紹介しようとしているのよ。ジョー叔父さんにドロイトゲート鉱泉に来いって電報を打ったんだわ。二人をポンプルームで会わせようとしているの。そして叔父さんをサー・エイルマーに紹介するんだわ」

フレディーはちょっぴり困惑した。それがたいした陰謀だとは思えなかったからだ。

「わたしがあの人の妻にならないって決まったから、だったらいやな手を仕掛けて、わたしたちの結婚を阻止してやろうって魂胆なの。わたしにジョー叔父さんみたいな叔父さんがいるって知ったら、サー・エイルマーは絶対に結婚に同意してくれないって、あいつにはわかってるのよ」

フレディーは困惑するのをやめた。彼にはこの悪魔的な計略の全体図が見て取れたのだ――スペードのエースを組に戻して、シャッフルし、三回切り、それからそれをレモンの中から取り出してみせられる鋭い頭脳の持ち主にふさわしい計略だ。

「叔父さんって人は、ものすごいのかい？」彼は震える声で言った。

「見て」アナベルはただ言った。彼女は胸から写真を取り出し、震える手でそれを差し出した。

「これがジョー叔父さんよ。〈ウェルク貝神聖騎士団タマキビ貝大勲位〉の正装で撮《と》ったものなの」

フレディーはその写真を一瞥《いちべつ》し、しわがれた悲鳴をあげて後ずさった。アナベルは悲しげにうなずいた。

「そうなの」彼女は言った。「だいたいの人は叔父さんを見るとそうなるわ。わたしに残された最後の望みは、叔父さんが来られないってことだけなの。だけど、もし来てしまったら――」

「来てるさ」やっと息をして、フレディーは叫んだ。「僕たちは同じ汽車で来た」

「何ですって？」

「そうさ。今頃はポンプルームで待ってるにちがいない」

「それで今すぐにも、モティマーは地下室から抜け出すわ。ドアはそんなに頑丈じゃないんだもの。わたしたち、どうしたらいい？」

「なすべきことはただ一つだ。僕は書類をぜんぶ持ってきた――」

「そんなもの、今読んでる暇はないでしょ」

「法律書類だ。信託金を僕に引き渡すために伯父さんに署名してもらわなきゃならない書類だ。急いでポンプルームに行けば、最悪の事態が起こる前に点線上に名前を書いてもらえるかもしれない」

「だったら急いで」アナベルは叫んだ。

「急ぐさ」フレディーは言った。彼は急いで彼女にキスをし、帽子をつかみ、ジャックウサギみたいにびゅんとスタートを切った。

アーテリオ・スクレロシス《動脈硬化症》通りにあるポダグラ《足部痛風》・ロッジからポンプルームまでの区間記録を更新しようとしている人間に、考えている暇はほとんどない。だがフレディーの足が舗装路上をかすめ飛ぶ間に、彼はある程度考える暇をなんとか拵えた。また彼の思考の流れはその足に新たな活力を与えるものでもあった。もし彼が警官に追いかけられている最中の二巻物の映画の登場人物だったとしたって、もっと早く走るのは無理だったろう。

またスピードを上げる必要もあった。疑問の余地はない。もしアナベルにジョー叔父さんみたいな叔父さんがいるとわかったらサー・エイルマーは絶対に二人の結婚を許さないだろうと述べた点で、彼女は正しい。ジョー叔父さんはど真ん中大当たりでサー・エイルマーにはだめだ。二人をもし会わせてしまったら、あの高慢な老人はこの結婚の提案に拒否権を行使することだろうという以上に確かなこともない。

最後のスピードの爆発により、彼はハアハア息を切らしてポンプルームの階段を上り、円形広間《ロタンダ》に到着した。そこにはドロイトゲート鉱泉で最善最高かつもっとも洗練された人々が一堂に会し、午後いっぱい楽団の演奏に耳を傾けて過ごすのが習わしだった。彼は遠くの席にサー・エイルマーを見つけ、彼の許へ急いだ。

「ガウ！」サー・エイルマーは言った。「お前か？」

フレディーはうなずくのがやっとだった。

「ふん、そんなにハアハア言うのはやめて座るがいい」サー・エイルマーが言った。「これから『詩人と農夫』［一八四六年スッペ作曲のオペラ序曲］の演奏が始まるところなんじゃ」

フレディーは呼吸を取り戻した。

「伯父さん」彼は始めた。しかしもう遅かった。こう口にした時にはもう、指揮棒が振り下ろされ、サー・エイルマーの顔は保養リゾート地の円形広間ではごくおなじみの、あの敬虔《けいけん》な練り粉みたいな表情を帯びたのだった。

「シーッ！」彼は言った。

楽団が『詩人と農夫』を演奏するのを聴いた数限りない幾百万の聴衆たちの中にあって、この時のフレデリック・フィッチ＝フィッチほどに居ても立ってもいられぬほどの焦燥と共にこの曲を聴いた者はいくらも居なかったはずである。時は飛ぶように過ぎていった。一刻一秒が貴重だった。今すぐにも、大惨事が起こるやもしれないのだ。そして楽団は一生仕事を引き受けたみたいに演奏を続けていた。最後のウンパッパまでは、永遠の間に思われた。

「伯父さん」エコーが弱まってゆくと、彼は叫んだ。

「シッ」サー・エイルマーは不機嫌に言い、そしてフレディーは、鈍い絶望と共に、彼らがアンコールを受けたことを知ったのだった。

年々歳々、様々な楽団が『レイモン』［アンブロワーズ・トマ作一八五一年の喜歌劇］序曲を演奏するのを聴いてきたはるか無数の聴衆たちの中にあって、今フレデリック・フィッチ＝フィッチが苛立っているほどにそわそわしながらそれを聴いた者はいくらも居なかったはずである。そのサスペンスは彼から精力を奪った。この遅延は拷問だった。彼は書類と万年筆をポケットから取りだし、神経質にそれをもてあそんだ。座りながら彼はぼんやりと、こんなに序曲が長いのでは、いったいどうやってオペラ『レイモン』自体上演のされようがあるのだろうかと考えていた。聴衆が帽子とコートを手探りで探りはじめた段になって、その晩最後の五分で大あわてで上演するにちがいない。

しかし、すべてのものに終わりは来る。『レイモン』序曲においてすらである。ゆるゆると大河がようやっと無事に海に注ぎ込むように、この序曲もやがては終わるのだ。そしてそれが終わったとき、最後の響きが弱まって沈黙に至り、本当の仕事をしたのは汗水流したオーケストラではなくて自分だという、すべての指揮者に共通する冷たい想定を込めながら指揮者が立ってお辞儀をし、笑《え》みを振りまきだすや否や、彼はふたたび始めた。

「伯父さん」彼は言った。「ちょっとお手間を取っていただいてもよろしいですか？……この書類なんですが」

サー・エイルマーは首をかしげて書類に目を落とした。

「これは何の書類かな？」

「僕の信託財産引渡しに関する書類で、ご署名をいただきたいんです」

「ああそうか」サー・エイルマーは上機嫌で言った。音楽は明らかに彼をいい気分にしてくれていた。「もちろんじゃとも。ああよしよし。渡してくれ……」

彼は言葉を止めた。そしてフレディーは伯父が、気品に満ち、やせて整った顔立ちをした銀髪の男性がこちらにゆっくり近づいてくるのを見ているのに気づいた。

「こんにちは、ランベロー」彼は言った。

サー・エイルマーの声には、まぎれもなくお追従じみた調子が感じられた。彼の顔はピンク色になり、足をもじもじと動かし、指をいじくりだしていた。彼が話しかけた男性は足を止めて彼を見下ろした。声を掛けてきたのが誰かを見定めると、彼は銀色の眉毛《まゆげ》を上げた。彼の態度はあからさまに人を見下すものだった。

「ああ、バスタブル」彼は冷ややかに言った。

サー・エイルマー・バスタブルよりも頭の回りの遅い人物だったとて、彼の声の冷たい尊大さを感知せずにはいられなかったことだろう。フレディーは伯父の顔の紅潮が色を増すのを見た。サー・エイルマーはぼそぼそと、この気品に満ちた人物が今日はいつもよりは気分がいいとよろしいがというようなことを何か言った。

「ますます悪いな」相手はすげなく言った。「ずっと悪い。医者たちは途方に暮れておる。わしのはきわめて複雑な症例だそうだ」彼は一瞬言葉を止めた、そして彼の繊細に整った唇が冷笑にゆがんだ。「それでおぬしの痛風はどんな具合かな、バスタブル？　痛風か！　ハッハッハ！」

返答を待たずに、彼は通り過ぎ、近くで立っておしゃべりしていたグループの仲間に加わった。サー・エイルマーは屈辱の悪罵《あくば》をやっとの思いで飲み下した。

「気取り屋め！」彼はつぶやいた。「毛細血管拡張症だからってだけで、何様だと思ってるんじゃ。毛細血管拡張症に罹《かか》ったからといって、どこがそんなに素晴らしいのかわしにはわからん。誰だってそんなもんは……いったいぜんたい、お前何をしとる？　わしの鼻先でひらひらさせとる物はいったい何じゃ？　書類？　書類じゃと？　書類なんかいらん。片付けてくれ！」

唇を震わせていた情熱的な嘆願を怒濤《どとう》の勢いで開始できる前に、ドア周辺の騒ぎがフレディーの注意をそらした。彼の心臓は鼓動を止めた。そして彼は凍りついたまま、その場に座り込んだのだった。

敷居のところに立っていたのはモティマー・ラックストローだった。彼は案内係に質問をしていた。そしてフレディーには、その質問がどういうものかがわかりすぎるほどにわかっていた。モティマー・ラックストローは、ここにおいでのどの方がエイルマー・バスタブル少将なのかと訊いているのだ。彼の腕に取りすがり、明らかに彼に嘆願し、彼の良心に訴えようとしながら、アナベル・パーヴィスが目に涙を湛《たた》えて彼の顔を見上げていた。

一瞬の後、娘を引きずったまま、奇術師は大股に歩き出した。彼はサー・エイルマー・バスタブルの前で立ち止まり、アナベルを泥の付いた手袋みたいに放り捨てた。彼の顔は冷たく険《けわ》しく容赦《ようしゃ》なかった。彼は二個のビリヤード球とバラの花束を、片手で機械的にジャグリングしていた。

「サー・エイルマー・バスタブルでいらっしゃいますかな？」

「さよう」

「我輩は結婚予告に異議を申し立てる」

「何の結婚予告じゃと？」

「あの二人の結婚予告である」冷たく口ひげをひねっていた手を口から離し、これから何が起こるかを承知して手を取り合い立っていたアナベルとフレディーの方向に向け、モティマー・ラックストローは言った。

「結婚予告はまだ出てないわ」アナベルが言った。

奇術師はいささか虚を衝かれた様子だった。

「ほう？」彼は言った。「ふん、出たらば異議を申し立てる。そしてサー・エイルマー、すべてを聞けば貴殿も異議を申し立てられることだろう」

サー・エイルマーは息を切らした。

「この酔っ払いの無作法者は何者なんじゃ？」彼は苛立たしげに訊いた。

モティマー・ラックストローは首を横に振り、そこから二枚クラブを取り出した。

「無作法者と言ったら、そうかもしれない」彼は言った。「だが酔っ払いではない。我輩がここに来たのは、利他主義の精神で貴殿に、もし甥御殿にこの娘との結婚を許したならば、由緒正しき偉大なるバスタブルの名は泥にまみれることになろうと警告して差し上げるためである」

サー・エイルマーはぎょっとして跳び上がった。

「泥じゃと？」

「泥である。この娘は社会最低辺のクズの出なのだ」

「そんなことないわ」アナベルは叫んだ。

「もちろん違うとも」フレディーが叫んだ。

「もちろん違いますぞ」サー・エイルマーは熱を込めて賛同した。「彼女が自分で、お父上は大佐であったと言ったのじゃ」

モティマー・ラックストローは短く、冷笑的な笑いを発し、左肘からタマゴを取り出した。

「そう言いましたか、ほーお？　その後で救世軍の大佐だったとは言いませんでしたかな？」

「なんと！」

「それで光明《こうみょう》を見いだすまでは、大衆席賭け屋《シルヴァーリングブッキー》をやっていて、バーモンジーのペテン師、ネズミ顔ルパートとして世に知られていた、とは言いませんでしたかな？」

「なんたること！」

サー・エイルマーは娘の方に向き直り、恐ろしげに顔をしかめた。

「本当かな？」

「もちろん本当である」モティマー・ラックストローが言った。「貴殿の甥御殿の伴侶としてふさわしくないという証拠がもしもっと欲しければ、この娘のジョー叔父さんを見るがよろしい。ただいま左手中央よりご入場である」

そしてフレディーは、もはや気だるく希望もなく、汽車旅行の同室者が彼らの許に近づいてくるのを見たのだった。彼はサー・エイルマーがハッと息を呑む音を聞き、アナベルが腕の中で身体を硬くするのを感じた。彼は驚かなかった。円形広間のガラス天井から射し入る陽光は、この人物のぶよぶよした膨満、モーニングコート、赤いウェストコート、茶色い靴を容赦なく照らし出していた。またドロイトゲート鉱泉の陽光がこれよりものすごいアウトサイダーを照らし出したことは、仮にあったとしたってきわめて稀《まれ》だっただろうと、フレディーは思った。

しかしながら、新入者の態度物腰に、こういう洗練された場所で自分は場違いだと感じているらしき気配はなかった。彼の立居振舞いには、気楽な自信があった。彼はぶらぶら近づいてくると、遠慮《ジェン》なしに、奇術師の背中をぱしんとひとはたきし、アナベルの肩をぽんと叩いた。

「アロー、モート。アロー、アニー、よう、かわい子ちゃん」

目をまばたきさせ、よろめき、最終的に気を取り直したサー・エイルマーは、雷鳴のごとき声で話し出した。

「おい、君！　本当かな？」

「なんだい、じいさん？」

「君はこの娘の叔父上なのか？」

「そのとおり」

「ガウ！」サー・エイルマーは言った。

彼はもっと話し続けていることもできたのだが、しかしこの時点で楽団が『威風堂々』［エルガー作曲の行進曲、第一番は一九〇一年作曲］を突然演奏し始め、この会話は一時的に中断となった。ふたたび人間の声が聴取可能となったところで、討論を開始したのはアナベルのジョー叔父さんだった。彼はフレディーのことを憶えていたのだ。

「こりゃあどうも。先ほどお会いしましたね」彼は言った。「同じ汽車で一緒だったんですよ。このお若い兄さんは誰なんだい、アニー？　お前のことを抱っこしてギュッとしてくれてるじゃあないか」

「この人はわたしが結婚する人よ」アナベルは言った。

「こいつは君の結婚する男じゃあない」サー・エイルマーが言った。

「ええ、僕が彼女が結婚する男です」フレディーは言った。

「いいや、お前は彼女が結婚する男ではない」モティマー・ラックストローが言った。

アナベルのジョー叔父さんは困惑した様子だった。この意見対立をどう理解したものかわからないでいるようだった。

「ふーん、皆さんの間でご調整をお願いしますよ」彼は愛想よく言った。「あたしにわかるのは、お前が誰と結婚するにしろ、お相手は最高の女房を手に入れるってことだ」

「それは僕だ」フレディーが言った。

「いいや違う」サー・エイルマーが言った。

「ええそうよ」アナベルが言った。

「いいや違う」モティマー・ラックストローが言った。

「なぜならあたしにゃあね」ジョー叔父さんは続けた。「これよりいい姪《めい》っ子はいないってことが、よくわかってるんですからね。あたしが入院してた時、お前が枕をならしに来てくれて、冷たい飲み物を拵えてくれたことは、決して忘れないよ」

鋭く息を呑む音がした。「違う、違う、違う」と言い続けていたサー・エイルマーが、突如言葉を止めた。

「病院ですと?」彼は言った。「君は入院したことがあるのか?」

ボフィン氏は寛大に笑った。

「このあたしに入院したことはあるかですって？　こりゃあいい。医療省の連中がクスクス笑いを始めちまいますよ。セント・ルーク病院で、ジョー・ボフィンが入院したことはあるかってお訊きんなってくださいな。セント・クリストファー病院でお訊きんなってご覧なさい。ええ、あたしゃ人生の大半を病院で過ごしてきたんですよ。ガキの時分の先天性腹部幽門肥大に始まって、一ぺんたりとも振り返ることなしときた」

サー・エイルマーは猛烈に震えていた。畏怖《いふ》の表情がその顔に湛えられた。世界ヘビー級チャンピオンを見るときの少年の目に宿る、あの表情だ。

「お名前はジョー・ボフィンとおっしゃいましたか？」

「そのとおり」

「あの、ジョー・ボフィンさんではいらっしゃいませんか？『ランセット・メス』誌のクリスマス特別号に対談が載った方では？」

「そりゃあたしだ」

サー・エイルマーは衝動的に前方に進んだ。

「握手をさせていただいてよろしいでしょうか？」

「どうぞどうぞ」

「お目にかかれて誇りに思います、ボフィンさん。わたしはあなたの大ファンなのです」

「そりゃあ嬉しいなあ、ねえ相棒」

「あなたのご経歴はわたしにとっての創造的刺激です。あなたが心臓血栓症と嚢《のう》胞肺気腫を同時に患《わずら》われたというのは、本当ですか？」

「そのとおりさ」

「そしてあなたの体温は一回は四十二度まで上がった？」

「二回だね。異常高熱の時にね」

サー・エイルマーはため息をついた。

「わたしのベスト記録は三十九度なんです」

ジョー・ボフィンは彼の背中をぽんと叩いた。

「うん、悪かあない」彼は言った。「ぜんぜん悪かあないですよ」

「失礼ですが」上品な声が言った。

近づいてきたのは、あの気品ある銀髪の男性だった。サー・エイルマーがランベローと呼んでいた人物だ。彼の態度は気後れがちなふうだった。彼の後ろでは熱狂的な集団がじっと目を瞠《みは》り、もじもじと指をいじくっていた。

「失礼ながら、バスタブル君、お二人でお話しのところをお邪魔して申し訳ないのだが、だがわたしはもしやと思っており――またわたしの友人たちももしやと思っているのだが――」

「わたしたちは皆、もしやと思っているのですが」集団が言った。

「ボフィンという名が聞こえたのではないかと思うのだが。もしや、貴方《あなた》は、ジョセフ・ボフィン氏ではいらっしゃいませんかな？」

「そのとおり」

「セント・ルークス病院のボフィンさんでいらっしゃいますか？」

「そのとおり」

銀髪の男性は突然のはにかみに圧倒されたように見えた。彼は神経質にクスクス笑った。

「それではこう申し上げてよろしいでしょうか――友人たちとわたしは――どれほど……わたしたちはみんな貴方のように……むろん、このように不躾《ぶしつけ》にお邪魔して……しかし、わたしたちはみんな貴方の大ファンなのです。きっと貴方はこういう目にはしょっちゅう遭われていることでしょう、ボフィンさん……みんな貴方に近づいて、それで……まったく見知らぬ他人が……つまりその……」

「まったく構いませんよ、ねえ大将。まったく構いません。ファンの皆さんに会うのはいつだって喜びですよ」

「それでは自己紹介をさせていただいてよろしいでしょうか。わたしはランベロー卿です。こちらはわたしの友人で、マル公爵、ペッカム侯爵、パーシー卿……」

「ああそう、そうですか？　どうぞこっちへ来てくださいよ、皆さん。あたしの姪っ子のパーヴィス嬢です」

「お目にかかれて光栄です」

「こっちは姪っ子の結婚相手のお兄さんです」

「はじめまして」

「それでその伯父上、サー・エイルマー・バスタブルです」

全員の顔が少将の方向に向けられた。ランベロー卿は恐れおののいた声で言った。

「本当かい、バスタブル？　君の甥はボフィン氏の姪御さんと本当に結婚するというのか？　おめでとうを言わせてもらおう、わが友よ。実に目覚しい名誉だ」彼はちょっぴりバツの悪そうな様子になった。彼は咳払いをした。「いや、実におかしいんだが、今ちょうど君のことをみんなで話していたところなんだ、バスタブル。友人たちとわしらでだ。君に会う機会が少ないのは実に残念なことじゃあないかと言いながらだ。それでわしらは思うんだが――これは公爵の提案だ――わしらでつくっているささやかなクラブのメンバーに、よかったらなってはもらえないかということなんだ――いや、実に小さな会で――どちらかと言えば内輪だけの集まりでいたいと思っているんだが

――〈十二の陽気な担架症例〉という名の……」

「おお、わが友ランベロー」

「君なしではわしらの集いは不完全だと、みな長らく感じていたところなんだ。それじゃあ入会してくれるか？　素晴らしい、素晴らしい！　おそらく今夜の会合に来てくれるだろうな？　ボフィンさんは、もちろん」言い訳がましい調子で、彼は続けた。「こんな小さいつまらない集いごときの歓待に、わざわざお付き合いをいただけるはずもないのですが。もしよろしければ――」

ジョー・ボフィンは愛想よく彼の背中をぱしんとはたいた。

「なあに兄貴、よろこんで伺いますとも。あたしゃお高くとまるのが嫌いでね」

「えっ、本当ですか！　何と申し上げてよいものか、まったく……」

「誰もが皆ジョー・ボフィンになれるわけじゃあない。あたしゃそう考えてますよ」

「真の民主主義精神ですね」

「そうそう、あたしは先週知り合いの結婚式の花婿介添人をやったんですがね、そいつときたら情動性皮膚炎を患ってるきりときた」

「驚きました！　それでは貴方とサー・エイルマーには今夜ご一緒していただけるということですね？　よろこばしい。肺強壮剤を一本開けましょう。きっとご感心いただけることと思います。わたしたちは自慢のセラーを持っているのですよ」

幸福なおしゃべりがざわめき始まり、楽団の音もかき消されるくらいだった。ボフィン氏はウェストコートのボタンを外し、マル公爵に最初の手術でできた傷跡を見せてやっていた。心臓をドキドキ高鳴らせ、その様を見ていたサー・エイルマーは、自分の手に万年筆が押し付けられていることに、くらくらしながら気づいたのだった。

「はあ?」彼は言った。「なんじゃ? なんじゃこれは? なんじゃなんじゃ?」

「書類です」フレディーが言った。「信託財産に関する陽気で楽しい書類です。ここに署名してください。この、僕の親指のところです」

「はあ? なんじゃと? は? ああ、わかった。確かにわかった。よし、よし、よし」上《うわ》の空で署名を書き入れながら、サー・エイルマーは言った。

「ありがとうございます、伯父さん。金一千……」

「わかった、わかった。だが今は邪魔せんでくれんか、なあ甥っ子や。忙しいんじゃ。友人たちとたくさん話があるからの。娘さんを連れていって、硫黄水をご馳走してやりなさい」

そしてトランプ一組を差し出していたモティマー・ラックストローを払いのけると、彼はジョー・ボフィンを囲む一団に加わった。フレディーは愛おしげにアナベルを抱擁した。モティマー・ラックストローはしばらく口ひげをひねりながら、立って二人をにらみつけていた。それからアナベルの襟髪から万国旗を引っ張りだすと、絶望した身振りをやって、大股に部屋を出ていった。

アンセルム、チャンスをつかむ

夏の日曜日は終わりに近づいていた。アングラーズ・レストの小さな庭に夕暮れが訪れ、空気にはジャスミンとタバコ草の甘い香がかぐわしく満ち満ちていた。星々が顔を覗《のぞ》かせていた。黒ツグミたちは灌木《かんぼく》の植込みで眠たげに囀《さえず》っていた。コウモリたちは影の中をくるくる飛び回り、やさしいそよ風がタチアオイの花茎の間を気まぐれに吹き抜けていた。つまり要するにそれは、ジン・アンド・トニックをいただきに立ち寄ったなじみ客がちょっぴり嬉しげに言ったように、結構な晩であったわけなのだ。

にもかかわらず、この宿屋のバーの特別室に結集したマリナー氏と彼を取り囲む仲間の一団には、何かが足りない、との感覚が充満していた。それは有能なバーメイド、ポッスルウェイト嬢が不在であるという事実のゆえであった。

四十分ほどが経過して、彼女は戻ってき、ボーイと持ち場を交換した。そうするにつけ、地味ではあるが豪華な彼女の衣装と、ビール・ハンドルを引く様の敬虔《けいけん》さが、彼女が不在でいた理由を物語った。

「教会に行ってきたんだな」洞察力のあるシェリー・アンド・アンゴスチュラ氏が言った。

ポッスルウェイト嬢は、そうよ行ってきたの、とっても素敵だったわと言った。

「ありとあらゆる意味で素晴らしかったのよ」ビター一パイントの注文に応じながら、ポッスルウェイト嬢は言った。「夏の夕べの礼拝ってあたし大好きなの。つまり何か人をわくわくさせるところがあるっていうのかな。おだやかな静寂っていうか何ていうか、そういうことなんだけど」

「教区牧師が説教をされたんでしょうな、きっと」マリナー氏が言った。

「そうよ」ポッスルウェイト嬢が言い、たいそう感動的だったと付け加えた。

マリナー氏は思慮深げにホット・スコッチ・アンド・レモンを啜《すす》った。

「昔、昔の話ですが」彼は言った。その声にはほんのちょっぴり、悲しげな響きがあった。「こちらの紳士各位はお気づきでおいでかどうかわかりませんが、イギリスの田舎にあっては、夏の月の間はいつも教区牧師が夕べの礼拝の説教をするものです。またそのことは副牧師たちの間にたいへんな不満を渦巻かせている。若い連中を憤慨させているのですな。また彼らの怒りも理解できますよ。ポッスルウェイトお嬢さんが正当にもおっしゃったように、村の教会の晩禱《ばんとう》の雰囲気には、何か特別なところがある。それは会衆の感受力を強め、またそのような状況下で説教する牧師は、会衆の心をわしづかみにして感動を呼び起こさずにはいられぬのですな。そういう説教の機会を与えられぬ副牧師たちは、当然ながら、自分たちは独占という鉄の踵《かかと》の踏みつけにされ、ビッグチャンスを不当に剝奪されていると感じているのです」

ウィスキー・アンド・スプラッシュが、そんなことは一ぺんだって考えたことがなかったと言った。

「その点で」マリナー氏は言った。「あなたは私の従兄弟《いとこ》のルパートの下の息子のアンセルムと見解を異にしているわけです。あの子にはその件についてだいぶ考えがありました。アンセルムはハンプシャーのライジング・スマトックの教区の副牧師をしており、同地の領主サー・レオポルド・ジェラビー、O・B・Eの姪《めい》、マートル・ジェラビーのことを甘く夢想していない時にはおおむね、四月の終わりからたっぷり九月になるまで夕べの礼拝をひとりじめする教区牧師の自己中心的な横暴さに苛立《いらだ》つ姿が見られたものです。以前あの子は私に、そのせいで自分はカゴに閉じ込められたヒバリのような心持ちになると、言ってよこしたものでしたよ」

「どうして彼はマートル・ジェラビーのことを甘く夢想してるんだい？」スタウト・アンド・マイルドが言った。彼はあまり物分りのいいほうではない。

「なぜなら彼は彼女を愛していたからですよ。また彼女も彼を愛していた。実際、彼女は彼の妻になると同意していたんでした」

「二人は婚約していたんだな？」了解し始めたスタウト・アンド・マイルドが言った。

「秘密裡《り》にです。アンセルムは彼女の伯父上にあえてこの件を伝えられずにいた。なぜなら彼の持っている金といったら、ごくわずかの聖職給だけだったんですから。彼は百万長者の切手蒐集家《フィラテリスト》が激怒するのを恐れていたんですな」

「百万長者の何だって？」スモール・エールが訊いた。

「サー・レオポルドは切手を集めていたんですよ」マリナー氏が説明した。

スモール・エールは、フィラテリストってのはどうぶつに優しくする人のことだと思っていたと言った。

「違いますね」マリナー氏は言った。「切手を集める人のことです。もっとも、多くのフィラテリストはどうぶつにも優しいと信じますが。サー・レオポルド・ジェラビーはロンドンのシティにある会社社長の仕事を引退して以来、長年この趣味に身を捧げてきました。彼のコレクションは有名ですよ」

「それでアンセルムはマートルのことを彼に話すのを嫌がったんだな？」スタウト・アンド・マイルドが言った。

「そうです。言ったとおり、彼には勇気がなかった。その代わりに低く身を伏せ、最善を祈るという慎重な方針をとったんです。それから、とある明るい夏の日、ハッピーエンディングが到来したかに思えたのでした。牧師館を朝食時に訪問したマートルは、アンセルムが片手に食べかけのトースト、片手に手紙を持ってテーブルの周りを躍りまわっているのを目にし、そして今は亡き名付け親、すなわち最近死去したJ・G・ビーンストック氏の遺志にもとづき、彼が予期せぬ遺産——ただ今マーマレードの皿の横に置いてある分厚い切手アルバム一冊——を受領したことを知ったのです」

その情報は娘の顔を明るく輝かせました（マリナー氏は続けて語った）。フィラテリストの姪ですから、彼女はこういうものがどれほど価値を持ちうるかを知っていたんです。

「値打ちはどれくらい？」はやる思いで彼女は訊《き》いた。

「僕が理解するところ、保険額は五千ポンドは下らない」

「きゃあ！」

「まったく、きゃあ、だ」アンセルムは同意した。

「んっまあ、素敵なお金だこと！」マートルは言った。

「素敵この上なしだ」アンセルムは同意した。

「注意しなきゃだめよ。その辺に置いといちゃいけないわ。誰かに盗《と》られたら大変だもの」

アンセルムのスピリチュアルな顔に不快の色がよぎった。

「君は教区牧師様がそんな真似をするまでに身を落とされると、そういうことを言おうとしてるんじゃないだろうね？」

「どっちかっていうと」マートルは言った。「わたし、ジョー・ビーミッシュのことを考えていたんだわ」

彼女が言っていたのは彼女の恋人のささやかな信徒集団の一人で、かつてたいそう羽振りのいい泥棒であった男のことだった。十六回の実刑判決の後に光明《こうみょう》を見いだした後にライフワークをあきらめ、今では野菜を育て聖歌隊で歌っている。

「ジョー爺《じい》さんは改心してそういうことからはすっかり足を洗ってるはずなんだけれど、でもわたしに言わせれば、親爺《おやじ》さんはまだまだ元気一杯だわ。もし五千ポンドの価値の切手コレクションがあるって聞いたら——」

「君は立派なジョーを見損なっているよ、ダーリン。だが、用心はしておくことにする。このアルバムは教区牧師様の書斎の机の引き出しに入れておくことにしよう。頑丈な錠前がついているからね。だけどそうする前に、僕はこれをちょっと君の伯父上のところに伺ってこれを見てもらおうと思っている。このコレクションを買おうって申し出てくれるってことだってありそうだろう」

「いい考えだわ」マートルは同意した。「ふっかけてやってね」

「その目的がため、いかなる努力をも惜しまないつもりだ」アンセルムは言った。

そして、愛を込めてマートルにキスをし、彼は教区の任務へと向かった。


アンセルムがサー・レオポルドを訪ねていったのは、夕暮れ近くになってのことだった。この親切な老領主は、用件の性質を知り、彼が教会オルガン基金のために金をせびりに来たのでないとわかると、彼の名が宣言された時に装着した緊張した面持ちを脱ぎ捨て、あたたかく彼を迎えた。

「切手じゃと?」彼は言った。「さよう。買取りを申し入れられた品に価値があり、価格が適切であるかぎり、いつなんどきなりとわがコレクションに加える用意がありますぞ。マリナー君、お持ちの品について貴君が念頭に置いておいでの価格がおありですかな?」

アンセルムは五千ポンド近辺の幾らかを考えていると言った。するとサー・レオポルドはあばら骨にレンガを食らったねこのごとく全身を震わせた。大金を手放すようにとの提案に、彼は生来ショックを受けるようにできているのだ。

「ほう!」彼は言った。それから、猛烈な努力で感情を抑えると、「ふむ、それでは見せていただきましょうか」と言った。

十分後、サー・レオポルドは冊子を閉じ、同情するごとくにアンセルムを見た。

「悪い知らせを聞くご覚悟をいただかねばなりませんな、副牧師君」

不快な不安の感覚がアンセルムをわしづかみにした。

「これには価値がないとおっしゃるおつもりじゃあ、いらっしゃいませんね?」

サー・レオポルドは両の指先を重ね合わせると、かつて株主会議で演説をする時に使い慣れたやや尊大な態度で椅子に反り返った。

「〈価値がある〉という言葉は、のう副牧師君、相対的なものです。一部の人々にとっては、五ポンドですら大金です」

「五ポンドですって!」

「わしに支払う用意があるのはそれだけです。それとも、貴君とわしは友人ということで一〇ポンドにいたしましょうかな?」

「ですがそのアルバムには五千ポンドの保険金が掛けられているんですよ」

サー・レオポルドは中途半端な笑《え》みを浮かべて首を横に振った。

「マリナー君、もし貴君がわし同様、切手蒐集《しゅうしゅうか》家の虚栄心について心得ておいでなら、そのことを過大に評価はなさらないはずです。それでは、申し上げたとおり、わしは全部で一〇ポンドお支払いするにやぶさかでない。よくお考えの上、お知らせ願えますかな」

鉛《なまり》のごとき足取りで、アンセルムは部屋を出た。彼の希望は粉々に砕け散った。虹を追いかけていたら、そのうちの一つが突如方向転換して足に嚙《か》み付いてきたみたいな気分に、彼はなっていた。

「それで?」廊下で会見の結果を待ち構えていたマートルが言った。

アンセルムは悲しい知らせを告げた。娘はびっくり仰天した。

「だけどあなた、それには五千ポンドの保険金が——」

アンセルムはため息をついた。「君の伯父上はそんなことはほとんど乃至《ないし》まったく重要視されていらっしゃらないご様子だ。どうやら切手蒐集家ってものには自分のコレクションに途方もない金額で保険を掛ける習性があるらしい。虚栄の精神からだ。僕は」陰気な調子で、アンセルムは言った。「近いうちに虚栄の問題に関する、強力な説教をやってやるつもりだ」

沈黙があった。

「ああ、うん」アンセルムは言った。「こういうことは間違いなく試練として我々の許に遣わされたんだ。こうした打撃を従順かつ穏健な精神で受け容れることで――」

「従順かつ穏健な精神ですって、ちゃんちゃらおかしいわ！」マートルが叫んだ。彼女には今日びの多くの女性と同じく、発言を慎まぬ傾向があった。「この件については、二人でなんとかしなくっちゃ」

「だけどどうやってだい？」アンセルムは言った。「このショックが強烈だったことを否定するつもりはないし、また、オックスフォード大学時代にカレッジのボートのコーチが、五番がオールを漕ぎながら腹部を執拗《しつよう》に押し付けてきた時に言ったのを一度聞いたことがある言葉を、ついに口にしてしまいそうになった瞬間があったものだと、遺憾《いかん》ながら僕は告白する。間違ったことかもしれない。だがそうしていたら疑問の余地なく僕の――」

「わかった」マートルが叫んだ。「ジョー・ビーミッシュよ！」

アンセルムは彼女を見つめた。

「ジョー・ビーミッシュだって？　君の言う意味がわからないなあ」

「おツムを使いなさいな――ねえ、おツムを使うの。わたしが言ったこと、憶えているでしょう。わたしたちがしなきゃいけないのは、ジョーの親爺さんに切手アルバムがどこにあるかを知らせてあげることだけよ。あとは彼がやってくれるわ。そしたらわたしたちは保険会社に五千ポンドのささやかな保険金請求をすればいいの」

「マートル！」

「濡《ぬ》れ手で粟《あわ》よ」娘は夢中になって言った。「ボロ儲《もう》けだわ。さあ、すぐでかけていってジョーに会いましょ」

「マートル！　お願いだ、やめてくれないか。君は言いようのないほど、僕にショックを与えてくれたね」

彼女は彼を信じられないというように見た。

「あなた、これをやらないって言うの？」

「そんなこと、考えるだけだって無理だ」

「あなたジョー親爺を解き放って、最善の利益のために行動させないの？」

「もちろんだめだ。絶対きっぱりだめだ。だめを千回言わせてもらう」

「でもこのアイディアのどこが悪いの？」

「この計画全部が全部、道義的に不健全だ」

いっとき間があった。この娘が怒りを爆発させて無念の思いを表明しそうな一瞬があった。彼女は暗く眉《まゆ》をひそめ、通りすがりのコガネムシを不機嫌にけとばし、それから感情を克服した様子だった。彼女の表情は晴れ晴れとし、むずかる子供に対する母親のごとく、彼女は彼に優しく笑いかけた。

「ええ、わかったわ。あなたのおっしゃるとおりね。これからどちらにおでかけ？」

「十一時に母親の会がある」

「じゃあわたしは」マートルが言った。「救済に値する貧民たちに何パイントかスープを持っていってあげなくっちゃ。もう始めたほうがいいわね。あの連中のスープの吸い込み方ったら驚くばかりなの。スポンジみたいよ」

二人は村の公会堂まで一緒に歩いた。アンセルムは母親たちに会うため中に入った。マートルは、彼が視界から消えるや否や、身を翻《ひるがえ》してジョー・ビーミッシュのこぢんまりした小屋に向かった。中から聞こえる賛美歌の歌声が、家主の在宅を告げていた。彼女はハニーサックルに覆われたポーチを歩いて通り抜けた。

「はあい、ジョー、おやっさん」彼女は言った。「あれこれかれこれ調子はどう?」

ジョー・ビーミッシュはネズミ、元泥棒たち、安タバコ各々同量の臭いが立ち込める小さな居間で、靴下を編んでいた。そして彼のいかつい顔つきを注視するにつけ、マートルは、虹を見た時の詩人のワーズワースの心臓みたいに自分の心臓が体内で飛び跳《は》ねるのを感じたのだった。

境遇の変化は往年のコソ泥の外貌《がいぼう》を変えてはいなかった。それは相変わらず警察が指名手配する男の外貌であった。そしてマートルは彼を見つめながら、この卓越したならず者の裡《うち》に人間の罪深き本性《ほんせい》が潜んでいると推量した点で自分には先見性があったとの思いを深くしていた。

彼女が入室してから数分の間、会話は当たり障りのない話題――天気、靴下、羽目板の裏のネズミたち――に終始した。来《きた》る収穫祭――彼女の知ったところでは、この家の主人はその折にはキャベツ二個とカボチャ一個を寄付する立場になろう、とのことであった――のための教会の飾り付けに話が及んでようやく、マートルはより個人的な話題に取りかかる機会を見いだした。

「マリナーさんはお喜びになられるわ」彼女は言った。「あの人収穫祭に夢中なんですもの」

「うー」ジョー・ビーミッシュは言った。「あん方はいい人です――マリナー様は」

「あの人運がいいのよ」マートルは言った。「あの人の身の上に最近あったことご存じ？　亡くなられたビーンストック家の誰かが、あの人に五千ポンド残してくれたの」

「クー！　本当ですか？」

「うーん、って言うか大体おんなじことよね。五千ポンドの値打ちの切手アルバムなの。切手がどんなに価値のある物かってことは知ってるでしょ？　もちろんわたしの伯父様のコレクションはその十倍も価値があるわ。だからうちのホールには防犯警報装置があんなについてるのよ」

いささか不快げな表情がジョー・ビーミッシュの顔に宿った。

「ホールにゃあ防犯警報装置がたくさんあるとは聞いてるです」

「でも牧師館にはないの。それでここだけの話なんだけど、わたし、心配しているのよ。だって、マリナーさんはそこに切手を置いてらっしゃるんですもの」

「うー」いまや深く考え込むように、ジョー・ビーミッシュは言った。

「わたし、銀行に預けなきゃだめって言ったの」

ジョー・ビーミッシュは跳び上がった。

「どうしてそんなバカなことをわざわざ言ったりなさったです？」彼は訊いた。

「ぜんぜんバカげてなんかないわ」マートルは熱を込めて言った。「ただの普通の常識よ。あの切手があれで安全だってわたしには思えないの。教区牧師様の書斎の机の引き出しに入れてあるのよ。ほら一階の玄関から入って右手の、のみか何かで簡単にこじ開けられちゃうちゃちなフランス窓があるあの小さな部屋よ。もちろん鍵は掛かってるけど、鍵が何ほどの物？　わたし見たことあるけど、誰だってヘアピンで開けられちゃうようなシロモノだもの。ねえジョー、わたし心配なの」

ジョー・ビーミッシュは身をかがめてしばらくの間黙ったまま靴下を編み続けていた。彼が再び話しだした時には、またカボチャとキャベツの話に戻っており、その後は――彼は話題に乏しい人物であったから――またキャベツとカボチャの話になった。


一方、アンセルムは、少なからぬ精神的苦悩の日を過ごしていた。最初に聞いた時には、マートルの提案は彼を根底から動揺せしめた。こんなふうに完全に度肝を抜かれたような思いがしたのは、ウィリー・パーヴィスにラッズ・クラブでボクシングのレッスンをしていた時、ウィリーがたまたま幸運な偶然からど真ん中にパンチを決めたあの晩以来のことだった。汚れなき副牧師がハートを捧げた女性の性格がこんなふうにあからさまに露呈したことは、彼を当惑させた。マートルには理非善悪の判断能力が皆無《かいむ》であるようだと思われた。もちろん彼がガンマンで彼女がその愛人だというなら、そんなことは問題ではない。しかし、いずれ教区牧師になって妻に教区基金の面倒を見てもらおうと希望している者には、話はだいぶ違ってくるというものだ。戦略、戦術に関する彼女の見解を告げられたら、預言者イザヤは何と言うだろうかと彼は考えた。

午後から夕方までずっと、彼はこの件についてじっと思案し続けた。夕食の間、彼は上《うわ》の空で放心していた。熟考に忙しいあまり、彼は教区牧師のシドニー・グーチ師の話をほとんど聞いていなかった。またそのことはおそらく幸運だった。つまりその日は土曜日で、教区牧師は土曜の夕食時にはお決まりのとおり、翌日の晩禱《ばんとう》で話そうとしている説教についてどっさりまくし立てたからだ。彼は一度ならず何度も、このまま好天が続いたら、会衆をノックアウトして目を回させてやれると言った。シドニー牧師は鍛《きた》え抜かれたがっしりした体格の、筋骨たくましい聖職者の見本だったが、デリカシーというものに欠けていたのだ。

しかしながら夜も更ける頃には、アンセルムはその熟考のうちに、もっと優しく、もっと甘やかな調べが忍び入ってくるのに気づいた。おそらくは彼が食したとびきりの牛もも肉と、共に流し込んだ健康的なエールのおかげで、こういう寛大な気分が醸《かも》しだされたものだろう。食後のタバコを吸う時には、マートルの持つ女性特有の弱点に対する厳しい態度は緩和されはじめていた。彼女が頑迷でなかったことは立派だったと考えてやらねばならないと彼は思った。それどころか、自分が彼女の財務手法をきっぱりと不可とした瞬間に、良心は目覚め、うちなる善良な部分が勝利を収め、彼女はあの怪しげな計画を放棄したではないか。そのことを多としよう。

再び幸福になって、彼は寝床に入り、半時間ほど良書をちょっぴり読んだ後、明かりを消して安らかな眠りに落ちた。

だが、安らかに眠った気もろくろくしないうちに、騒々しい音で彼は目を覚ました。彼は起き上がり、耳を澄ました。この建物の階下で、何かしら乱闘といったような性格の事柄が進行中の模様だった。牧師館の地勢図に関する彼の知識からすると、この物音は書斎より発しているものと思われたから、あわててガウンを着ると、彼はそそくさとそちらへ向かった。

その部屋は真っ暗だった。だが彼はスウィッチを見つけると、明かりを点《つ》け、ドアに近づく際に自分を出迎えてくれたうめき声がシドニー・グーチ牧師より発されていたことを知った。教区牧師は片手を左目に当て、床に座り込んでいた。

「泥棒だ！」立ち上がりながら、彼は言った。「忌《い》まわしいならず者の泥棒だ」

「お怪我をなさったのですか?」同情するようにアンセルムは言った。

「もちろん怪我をさせられたとも」ちょっと苛立《いらだ》たしげにシドニー牧師は言った。「胸に火を当てられ、衣服が焼け焦げぬわけがあろうか? 箴言六・二十七。私は物音を聞いて駆けつけ、くせ者を取り押さえた。するとそやつはひどく猛烈に殴ってよこしたから、それがため押さえつけていた力が弱まり窓から逃げられてしまったのだ。マリナー、すまないが何か持ち去られていないか見てはくれないか。なくしては困る説教原稿があるのだ」

アンセルムは机の横に立っていた。声を抑えるため、彼は一瞬口がきけなくなった。

「唯一持ち去られた物は」彼は言った。「私の所有する切手アルバムです」

「説教はあるんだな?」

「ございます」

「口惜《くちお》しい」シドニー牧師は言った。「口惜しい」

「何とおっしゃいましたか?」アンセルムは言った。

彼は振り返った。彼の上位聖職者は鏡の前に立ち、鏡に映った自分の姿を悲しげに見つめていた」

「口惜しい!」彼は繰り返して言った。「私は明日」彼は説明した。「晩禱でする説教を考えていたんだ。素晴らしいやつだ、マリナー。もっとも深くもっとも真実な意味で、素晴らしいやつだ。信者席を涙で埋めたはずと言ったとて、誇張ではないくらいにだ。そしてその夢は潰《つい》えた。目の周りにこんな黒あざをこしらえて説教壇に上がるなどはできない。会衆たちの頭に誤解を吹き込むやもしれん。こういう村落共同体にあっては、このような目に見える外傷は、常に最悪の解釈を誘発しがちなのだ。明日は、マリナー、私は軽い風邪のため床に伏せることにする。お前が朝の祈りと晩禱の両方をするのだ。口惜しい！」シドニー・グーチ牧師は言った。「口惜しい！」
アンセルムは口をきかなかった。彼の胸はあまりにも一杯すぎて言葉にならなかったのだ。

翌朝のアンセルムの立居振舞いと行動からは、感情の騒然と渦巻く気配は何一つ察せられなかった。夏の日曜日の晩禱で説教することを予期せず許可された副牧師はたいてい、鎖を外された犬みたいなものである。彼らは飛び跳ね、跳ね踊る。彼らは陽気な詩篇の一節を歌う。彼らは誰にも「おはようございます、おはようございます」と言い、子供の頭を撫《な》でては突進してまわる。アンセルムはそうではなかった。神経エネルギーを温存しておくことによってのみ、大いなる瞬間が訪れた時に最善を尽くすことができる、と、彼は知っていたのだ。

礼拝の後半段階にあって依然目を覚ましていた会衆たちにとって、朝の礼拝における彼の説教は退屈で精彩を欠いたものだった。また事実そのとおりであったのだ。彼に朝の礼拝で雄弁を浪費する気はなかった。彼は意図的に力を抑制し、彼の存在のあらんかぎりすべての力を、夕べに行う説教演説に集中したのだ。

彼には何カ月もあたためてきた演説があった。ありとあらゆるイギリスの田舎の副牧師というものは、もし突然晩禱で説教をせよと命じられた時に不意打ちで倒れるのを防ぐため、特別に拵《こしら》えた説教を私物の中に隠し持っているものである。そしてその午後じゅうずっと、彼は部屋にこもり、それに取りかかっていた。彼は言葉を削《そ》ぎ落とし、磨き上げた。類語辞典に効果的な形容詞を求め探した。そして黄昏《たそがれ》のライジング・スマトックの野原と雑木林《ぞうきばやし》に教会の鐘が鳴り響く時、彼の畢生《ひっせい》の大作は最後の句読点に至るまで完璧に仕上げられたのだった。

副牧師というよりは火山に近似した心持ちにて、アンセルム・マリナーは原稿の束を綴《と》じ、出発した。

これ以上恵まれた条件もあり得なかった。説教前の賛美歌が終わるまでに夕暮れはたっぷりと進行し、ちいさな教会の扉を抜けて木々や花々の芳香が流れ入ってきた。遠くでヒツジの鈴がチリチリと鳴る音と楡《にれ》の木の間《こま》でミヤマガラスが眠たげに呼び交わす音の他は、すべてがしんと静かだった。ひそやかなる自信を胸に秘め、アンセルムは説教壇に上った。彼はのど飴《あめ》を一日中なめ続けていたし、礼拝の間じゅう小声で「ミー、ミー」と言い続けていたから、自分が美声でいることがわかっていた。

一瞬、彼は沈黙して周りを見渡した。満員盛況の会衆の前で講演できることを知って彼は喜んだ。信者席はすべて満員だった。ご領主様の背もたれの高い席には、サー・レオポルド・ジェラビー、O・B・Eが、マートルを傍《かたわ》らにして座っていた。向こうの聖歌隊の中には、サープリスを着て筆舌《ひつぜつ》に尽くしがたいほどいやらしい姿で、ジョー・ビーミッシュが座っていた。また肉屋、パン屋、ロウソク作り職人その他会衆を構成するありとあらゆる人材がそれぞれの持ち場に座っていた。恍惚《こうこつ》のため息ひとつと一緒にアンセルムは咳払《せきばら》いをし、兄弟愛に関する質朴《しつぼく》な文章を語りはじめた。

私はアンセルムのこの説教を読む恩恵に浴したんですが（マリナー氏は語った）、確かに途轍《とてつ》もなく強力だったにちがいないと思いましたよ。青年の美しく端整なテノールの魅力を加えられない手書きの文章からですら、その魔術的な魅力は明瞭《めいりよう》に感じとれましたね。ヒビ人とヘト人の間の兄弟愛に関する思索に満ちた補説より説き起こし、初期ブリテン人、中世、エリザベス女王陛下の長々き治世を経て、我々の生きる現在に至り、ここにおいてアンセルム・マリナーはまさしく自己を解き放ったのです。まさしくこの時、できあいの成句を用いてよろしければ――言葉の最善かつ最適な意味において――彼はアクセルに足を置き、強く踏み込んだのでした。

真摯《しんし》に、感情の脈動する口調で、彼は我々の他者に対する義務について語った。我々の眼前に明白に存在する、この世の中をよりよい、より素晴らしいものにする使命。私益を顧みず、あまねく誰も彼もに公正な振舞いをしようと身をすり減らす者を待ち受けるよろこび。そして黄金の一語一句ごとに、彼は聴衆の心をしっかりとわしづかみにした。眠そうにうとうとしていた小売商人は目を覚まし、口を開けて座り直した。ご婦人らは目頭にハンカチをそうっとあてた。酸味ドロップをなめていた聖歌隊の少年は後悔するげにそれを呑《の》み込み、足をもじもじさせるのをやめた。

朝の礼拝においてですら、これほどの説教ならばスマッシュ・ヒットをとれたことだろう。黄昏時に、あらゆる偶然的な援助を得ながら語られるとき、それはもはや爆発だった。

次第終了後しばらくの間、アンセルムは教会付属室になだれ込んできた崇拝者の群れに取り囲まれたまま、その場を離れられずにいた。彼と握手をしたがる教会番がいた。彼の背中を平手ではたきたがる教会番もいた。しかし、やがて彼は笑いながらそこを脱出し、牧師館への帰路に着いた。庭門を通り過ぎたところで、薫り高き夜闇より何者かが彼に飛びついてきた。そして彼はマートル・ジェラビーを腕のうちに見いだしたのだった。

「アンセルム！」彼女は叫んだ。「わたしのワンダーマン！　どうしてあんなふうにできたの？

わたしあんな説教、生まれてから一度も聞いたことなくってよ！」

「受けはよかったようだね」アンセルムはつつましやかに言った。

「最高だったわ！　きゃあだわ！　あなたが会衆を戒《いまし》めたら、みんな戒められたままで釘付けだわ。どうやってあれだけのことを考え付くのか、んもう参っちゃう」

「いや、ただ思いつくんだ」

「それともう一つわからないのは、一体全体どういうわけであなたが晩禱で説教をできることになったのかってことよ。いつも教区牧師様がなさるってあなた言っててらしたと思ったけど」

「教区牧師様は」アンセルムは説明を始めた。「少々不幸な事故に遭……」

そこで突然彼は思い出したのだが、晩禱で説教をすることを許された興奮のあまり、彼はマートルにもう一つの重要な出来事について伝えるのを忘れていたのだった――切手アルバムの盗難である。

「昨日の晩、ちょっととんでもないことが起こったんだ、ダーリン」彼は言った。「牧師館に泥棒が入ったんだ」

マートルはびっくりした。

「えっ、ほんとなの？」

「そうだ。書斎の窓から略奪者が侵入したんだ」

「んまあ、なんてことでしょ！　何か盗《と》られたの？」

「僕の切手コレクションが盗まれた」アンセルムは言った。

マートルは恍惚の叫びを発した。

「それじゃあ保険金を請求しましょ！」

アンセルムは一瞬黙り込んだ。

「さあ」

「どういう意味よ、さあって？　もちろん保険金は請求するわ。一刻も早く保険屋さんに保険金を請求しましょ」

「だけど、考えてもみたの、愛しい人？　君の提案どおりに行動することは、正当だろうか？」

「もちろんよ。どうしてそうじゃないなんてことがあって？」

「僕には疑わしいと思われるんだ。あのコレクションに値打ちがないってことを、僕らは知っている。この会社、すなわち――ロンドン及びミッドランド諸州相互扶助利益協会ってのがそこの名前だ――に、値打ちのない切手アルバムに五千ポンド支払えって請求することは正当だろうか？」

「もちろん正当よ。ビーンストック伯父さんは保険料を払っていたんでしょ、そうじゃなくって？」

「それはそうだ。そのとおり、まったく忘れていたよ」

「そのものに値打ちがあるかどうかは問題じゃないの」マートルが言った。「大事なのはいくらで保険金を掛けるかなの。それに請求したらまるで保険屋の人たちを傷つけるとでもいうみたいな言い方をしてない？　ああいう保険会社のお金持ちぶりって罪深いくらいなのよ。わたしに言わせれば、あの人たちのためにはとってもよくないことにちがいないわ」

アンセルムはこれまでその点に思い至ったことがなかった。今この問題を検討してみるに、マートルが女性の本能で、物事の根幹に到達して見事に本質を把握してのけたように思われた。

保険会社は金を持ちすぎであり、もし誰かがたまたまやってきてそこからちょっぴり失敬していったならば、よりよい、より優れた、よりスピリチュアルな保険会社になれるのではなかろうかとの彼女の説を讃えて大いに言うべきところがあるのではないか、と、彼は自問した。

疑問の余地なくそのとおりだ。彼の疑念は払拭《ふっしょく》された。今や彼には、ロンドン及びミッドランド諸州相互扶助利益協会から五千ポンド頂戴することは、よろこびであるばかりか、義務であることがわかっていた。それは同社の取締役会の人々の人生におけるターニングポイントになるやもしれない。

「よしわかった」彼は言った。「保険請求を送ることにするよ」

「やったー！　お金をゲットした瞬間に、わたしたち結婚するのよ！」

「マートル！」

「アンセルム！」

「檀那《だんな》さん」二人のすぐ横から、ジョー・ビーミッシュの声がした。「あんた様とお話をしていいですか？」

二人はびっくりして互いに身を引き離すと、無言でこの男を見つめた。

「檀那さん」ジョー・ビーミッシュは言った――その口ぶりの重苦しさから、彼が何らかの強烈な感情のわしづかみにされていることは明らかだった――「あんた様にお礼が言いたいです。あのお説教のことです。すばらしいお説教だったでした」

アンセルムはほほえんだ。闇の中から唐突に声が聞こえたショックからは、もう回復していた。むろんああいう瞬間にこんなふうに邪魔をされるのは不愉快だが、だが人はファンに対しては礼儀正しくあらねばならない。きっとこれからはこういうことが度々あるものと、覚悟しなければならないだろう。

「私の拙《つたな》い努力がかかる賛辞を触発したならば、よろこばしいことです」

「なんとおっしゃりました？」

「気に入ってもらえてうれしいって言ったのよ」いくらか苛立たしげにマートルが言った。つまり彼女は最高に愛想よくしていられる気分ではなかったからだ。愛する人の腕の中に抱かれている若い娘というものは、すぐ脇から押し込み強盗にひょっこり顔を出されることには反感を覚えるものである。

「うー」理解に至りジョー・ビーミッシュは言った。「へえ、檀那さん。あのお説教、あのお説教は素晴らしかった。ああいうのをまなこバチバチの説教って、あっしは言うんでさあ」

「ありがとう、ジョー。ありがとう。君が喜んでくれたのがわかって嬉しいよ」

「へえ、あっしは喜んでます、檀那さん。あっしはペントンヴィルでお説教を聞きやした。ワームウッド・スクラッブスでお説教を聞きやした。ダートムーア［いずれも有名な刑務所所在地］でもお説教を聞きやした。みんなみんないいお説教でした。だがこれまで聞いてきたありとあらゆるお説教で、あんた様のお説教の足許に及ぶような格式と活力と――」

「ジョー」マートルが言った。

「へえ、お嬢様」

「消えて！」

「何とおっしゃったです、お嬢様？」

「出てって。とっとと消えうせて。さっさといなくなって。あんたなんてお呼びじゃないってことがわからないの？　あたしたち忙しいの」

「おやおや何を言うんだい」アンセルムは穏やかな非難を込めながら言った。「君の態度はちょっと高飛車じゃないかなあ？　こんな正直者にそんな――」

「うー」ジョー・ビーミッシュが口を挟んできた。また彼の声には流されざる涙の響きがあった。

「だがあっしは正直者なんかじゃねえです、檀那さん。お気を悪くしないでもらいたいですが、べらぼうな大間違いをしでかしてらっしゃるです。あっしは哀れな罪びとで背教者で邪悪を働く者で――」

「ジョー」威嚇《いかく》的な穏やかさを込めて、マートルは言った。「もしぶん殴られて耳が腫《は》れたら、それはあんたのせいだって思いなさい。あたしのパラソルの握りのところと暴力沙汰《ざた》に及んだ結果、あんたの不細工な頭のてっぺんにたまご大のたんこぶができたとしたって、右に同じだわ。あんた、いったいぜんたい」ただいま言及した武器をさらに強く握り締め、彼女は言った。「消えるの消えないの？」

「お嬢様」ジョー・ビーミッシュは言った。またその姿には、粗野な威厳がなきにしもあらずであった。「ここに来た用件さえ済んだらば、すぐに失礼しやす。だがあっしがここに来た目的を、まずは果たさなきゃならねえ。あっしはここへ、穏やかで深く悔いた境涯に戻って、このあっしが昨日の晩盗み取った切手アルバムをお返しにあがったです。あの時には後であんなに素晴らしいお説教を聞いて光明を見いだすことになるだなんて、思ってもみなかったでした。だがあの素晴らしいお説教を聞いて光明を見いだした今となっては、あっしはここに来た目的を果たすことに多大な喜びを覚えるもんです――つまり」故J・G・ビーンストックの切手コレクションをアンセルムの手の中に押し付けながら、ジョー・ビーミッシュは言った。「これでさあ。お嬢さん、檀那さん、手短かに言うです。お二人が今のあっしみたいに、絶好調の気分でいられるよう願います。それじゃあ失礼するです」

「待つんだ！」アンセルムは叫んだ。

「う―？」

アンセルムの顔は異様にゆがんでいた。彼はやっとのことで、こう言った。

「ジョー」

「へえ、檀那さん」

「ジョー、私は君に――私は君にこうしてもらったほうが――きわめて真実な意味で私は君に――要するに、この切手アルバムは君に持っていてもらいたいんだ、ジョー」

泥棒は首を横に振った。

「いいや、檀那さん。それはできねえです。あのすばらしいお説教と、あのすばらしいお説教の中でヒビ人とヘト人と汝の隣人に正しいことをすることと世界に甘美と光明を広げるべくできる限り手助けをすることについてあんた様がおっしゃった美しい事のことを思う時、まだ光明を見てなかったせいでよそ様のうちのフランス窓から忍び込んで手に入れた切手アルバムを、あっしは持ち続けるわけにゃあいかねえです。おやすみなさいまし、檀那さん。おやすみなさいまし、お嬢様。おやすみなさいまし、お二人とも、これで失礼をいたしやすです」

彼の足音が次第に遠ざかった。静かな庭に、沈黙があった。アンセルムもマートルも考えるのに忙しかった。またもやアンセルムの脳裡《のうり》には、五番のでしゃばりな腹を評価して彼のカレッジのボートのコーチが正当にも行った正鵠《せいこく》を得た発言が走馬灯のように駆け巡っていた。他方、マートルのほうは、パリのフィニッシング・スクール時代にフランスのタクシー運転手が警官に向かって言うのを聞いた言葉の大意の翻訳を口から洩《も》らさぬよう、懸命に努力していた。

先に口を開いたのはアンセルムのほうだった。

「ねえ、愛する人」彼は言った。「この件については話し合いが必要だ。真剣な思考と腹を割った円卓会議なしには、何事も達成し得ないと思う。部屋に入ってできる限り穏やかな気持ちですべての問題を徹底的に議論しよう」

彼は書斎へ向かうと頬杖《ほおづえ》をつき、ひたいにしわを寄せながら憂鬱《ゆううつ》げに腰を下ろした。深いため息が彼の口から洩れた。

「今わかった」彼は言った。「どうして副牧師が夏のあいだ日曜日の晩禱で説教を許されないのかってことが。危険なんだ。公共の場において爆弾を破裂させるようなものだ。既存秩序にあまりにも激しい動揺を与えてしまう。私たちの優れた教区牧師様が今夜の晩禱をされておいでだったら、こんな悲惨なことは起きなかったはずだ。預言者ホセアがアドゥラムの子らに語った言葉を用いるなら――」

「預言者ホセアのことはしばらく脇に置いてくれて、それでアドゥラムの子らのことはひとまず棚上げしといてくださる?」マートルが割って入った。「わたしたち、どうしたらいいのかしら?」

アンセルムは再びため息をついた。

「愛する人よ、悲しいかな、まさしくそこのところだ。もはやロンドン及びミッドランド諸州相互扶助利益協会に保険金請求をすることは実行可能ではないと思うんだ」

「それじゃあわたしたち、とびきり最高の五千ポンドを失っちゃうってこと？」

アンセルムは顔をしかめた。やつれた彼の顔のしわがさらに深くなった。

「確かにそう思うことは不快だと、僕も思うよ。僕たちの将来のための貯蓄だと思っていたんだからね。しっかり銀行に貯金して、後から健全で有利な有価証券に投資しようと考えていたんだ。ジョー・ビーミッシュには、僕はいくらか腹を立てていることを告白するよ」

「縛り首になればいいんだわ」

「僕はそこまでは言わないよ、ダーリン」アンセルムは愛を込めて叱責《しっせき》した。「だけどもし彼がほどけた靴紐《ひも》にもつれて転んで足首を挫《くじ》いたと聞いたら、それで——真に深く真実な意味において——僕は全然かまわないと認めなくちゃならない。僕はあの男の思慮を欠いた衝動性を遺憾に思うよ。〈差し出がましい〉って言葉が口を衝《つ》いて出るところだ」

マートルは物思いにふけっていた。

「聞いて」彼女は言った。「このロンドン及びミッドランド州の脳たりん連中に、ちょっぴりいたずらをしてやらない？　切手が帰ってきたなんてどうして言うの？　しっかり腰をすえて請求書を送って小切手を頂いちゃいましょう？　とっても楽しいと思うわ」

再び、この二日間に二回目のことだが、アンセルムはわが愛する人を不審の目もて眺《なが》めやった。それから、いささか一種独特なものの考え方をもって彼女を非難すべきではないということを、彼は自分に思い起こさせた。著名な資本家の姪として、おそらく彼女にはいくらか特異な見解を持ち合わせる権利がある。必ずや、彼女のごく幼少期の思い出は、デザートの時間に階段を降りてくると、年長者たちがナッツとワインをいただきながら、投資家をだまくらかす目下展開中の計画を語り合うのを聞いたことなのであろう。

彼は首を横に振った。

「残念ながら、僕はそんな方針にはまったく賛同できない。君の提案にはほとんど――こう言って君の感情を傷つけたくはないんだよ――不正直なところがあるように思えるんだ。それに」彼は深く考えるげに付け加えた。「ジョー・ビーミッシュがあのアルバムを返してよこしたとき、彼はそれを証人の前でやったんだ」

「証人ですって？」

「そうだよ、愛する人。家に入るとき、僕はぼんやりした人影を見た。それが誰かはわからない。だが、この点に関して僕には確信があるんだ――その人物が誰であるにせよ、彼はすべてを聞いただろうって」

「ほんとう？」

「ほんとうだよ。彼はヒマラヤスギの木の下に立っていた。簡単に話の聞ける距離だ。それに、知ってのとおり、あのご立派なビーミッシュの声はたくましくてよく通る音色をしているからね」

彼は言葉を止めた。鬱積した感情をもはや抑制できず、マートル・ジェラビーは件《くだん》のタクシー運転手が警官に向けて言った言葉をついに発声し、またそれはアンセルムよりもタフな副牧師であったとて一時的に発話不能になって仕方のないような発言であったからだ。この絶叫の後、ずきずきと胸動悸《どうき》する沈黙が続いた。そしてこの沈黙の間に、庭のどこからか、彼らの耳に奇妙な音が聞こえてきたのだった。

「聞いて」マートルが言った。

二人は聞いた。聞こえてくるのは紛れもなく、むせび泣く人の声であった。

「仲間の生き物が誰か困っている」アンセルムが言った。

「あーら、よかった」マートルは言った。

「外に出て嘆き手の正体を確認してみるかい？」

「そうしましょ」マートルは言った。「ジョー・ビーミッシュじゃないかって気がするの。そうだったら、わたしがパラソルであいつに何をしてやろうと、誰にも止められないんだから」

しかし嘆き手はジョー・ビーミッシュではなかった。彼はとっくの昔に、〈グース・アンド・グラスホッパー〉に一杯やりに行っていたのだ。近視のアンセルムには、ヒマラヤスギの木にもたれ、抑えきれぬ嗚咽《おえつ》に身を震わす人物の姿は、ぼやけて認知不能であったが、視力のいいマートルは驚きの叫び声を発した。

「伯父様！」

「伯父様だって？」驚いてアンセルムは言った。

「レオポルド伯父様だわ」

「さよう」うめき声を抑え、木のところからこちらに向かいながらO・B・Eは言った。「さよう。マートルや、お前の隣に立っているのはマリナー君かな？」

「そうよ」

「マリナー君」サー・レオポルド・ジェラビーは言った。「わしが泣き濡《ぬ》れているのが君にはわかろう。ではなぜわしは泣き濡れているのか？　なぜならば、親愛なるマリナー君、わしはいまだ兄弟愛と汝の隣人への義務に関する君の素晴らしい説教に、圧倒されているからなのじゃ」

アンセルムは、いったい副牧師がこれほどの注目を浴びたことがかつてあっただろうかと思い始めていた。

「ああ、ありがとうございます」足をもじもじさせながら彼は言った。「お気に入っていただいて、大変うれしいです」

「〈気に入った〉では言葉が弱すぎる。あの説教はわしのものの見方全部を革命的に変革したんじゃ。わしを違った人間に変えてくれた。すまないがマリナー君、家内よりペンとインクをお持ちいただけんかの？」

「ペンとインクですか？」

「まさしくさよう。貴君所有の切手アルバム代金として一万ポンドの小切手を書きたいのじゃ」

「一万ポンドですって？」

「中に入って！」マートルが言った。「すぐ入ってらして」

「おわかりいただけよう」書斎に招じ入れられ、ペン先は太いのがいいか細いのがいいかとしきりに訊かれながら、サー・レオポルドは言った。「昨日貴君がこの切手を見せてくれた時、わしにはその価値がすぐにわかった――どこに出そうが五千ポンドは軽くいただける代物じゃ――よって当然ながらわしはそれに価値はないと言った。ごく普通の、日常的な取引上の安全策じゃ。わしをこの世の戦いのうちに送り出す時、愛する父がわしに言ってくれたことの中で最初に思い出すのは、〈お人よしのカモに公平な扱いをしてやっちゃならない〉という言葉じゃ。そして今日この時まで、わしは絶対にそれを守り通してきた。じゃが貴君の今夜の説教はわしに、ビジネス倫理の掟よりも高く貴い何ものかが存在することをわからせてくれたんじゃ。線引小切手［支払先が銀行に限定される小切手］にしますかな？」

「お好きなようになさってください」

「だめよ」マートルが言った。「線は引かないで」

「お前の言うとおりにしよう。この件に対してお前は」優しい老領主は、涙の合間から茶目っ気たっぷりに笑ってよこしながら言った。「ずいぶんと関心を持っている様子だねえ。これはひょっとして――」

「わたしアンセルムを愛しているの。わたしたち婚約しているのよ」

「マリナー君、本当かね？」

「え――本当です」アンセルムは言った。「そのことをお話し申し上げようと思っていました」

サー・レオポルドは彼の肩をぽんぽん叩いた。

「これ以上の花婿は望み得んですぞ。さてと。これが小切手です、マリナー君。いま申したように、あのコレクションには五千ポンドの価値がある。じゃがあの説教の後となっては、わしは一万ポンドを惜しげなく差し出しましょう。惜しげなくですぞ！」

アンセルムは、夢の中にいるがごとく、その長方形の紙片を受け取ると、ポケットに入れた。黙ったまま、彼は切手アルバムをサー・レオポルドに手渡した。

「ありがとう」後者は言った。「それではさてと、わしは貴君に清潔なハンカチの貸与を申し入れねばなりません。わしの私物は、ご覧のとおり完全にびしょ濡れですからの」

自室で引き出しをかきまわしていると、軽快な足音がして、アンセルムは後ろを振り返った。

マートルが唇に指を当て、ドアのところに立っていた。

「アンセルム」声を忍ばせて彼女は言った。「万年筆は持ってる?」

「持っているとも、愛しい人。この引き出しにあったはずだ。ほら、どうぞ。何か書きたいことがあるのかい?」

「あなたに書いていただきたいことがあるの。あの小切手にこの場で裏書して、今すぐわたしに渡して頂戴。そしたらわたし今夜じゅうツーシーターを飛ばしてロンドンに行って、銀行が開いた瞬間に換金するわ。だってわたし、レオポルド伯父様のことはよくわかっているもの。一晩寝て起きてあの説教の効き目がちょっぴり薄れたら、やおら電話を掛けて支払いをストップさせようってお気持ちになるかもしれないわ。伯父様が取引上の安全策のことをどう思ってらっしゃるかはご存じでしょ。こうしとけばインチキイカサマはきれいさっぱり避けられるもの」

アンセルムはいとおしげに彼女にキスをした。

「君は何でも考えてるんだね、愛する人」彼は言った。「まったく君の言うとおりだとも。そりゃあ誰だって、インチキイカサマは避けたいものだよね?」

すべてビンゴはこともなし

一人のビーン氏と一人のクランペット氏がドローンズ・クラブの喫煙室にて昼食前の一杯を頂いていた。と、部屋の隅の書き物机のところに掛けていた一人のエッグ氏が立ち上がり、二人に近づいてきた。

「〈耐え難き（intolerable）〉にrはいくつあったかなあ？」彼は訊《き》いた。

「二つだ」クランペット氏は言った。「どうしてだい？」

「委員会に抗議の手紙を書いてるんだ」エッグ氏は言った。「ご注目頂きたし。耐え難き……うひゃあ、なんてこった！」言葉を途中でやめると、彼は叫んだ。「またあいつだ！」

彼の顔がひきつりゆがんだ。外の廊下から聞こえる若々しく爽《さわ》やかな声は御機嫌なボー・デ・オ・デ・オのリズムたっぷりの陽気な歌声に変わった。それが食堂方向に消え去ってゆくのに、ビーン氏は耳を澄ませた。

「かのリネットは誰《た》そ？」彼は問うた。

「ビンゴ・リトルだ、まったくコン畜生。このごろの奴ときたらのべつ歌っていやがる。だから俺は委員会に抗議の手紙を書いてるんだ。耐え難き彼の絶え間なき上機嫌の不快に関して、ってことだな。歌うだけじゃない。背中もぽんぽんはたいてくる。つい昨日のことだが、奴はバーにいた俺の後ろにそうっと近づいてきて肩甲骨の間をひっぱたいてきやがった。〈アッハー！〉なんて言いながらな。俺は窒息するかもしれなかったんだぞ。〈絶え間なき（incessant）〉は、ｓいくつだったっけ？」

「三つだ」クランペット氏が言った。

「ありがとう」エッグ氏は言った。

　彼は書き物机のところに戻った。ビーン氏は困惑した様子だった。

「変だなあ」彼は言った。「ものすごく変だ。ビンゴの奴がずっとこんな調子でいるわけを、どう説明する？」

「たんなるジョア・ド・ヴィーヴル［生きる喜び］ってやつだろう」

「だが奴は結婚してるんだぞ。奴は女流作家か何かと結婚したんじゃなかったっけか？」

「そのとおり。ロージー・Ｍ・バンクス、『ただの女工』、『クラブマン、マーヴィン・キーン』、『そは五月のこと』その他の著者だ。彼女の名前ならそこいらじゅうで見られるさ。ペン一本でどっさり稼いでるんだって聞いてる」

「妻帯者にジョア・ド・ヴィーヴルがあるとは知らなかった」

「もちろんそういう連中は多くないさ。だがビンゴ家の結婚は例外的に幸福なんだ。奴とその伴侶は、はじめのはじめから、つがいのラヴバード《ボタンインコ》みたいに仲良くやってるんだ」

「ふん、だからって背中をひっぱたいてまわっていいことにゃあならない」

「お前は内部事情を知らないのさ。ビンゴはみだりに人の背中をはたいてまわるような男じゃない。

いま現在奴があんなふうなのは、つい先だってものすごく幸運な脱出をし遂げたばかりだからなんだ。危機一髪でとんでもなく深刻な家庭内トラブルが出来《しゅったい》する寸前だったんだ」

「だけどお前、二人はつがいのラヴバードみたいだって言ったじゃないか」

「そのとおり。だがラヴバードたちの間にすら、メスのラヴバードが増長して職権乱用し始めるような状況ってのは起こりうるもんなんだ。もしビンゴ夫人がビンゴをしかりつけること必定《ひつじょう》ってことの件で奴をしかりつけてたら、結婚生活のその後ずっと、彼女はその話をし続けてたはずなんだ。彼女はかわいらしい女性だ。最善最高の女性の仲間だ。だが金婚式のその日まで、彼女が折節にその件をほのめかし続けるであろうってことに、疑問の余地はないんだ。ビンゴはこの一件を、死に勝る凶運を逃れきったって考えているし、俺も奴の見解にくみしたいと思う」


その一件の始まりは、ある朝ビンゴがペキニーズ犬を散歩に連れ出した後、昼食を食べに愛の巣に戻ってきたときのことだ、奴は玄関ホールで鼻先に傘を載せてバランスを取ろうとやっていた。暇なときにいつも奴はそいつをやるんだな。するとビンゴ夫人が書斎から、ひたいにしわを寄せ、あごにインクの点々をちょっぴりつけておでましあそばされたんだ。

「あら、帰ってらしたの」彼女は言った。「ビンゴ、ねえあなたモンテカルロにいらっしゃったことっておありかしら？」

そう聞いてビンゴは少しばかり苦痛に顔をしかめずにはいられなかった。意図せずして、彼女は奴のむき出しの神経に触れたんだ。いつだって奴がこの世で一番したくてたまらなかったのは、モンテカルロに行くってことだった。っていうのは、奴にはカジノを丸裸にすること間違いなしって必勝法《システム》があったからなんだ。とはいえおそらくお前にもよくわかってることだろうが、既婚の男がこっそりでかけて行くのに、これより難しい場所もそうはないんだ。

「いや、ない」奴はちょいとばかり不機嫌な声で言った。それからいつもの陽気な落ち着きを取り戻した。「ほうら」奴は言った。「病める時も健やかなる時も我がいとしき伴侶たる奥方様。傘をこう置く。すると、ほうら、完璧な均衡を維持するんだ……」

「あなたに今すぐあちらにでかけていただきたいの」ビンゴ夫人が言った。

ビンゴは傘を落っことした。楊枝《ようじ》一本でだってノックアウトできてたはずだ。奴が言ったことには、一瞬、自分は何か麗《うるわ》しい夢を見てるにちがいないって思ったそうだ。

「あたくしの本のためなの。何かローカル色を投入しないといけないのよ」

ビンゴは要点を理解した。ビンゴ夫人はこのローカル色なる問題について、奴とよく語り合っていたんだ。今日びは、大衆がため健全な娯楽をご提供しようと思ったら、雰囲気づくりってものをきちんとやらなきゃならない。客は抜け目なくなってる。連中は知りすぎているんだな。舞台背景を拵《こしら》えようと自分でやってみようとする。すると「ヤッホー」とか言えるかどうかってうちにたちまち何かヘマをやって、読者のほうじゃいやらしい苦情の手紙を書きはじめてるってことになるんだ。「拝啓　先生におかれましては以下の点につき、お気づきでいらっしゃいますでしょうか……?」で始まるやつだ。

「あたくしは行かれないの。金曜日にペン・アンド・インク・クラブのディナーがあるし、火曜日にはアメリカの女流作家、キャリー・メルローズ・ボップ夫人を囲んで、作家クラブが午餐《ごさん》会を開くの。だのにあたくし、今すぐにもピーター・シップバーン卿が胴元をつぶすくらいに大勝ちするところを書かなきゃいけないんだもの。だからあなた、なんとかしてあちらに行ってくださらないかしら、ねえビンゴ、ダーリン？」

　荒野にマナが降ってきたときにイスラエルの民がどう感じたものか［『出エジプト記』十六］、ビンゴにはわかりはじめてきた。

「もちろん行くとも、かわい子ちゃん」奴は心の底から言った。「僕にできることならなんだって……」

　奴の声は次第に小さくなった。突然浮かんだ思いが、奴の魂を酸のごとく腐食したんだ。奴は自分が一文無しだったってことを思い出した。二週間前にヘイドック・パークの二時三十分のレースに出走した――あれを出走したと言えるとしてだが――バウンディングビューティーって名前の馬に有り金ぜんぶ賭けてすっからかんにすっちまったところだったんだ。

　ビンゴの奴の問題点は、冷静な判断を、夢とかお告げとかいったもんでやすやすとゆがめちまうところだ。予想紙の判断によればバウンディングビューティーに勝ち目なんか一つもありゃしないってことは、ビンゴには誰よりよくわかってた。だがレース前夜、奴はウィルバーフォース伯父さんがナショナル・リベラル・クラブの階段の上でヌード姿になってルンバを踊る悪夢を見ちまったんだ。アホだから奴はこれをちょっとした厩舎《きゅうしゃ》直送情報だってふうに受け取ったんだな。それで、どっかーん、俺の言ったとおり、有り金ぜんぶがすっ飛んでっちまったってわけなんだ。

　しばらくの間、奴はちょいとばかり動揺していた。それから奴の表情は明るくなった。奴は考えたんだ。モンテカルロまでわざわざ大汗かいて出かけていくみたいな厄介な仕事だ。退屈な長旅を資金面の手当てなしで引き受けさせようなんて、ロージーが思ってるはずはないってな。

「もちろん、もちろんさ、もちろんだとも」奴は言った。「ああ、いいとも！　明日出発しよう。それで費用のことなんだが。一〇〇ポンドもあれば何とかなると思うんだ。まあ、二〇〇あればもっといいし、三〇〇あったって困りはしないんだが……」

「あら、いいの、それは大丈夫なのよ」ビンゴ夫人は言った。「お金は必要ないの」

ビンゴは真鍮《しんちゅう》のドアノブを呑《の》み込んだダチョウみたいに息を詰まらせた。

「金は……必要……ない……だって？」

「チップ用に一ポンドか二ポンド払う他はね。全部手配済みなの。ドーラ・スパージョンがカンヌにいるのよ。彼女に電話してモンテカルロのオテル・ド・パリにあなたのために一部屋予約してもらうわ。請求は全額あたくしの口座に行くようにするから」

この対話劇の相方役を続行できるようになるまでに、ビンゴはもう二、三度、息を詰まらせなきゃならなかった。

「だけどさ、君は僕に」奴は弱々しい声で言った。「国際スパイとかヴェール姿の女とかそういう連中と仲良くして、彼らの習性を注意深く観察して欲しいって思ってるんじゃないのかい？　そういうことには金が要るんだ。国際スパイってのがどんなもんかはわかってるだろ。いつだってシャンパン飲み放題で、それもハーフボトルなんかで飲むんじゃないんだ」

「スパイのことはご心配いらないの。そういうことは想像できるもの。あたくしが欲しいのはローカル色だけ。部屋や広場の正確な描写とかそういうことなの。それに、あなた、たくさんお金を持ってらしたら、ギャンブルをしたいって誘惑に駆られるかもしれないでしょう」

「なんだって！」ビンゴは叫んだ。「ギャンブルだって？　僕がかい？」

「ちがう、ちがうわ」ビンゴ夫人は自責の念に苛《さいな》まれるように言った。「あなたのことをそんなふうに言ったりして、あたくし間違っていたわ、もちろんよ。だけど、あたくしが手配したとおりにしたほうがいいと思うの」

そういうわけで状況はわかってもらえるな。哀れなビンゴの奴が心ここにない様子で昼食を頂き、ミンスド・チキンをぼんやりともてあそび、ローリーポーリー・プディングには手をつけぬままだったと知ったとて、驚きはしないだろう。食事の間じゅう奴の態度は上《うわ》の空だった。なぜって奴の脳みそは発電機みたいにブンブン回転してたんだからな。なんとかして奴は金を手に入れなきゃならない。だがどうやって？　どうしたらいい？

知ってのとおり、ビンゴって奴はほんとに高額の融資なんかを集められるような男じゃない。奴の財政見通しのことを、みんな知りすぎてるんだ。もちろんいずれ奴はたいした金持ちになることになってるさ。だが奴がウィルバーフォース伯父さん——今は八十六歳だが、まだようやく人生道半ばって勢いだ——の遺産を相続するその時まで、奴についちゃあ、オオカミがいつだって玄関先をうろつきまわってるみたいなもんなんだ。世論はこの点を承知してるから、市場は低迷してるってわけだ。

この件を突き詰めて考えるにつけ、自分に必要な金額を用立てられる唯一の当てはウーフィー・プロッサー《金持ち》のところだけだって、奴は思った。ウーフィーは決して金離れのいい男じゃないが、百万長者だ。百万長者こそ奴の必要とする人物だった。そういうわけでカクテル・タイムの頃に奴はクラブにでかけていった。だがウーフィーは外国に行ってるって言われただけだった。落胆はあんまりにも激しかったから、奴は喫煙室に行って気付けの飲み物を摂取せずにはいられなくなった。

奴が入ってきたとき俺はそこにいて、奴があんまりにもひどくやつれ果ててやけっぱちな様子だったから、一体どうしたって奴に訊いた。それで奴は俺にみんな打ち明けてよこしたんだ。「俺に二〇ポンドか二五ポンド貸してくれないか？　いや、三〇ポンドあったらもっといいんだが、どうだ？」奴は言った。

俺は言った。「だめだ。貸せない」すると奴は長く、低く、震えるため息をついた。「かくして日は流れる」奴は言った。「それが人生だ。ここなる俺は途方もない大儲けをしてのける千載一遇の好機に巡《めぐ》り合わせている。然《しか》るに必需資本の欠乏のせいで活動不能ときてるんだ。ガルシアって野郎のことは聞いたことはあるか？」

「ない」

「モンテカルロの経営陣から十万ポンド、一日でかっぱいだんだ。ダーンバラって野郎のことは聞いたことはあるか？」

「ない」

「八万三千ドルポケットに収めたんだ。オウアーズって野郎のことは聞いたことはあるか？」

「ない」

「そいつの連勝は二十年以上続いたんだ。今俺が話した三人の連中は、ただモンテカルロに行って、ぶっとい葉巻を口にくわえて椅子の背にもたれてのらくらしてたってだけだ。カジノのほうで金をただ突き出してくれたんだ。それに連中の誰にだって、俺みたいなシステムを持ち合わせてる奴はいなかったはずと俺は思う。ああ、地獄だ。ああ、千の呪《のろ》いだ」ビンゴは言った。

さてと、仲間がこんなふうにどん底に沈んでるって時に、言ってやれることはそうはない。小物の宝飾品を一時質入れしたらどうかって提案してやるのがやっとだった。たとえば奴のシガレット・ケースはどうだって俺は言った。言った後で、奴のシガレット・ケースが、普通誰だって想像するような純金製じゃないってことに気がついたんだ。ブリキ製だった。本当だ。それでシガレット・ケースのほかに奴がこれまで所有したことのある宝飾品は、キャタリック・ブリッジで幸運な投資の結果金回りがよかった時にビンゴ夫人の誕生日プレゼントにって買ったダイアモンドのブローチだけってことらしい。

そういうわけで全部が全部、まるきり望みなしってふうに見えた。俺にできるのは心底より遺憾《いかん》の意を表明し、もう一杯おごってやることだけだった。そして翌朝、奴は十一時の急行汽車にて旅立った。魂には絶望、ポケットにはメモ帳と鉛筆四本と帰りの切符、それとチップその他用の三ポンドだ。そして翌日昼食のちょっと前、奴はモンテカルロ駅に降り立った。

何年か前に流行《はや》った歌でこういうのを憶えてるかどうかわからないんだが、「ラーラン、ラーラン、ラーラン、ラーララ、ラーララ、ラーララン」となって、しばらくそいつが続いた後、こういうふうに終わるやつだ。

ラーラン、ラーラン、ラーラランラー、ラン、
痛みうずくハートの恨み哀しみ。［一九一三年のフィンクとピアントドジの歌］

最近はあんまり聞かなくなったが、前はスモーキング・コンサートや村の公会堂で教会のオルガン救済基金のための娯楽をやるって時には、どこに行ったってバス歌手が歌ってみせた曲だ。ラン

の後にちょっと間があってくるぶしの骨のところからでっかく一呼吸ついて、そこでこう入る。

痛みうずくハートの恨み哀しみ。

無論ものすごく不快な話だ。ぜんぶがぜんぶだ。だが俺はそれにはいちいち触れない。ただモンテカルロ到着最初の二日間、哀れなビンゴがどんな思いで暮らしていたかを断然語りつくせる言葉を言うだけにする。奴は傷みうずくハートの持ち主で、途轍《とてつ》もないほどに恨み哀しんでいた。俺は驚きやしない。可哀そうな男だ。激しい苦痛に苦悩していたんだな。

一日じゅう、傷口にナイフをねじ込まれる思いで、奴はカジノルームの中を歩きまわり、システムを紙に書いては試していた。それで試せば試すほどに、そいつが鉄壁だってことがますます明らかになってくるんだ。失敗のしようがない。

二日目の晩の就寝時間までに、もし自分が一〇〇フランチップでプレイしていたら、少なく見積もったって二五〇ポンドは儲《もう》かってたはずだってことに奴は気づいた——つまりそういうことだ。要するに、金はどっさりある——奴はそいつを引き取るってだけだ、って言い方もできよう——だのに奴にはそいつが手に入れられないんだ。

ガルシアならそいつを手に入れたことだろう。ダーンバラもそいつを手に入れたことだろう。オウアーズもだ。だが奴にはできなかった。いいか、ウーフィー・プロッサーみたいな男ならそっと差し出してよこしたって痛くも痒《かゆ》くも感じない、ほんのわずかな元手がないって、ただそれだけのせいでだ。

そうして、三日目の朝、朝食のテーブルについて新聞を眺めていると、奴を椅子から跳び上がらせ、コーヒーをむせ返らせるようなニュースを奴は見つけたんだ。

ニースのオテル・マニフィークへの最近のご到着客にはグラウスタークの皇太子皇太子妃殿下、ルリタニア元国王陛下、パーシー・ポフィン卿、ゴッフィン伯爵夫人、サー・エヴラード・スラーク陸将補K・V・O、それからプロッサー氏とあった。

うむ、無論、こいつはまったく別ブランドのプロッサーだってことだってありうる。だがビンゴはそうは考えなかった。陛下や殿下がご宿泊あそばされるようなホテルは、ウーフィーみたいなとんでもない気取り屋がまっしぐらに突進するような場所にちがいないんだ。奴は電話にあわてて走り寄ると、さてとただいまはコンシェルジュと交信するところとあいなった。

「ハロー？　さようでございます」コンシェルジュは言った。「こちらはオテル・マニフィークでございます。ホール・ポーターがお電話を承ります」

「ディト・モア」ビンゴは言った。「エスケ・ヴーザヴェ・ダン・ヴォートル・オテル・アン・ムッシュー・ノメ・プロッサー？」

「はい。さようでございます。プロッサー様は当ホテルにご宿泊でございます」

「エティル・アン・ノアゾー・アヴェック・ボークー・ド……クソ、まったく。フランス語で〈吹き出物〉ってのは何て言うんだ？」

「そちら様がお探しのお言葉は〈ブトン〉でございます」コンシェルジュは言った。「さようでございます。プロッサー様は大量の吹き出物のお持ち主であそばされます」

「それじゃあ彼の部屋につないでくれ」ビンゴは言った。そしてすぐ間もなく、彼は眠たげなおなじみの声がハローと言うのを聞いた。

「ハロー、ウーフィー、おーい心の友」奴は叫んだ。「こちらビンゴ・リトルだ」

「なんてこった！」ウーフィーは言った。また奴の態度にはどこか、ここは小ずるく用心してかからなきゃいけないとビンゴに警告してよこすところがあった。

奴が承知してたことだが、借金をせびりたい者にとってウーフィーを難物にしている点は二つあった。第一に、深夜のパーティーで大酒を飲む習性のせいで、奴はほぼいつも消化不良性の頭痛を抱えてるってことだ。第二に、ドローンズ・クラブ公認の大金持ちっていうポジションは奴のことを、どっさりたかられ続けたあげくの果てに、用心深く警戒心の強い男にしていた。そういう男に電話で金を朝十時に無心しようったって無理な相談だ。確かな結果を得ようと思ったら、ウーフィーの奴のご機嫌をとってやる必要がある、と、ビンゴは理解したんだ。

「たった今新聞にお前の名が載ってるのを見たところなんだ、ウーフィー、心の友よだ。何て素敵な驚きだろうな。〈ひゃあ〉って俺は言った。〈なんてこった〉俺は言ったんだ。〈親愛なるウーフィーの奴だ〉俺は言った。〈これはこれはこれはこれは〉ってな」

「用件を早く済ましてくれ。何の用だ？」

「いや、もちろんお前に昼食をご馳走したいと思ったのさ。なあ」ビンゴは言った。

そうだ、奴は大いなる決断を下したんだ。チップ用にってとってあった金は、別の目的にまわさなきゃならない。訪問の結果、顔を真っ赤に染め、耳をだらんと垂れ下げてホテルをこっそり抜け出さなきゃならなくなるってことだってあるかもしれない。だがリスクは引き受けなきゃならない。投資なくして結果なしだ。

電話の向こう側から窒息するみたいなあえぎ声がするのを、奴は聞き取った。

「この電話はどこかおかしいにちがいないな」ウーフィーは言った。「いまお前が、俺に昼食をご馳走したいって言ったように聞こえたんだ」

「したいとも」

「俺に昼食をご馳走するだって？」

「そのとおりだ」

「なんと。代金を払ってくれるのか？」

「そうだ」

沈黙があった。

「リプレーに手紙を書かなきゃいけない」ウーフィーが言った。

「リプレーだって？」

「『ビリーヴ・イット・オア・ノット』のリプレーだ〔リプレーのビリーヴ・イット・オア・ノットは探検家ロバート・リプレーが世界の不思議を集めて一九三、四〇年代に大人気を博した新聞漫画、ラジオ、テレビ番組。現在再び新聞漫画連載中〕」

「ああそうか！」ビンゴは言った。ウーフィーの態度が気に障らなかったかどうかは、はっきりしないところだったが、奴は上機嫌でいることにした。「じゃあ時間と場所を決めよう。何時に？どの店にする？」

「ここで昼食にすることにしよう。早めに来てくれ。俺は午後のレースにでかけるんだ」

「わかった」ビンゴは言った。「十二時ちょうどにそっちに行く」

それで十二時ちょうど、なけなしの全財産をポケットに入れて奴はそこにいた。奴が話してくれたことだが、モンテカルロ発ニース行きのバスに乗る奴の思いは千々《ちぢ》に乱れていたそうだ。ある時奴は、ウーフィーがいつもの消化不良性の頭痛に苦しんでいればいいと思った。つまりそしたら奴の――ウーフィーのってことだが――食欲はなけなしの金を少しは残しておいてくれる程度に鈍ってくれるかもしれない。で、それから奴は、こめかみに鈍く刺すような痛みを覚えているウーフィーが金を出してくれる可能性は低いってことを思い出すわけだ。すべてはみんなひどく複雑だった。

さてと、ウーフィーの食欲は鈍っていてくれてるどころの話じゃなかった。気がつけば途方もない身の上にあるってことで――ドローンズのメンバーの、主人役じゃなく客人役でいるってことだ――食欲がかきたてられたらしいんだな。初っ端《しょぱな》から奴は飢えたニシキヘビみたいにがつがつ貪《むさぼ》り食ったと言ったって過言じゃない。温室栽培のブドウやらアスパラガスの話をウェイター頭《がしら》に向かってする奴ののんきで気楽な様子は、ビンゴを骨の髄まで凍りつかせた。それで――間違いなく習慣のなせる力からだ――奴がワインリストを取り寄せて上等の辛口のシャンパンを注文したときには、このどんちゃん騒ぎの請求書はルーズベルト大統領がアメリカ農民助成のために議会に提出するようなモノになるんじゃないかって、ビンゴには思えてきたそうだ。

しかし、一度か二度――とりわけウーフィーがキャヴィアに猛然と取り掛かりはじめたときには、総だ――拳を握り締め、あらん限りの鉄の自制心をかき集めなきゃならない時があったとはいえ、総合的に奴は不平げな顔をしちゃあいなかった。一刻一刻、この饗宴が進行するにつれ、客人のご機嫌がますますいい気分になってゆくのが目に見えたんだ。ダムが決壊するみたいに人間的優しさの甘露《かんろ》［『マクベス』一幕五場］がほとばしり出はじめるのは、ただただ時間の問題に思えたんだ。葉巻とリキュールでことは決まりだって思われたから、ビンゴはそいつを注文した。そこでウーフィーは、三個留まってるだけになってたチョッキのボタンを残らず外して、椅子の背にふんぞり返ったんだ。

「さてと」にっこり微笑《ほほえ》みながらウーフィーは言った。「これで孫子に語り聞かせられる話ができた。つまり、俺はドローンズ・クラブのメンバーと一緒に昼飯を食って、請求書を押し付けられなかったことが一度あったもんだってな。ビンゴ、聞いてくれ。お返しにお前にしてやりたいことがある」

ビンゴはキューの合図を受け取った大俳優になったみたいな気分だった。奴は身を乗り出すと、愛情に満ちた手でもってウーフィーの葉巻に火をもう一度点《つ》けた。奴はまた、上着の袖《そで》から埃《ほこり》を払い落としもした。

「俺がお前にしてやりたいのはこういうことだ。お前に機密情報をやる。今日の午後のレースのだ。プリ・オノレ・ソヴァンではスポッティッドドッグを買え。一着間違いなしだ」

「ありがとう、ウーフィー、心の友よ」ビンゴは言った。「そいつはすごい情報だ。じゃあお前が一〇ポンド貸してくれたらさ、なあウーフィー、そいつを買うことにする」

「俺に一〇ポンド借りてどうしようって言うんだ?」

「なぜって昼飯代を支払っちまったらさ、ウーフィー、なあ親友、俺は一文無しになっちゃうんだ」

「金なら必要ない」ウーフィーは言った。それでこのくだらない台詞《せりふ》をいったい自分に向かって何人が言ってよこすんだろうってビンゴは思った。「俺のロンドンの賭け屋がここに泊まってる。俺の友達だって知れば、奴が信用売りをしてくれるさ」

「だけどさ、そいつの経理簿に余計な仕事を増やすだなんて、悪いじゃないか、なあ、ウーフィー、心の友よ?」ビンゴは言った。ウーフィーの上着の袖からも埃を払い落としてやりながらだ。「お前が俺に一〇ポンド貸してくれるほうがよっぽどいいんだ」

「冗談はさておきだ」ウーフィーは言った。「俺はキュンメル酒をもう一杯もらうことにする」

この対談は暗礁に乗り上げ、打開策を見いだす見込みはなしと思えた。と、この瞬間、恰幅《かっぷく》のいい、情け深そうな顔をした男が二人のテーブルに近づいてきた。ウーフィーがただちにオッズと予想の話をし始めたという事実から、ビンゴはこの人物がロンドンから来た賭け屋にちがいないと推論した。

「それと私の友人のリトル氏が」最後にウーフィーは言った。「プリ・オノレ・ソヴァンでスポッティッドドッグに一〇ポンド賭けたいそうだ」

そこでビンゴは首を横に振り、僕の妻は自分が賭け事をするのを気に入るとは思えない、と言おうとした。と、輝かしきリヴィエラの太陽が奴らの席のそばの窓から射し込んでき、ウーフィーの顔を明るく照らし、奴にはそいつが完璧きわまりない吹き出物《スポット》の塊《かたまり》に見えたんだ。一瞬の後、賭け屋の鼻先にピンク色の吹き出物《スポット》があり、それからいま請求書を運んできたウェイターのひたいにも気前よくどっさり吹き出物《スポット》が吹き出ているのを奴は視認した。奴の身体をゾクゾクした身震いが走った。こういうことは、われわれの許に目的をもって遣《つか》わされてるんだってことが、奴にはわかってたんだ。

「よしきたホーだ」奴は言った。「いまの賭け率で一〇ポンド買おう」

それから全員揃ってレースにおでかけとあいなった。プリ・オノレ・ソヴァンは三時ちょうどのレースだった。リリアムって名の馬が一着だった。二着ケリー、三着モーブルジェット、四着アイアンサイド、五着イレジスティブル、六着スウィートアンドラヴリー、七着スポッティッドドッグだ。出走馬は七頭だった。そういうわけでビンゴはこの賭け屋に一〇ポンドの借りを拵えることになり、この男が清算延期に合意してくれない限りはハッピーエンディングの見込みなしって具合になったんだ。

そういうわけだから奴は賭け屋を引き止めてこの件を提案した。すると賭け屋は「かしこまりました」と言った。

「かしこまりました」と賭け屋は言ったんだ。彼はビンゴの肩に手を置き、ポンと叩いた。「あたしはあなたが気に入りましたよ、リトルさん」彼は言った。

「そうかい？」ビンゴは言った。自分の手を賭け屋の手の上に置き、撫《な》でさすってやりながらだ。「そうかい、心の友よ？」

「そりゃあ気に入りましたとも」賭け屋は言った。「あなたの顔を見ているとうちのかわいい息子のパーシーのことを思い出すんですよ。ウースターソースがジュビリー・ハンディキャップを勝った年に、死んじまったんでした。気管支疾患でしたよ。ですからあなたが支払いを待ってくれとおっしゃるなら、もちろんあたしは支払いを待ちますとも。来週の金曜日までということでどうでしょうかね？」

ビンゴは蒼白《そうはく》になった。奴が考えてた支払い期間っていうのは、一年とか十八カ月とか、そんな線のどこかだったんだからな。

「あー」奴は言った。「それまでに支払うようにするよ……だけどどういうもんかはわかるだろう……もし支払いができなくてもがっかりしないでもらいたいんだ……この世界的な資金不足は……僕にはどうしようもない状況だから……」

「お支払いになれないと、そうお考えですか？」

「ちょっぴりそうじゃないかと思う」

賭け屋は唇をすぼめた。

「お支払いになられるのがいいと思いますよ」彼は言った。「そのわけをお話ししましょう。縁起をかつぐなんてのは馬鹿馬鹿しいことです、わかってますよ。だけれども、あたしとしては、支払いができなくってあたしをがっかりさせた連中は一人残らず、やっかいな事故に遭っているってことを思い出さずにはいられないんですよ。繰り返し繰り返し、そういうことをあたしは見てきてるんです」

「そうなのか？」今は亡きパーシーみたいに、気管支疾患の症状を呈し始めながら、ビンゴは言った。

「ええ、そうですとも」賭け屋は言った。「繰り返し繰り返しですよ。なんだか宿命みたいに思われるくらいでしてねえ。つい先だってのことですが、ウェザースプーンって名の赤毛の口ひげの男がいましてね、プランプトンであたしに五〇ポンド借りを拵《こさ》えて、賭博法上の権利行使に訴えたんです。それで信じていただけますかねえ、一週間もしないうちに路上で意識を失っているところを見つかっちゃいましてね——何か不快な事故に遭ったにちがいありませんよ——それで六針縫《ぬ》ったんでした」

「六針だって！」

「七針でした。左目の上のやつを忘れてました。そういうことってのは、人を考えさせるもんですよ。おーい、エアバット」彼は呼びかけた。

恐ろしげなならず者がいずれの方よりか姿を現した。あたかもそいつは魔神《ジン》で、この賭け屋がランプを擦《こす》ったとでもいうみたいにだ。

「エアバット」賭け屋は言った。「お前《まい》にリトルさんに会っといてもらいたいんだ。エアバット、この人をよおーく見ときな。もう一ぺん会った時に、思い出せるかい？」

エアバットはビンゴをじいっと見つめた。そいつの目は冷たく灰色で、オウムの目みたいだった。

「あい」そいつは言った。「あい、この人のことは忘れませんぜ」

「ようし」賭け屋は言った。「これで用は済んだよ、エアバット。それじゃあ金のことですが、リトルさん、金曜日までに間違いなくってことでよろしいですかね？」

ビンゴはよろめき去り、ウーフィーを探した。

「ウーフィー、なあ心の友よ」奴は言った。「人命を救えるかどうかが、お前に掛かってるんだ」

「ふん、俺はまったくそんなもんは救いたくないな」ウーフィーが言った。いまや例の持病の消化不良性の頭痛が始まってたんだ。「人命が救われなきゃ救われないほど、俺はうれしい。俺は人類を憎悪してるんだ。連中がいつナイアガラの滝で樽入りして落ちようと、俺にゃあ全然構わない」

「金曜までに一〇ポンド手に入れないと、エアバットって名の恐ろしいゴロつきが俺を殴《なぐ》ってベトベトにしちゃうんだ」

「結構」ちょっぴり顔を明るくしてウーフィーは言った。「最高だ。素晴らしい。大変結構」

そしてビンゴはモンテカルロ行きのバスに乗った。

その晩奴は憂鬱《ゆううつ》な思いでディナー用の正装に着替えた。奴には青い鳥が見つけられなかった。それから三カ月したら、奴は四半期に一度の小遣いを受け取ることになっている。だがそんなものが何になろう。もし自分がエアバットの目の中のメッセージを正確に読み取っていたとするならば、三カ月経《た》つはるか前に、自分は何かしらの病院か療養所に全身縫い目だらけになって入院することになるだろう。何針になるかは、時のみぞ知るだ。奴はウェザースプーンって男のことをつらつら考えはじめていた。赤毛の口ひげ男の憂鬱な記録を塗り替えることが自分の宿命なのだろうかと、奴は考えてたんだ。

　奴の思いはまだまだ何針かって見通しのことで大忙しだったんだが、と、そこで電話が鳴った。

「ハロー」女性の声が言った。「ロージーなの？」

「いいえ」ビンゴは言った。また将来もバラ色《ロージー》の見通しはなしだって、もうちょっとで付け加えそうなところだった。「リトル氏です」

「ああ、リトルさん。あたくし、ドーラ・スパージョンですわ。ロージーとお話しできまして？」

「ここにはいません」

「あら、ロージーが来たら、あたくしはこれから知り合いのヨットでコルシカ島にでかけるところだって、お伝えいただけない？　あたくしたち間もなく出発だから、そちらに伺ってロージーに会ってる暇がないの。だからよろしくって伝えて、それとあのブローチは送り返すからって伝えてくださいな」

「ブローチですか？」

「ロンドンを発つ時、ロージーがブローチを貸してくれたの。あなたが誕生日プレゼントに贈ったブローチだと思うわ。彼女、特別に大切にするようにってあたくしに言ったもの。それであたくし、これを持ったままコルシカ島に行くのは不安なの――山賊がどっさりいるんでしょう――ですからオテル・ド・パリ宛に書留郵便で送りますわね。さよなら、リトルさん。急がなくっちゃ」

ビンゴは受話器を元に戻すと、ベッドに座ってこの件をよくよく考え直した。無論、ある程度まで、状況は明白である。とんまですっとんとんのあのバカ女は、ビンゴ夫人が自分と一緒にモンテカルロに来ていると明らかに思い込んでいる。ビンゴ夫人は自分はロンドンに居残るってことを電話で手間隙《てまひま》かけて説明したに相違なく、しかしドーラ・スパージョンの頭みたいなモノに口頭で何事かを叩き込もうとしたってどだいが無理な話なのだ。それにはハンマーが要る。その結果、明日になればビンゴがビンゴ夫人に贈ったあのブローチがホテルに到着するのだ。

言ったように、ここまでのところなら、なんらビンゴが当惑することはない。だが奴が決心しかねていたのはここのところだ。つまり、ブローチを質入れしたら、代金はまっすぐ賭け屋のところにやるべきだろうか？　それとも金を握ってカジノで大勝負するべきだろうか？

しずけき夜の深く更けるまで、奴は決心のつかぬまま考え続けていた。しかし翌朝になると、一夜の睡眠の後にはよくあることなんだが、すべては明白だって思われたんだ。また自分がそもそも一体どうして迷ったりなんかしたものか、不思議に思われたくらいだった。もちろん奴はカジノで大勝負に出なけりゃならない。

賭け屋に金を送ることの難点は、その選択が奴の将来からエアバットの暗い影を取り除く一方で、家庭内に満足と幸福とをもたらさない点だ。賭け屋に競馬の借金を払うためにビンゴ夫人のブローチを質入れしたってことがもし知れたら、軋轢《あつれき》は避け得まい。そのブローチに対して、奴が道義的権利を有しているのは確かだ――奴が自分で苦労して稼いだ金で買ったんだ――そいつは本当は奴がしたいようにできる物なんだと、言うことだってできる――それでもなお、軋轢は避けられまいって何かが奴にささやきかけてくるんだ。

でかけていって奴のシステムを試してみることで、奴はすべての不快を回避することができる。ただカジノルームにそぞろ歩いていって、ブツを引き取ってくるってだけの話なんだ。

また、それからわかったことだが、奴にはエアバットの賭け屋に払いを済ませることはできなかったんだ。なぜかというと地元の質屋は奴にブローチ代として五ポンドしかよこさなかったからだ。奴はより高額の支払いを要求したが、カウンターの向こう側の親爺《おやじ》さんは譲ろうとはしなかった。

そういうわけで、五ポンドを握り締め、奴は丘の上のパブで控えめな朝食にし、二時過ぎて間もなく、競技場《アレーナ》に入場して、仕事を開始した。

俺にはこのビンゴのシステムの要領がまったくわからないんだ。奴は十回以上説明してくれたんだが、まだはっきりしないままだ。とはいえ、そいつをこんなにも恐ろしいくらい独創的たらしめているその基本的なところは、ほかのシステムがみんなするみたいに負けたら掛け金を倍に張る代わりに、勝ったら倍に張ってくってことだ。紙と鉛筆で色々手の込んだことをたくさんやる必要があるんだが、つまり数字を書き留めて数字を足し合わせ数字を消してってことをやらなきゃならないからな、だが俺の知る限り、要点はここのところ――勝ったら倍張りして利益を飛躍的に増加させて当局をずいぶんといやーな気分にしてやる――ってことだ。

唯一の問題は、こいつをやるためにはまず最初に勝たなきゃならないってことだ。だがビンゴはそれをやらなかった。

モンテカルロのルーレットくらいに性格のいやらしい——ウーフィー・プロッサーよりもだ——物が他にあるとは俺は思わない。一般庶民を裏切るってことに邪悪なよろこびを覚えているらしい。頭の中で賭けてるだけなら、何時間遊んだって負け目は出ない。ところがいったん本当の金を賭け始めると、すべての様相が変化しだすんだな。かわいそうなビンゴの奴は紙の上で金を賭けてる限りはミスなんかしようがないんだが、いまや初っ端からスープに浸かる羽目になった。

さてと奴はそこに立ち、鎖につながれたグレイハウンド犬みたいに緊張して、倍張りする機会を待ち構えている。だのに結局、奴のささやかな資本はみな熊手でかき寄せられていっちまい、残るはたった一枚の一〇〇フランチップだけになっちまった。そしてうんざりしたふうに奴がそいつを黒に張ると、ゼロが出て、そいつはかき寄せられて行っちまったんだ。

奴がこの身震いするほどに恐ろしいスピリチュアルな経験を完了するかどうかのうちに、奴の後ろから声がしたんだ。「あら、みーつけた！」そして振り向くと、奴は自分がビンゴ夫人と差し向かいでいることに気がついた。

奴は立ったまま茫然《ぼうぜん》として彼女に見とれた。奴の心臓はじんましんが出たアダージョ・ダンサーみたいに奴の体内で跳ね上がった。奴が言ったことだが、一瞬、自分の前に立つこの人は血肉の通った生き物じゃなくって亡霊なんじゃないかって印象を奴は持ったんだそうだ。彼女はロンドンでバスか何かに轢《ひ》かれて、それで彼女の幽霊がその件を報告にやってきたんじゃないかって。幽霊ってのはそういうことをするもんだからな。

「君は！」奴は言った。舞台に出てくる誰かみたいにだ。

「たった今着いたばかりなのよ」ビンゴ夫人は言った。ものすごく陽気で明るくだ。

「あー、君が来るだなんて知らなかった」

「驚かせてあげようって思ったの」ビンゴ夫人は言った。依然陽気な生気に溢《あふ》れ返りつつだ。「あのね、ミリー・プリングルとあたくしの本について話し合っていた時のことなんだけど、彼女はカジノルームのことでローカル色を入れようだなんてまるきり無駄だって言うの。だってピーター・シップバーン卿みたいな人がカジノルームなんかに足を踏み入れるわけがないでしょう——彼はスポーティング・クラブでしかプレイしないに決ってるの。それであなたにそっちに向ってってって電報を打とうとした矢先に、キャリー・メルローズ・ボップ夫人が道でバナナの皮にすべって転んで足首を捻挫《ねんざ》したの。だから午餐会は延期になって、それであたくしがこっちに来るのを妨げるものは何もなくなったから、こっちに来ちゃったってことなのよ。ねえ、ビンゴ、ダーリン、素敵じゃなくって！」

　ビンゴはネクタイから靴下の先まで震えた。〈素敵〉なる語は奴が自分で選ぶ形容じゃあなかった。そしてこの時点ではじめて、ビンゴ夫人は愛する夫が一日か二日雨ざらしにされた死体みたいに見えることに気がついたようだった。

「ビンゴ！」彼女は叫んだ。「あなた、どうなさったの？」

「なんでもない」ビンゴは言った。「なんでもないよ。どうしただって？　何がどうしたって言うのさ？」

「だってあなた……」妻らしい疑念がビンゴ夫人のうちより湧《わ》き上がってきた。彼女は奴をじっくりと見つめた。「あなた、まさかギャンブルをしてらしたんではなくって？」

「いや、ちがう」ビンゴは言った。奴は言葉の使い方には厳格な男だったし、〈ギャンブル〉という語は、奴の頭の中では、勝つ見込みのある場合のみを意味したからだ。奴の考えるところ、自分がやったのはなけなしの金を全額持っていって当局に渡したってだけのことにほかならない。こういうのをギャンブルとは呼べない。どちらかって言えば慈善のために寄付をする方に近い。「いいや、ちがう」奴は言った。「やってなんかいないさ」

「よかった。そうだわ、ところでホテルにドーラ・スパージョンから手紙が届いていたの。あたくしのブローチを送るって書いてあったわ。今日の午後の配達で届くはずよ」

ビンゴの雄々しき精神は壊滅した。これで終わりだって奴には思えた。ぜんぶおしまいだ。すべてを告白する演説の作文以外はぜんぶだ。それで奴は冒頭の辞をいくつか頭の中でざっとさらってみた。「聞いておくれ、ダーリン」で始まるやつだ。と、奴の目がテーブル上に落ち、黒にチップの山が積まれているのが見えたんだ。少なく見積もっても三二〇〇フラン分はあるやつだ――また、別の見方をするならば、当時の金額で四〇ポンド相当だ。こんな勢いで勝ち進んでいるのはこの卓のどこに座ってる幸運な野郎だろうかといぶかりながらそいつをじっと見つめていると、テーブルの一番向こう側にいる胴元が奴と目を合わせると祝福するげにニヤニヤ笑いを送ってよこしたんだ。誰かがどっさり大勝ちした時に、何かしら見返りを期待してますよと言いたげに胴元がそういう誰かに送るニヤニヤ笑いだ。

それでビンゴは根底からぐらぐらぐらつきながら、このひと財産の山は自分のものだってことを突如理解したんだ。最後のあの一〇〇フランが倍々に累増してできた増分利益なんだ。

つまり奴が忘れていたのは、ゼロが出た場合、数に賭けていた者もラインに賭けていた者もみんな負けだが、赤と黒の五分五分の見込みに賭けてた分はごっそりさらわれるんじゃないんだ。そいつはいわゆる監獄預けになる。つまり、しばらくの間奥に引っ込められて、次のスピンの結果を待つんだ。もし次が勝ちならそいつはまた出てくるってわけだ。

ビンゴの一〇〇フランは黒に賭けられていた。だからゼロが出て監獄預けになった。それからおそらく、黒が出たにちがいないんだ。それでそいつはまた出てきた。奴はそいつを引き取らなかったから、もちろんそいつは黒に張られ続けていたわけだ。それから奴がビンゴ夫人とブローチの話に没頭している間に、ルーレットは一種の機械版ウーフィー・プロッサーから、突如サンタクロースに変身してたってことだ。

さらにもう七回続けて黒が出ていて、ビンゴは奴のシステムが奴をそもそも置いていたはずの状況に置かれていた。つまり、勝ったら倍張りするってことだ。その結果、いま言ったとおり、戦利金はすでに四〇ポンドもの大金に膨れ上がっていた。債務を全額支払ってふたたび世間に顔向けできるようになるために必要な金額のゆうに二倍以上だ。

安堵《あんど》の念はあんまりにも強烈だったから、ビンゴはもうちょっとで気絶しそうなところだったって話してくれた。それであとはブツをひったくってズボンに入れてそれからは幸せに暮らしました、めでたしめでたしってことにするだけでよかったんだ——実際、奴は飛び上がろうって身構えた——と、そこで突然、そいつはまずいってことに気がついたんだ。つまり、もしそうしちまったら、すべては露見する。ビンゴ夫人は奴がギャンブルをやってたって事実を知ることになる、そしたら可及的速やかに彼女はギャンブル資金の出所を突き止めることだろう。そして家庭は、実際に破壊されるとは言わないまでも、奴にとってはベイクドポテトの内側ぐらいに熱いものになるだろうってことに疑問の余地はない。

　だがしかし、もしあの金を今あるがままに放っておいたら、次のスピンですべてはぜんぶ水に流れてそれでおしまいってことになりかねない。

「男にとっての人生の岐路」って表現を知ってると思うんだが、この時のビンゴが立っていたのが、まさしくそれだ。

　希望は唯一つしかないと思われた――胴元に顔で合図し、それもこの人物にこの三二〇〇フランを卓から引き上げてもらって、あとで自由の身になって回収できるようになるその時までそれをあちら側の端に置いておいて欲しいってことを、そいつが見て理解できるような見事な熟練でもって伝えるってことだ。そういうわけだから奴はあらん限りの魂をその顔に込めた。すると胴元は知的にうなずき、金をそのままにした。ビンゴは全額を次のスピンに賭けるとの合図を伝えたんだと彼は理解し、奴のスポーツマン精神に敬服したんだ。彼は小声で別の胴元に何か言った――間違いなく「ケローム《何ト云ウ御人》！」とか「エパタン《スバラシイ》！」とかそういうような種類の何かだろう。

　そして、いまやオーストラリアから来たビンゴの金持ち伯父さん役を一手に引き受けていたルーレットは、またもや黒に止まった。

　ビンゴ夫人は賭博師たちを観察していた。彼女は連中をあまり買ってる様子じゃあなかった。

「ああいう人たちって、なんていやらしい顔をしているのかしら」彼女は言った。

　ビンゴは答えなかった。この瞬間の奴自身の顔だって、特別手紙に書いて報《しら》せられるような顔じゃなかった。何よりかにより焦慮に焼かれる地獄の悪魔に似ていた。奴はルーレットの回転を見つめていたんだ。

そいつはまた黒に止まった。奴の勝ち金は合計一万二八〇〇フランになった。

そして今ようやく、奴の苦悶《くもん》する精神に休息の時が訪れた。もういっぺん奴に向かってニヤニヤ笑いを投げかけた胴元が、チップの山に身をかがめてかき寄せを開始したんだ。そうだ、すべてよしだ。ぎりぎりの土壇場でこのアホ間抜けは奴の顔に込められたメッセージを探り当て、必要なことをやってくれていたんだ。

ビンゴは深い、身震いするような息をついた。奴はたった今火炉の中を通り抜けてきて、ところどころ黒焦げになってはいるものの、今ひとたび生きることの苦しみを心安んじて引き受けられる、そういう男みたいな気分でいた。一万二八〇〇フラン……うひゃあ！　一五〇ポンド以上になる。三年前のクリスマスにレモンパンチを飲んでディケンズ精神を溢れ返らせたウィルバーフォース伯父さんが小切手をくれて、翌日あわてて支払い停止にしようとしたがもう無駄だったあの時以来、奴が一時に手にしたどの金額よりも大きい。カジノルーム内にはナイフで切れるくらいにむうっと濃い空気が立ち込めていたが、奴はあたかもそれが最高のオゾンであるかのごとく、両の肺にたっぷり息を吸い込んだ。小鳥たちが天井より囀《さえず》りかけ、甘美な音楽がそこいらじゅうで演奏されているかに思われた。

それから世界はまたもやバラバラに崩壊した。ルーレットがまた回りだし、黒の上には一万二千フランが置かれたままだったんだ。胴元はかき寄せちゃあくれたものの、十分にかき寄せちゃくれなかったんだ。そいつがやったことは、卓上より八〇〇フランを取り去るだけだった。つまりさっきの大当たりで、ビンゴは張れる限度額を超えたんだ。赤黒に一万二千フラン以上は賭けられないんだな。

それでもちろん、八〇〇フランじゃどうにもならない。これでエアバットと賭け屋への支払いは済むかもしれない。だがブローチはどうするんだ？

このとき奴はビンゴ夫人が自分に何か話しかけているのに気がついた。奴はゆっくりとトランス状態を脱して、「ここはどこ？」みたいな顔をした。

「へっ？」奴は言った。

「〈ねえそう思わなくって？〉って言ったのよ」

「そう思うって？」

「こんなところでこれ以上時間を無駄にしたってしょうがないわって言ったの。ミリー・プリングルの言うとおりだったわ。ピーター・シップバーン卿はこんな場所に来ようだなんて、夢にも思うわけがないんだわ。まず第一に、こんな臭《にお》いに我慢ができるはずがないもの。彼のことはとっても潔癖な人として描いてきているのよ。それじゃああたくしはスポーティング・クラブに行くことにす……ねえ、ビンゴ？」

ビンゴはルーレットを見ていた。緊張し、硬直して。いや、奴が緊張して硬直してたってことだ。ルーレットじゃない。ルーレットは回っていた。

「あたくしスポーティング・クラブに行って、二人分の入場料を払いましょうか？」

ビンゴの顔に突然明るい光が差し、お陰でそいつはほぼ美しいくらいに見えたほどだった。奴のひたいは玉の汗に濡《ぬ》れていた。また髪は雪のごとく真っ白に変わったんじゃないかって、奴は思ったそうだ。だが奴の顔はさながら真昼の太陽のように輝いていたし、これまでこんなに笑顔になったことはないいんじゃないかってくらいの笑顔になった。

つまり収益が入ってきたんだ。ルーレットは止まった。またもや黒が出た。そして今このとき、胴元は山から一万二千フランを取り去って、奴の前の八〇〇フランの横に加えたんだ。

「ああ、そうしてくれよ」ビンゴは言った。「ああ、そうしてくれよ。それでいい。最高だ。僕はあと一、二分ここにいる。ここの面妖《めんよう》な連中を見てるのが好きなんだ。だけど君が行くなら、僕はあとで合流するよ」

二十分後、奴はそうした。奴はスポーティング・クラブにちょっぴりぎくしゃくと歩み入った。つまり奴の身体じゅうには四万八千フランがまんべんなく振り分けられていたからだ。あるものはポケットに、あるものは靴下の中に、また大分たっぷりとシャツの内側に。最初奴にはビンゴ夫人の姿が見えなかった。それから向こうのバーの中に、ヴィッテルのボトルを前に座る彼女の姿を認めたんだ。

「ヤッホー、ヤッホー」ぎくしゃく近寄りながら、奴は言った。

それから奴は立ち止まった。というのは彼女の様子がおかしいのに気がついたからだ。彼女の顔は悲しく、こわばっていた。彼女の目には光がなかった。彼女は変な目つきで奴を見た。そして奴のみぞおちど真ん中に愕然《がくぜん》とするほどの疑念が押し寄せてきたんだ。奴は自問した――もしや、まさか、どういうわけか、何かしらの不可思議な妻の直感のせいで……

「ああ、ここにいたのか」奴は言った。どうにかボロを出さぬようにと願いつつ、奴は彼女の隣に腰を下ろした。「あー――調子はどうだい?」奴は言葉を止めた。彼女は相変わらず変な様子のまだ。「あのブローチを持ってきたよ」奴は言った。

「そう?」

「そうさ。君が持っていたいんじゃないかと思ってさ、それで——あーひとっ走りして取ってきたんだ」

「無事に着いてよかったわ……ねえ、ビンゴ！」ビンゴ夫人は言った。

彼女は厳粛な顔で前方を見つめていた。ビンゴの不安は増大した。奴はいまや断然最悪の事態を恐れていた。スープが足首の辺りにざぶざぶ寄せてくるのが感じられる気がした。奴は彼女の手を取り、ぎゅっと握った。それが何かの役に立つかもしれないって思ったんだ。そういうことだってある。

「ビンゴ」ビンゴ夫人は言った。「あたくしたち、いつだってすべてを包み隠さず打ち明け合うんだったわよね。ね、そうでしょ？」

「そうだったっけ？　ああ、そうだ、そうだった」

「だって結婚したとき、あたくしたち、そうしてゆくほかないって決めたんだもの。ハネムーンであなたがそうおっしゃったこと、あたくし憶えているわ」

「ああ」ビンゴは言った。唇をなめ、男ってものがハネムーンの時に沈みうる間抜けの底の底知れなさに驚倒しながらだ。

「あなたがあたくしに何か隠し事をしてるって思うのはいやなの。心がずたずたに傷ついてしまうんだわ」

「ああ」ビンゴは言った。

「だからもしあなたがギャンブルをしてらしたなら、あなたはそうおっしゃってくださる、そうでしょう？」

ビンゴは深く息をついた。これで奴は全身ボロの出し放題だ。だが奴にはどうしようもない。空気が必要だった。それに、森林火災みたいにぱちぱち燃えてボロを出したからって、今更何が問題だっていうんだ？　奴はかねて用意の冒頭の辞を思い出そうとした。

「聞いておくれ、ダーリン」奴は始めた。

「だからあたくし、あなたに言わなければならないの」ビンゴ夫人は言った。「あたくし、たった今、ほんとうに恐ろしくバカな真似をしてきたところなの。ここに入ってきた時、あたくし、向こうのテーブルにプレイを見に行ったの。すると突然何かの衝動があたくしを襲って……」

ビンゴはラッパみたいにスポーティング・クラブじゅうに響き渡るような鼻息を立てた。

「まさか君はひと勝負やったんじゃ？」

「あたくし、たった十分で二〇〇ポンド以上をすってしまったの——ああ、ビンゴ、あたくしのこと、許してくださる？」

ビンゴはまだ彼女の手を握っていた。というのはかねて用意の発言をする際、それにしがみつくことによって得られる鎮静効果を期待していたからだ。奴は愛を込め、その手を握り締めた。とはいえたちまちすぐにじゃあない。なぜってそらく三十秒間くらい、奴はあんまりにも骨なし気分で、ブドウ一粒だって握れる状態じゃなかったからだ。

「いいんだ、いいんだよ」奴は言った。

「ああ、ビンゴ！」

「いいんだ、いいんだ、いいんだよ！」

「あたくしを許してくださるの？」

「もちろんさ。もちろんだとも」

「ああ、ビンゴ」ビンゴ夫人は叫んだ。双子の星のごとき彼女の目は、露に濡れていた。「あなたみたいな人、世界中にいなくてよ」

「そんなふうに言ってくれるのかい？」

「あなたはあたくしに、サー・ギャラハッドを思い出させるの。世の中の亭主の大半は……」

「ああ」ビンゴは言った。「だが僕にはそういう突然の衝動ってものが理解できるんだ。僕にはそういうことは起こらない。だけどそういうもののことは理解できる。もう何も言わないで。いやまったく、何百ポンドくらいが何だっていうのさ？　それが君にひとときの快楽を与えてくれるならば」

強烈な感情が、いまやほぼ奴を圧倒し、猛烈に出口を求めていた。奴は叫びたかったが、叫べなかった――胴元たちがきっと反対するだろう。奴は万歳三唱がしたかったが、万歳三唱はできなかった――きっとバーテンダーの気に入るまい。奴は歌いたかったが、歌えなかった――客たちからきっと苦情が出るだろう。

奴の目がヴィッテルの罎《びん》に留まった。

「ああ」ビンゴが言った。「ダーリン！」

「なあに、ダーリン？」

「ごらん、ダーリン」ビンゴは言った。「罎をこう置く。するとほうら、完璧な均衡を維持するんだ……」

ビンゴとペケ犬危機

ドローンズ・クラブの喫煙室にて、一人のビーン氏が、ヒリヒリ痛む脚を幾人かのエッグ氏とパイ顔氏らに見せていた。と、一人のクランペット氏が入ってきた。〈アニーの夜のおでかけ〉を頼むため、バーのところで一旦停止した後、彼は一団の許にやってきた。

「どうした？」彼は言った。「何の騒ぎだ？」

その話は二度《ふたたび》――あるいはもっと幾度も――語られた話であったが、彼は躊躇《ちゅうちょ》せず話しだした。

「あのアホのビンゴ・リトルだ。一昨日《おととい》ひどく飢えたペキニーズ犬を連れてうちにやってきて、俺にそいつを押し付けようとしやがった」

「誕生日プレゼントに買ってきてやったって言い張りながらだ」エッグ氏の一人が付け足した。

「そんな話はでっち上げさ」ビーン氏が同意した。「ぜんぜん理屈に合わない。その日は俺の誕生日じゃなかった。それにもしそうだとしたって、針のごとき歯を持ち、ごくささいなことで感情を害するような素質のクソいまいましい人食いペケ犬なんかを俺が欲しがらないってことがわかるくらい、俺の心理に奴は通じてるはずなんだ。ドアからあのケダモノを払いのけようとするかしないかのところで、あいつは閃光《せんこう》のごとく身を翻《ひるがえ》して俺のふくらはぎに噛《か》みつきやがったんだ。もしそこで俺にテーブル上に跳《と》び上がろうって冷静沈着さがなかったら、もっと大変なことになってたかもしれなかったんだぞ。見てくれ！」ビーン氏は言った。「やっかいな嚙み傷になってる」

　クランペット氏は彼の肩をポンと叩き、間もなく昼食にするところだからとの理由で、脚をまた隠してくれるよう頼んだ。

「その出来事のせいで興奮してるのはよくわかるんだが」彼は言った。「俺はその説明を完璧にしてやれる立場にある。昨日の晩ビンゴに会ったんだ。奴がぜんぶ話してくれた。その話を聞いたら、奴は非難されるよりは哀れまれるべきだっていう俺の意見に、みんなもきっと同意してくれるはずだと思う。トゥ・コンプランドゥル」学校でフランス語を選択したクランペット氏は言った。「セ・トゥ・パルドネ［すべてを知ることはすべてを許すこと］」、だからな」

　みんなビンゴの身の上の状況については（彼は語った）だいたいのところ承知してるわけだから、奴のことをビロードの上に乗っかってご安泰と見ているだろうと思う。奴はよく食べ、よく眠り、金をどっさり持ったチャーミングな女の子――人気女流作家のロージー・M・バンクスだ――と幸福な結婚をしている。そういうわけで奴にとって、人生とは一曲の壮麗かつ甘美な賛歌であるにちがいないって、お前らは考えていることだろう。

　だがお前の持ってるのはガチョウかもしれないが、混じりけなしのガチョウなんてのはぜったいにない、ってのがこの世の中の法則だ。どう見たって外見上一見して第一級の香油ってやつの中には、いつだってハエが入り込んでいるものなんだ［『コヘレトの言葉』一〇・一］。ビンゴの場合、ごくわずかなタバコ銭以上の金を持ち合わせてることはまずないって事実がそれだ。ビンゴ夫人はそうしてるのが一番いいって考えているらしい。彼女は奴が、控えめに列の一番後ろでゴールインする――そもそも完走すればの話だが――馬の馬券を買うのがお気に入りだってことを承知してるし、それに反対しているんだ。素晴らしき女性――最善最高の女性の一人だし、ビンゴの人生の果実の実る樹だって言い方もできよう――なんだが、スポーツの血が不足してるんだな。

そういうわけで、この物語の始まる日の朝のこと、朝食のテーブルに着き、タマゴいくつかと薄切りハムを突っつく奴の心は憂鬱《ゆううつ》だった。ビンゴ夫人の六匹のペケ犬が奴のまわりでとんだり跳《は》ねたりしていた。だが奴は彼らの礼儀正しい行為を無視した。奴はその日の二時のハースト・パークにぜったいのお買い得レースがあるのに、そいつを当てて換金する手立てがないのはなんとつらいことだろうかって考えていたんだ。というのは、どうやら〈奉仕と協力〉って言葉を一度も聞いたことがないらしき奴の賭け屋が、いくらか前に、たんなる立居振舞いの魅力だけで前払い金の代用にする気はもうないって報《しら》せてきてたんだな。

むろん奴は細君《さいくん》にいくらか用立ててくれないかって頼んではみた。だがそれで何か建設的な結果が得られようだなんて望みをほんとに持ってたわけじゃあない。自分が虹を追いかけている時には、それとわかる男だったんだな、奴は。

「病める時も健やかなる時も伴侶なる愛する奥様、どうだろう」奴はおずおずと切り出した。「今日のレース用にちょっぴり資金提供をしてはくれないかなあ？」

「どういう意味？」コーヒー器具の後ろで手紙を開けていたビンゴ夫人は言った。

「うーん、こういうことなんだ。ある馬なんだが……」

「だめよ、だいじなだんな様。あなたに賭け事はして頂きたくないの」

「こいつは賭け事なんてもんじゃない。手を伸ばして金を回収するだけって言った方が適切なくらいなんだ。いいかい、その馬はピンプルド・チャーリー《吹き出物》と呼ばれている——」

「なんておかしな名前でしょ」

「ものすごく変な名だ。それで僕が昨日の晩、トラファルガー広場の噴水池でウーフィー・プロッサーと舟を漕いでいる夢を見たと言ったらば、その途轍《とてつ》もない重要性がわかってもらえるはずなんだ」

「どうして?」

「ウーフィーの名前は」ビンゴは低く、厳粛な声で言った。「アレクサンダー・チャールズだ。それでボートの中で僕たちが話してたことっていうのが、奴は吹き出物《ピンプル》を国家に寄付すべきか否かって件だったんだ」

ビンゴ夫人は銀鈴を鳴らすがごとき声で笑った。

「あなたっておバカさんだこと!」彼女はいとおしげに言った。そしてビンゴは、けっして頑健ではなかった希望が、いまや死んだと考えねばならぬことを知ったんだ。事実上神の託宣としか考え得ぬことに彼女がこういう態度をとるというならば、この問題をこれ以上追求したところで得られるものは何もあるまい。そういうわけで奴はにっこりして引き下がった。そしてビンゴ夫人が旅先で楽しい日々が過ごせる見込みのことへと話題を転じたんだ。その朝彼女はボグナー・リージスにでかけていって母親と何週間か過ごすことになってたんだな。

この話題に対処した後、奴はまた黙想へと戻った、と、コーヒーポットの向こう側から上がった歓喜の叫びに、突然そこから引き戻されたんだ。その叫びはあまりにも甲高くて鋭かったから、ビンゴのフォークからタマゴが半分落っこちたくらいだった。奴が顔を上げるとビンゴ夫人は手紙を振り回し、たいそうな勢いでにこにこ微笑《ほほえ》んでいた。

「ねえ、スウィーティーパイ」彼女は叫んだ。つまり彼女は奴のことをよくこう呼ぶんだな。「パーキスさんからお手紙を頂いたわ」

「どのパーキスさんだい？」

「あなたはお会いになったことはないはずよ。あたくしの古いお友達なの。すぐこの近くに住んでらっしゃるのよ。こども雑誌の『ウィー・トッツ《ちっちゃいぼくたち》』の社長さんでいらっしゃるの」

「それでどうしたの？」依然要点把握から六パラサング［古代ペルシアの距離単位］くらいほど遠いところで、ビンゴは言った。

「結局だめだったらいけないと思って、あなたにはお話ししないでいたんだけれど、ダーリン。いくらか前にパーキスさんが『ウィー・トッツ』の新しい編集長を探しているってたまたま言ってらしたから、あなたとお話ししてみてはいただけないかってあたくしお願いしておいたの。もちろんあなたには経験はまったくないんだけれど、だけどあなたはすごく頭がいいし、それにパーキスさんが現場でご指導くださるんだし、とかそういうことを言ったのね。それでパーキスさんはその件は考えておくっておっしゃったんだけど、今のところはご自分の甥御《おいご》さんを編集長にしようってお考えだって言ってらしたの。だけどいま手紙があって、その甥御さんが仕立て屋に代金未払いで郡裁判所に訴えられたってことで、それでパーキスさんとしては、甥御さんの性格は浮わついてい過ぎるって思われるから、それであなたと会って話がしたいっておっしゃるのよ。ねえ、ビンゴ、きっとあなたにこの仕事を任せようってお考えに決まってるわ」

これだけの話をビンゴが十分理解するまでには、しばらく時間がかかった。それから奴は立ち上がり、やさしくビンゴ夫人にキスをした。

「僕のかわいい内助の功サマ！」奴は言った。

奴は途轍もなく大喜びしていた。そういう役職には、定期的な給与というようなものが伴うことだろう、と、奴は推測した。それで定期的な給与こそ奴が長年欲し続けてきたものにほかならなかった。奴が不寝番中にしょっちゅう授かる啓示にもとづき賢明に投資するならば、この俸給は速やかに巨万の富を築き上げることだろう。それに、そんな浅ましい魂胆を抜きにしたって、編集長になるって思うことは――つまりいい格好をして権力を振りかざす編集長の持つ比類なき機会を鑑《かんが》みればってことだが――、奴をうっとりさせた。ドローンズの仲間のメンバーに「こどものコーナー《こーなー》」に寄稿させ、うちの基準に達してないからって言ってつき返してやることを、明るい情熱とともにビンゴは楽しみに待ち構えた。

「パーキスさんは奥様とご一緒にターンブリッジ・ウェルズに住む叔母様を訪ねてらっしゃるところなの。それで今朝お戻りになられるから、チャリング・クロス駅の時計の下で十二時ちょうどに会いたいっておっしゃってらっしゃるわ。あなたおでかけになれるかしら？」

「行かれるとも」ビンゴは言った。「ただ行くってだけじゃない。この髪三つ編みに結い上げて参上するさ」

「グレイのツィードのスーツを着てホンブルグ帽をかぶってるから、会えばわかるはずっておっしゃってるわ」

「僕は」ちょいとばかり優越感を込めて、ビンゴは言った。「モーニング・コートにシルクハットで行く」

もういっぺん奴はビンゴ夫人にキスをした。さっきよりもっと優しいくらいにだ。それからすぐ、彼女をボグナー・リージスへと運ぶ車に乗る時間になった。奴は彼女を玄関のドアまで見送り、また別れを告げる彼女の目には流されざる涙が湛《たた》えられていた。なぜならビンゴ夫人の母親の家が潤《じゅん》沢《たく》にねこを擁するという事実ゆえに六匹のペケ犬を残してゆかねばならぬという事実により、別離のつらさはいや増していたからだ。

「あたくしがいない間、この子達の面倒をよく見てあげてね」どうぶつたちが車にとびついては執事のバグショウに払いのけられる様を見ながら、彼女は弱々しくつぶやいた。「この子達のことは、お世話してくださるわね、ねえダーリン?」

「父親のごとくにさ」ビンゴは言った。「こいつらの福祉は常に変わらず僕の関心事だ」

また奴は心からそう言ったんだ。奴はこのペケ犬たちが好きだった。奴と連中の関係は、常に相互的愛情と尊敬に基づいていた。連中は奴の顔をなめ、奴は連中の腹をかいてやる。気持ちのよいギヴ・アンド・テイクだ。互いが互いに奉仕してってことだな。

「毎晩この子達にコーヒー砂糖をやるのを忘れないでね」

「大丈夫」ビンゴは言った。「死んだって忘れるもんか」

「それとピンプーのハーネスをボディントン・アンド・ビッグズに取りにいって頂戴ね。修理してもらってるの。ああ、そうそう」ビンゴ夫人はバッグを開け、貨幣を取り出しながら言った。「ボディントン・アンド・ビッグズに行ったら、お勘定は払っておいてね。小切手を書く手間が省けるから」

彼女は奴に何枚か五ポンド札を手渡し、愛を込めて抱擁し、車は出発し去った。玄関の階段で手を振る奴を後に残しつつだ。

奴が手を振っていたという事実を特に述べるのは、それがその後の展開に重要な帰結をもたらしたからだ。何枚か五ポンド札を手に持ちながら手を振る時、それらはカサカサ音を立てずにはいられない。また権威ある情報源からハースト・パークの二時のレースで七対一の賭け率の馬が勝つとの直送情報を受け取った男の手の中で何枚かの五ポンド札がカサカサ音を立てるとき、それは一定の脈絡の思考を男の脳裡《のうり》に喚起せずにはいられない。車が視界から消え去るかどうかのうちに、エデンの園ではヘビが鎌首をもたげ——リトル家の邸宅は、ウィンブルドン・コモンに境を接する広々とした敷地に建つ家々のうちの一軒だ——ビンゴの耳にささやき始めた。「どうする、なあ兄貴？」ってだ。

さてさていつもだったら、また普通の状況だったら、ビンゴって奴はもちろん正直者の塊《かたまり》だし、ボンド・ストリートの商店の正統な売上金を、もっと私的で個人的な道筋に流用しようなんてことは夢にも思わないような男だ。だがヘビが指摘するとおり、またビンゴもその点に同意したところだが、これは明らかに特殊ケースだ。

ボディントン・アンド・ビッグズをだますことになるなんて考えは問題外だ、と、ヘビは主張した。そんなのはただちに却下できる。もしビンゴがこれらの五ポンド札を賭け屋に預けて二時のレースのピンプルドチャーリーのハナに賭けたとしたって、ボディントンとご友人のご集金が今日じゃなくて明日になるってだけの話だ。なぜならもしひょっとしてピンプルドチャーリーが勝ち損ねるなんていうおよそ考えられないような事態がもし仮に起こったとしたって、ビンゴはパーキス氏にほんのちょっぴり給料の前借りを頼めばいいってだけの話だからだ。つまりそのときまでにパーキス氏はビンゴの雇用主になってることだろうからな。おそらくはパーキス氏のほうからそういう申し出をしてくるんじゃないかなあ、と、ヘビは言った。ヘビはビンゴに、奴がパーキス氏を魅了するなんてたいして難しいことのわけがない、モーニング・コートと縞柄のズボンをまったく別にしたって、奴のシルクハットが魔法を発揮してくれるはずだ、パーキス氏がそいつを見たらば最後、販売抵抗はほぼ皆無《かいむ》となろう、要するに、ことは大成功間違いなしだって言ったんだ。

したがって一時間後ロンドンに進行し、オックスフォード・ストリートに事務所がある賭け屋と必要な手続きを済ませ、チャリング・クロス駅へとそぞろ歩き向かうビンゴの心は最大限に軽かった。到着したとき、時計の針は十二時五分前を指していた。そして正午ちょうどに、グレイのツィードのスーツを着てホンブルグ帽をかぶった恰幅《かっぷく》のいい初老の男性が登場した。

それから次のような会話があった。

「リトルさんですかな?」

「はじめまして」

「はじめまして。結構な日和《ひより》ですな」

「素敵な天気ですね」

「あなたは時間正確でいらっしゃいますな、リトルさん」

「いつもそうしてるんです」

「実にご立派な美質をお持ちでいらっしゃる」

「そりゃあどうもです！」

そしてこの瞬間、すべてが蜜《みつ》のごとくなめらかに進行し、話し相手の目がビンゴのシルクハットに釘付けにされるにつけそのうちに畏怖《いふ》と尊敬の萌《も》えいずる様をビンゴが見て取ったまさにその時、ストランド、ベッドフォード・ストリート、紳士靴下および注文シャツお仕立てB・B・タッカーが休憩室の中よりビールの泡を口許から拭き拭き姿を現したんだ。で、この人物に対して、ほぼ一年と三カ月にわたり、ビンゴは商品代金三ポンド一一シリング四ペンスのつけを滞《とどこお》らせたまんまだったんだな。

精神的な昂揚《こうよう》感が人間の明晰《めいせき》で冷静な判断力をいかに破壊するものかってことがこれでわかろうってもんだ。チャリング・クロス駅の時計の下で会うっていう話が議題に上ったとき、ビンゴはよい子のための強力組織の編集長になれるって思いに有頂天に舞い上がって、賢慮の徳を忘れ、ろくろく考えもせずによしきたホーをしちまったんだった。今になってようやく奴はチャリング・クロス駅の半径一キロ半以内に足を踏み入れようなんて真似がどれほど狂気の沙汰《さた》だったかってことを思い知ったんだ。この地域にゃあ奴が独身時代に勘定を溜めた店が文字通りぎゅうぎゅうにひしめき合ってるんだな。それでこういう店の経営者連中がいつ駅の休憩室で一杯やろうって突然思いつかないものかは——明らかにB・B・タッカーがそうしたようにだ——わかりゃあしないんだ。

奴は愕然《がくぜん》とした。B・B・タッカーみたいな人物が気配りとサヴォアールフェール《配慮》にどれほど欠けているかってことが、奴にはわかっていた。昔の顧客が友人とおしゃべりしているのを見かけたら、連中はちょっぴり会釈してにっこり笑って通り過ぎるってことはしない。連中はつかつかと歩み寄り、お支払いはいくらになりますって話し始めるとか、そういうとんでもない真似をやらかしてくれるもんなんだ。それでパーキス氏が甥が仕立て屋に郡裁判所に訴えられたからって恐怖に怖《お》気《じけ》づくような人物であるならば、B・B・タッカーとの二分間は、このシルクハットの効果をすべて台無しにしてくれることだろう。

そして次の瞬間、ビンゴが予想したとおり、奴《やっこ》さんはつかつかと歩み寄ってきたんだ。

「これはこれは、リトル様」奴さんは始めた。

ここは最大限敏速な行動が必要な瞬間だ。ビンゴの後ろにはポーターの運搬車があった。退路を断たれたとの事実を前に、誰だってきっと降参したことだろう。だがビンゴはもっと頑丈なシロモノでできてたんだ。

「それじゃあ、パーキスさん。しばらくピッピーです」奴は言い、運搬車の上をかるがると飛び越え、風と共に去りぬって次第となった。正面玄関方向に針路を定め、ビンゴは結構な勢いで駅構内を走りぬけた。そしてただいまはエンバンクメント・ガーデンズの中にいるってわけだ。奴はB・B・タッカーがそろそろおさらばしてくれる頃合いと思われるまでそこにいて、然《しか》る後に時計の下の元いた場所に戻り、パーキスとの先の会見を中断したところからまた再開するつもりでいたんだ。

さてと、ある意味すべては良好だった。なぜならB・B・タッカーは姿を消していたからだ。だが別の意味では、状況はそれほどよろしくなかった。パーキスもまた姿を消していたからだ。親爺《おやじ》さんも山頂の雪のごとく消え去っていた。それから半時間ほども行ったり来たりした後、ビンゴは親爺さんは戻っては来ないとの結論に至るを余儀なくされた。パーキスは本日はこれにて終了にしたってことだ。それではいったいどういう心のありようゆえ、パーキス氏は本日はこれにておしまいにしたのであろうかと、ビンゴは自問した。いまや考える暇ができてみれば、運搬車を飛び越えるとき、あの親爺さんが自分をおかしな目つきで見たことを奴は思い出した。パーキスは自分のことをちょっと変わり者だと思って行ってしまったのかもしれないとの思いが脳裡に浮かんだ。奴は最悪の事態を恐れていた。編集長の座に就《つ》こうっていう者は、未来の雇用主の眼前にて運搬車を飛び越えることによって成功を勝ち取り得るもんじゃない。

憂鬱げに、奴はその場を去り、ちょっぴり昼食をとった。それでコーヒーを飲み終えたところで、二時のレースの結果が録音で聞こえてきたんだ。ピンプルドチャーリーは三位入着を果たさなかった。換言すれば、全財産この馬に賭けろってせき立ててよこしたとき、天の摂理は奴をからかっていたんだな。こういうことが起こるのは、初めての話じゃない。

翌日午後の配達でパーキス氏からの手紙が届き、それは奴の直感が間違ってなかったたってことを証明してくれた。奴はそれを読み、百枚に引き裂いた。少なくとも奴はそう言った。まあ、実際には八枚ってとこなんだろうな。つまりそいつはお断りの手紙だったたってことだ。パーキスが書いてよこしたことにゃあ、パーキスは本件につき考察した結果、『ウィー・トッツ』の編集長の座に関しては別の対処をすべく決意したんだそうだ。

その晩食事しながら奴は放心していたと述べたとて、事実を誇張して言うことにはなるまい。ビンゴ夫人が帰ってきたら、説明の難しいことがずいぶんたくさんあるようになるだろう。また説明したからってどうにかなるってことにもなりはすまい。一〇ポンドの件についちゃ彼女は喜ぶまいし、それだけでも家庭内に暗い影を落とすには十分だ。とどめに自分は編集長様になるチャンスを棒に振ったと打ち明けたなら、家庭内はおおよそ混乱の坩堝《るつぼ》といったものになると言ってよろしかろう。

そういうわけで、奴は放心していた。ペケ犬たちは書斎の中まで奴についてきて、座ってコーヒー砂糖を待ち構えていた。だが奴はあんまりにも頭が一杯で、物言わぬ動物たちに公平な振舞いをしてやれなかった。奴の頭脳はすべて、いかにして最善の行動をとるかって問題に釘付けされていたんだ。

そして、それから、次第次第に——どういうわけでそれに気がついたものかはわからない——この六匹のペケ犬たちにはどこかおかしなところがあるとの思いが奴を襲ったんだ。

ペケ犬たちの外見とか行動のことじゃない。みんないつもとおんなじに見えた。またみんないつもとおんなじに振舞ってもいた。もっと何か微妙な点だ。それから、突然、頭蓋骨《ずがいこつ》基底部に強打を食らったみたいに、奴にはわかった。

連中は、五匹しかいなかったんだ。

さてと、素人《しろうと》見には、六匹のペケ犬を擁する家でコーヒー砂糖時にそのうち五匹しか集合してこなかったとの事実は、さほど不吉なこととは思われないかもしれない。「もう一匹はどこかで家内の義務遂行に励みに行ってるんだな」と、素人は言うことだろう。——「骨を埋めるとか、さわやかなひと眠りをするとか、何かしらそういうことさ」と。だがビンゴにはペケ犬のことがわかっていた。連中の心理は奴にとっては開かれた書物も同然だったんだ。だから奴は、もしコーヒー砂糖時に連中が五匹しか集合しなかったならば、そこには五匹しか存在し得ないってことがわかってたんだ。六匹目は無断外出中にちがいない。

その点を発見した際、奴はコーヒーをかき回していた。そしてスプーンは、無感覚になった奴の手からぽとりと落ちた。奴は興奮して、『来るべき世界の物語』［H・G・ウェルズ作、一九三三年］の姿を見つめた。

　これは最重要事項だ。奴にはそのことがわかった。これと比べたら、他の何もかにもが瑣末《さまつ》な問題だ。ボディントン・アンド・ビッグズの一〇ポンドを失敬した件ですらもだ。ビンゴ夫人はこのペケ犬たちを愛していた。彼女はビンゴに彼らの世話を神聖な任務として委ねていったんだ。お世話係として報告を求められる時が来て、赤字を出したと告白せねばならなくなったらば、どういう結果が出来《しゅったい》するものかを思うとき、想像力のほうで恐れをなしちまうっていうものだ。涙、非難、いったいあなたどうしてそんなこと、があることだろう。まったく、なんてこっただ。またこの点に思い至って突然ギクッと飛び上がったせいでもうちょっとでビンゴの両目はソケットから外れて飛び出しちまうところだったんだが、あの不幸な一〇ポンドの件とあわせて考えたなら、ビンゴが消えた犬をこっそり盗み出して売り払って金に換えたとビンゴ夫人が思うことだってありうる。

　激しく戦慄《せんりつ》しながら、奴は椅子から跳び上がって呼び鈴を鳴らした。奴はバグショウと懇談して、もしやもしかして不在者が台所のほうに行っているってことはありはしまいか知りたかったんだ。だがバグショウはその晩外出していた。呼び鈴に応えてメイドが現れ、階下の建物内は完全にペケ犬なしである旨《むね》を伝えてよこすと、ビンゴはうつろなうめき声を発し、帽子をつかんでウィンブルドン・コモンに散歩に出た。あの小さい生き物が野生の呼び声を聞いて偉大なる未開の大地のどこいら辺かをうろつき回っている可能性がわずかでも——百対八と言ったところか——あったからだ。

　あたりを覗《のぞ》き込み、シッシと声を立てながら、どれだけさまよい歩いていたものか、奴にはわからなかった。だがだいぶ長い時間だったはずだ。彷徨《ほうこう》の末、奴は家をだいぶ離れたところまで来てしまっていた。まったくなじみのない場所でタバコに火を点《つ》けようと一瞬立ち止まり、探索をあきらめて家によろめき帰ろうとした、まさにその時、突如奴は四肢を硬直させ、目をむいて立ち尽くしたんだ。タバコは奴の口の端で凍りついていた。

つまりだ、暮れなずむ宵闇の中、奴のすぐ前方に、執事然とした形状の人物を奴は認めたんだ。それでこの執事は――もし執事だとしたらだが――リードの先にビンゴ夫人のペケ犬とそっくりで、何の疑念をも引き起こすことなくうちの一個連隊中に入隊可能っていうようなペケ犬を繋《つな》いでいた。ペケって奴は、みんなおそらく知ってることだろうが、ベージュでモジャモジャか栗毛《くりげ》でモジャモジャかのどっちかだ。ビンゴ夫人のは栗毛でモジャモジャだった。

その光景はビンゴに新たな生命の息吹をもたらした。カミソリのごとき奴の知性はずいぶん前から、この袋小路において唯一可能な解決策は、別のペケ犬を入手して兵力に加えることだって奴にささやきかけていた。しかしこの解決策の問題は、もちろん、ペケ犬を買うには金が要るってことだ――それで現時点で奴が持ってる金といったら、六シリングと青銅貨がちょっぴりきりだった。

当初奴を襲った衝動は、この執事に飛び掛かり、素手でその動物を彼から奪取するってことだった。しかし賢慮の徳が勝利を収め、奴はその男の後をつけてゆくだけで我慢した。本に出てくる、足の下で小枝をピシリとも言わせずに歩く男たちみたいなふうにだ。そしてただいまその男はウィンブルドン・コモンを過ぎ、静かな通りに折れると、最終的には相当な大きさの屋敷の庭に通じる門をくぐって入っていった。そしてビンゴは、のほほんとハミングしながらその門の横を通り過ぎ、何軒か店のある場所まで来た。奴は食料品店を探し、しばらくして見つけ出すと中に入って持てるわずかな資本をひとかけらのチーズに投資した。カウンターの向こう側の男に向かい、在庫にある限り一番熟成の進んだにおいのうんと強いやつを頼むと指示を飛ばしつつだ。

つまりさっきも言ったとおり、ビンゴにはペケ犬のことがわかっていた。それで奴は、連中はチキンが好きだしスェット・プディングが好物でまたミルクチョコレートを差し出されたら滅多《めった》に断るもんじゃないが、連中が地球の反対側までついていって魂だって売り渡そうってのがチーズだってことを承知してたんだ。それで動物の夜の外気浴の時間まで庭園内に身を隠し、それから姿を現してただいま購入の厚切りチーズの威力をもって交渉開始しようってのが、奴の意図するところだった。

したがって十分後、奴は植込みの中にうずくまり、作戦開始を待った。

そいつは奴にとってあえて思い出したいようなひとときじゃあなかった。タバコも吸えず、めぐる思いと悪臭芬々《ふんぷん》たる一切れのチーズのほかに友もなく、見知らぬ庭園の植込み内にしゃがみこむって経験は、奴には試練だった。アリたちが奴の脚を這《は》い登ってきた。コガネムシたちは奴のカラーと首の間に押し入ろうとしていた。そしてその他もろもろの神の被造物たちが、奴が帽子をなくしてたっていう事実につけ込んで奴の髪の毛の中に入り込んでたんだ。だがついに奴の不屈の闘志の報われる時は来た。フランス窓が開け放たれ、室内のランプの明かりが拡がる中にペケ犬が小走りに躍り出てきて、恰幅のいい初老の男性が続いて姿を現した。それでだ、この恰幅のいい初老の男性が、ほかならぬパーキス御大《おんたい》であることを認めたときのビンゴの感情をご想像いただきたい。

御大の姿を見ることには強壮剤みたいな効果があった。この瞬間まで、奴は良心のなんとか——化石じゃなくって——そうだ、呵責《かしやく》だ、から、完全に免れていたわけじゃあなかった。時々に自分がくすね盗《と》ろうとしている家庭内愛玩動物の飼い主に対する同情の念が奴を襲った。哀れなそいつにとっちゃあ、ちょっぴりつらい話だなって奴は思ってたんだ。こういう呵責はもはや消えうせた。

あいつがああいうやり方で奴の期待を裏切った後となっちゃ、パーキスはありとあらゆる同情を受ける権利を剝奪《はくだつ》されてるっていうもんだ。あいつは所有するすべてのペケ犬をくすね盗られるに値すべき人物だ。

しかしながら、このときビンゴに課されていた問題は、このくすね盗りをいかにして成功裡《り》に遂行するかってことだった。終業時間までこの動物の後ろにぴたりとくっついて回ろうってのがこの男の意図するところだとすると、どうやって奴に気づかれずに脱ペケ化したものか、思いつくのは困難だ。

だが奴はツイていた。パーキスはラジオの音楽をちょいと楽しんでいる最中だったらしい。つまり、奴が姿を現したとき、陽気なルンバの音が聞こえていたんだな。そして今、ラジオってものはいつだってそんなふうなんだが、そいつは曲の途中で突如中断して一種のガーガー音を発するとドイツ語をしゃべりはじめたんだ。それでパーキスは機械を調整しに戻っちまった。

ビンゴに必要な時間はそれで十分だった。奴はたちまち植込みからとび出した。ねぐらからとび出すヒョウみたいにだ。ペケ犬が眉《まゆ》を上げて後ずさりし、「こんなふうにご訪問をいただけるだなんて、あたくしあなたにいったいどんな恩義がありましたかしら」をたっぷりやってみせる不安な一瞬があったものの、声を忍ばせてソット・ヴォーチェでうーとうなり声を上げるより先に、幸いにも件《くだん》のチーズの芳香がそいつの鼻腔《びこう》に漂い届き、その後すべてはすんなりうまく運んだ。三十秒後、ビンゴは腕にペケ犬を抱えて道路を疾走していた。そしてついにウィンブルドン・コモンに到着し、土地勘のある場所までたどり着くと家路を急いだんだ。

家に着くとビンゴ夫人のペケ犬たちはみんな就寝中だった。近寄っていって小さい新顔をそうっと放してやると、仲間たちがそいつを迎え入れた愛想のよい態度に奴は満足した。ペケ犬の群れに替え玉を紛れ込ませた場合には、マドリッドの大晦日《おおみそか》みたいな乱戦［一九三六年十二月のスペイン内乱中の戦闘への言及］が続くってことがあまりにしばしば起こりがちなんだ。しかし今宵は試験的なくんくん嗅《か》ぎがしばらくあった後、地元チームはO・Kを出した。それで全員がバスケットの中でアセニアム・クラブのメンバーみたいに丸まって眠るままにして、奴はその場を去った。それから書斎に行って呼鈴を鳴らした。バグショウが戻っていたら、濃いウィスキー・アンド・ソーダの問題について彼と語り合いたいと願ったからだ。

バグショウはちゃんと戻っていた。彼は夜間の外出のおかげでだいぶリフレッシュされた様子に見え、すぐさま飛んでいって調製器具を揃えて帰ってきた。それで部屋を去る段になって、彼が言ったのがこれだ。

「さようでございました、犬のことでございますが、旦那様」

ビンゴは跳び上がってもうちょっとでグラスをひっくり返しちまうところだった。

「犬だって?」奴は言った。激情のあまり最初の「い」を五回くらい繰り返した後でだ。「どの犬の話だ?」奴は言った。「どの」を言う前に「ど」を七回くらい投入しながらだ。

「ウィンフーめでございます、旦那様。リトル奥様のメッセージご到着の折、あなた様におかれましてはご在宅でいらっしゃいませんでしたゆえ、ご報告を申し上げられずにおりました。昼食後まもなくリトル奥様よりお電話があり、鉄道便にてウィンフーをボグナー・リージス宛送るようにとのご指示でございました。かの地には動物の肖像画を描かれる芸術家の紳士様がお住まいあそばされておいでとの由にございます。リトル奥様におかれましてはウィンフーの肖像画をご注文あそばされた由にございました。わたくしは同動物を籠《かご》に入れ発送し、帰宅いたしましたところ無事到着との電報に接したものでございます。あなた様が犬一頭行方不明とお気づきあそばされました折にご心配をいただかずに済みますよう、本件につきご報告申し上げておくべきと存じましたゆえ。おやすみなさいませ、旦那様」バグショウは言い、姿を消した。

残されたビンゴは、容易に想像してもらえるところだろうが、だいぶどっさりと腹を立てていた。こういう作戦行動を、女主人なき今、館の主人であるビンゴその人に直接接触せず使用人ふぜいを通じて起こそうなどというビンゴ夫人の適切さ意識の欠如のおかげさまで、奴はいまや犬泥棒として社会的地位を危うくされている。それでそのすべてが無駄だったのだ。

あの植込みの中で通り経てきた肉体的精神的苦痛を思い起こす時――良心の呵責ゆえの精神的苦痛ばかりでなく、アリ、コガネムシ、さらに髪の毛の中に入り込んできた正体不明の動物相《そう》ゆえの肉体的苦痛――奴がすべての展開に対してものすごく気分を害していたとしたって奴を責められまい。奴は不満の意を覚えていた。どうして自分は事の展開について何も知らされていなかったんだ、と、奴は自問した。俺はそんな取るに足らない男なのか？　そもそもだ、肖像画を描かせてやってウィンフーの虚栄心におもねっていったい何の得になるっていうんだ？　あいつはもう十分いい気になってるじゃないか。

それで最悪なのは、いまやありとあらゆることどもが奴に政治家的対処力を要求してるっていうのに、奴にはてんで何にも思いつきゃあしないってところだった。そういうわけだから、二杯目のウィスキー・アンド・ソーダを呑《の》み込み、重い足取りでベッドに向かう奴の思いは、ひどく陰気だったんだ。

とはいえ眠りに勝る解決法はない。翌朝浴室内で奴は解決策に思い当たった。すべてはきわめて簡単だってことが奴にはわかった。奴がしなきゃならないのはパーキスのペケ犬をパーキスの家に連れてくってことだけだ。庭門からそうっと滑り込ませて、それで奴はすべての不快なことどもから天下晴れて自由の身だ。

ところが入浴後タオルで身体を拭く段になって突然、自分はパーキスの家の名前を知らないってことを奴は思い出したんだ――通りの名前すら知らない――それで昨日の帰り道じゃあ、せっせとあっちに行ったりこっちに行ったりしながら戻ってきたんだから、どうやってパーキス邸まで行ったものだか、奴にはわかりようがないんだ。

それでだ、もっと悪いことに――つまり奴は電話帳を探してみようって思いつきはしたんだが――パーキスの名前が思い出せないってことに気がついたんだ。

ああ、いまじゃあ奴にだってパーキスの名前くらいわかってるさ。奴のハートに刻《きざ》み込まれてるとも。いま奴を通りでつかまえて「ああそうだ、ところでビンゴ、『ウィー・トッツ』の社長をやってる野郎は誰だったかなあ?」って言ったとする。奴は電光石火の早業で答えることだろう。「ヘンリー・カスバート・パーキスさ」ってな。だがその時、その名はきれいさっぱり消えてたんだ。名前ってのがどういうもんかはわかるだろう。朝食時には御大の名前はウィンターボトムだって奴は確信していて、昼食が始まる前にはベンジャフィールドに改説していたと言ったら、邪悪がどこまではびこりようがあるものか、わかってもらえることだろう。

それで、思い出してもらえるはずだが、奴が唯一持ってた書面上の証拠はもはや存在しない。いまや後悔してやまない一時の腹立ちゆえに、奴は御大からの手紙を百枚に引きちぎっていたんだだからな。って言うか、少なくとも八枚にはだ。

このとき、ビンゴ・リトルは失意の人となった。

この事態を容赦《ようしゃ》ないほど骨の髄まで突き詰めてみるならば、シナリオは次のような展開となることだろうとビンゴは見て取った。つまりこうだ。ビンゴ夫人は六匹のペケ犬の飼い主である。ボグナー・リージスから帰宅した彼女は七匹のペケ犬の飼い主になっている。そして奴の人間本性《ほんせい》に関する知識が教えるところでは、六匹のペケ犬の飼い主である女性が、突如七匹のペケ犬の飼い主になっていると知って最初にすることとは、質問をすることである。そしてこれらの質問に対し、自分はどう答えたらいいのだろうか。

過剰在籍者は彼女の留守中にサプライズプレゼントとして自分が買ったものだと言い張ろうとしたってまるきり無駄だ、と奴は確信していた。ビンゴ夫人はバカじゃない。彼女は奴が人々にペケ犬を買い与えて乏しい資力を蕩尽《とうじん》して回るような人間じゃないってことをよくよく承知している。彼女はその話を論拠薄弱と考えることだろう。彼女は取調べを開始するだろう。そしてこの取調べにより、最終的に彼女は間違いなくこのウィンターボトム、あるいはベンジャフィールド、あるいは名前は何であれ当のご本人のところにたどり着くにちがいないんだ。

ビンゴに開かれた道はただひとつしかないと思われた。この密航者のために、ベンジャフィールド＝ウィンターボトム地帯から完全に外れたどこかに快適な家を見つけてやらなきゃならない。それもいますぐにだ。

さてといまやお前にも、どうしてあの日、あの哀れな野郎が犬連れでお前の家を訪ねて行ったかがわかるだろう。それと俺の言ったように、あいつが非難されるよりは哀れまれるべきだってことにきっと同意してくれるはずだ。その件に関して、奴には膏薬《こうやく》、アルニカチンキ、放牧治療その他全部の費用を持つ用意があるって伝える権限を、俺は奴から得てるんだ。

お前があの犬を引き受け拒否した後、奴は落胆したふうだった。その場面は苦渋に満ちたものだったって話だし、そいつをまた繰り返すのはいやだったんだな。家に帰ると、なんとか御大の名前を見つけ出すほかないって奴は決めた。そういうわけで昼食後すぐ、奴はバグショウを面前に召喚したんだ。

「バグショウ」奴は言った。「名前を言ってくれないか」

「名前でございますか、旦那様」

「そうだ。わかるだろう。人の名前だ。僕は今、ある人物の名前を思い出そうとしているんだが、どうしても思い出せない。おそらく」ビンゴは言った。奴の思いはいまやジェラビー方面に向かい始めていたんだな。「Jで始まる名だ」

バグショウは考え込んだ。

「Jでございますか、旦那様？」

「そうだ」

「スミスでは？」この間抜けは言った。

「スミスじゃない」ビンゴは言った。「それでもしお前がジョーンズって言おうとしてるなら、そういうよくある名前じゃないんだ。聞いたとき、どちらかというと異国風な名だって印象を受けた。ジャーニンガムとかジョーキンスとかそんな感じだ。とはいえ、Jで始まるって考えた点で、まるきり間違ってたかもしれない。まずAからやってみてくれ」

「アダムでございましょうか？　アレン？　アックワース？　アンダーソン？　アークライト？　アーロンズ？　アバクロンビー？」

「Bに移ってくれ」

「ベイツ？　バルストロード？　バージェス？　ベリンジャー？　ビッグス？　バルティテュード？」

「それじゃあCをいくつか頼む」

「コリンズ？　クレッグ？　クラッターバック？　カーシュー？　カーリー？　カボット？　ケイド？　カケット？　ケイヒル？　キャフリー？　カーン？　ケイン？　ケアード？　キャノン？　カーター？　キャセイ？　クーリー？　カスバートソン？　コープ？　コーク？　クランプ？　クロフト？　クラウィー？」

こめかみのズキズキする痛みが、この衰弱した身体にはもう十分だってビンゴに告げていた。この点を伝えようと奴は手を振ろうとした。と、執事は勢いに衝《つ》き動かされるまま、更に付け加えたんだ。

「クルーイックシャンク？　チャルマーズ？　カトモーア？　カーペンター？　チェッフィンズ？　カー？　カートライト？　キャドワーラダー？」

そしてビンゴの脳みその中で何かがバネみたいに弾《はず》んだ。

「キャドワーラダーだ！」

「そちらが当の紳士様のお名前なのでございましょうか、旦那様？」

「ちがう」ビンゴは言った。「だがそれでどうにかなりそうだ」

奴は突然、このキャドワーラダーが、奴がチーズを買った食料品店の名であったことを思い出したんだ。この店の戸口からスタートすれば、パーキス邸への道を見つけられると奴は確信していた。奴の立場はいまや明白だ。「キャドワーラダー、ホー！」が合言葉ってことだな。

むろん賢明なやり方は夜の帳《とばり》が降りるまでこの探検は延期にすることだろう。つまりこういう類いのデリケートな作戦行動は夜陰に乗じて行われるのが最善だからだ。だが一年のこの季節、サマータイムやら何やらで、夜の帳はものすごく遅くに降りる。それに奴は迅速《じんそく》に活動したいって気持ちですっかりうずうずしていた。電話帳でキャドワーラダーの住所を改めて見て記憶を新たにし、奴は涼けき薄暮に出発した。胸には希望を、腕にはペケ犬を抱《いだ》きつつだ。そしてただいま奴は見覚えのある所に来ていた。ここがキャドワーラダー商店だ。向こうが奴がそぞろ歩いた道だ。そしてしばらく歩いた後、パーキス家の所有地を縁取って囲むツゲの生垣と、奴が入り込んだ庭門とがあった。

奴は門を開け、ペケ犬を押し入れ、短くさよならを告げ、その場を立ち去った。そして六時ちょっと前に我が家へと到着した。

リトル家の所有地に入り込んだとき、奴は一面においてはたった今とうとう死体の処分に成功したばっかりの殺人犯みたいな気分になっていたし、また別の一面においては激しく燃え盛る火炉の中を通り抜けてきたシャドラク、メシャク、アベドネゴ［『ダニエル記』三・二〇］みたいな気分だった。さながら奴の身体から途轍《とてつ》もない大荷物が取り払われたかのごとしだったんだ。奴が話してくれたことだが、少年時代に一度、学校でフットボールを楽しんでいたとき、義務遂行の過程において奴がボール上に転倒し、続く直後、鋭いひじを持ちスパイク靴を履いた筋骨たくましき敵チーム八人のメンバーよりなるピラミッドの、いわば基底部となることを余儀なくされたことがあった。それから幾星霜《いくせいそう》を経た今ですら、奴の小さい背中からこの人間の大集団がやっと取り除かれたときの浮揚感と安堵《あんど》の感覚のことは、ありありと思い起こせると奴は言っていた。奴が実際に歌を歌ったかどうかは知らない。だが、ラウンドレイを一、二曲歌ってたとしたって、俺はまったく驚かない。

ビンゴは、ヨナのごとく、いつだって会う時には笑顔でいる男だ。奴を地面に叩きつけることは可能だ。だが奴は再び立ち上がるんだ。「回復力に富む」って言葉でよかったはずだ。それで奴にはいまや未来は、実際に明るいとまでは言わないものの、はじめて人間の食用にいくらかふさわしいくらいに見え出していた。ぼんやりと、しかし刻一刻と確実さを増しながら、ボディントン・アンド・ビッグズの一〇ポンドの件を説明できる作り話が奴の胸のうちで形を持ち始めていたんだ。細部はもうちょっとポリッシュする必要があるだろうが、広い意味での基本構造はこれでいい。チャリング・クロス駅での一件に関しては、奴は強硬な否認で押し通すつもりでいた。それでうまくいくかもしれないしいかないかもしれない。だが少なくともやってみるだけの価値はある。いずれにせよ、ペケ犬問題に関しちゃあ、今や貸し借りはゼロになったんだ。

帽子を頭のはじっこに載せ、爪先立ちで歩きながら、うきうき気分でビンゴは家に近づいた。と、この時、何かが陽気なのど鳴らし音とともに、奴の脚に身を擦《こす》りつけてきたんだ。見下ろすと、それがあのペケ犬なのがビンゴにはわかった。ビンゴに対して温かい好意を抱いた上、奴がパーキス家の門を閉め忘れたっていう事実に乗じて、そいつは奴にとっとこついて来ようって決めたんだ。

それでビンゴがその場に根を下ろして立ちすくみ、弱々しくこの粘着性《ねんちゃくせい》の生き物を見つめていると、バグショウがやってきた。

「お訊ね申し上げてよろしゅうございましょうか、旦那様」バグショウは言った。「リトル奥様がただいまご滞在中のご住所のお電話番号をご存じではあそばされませんでしょうか？」

「どうしてだい？」ビンゴは訊《き》いた。心ここになく、視線は依然ペケ犬に釘付けにしたままでだ。

「リトル奥様のご友人のパーキス様がしばらく前にお電話をおよこしになられ、同情報をご要望あそばされていらっしゃいました。リトル奥様に早急にお電話あそばされたき由にございました」

ビンゴがペケ犬を見つめた時の弱々しさは、奴が今この執事を見つめる様の弱々しさに比べたらなんでもなかった。その名を告げられると同時に、奴の思考プロセスを阻害していたありとあらゆるジェラビーとかウィンターボトムたちは一掃され、奴の記憶は回復した。

「パーキスだって？」根底からよろめきながら奴は叫んだ。「お前、パーキスって言ったか？」

「はい、旦那様」

「彼がうちに電話をよこしたんだな？」

「はい、旦那様」

「彼はリトル夫人に電話がしたいんだな？」

「はい、旦那様」

「彼は――パーキス氏は――彼はその――パーキス氏はその――パーキス氏は心に何かしら思うところありとの印象をお前に与えたか？」

「はい、旦那様」

「彼は動揺していたようだったか？」

「はい、旦那様」

「お前の印象では——彼はリトル夫人に何か緊急の連絡がしたいらしいと、お前は推論したのか？」

「はい、旦那様」

ビンゴは深く息をついた。

「バグショウ」奴は言った。「ウィスキー・アンド・ソーダを持ってきてくれ。大盛のウィスキー・アンド・ソーダだ。あんまりソーダを入れすぎずに、ウィスキーを強調したやつだ。いや、ほとんどソーダのことは忘れてもらっていい」

奴は気つけの飲み物を切実に必要としていた。そしてそれが届いたとき、それを身体組織内に導入するにあたりいかなる時間をも無駄にはしなかった。パーキスの電話について熟考すればするほど、ますますそれは陰惨で不吉に思われた。

パーキスがビンゴ夫人に電話をしたがっていた。彼は動揺していた様子だった。この事実に可能な解釈はひとつしかない。ビンゴは植込みのどこかに置き忘れてきた帽子のことを思い出した。明らかにパーキスはあの帽子を見つけたにちがいなく、バンドのイニシャルを見てすぐさま真理に到達し、今やビンゴ夫人をつかまえて聞きたがり屋のその耳にすべての話をぶちまけようとしているんだ。

なすべきことはひとつしかない。ビンゴは尻込みしたが、ほかに方策がないのはわかっていた。奴はパーキスを探し出し、すべての状況を説明して彼の慈悲にすがり、スポーツマンとして、また紳士として、すべてを胸にしまっておいてはくれないかと乞い願うのだ。そして奴を悩ませていたのは、果たしてパーキスがスポーツマンであり紳士であろうかとの重大な疑念だった。たった一度の会見の折、奴はこの人物の外見にあまり好感を抱かなかった。あの会見を思い起こすに、あのパーキスは冷たく人を突き放すような目をした厳格な男の外貌《がいぼう》をしていた。ああいう目はビンゴが水曜日からもう一週間清算を待ってくれないかと頼む時の、賭け屋の目によく見られる目だ。

しかしながら、事は成されねばならない。それで奴は出発した。パーキス家に到着すると、執事が奴を応接間に通した。

「リトル様」彼は宣言し、奴を置いて去っていった。ビンゴは自分を待ち受ける試練に身構えた。

パーキスが扱いやすい聞き手じゃないってことは一目で見て取れた。彼の態度には歓迎すべき突然の訪問者に挨拶《あいさつ》する愛想のよい主人役とかいったところは皆無だった。彼は奴に背中を向けて立ち、開け放たれたフランス窓の外を見ていた。そして不快なほどの速さでくるりと身体をこちらに向け、ぞっとするような目でビンゴをねめつけた。憎悪のまなざしだ、と、ビンゴは診断した。近頃彼の飼いペケ犬をチーズで誘い出した男を眼前にしたときに、納税者が当然に抱く嫌悪の念だ。そして何であれハッピーエンディングといったような性質の事柄が求められるとするならば、自分はかつてないまでに魅力的かつ雄弁でいる必要がある、と、奴は感じた。

「さて?」パーキスは言った。

ビンゴは前置きなしに男らしくすべてを洗いざらい打ち明けはじめた。

「あのペケ犬のことで伺いました」奴は言った。

その瞬間、奴が次の言葉を言える前に、突如気管に何か異物——ハエかもしれないしブヨかもしれないしあるいは小さい蛾《が》だったのかもしれないんだが——が入り込み、奴の唇から台詞《せりふ》を拭《ぬぐ》い去った上、奴をとんでもなく咳込《せきこ》ませた。そして咳込んでいる間に、奴はパーキスが絶望したみたいな様子でいるのを見たんだ。

「こういうことになるだろうと、予測はしていた」彼は言った。

ビンゴは咳込み続けた。

「そうだ」パーキスは言った。「私は恐れていた。貴君のおっしゃるとおりだ、リトル君。私があの犬を盗んだのです」

その時までにビンゴはだいたいのところその異物に対処し終えていた。だが奴にはまだ話ができなかった。驚愕《きょうがく》が奴の口を利けなくしていたんだ。パーキスは映画に出てくる動かぬ証拠を手にしたところを押さえつけられた誰かさんみたいに見えた。彼の目にはどんよりした、絶望的な苦悶《くもん》があった。

「貴君は妻帯者でいらっしゃる、リトル君」彼は言った。「であるからにはおそらく貴君にもご理解いただけることだろう。私の妻は病気療養中の伯母と一緒にタンブリッジ・ウェルズに行っている。出発の少し前、妻はペキニーズ犬を買った。その犬の世話を妻は私に任せ、リードをつけずに家の外に出すようなことのけっしてないよう言い聞かせた。昨晩、あの犬はほんの一瞬庭に走り出ただけだったから、私は予防措置を怠《おこた》ってしまった。一頭きりで外に走り出させてしまったのだ。それから二度と、あれとは会っていない」

彼はごくんと息を呑んだ。ビンゴはどっさりため息をついた。彼はまた始めた。

「あれは行ってしまった。そして唯一とるべき道は見かけの似た替え玉犬を速やかに確保することだと私は理解した。丸々今日一日、私はロンドンじゅうのペット犬屋を見て回ったが、無駄だった。

それから私はリトル夫人がこういう犬を何頭も飼っておいでなのを思い出した――私の記憶の限り、一頭一頭すべてがすべて私が失った犬と酷似していたはずだ。うち一頭を私に売却してくれるよう、同意してはもらえまいかと私は思ったのだ」

彼はいくつかため息をついた。

「今夜」彼は続けた。「私は君の家をお訪ねした。だがリトル夫人はご不在で、電話で連絡もできなかった。また手紙を書いたとて無駄だ。妻は明日帰ってくるのだから。そこで私は引き返そうとした。それで門のところに着くと、何かが私の足に跳びついてきた。それはペキニーズ犬だったのだ、リトル君。それも私が失くした犬にまさしく瓜二《うりふた》つの。誘惑はあまりにも圧倒的で――」

「あなたはそいつをくすね盗ったんですね？」衝撃のあまり、ビンゴは叫んだ。

パーキスはうなずいた。ビンゴは舌を鳴らした。

「ちょっとあんまりですねえ、パーキスさん」奴は厳粛に言った。

「わかっている。わかっているとも。自分のしたことの凶悪性についてはよくよく認識している。私の唯一の弁解は、自分が見られていたことに気がつかなかった、ということになるだろうか」彼はもうひとつため息をついた。「犬は台所にいる」彼は言った。「軽い夕食を楽しんでいるところです。呼鈴を鳴らして執事を呼んで、連れて来させましょう。妻が何と言うかと考えると、私は身体が震えるのだが」言葉通りに身を震わせながら、パーキスは言った。

「奥さんが帰ってきてご自分を母と呼んでくれるペケ犬がいないのを見たら、取り乱されるだろうってお思いなんですか？」

「さよう、その通りだ」

「じゃあ、パーキスさん」彼の肩をポンと叩いて、ビンゴは言った。「この犬はあなたがお持ちになってらしてください」

　奴はこの瞬間の自分のことを思い出すのが好きなんだ。奴は温厚で、親切で、甘美と光明にあふれていた。パーキスは人間のかたちをした天使か何かにめぐり会った気分だったにちがいないって、奴は想像してるところだ。

「持っていろですと？」

「断然そうですとも」

「しかし、ビンゴ夫人が――」

「心配しないでください。僕の妻は時々自分で何匹ペケを飼っているか、わからなくなるくらいなんですよ。ほどほどの数の一個連隊が騒いでいる限り、妻は満足なんです。それに」静かなる非難を込めて、ビンゴは言った。「妻が帰ってきたら、ペケたちの心配をするよりもっと心配することがあるでしょうから。おわかりでしょう、パーキスさん。妻は僕が『ウィー・トッツ』の編集長になるって思い込んでいるんです。この件に関するあなたのご態度を知ったら、がっかりすることでしょうね。女性ってものがどんなふうかはご存じでしょう」

　パーキスは咳込んだ。彼はビンゴを見、ちょっぴり震えた。それから彼はもういっぺん奴を見て、またもうちょっぴり震えた。何らかのスピリチュアルな葛藤が彼の内面で進行中であるとの印象をビンゴは得た。

「貴君は『ウィー・トッツ』の編集長になりたいのですか、リトル君？」とうとう彼は言った。

「もちろんなりたいですとも」

「確かですかな？」

「もちろん確かです」

「貴君のようなお立場の若者には煩瑣《はんさ》にすぎる、多忙すぎる仕事と思いますが――」

「そんなことはありません。きっと僕にぴったりですよ」

パーキスの態度にひとかけらの希望が入り込んだ。

「仕事は厳しいですぞ」

「きっと有能な助手の助けを借りられますよ」

「給与は」パーキスは切なげに言った。「高くはありませんぞ」

「じゃあこうすればいい」霊感を得て、奴は言った。「もっと高くしましょう」

パーキスは奴をもういっぺん見て、三度《みたび》身を震わせた。それから彼の裡《うち》のよき部分が勝利を収めたんだ。

「貴君に『ウィー・トッツ』の編集長になっていただけるならば」彼は低い声で言った。「大変光栄なことです」

ビンゴは彼の肩をもういっぺん、ポンと叩いた。

「素晴らしい、パーキスさん」奴は言った。「最高ですよ！　それじゃあさてと、給料の前借りを少々お願いしたいって件なんですが――」

編集長の後悔

ビンゴ・リトルの妻君、かの有名な女流小説家ロージー・M・バンクスが、持てるコネを使ってビンゴがため、子供部屋における思想形成に貢献多大で人気影響力絶大なる定期刊行物『ウィー・トッツ《ちっちゃいぼくたち》』誌編集長の座を確保したとき、ドローンズ・クラブを一種の文芸ルネッサンスが席捲した。メンバー・リストに名を連ねるエッグ氏たち、ビーン氏たち、パイ顔氏たち、クランペット氏たちの中に、今こそ原稿を売りつけてアリー・パーリーとケンプトン・パークでおじゃんにした資本を取り戻すべき好機との思いに手にペンを執らぬ者は一人たりともいなかったものだ。

したがってわれらが旧友が予想どおりのあぶく銭の大噴泉でないのを見いだしたことは、彼らインテリゲンチアにとっては痛恨きわまりない衝撃であった。「競馬おぼえがき」欄を担当したがったエッグ氏、ナイトクラブ関連内幕話を持ち込んだビーン氏、そして南フランスにぶらぶらでかけていってカンヌとかモンテカルロとかいった歓楽地からヒューマン・インタレスト満載のゴシップ原稿を送る移動特派員みたいなものになってやろうともちかけたパイ顔氏を、次々とビンゴは拒絶した。セーラー服時代から彼とは知り合いのクランペット氏ですら、思索に満ちた「知られざるカクテル」をボツにされた。

「社長の気に入らないって理由でだ」クランペット氏は言った。

「俺もそう言われた」エッグ氏が言った。「ビンゴの会社の社長ってのはいったい誰なんだ?」

「パーキスって男だ。パーキス夫人との生涯にわたる友情のおかげで、ビンゴ夫人はビンゴにあの職をゲットしてやれたんだ」

「じゃあパーキスって奴には赤い血が流れてないにちがいないな」エッグ氏は言った。

「パーキスにはビジョンが欠けてる」ビーン氏が言った。

「パーキスはアホだ」パイ顔氏が言った。

クランペット氏が首を横に振った。

「そいつはどうかな」彼は言った。「俺の信じるところ、ビンゴはパーキスをただの目隠しの衝立《ついたて》に使ってるだけだ。あいつは権力意識に酔いしれて、外部の才能よりの寄稿をボツにすることを断然楽しんでやがるんだ。こんなふうに大編集長面《ヅラ》して、いずれそのうちとんでもない災難に見舞われることになるだろうさ。実を言うと、そんなに前の話じゃないんだが、もうちょっとでそういう目に遭うところだった時があったんだ。ビンゴが編集長の座からしりぞかされて永久追放って落馬事故に遭わずに済んだのは、ひとえにリトル家の強運のおかげなんだ。もちろん俺が言ってるのは、ベラ・メイ・ジョブソン事件のことなんだが」

ビーン氏がベラ・メイ・ジョブソン事件ってのはいったい何だと訊ねた。するとクランペット氏は、彼がその件のことを一度も聞いたことがないのに驚きを表明しながら、そいつはベラ・メイ・ジョブソンの事件のことだと言った。

アメリカの女流作家だ（彼は説明した）。この国ではほとんど知られていないが、セイウチのウィーリー、チップマンクのチャーリー、その他の動物群でもって彼女がアメリカじゅうの子供たちを魅了しつづけてもう何年にもなる。ニューヨークを訪問していたパーキスが帰りの船上で彼女に会って、それで彼女は『チップマンク《ちっぷまんく》のチャーリー《ちゃーりー》、オリノコ《おりのこ》川《がわ》を上《のぼ》る』を彼に貸したんだ。一目見ただけで、これこそ『ウィー・トッツ』が待ち望んでいた発行部数倍増の秘策だってことが彼にはすぐわかった。それで彼は彼女の全作品に関する暫定交渉に入り、ロンドンに着いたらオフィスを訪ねてうちの編集長とすべてを取り決めるようにって頼んだんだ――うちの編集長、つまり、ビンゴとってことだ。

さてと、運の悪いことに、パーキスが物事の中心にいるのを休んでたってことで、ビンゴはちょっぴりいい気になっていた。パーキスが現場にいると、いつだって彼は批判やら提案やらをしてよこすのが決まりで、それで奴にしてみりゃあ、気管支カタル持ちの社長にしじゅう出入りされて、「ジョー《じょー》おじさんからピヨピヨ《ぴよぴよ》よい子《こ》のみんなへ」のページの編集方針を指図されるんじゃ、編集長としては足枷《あしかせ》をはめられてる気がするっていうんだな。そういうわけだから、ここ数週間の自由の日々の間に、奴はますますいい気になっていてその結果、卓上電話でジョブソン嬢がお一人でお待ちですと告げられたとき、歯を鉛筆でコツコツ叩きながら、こう言ったんだ。「ああ、そうか。ふん。それじゃあ彼女を表へ放り出して、手紙を書いてから来いって言ってやってくれ。うちはアポなしの来客とは会わないんだ」

それから奴は「おチビ《ちび》のわたしにもできるママ《まま》のおてつだい」特集の仕事へと戻った。で、まだそいつの概略を練っているところでドアが開き、ブロンズ色に日焼けして元気一杯なパーキスが入ってきた。しばらくお約束の、やあただいま、と、ああハローパーキスさんご旅行は楽しかったですか、のやり取りがあった後、パーキスはこう言った。

「ところで、リトル君。ジョブソン嬢とおっしゃる方がまもなく訪ねて来られるんだが――」

ビンゴは短い笑いを放った。

「ああ、あのジョブソンさん？」奴は陽気に言った。「もうおいでになって帰られましたよ。ぺんぺん草も残さず去ってゆきました。追い返してやったんです。放り出しました」ビンゴは説明した。

パーキスはよろめいた。

「君は……君は彼女に会うのを拒んだと、そう言うのか？」

「そのとおりです」ビンゴは言った。「大忙し、大忙し、大忙し、大忙し。忙しくって女性と話をしてる暇なんかないんですよ。その女性には便箋の表側だけに読みやすく用件を書いた手紙をよこすようにって言ってやりました」

お前らの中にちょっと前にやった映画『ハリケーン』［一九三七年の映画］を観た奴がいるかどうかは知らない。手短かに言うとあらすじは南太平洋の小島に運の悪い連中の一団がいて、どえらい大嵐がやってきて連中をイカレさせちまうって話だ。この話を俺が持ち出すのは、そのとき起こったのがこれとまったくおんなじふうだったってビンゴが俺に言ってよこしたからだ。しばらくの間、奴に意識できたのは巨大な大気擾乱《じょうらん》だけだったそうだ。奴はそのど真ん中で揺さぶられていたんだな。それからだんだんとパーキスの言ってることが明瞭《めいりょう》になってきた。それで自分が何かへまをやって、このジョブソンってのが懐柔《かいじゅう》しておべっかを使ってゴマをすってちやほやへつらって、とにかく全面的に、自分は友であり崇拝者である人に囲まれてるって気分にさせてやらなきゃいけない女の子だったんだってことを奴は理解したんだ。

「あー、すみませんでした」奴は言った。ここは何か謝罪とかそんなものが必要なところだって感じながらだ。「この不幸な出来事をはなはだ遺憾《いかん》に思います。僕は誤解の犠牲者だったんです。上述の方がチップマンク専門のそんな素敵な方だったなんて、思ってもみませんでした。僕の印象では、美麗挿画入りデュマ全集をお支払いは楽々プランにて誰かが訪問販売に来たって感じだったんです」

それからパーキスが両手で顔を覆うのを見、「子供部屋への神よりの賜《たまわ》りものを」とか「破滅だ」とかつぶやくのを聞くと、奴は彼に近寄っていって優しげに肩をぽんと叩いた。

「元気を出してください」奴は言った。「あなたには僕がいるじゃないですか」

「いいや、いない」パーキスは言った。「お前はクビだ」

そして間違えようのない言葉で、今月末までで奴の編集長としての仕事はおしまいであること、また、彼すなわちパーキスの切なる願いは奴すなわちビンゴがついにこの職場を去るときにドアマットに滑って転んで首を折ることだ、と、彼はビンゴに告げたのだった。

彼すなわちパーキスはそれから退場した。

彼の退場はビンゴにいくらか集中的な思考の機会を与えた。また、みんなにもよく理解してもらえることだろうが、集中的思考こそ、こういう状況でほんのちょっぴりでも求められるものに他ならない。

奴が考え込んでいたのはほとんど、ビンゴ夫人の反応のことだった。『ウィー・トッツ』誌の舵《かじ》取《と》り掌握《しょうあく》を断念するを余儀なくされることが奴の骨身に堪《こた》える理由は数々あった。給料は小額ではあったが、奴にとっちゃあ天国よりのマナとの表題のもとに来《きた》ったものだった。またこのポストを占めることは、奴が幼稚園のときに羊毛マット糸かがり賞を勝ち取ったとき以来経験したことのない、スピリチュアルな誇りで奴を満たしたんだ。だが奴にとって本当に大打撃だったのは、ビンゴ夫人がこの知らせを聞いたら何て言うかとの思いだった。

　ビンゴ家は、みんなももちろん承知してることだろうが、最初の最初から一〇〇パーセント、ロミオとジュリエットの線で運営されてる家庭だ。彼女は奴に夢中だし、奴の彼女に対する深い愛情は、つがいのキジバト［優しい鳴き声とつがいの絆の強さから、深い愛情の象徴とされる］と比べてこそふさわしいって勢いだ。それでもなお、奴は不安だった。オスのキジバトなら誰だって教えてくれるだろうが、もし条件さえ整えば、メスのキジバトってのは両手を唾《つば》で湿《しめ》してドナルド・ダックみたいに体当たりしてこられるものだ。またその場合の条件が整っていることをビンゴに教えるのに、図表を用意する必要はない。ビンゴ夫人は奴にこの仕事を取ってくるためにたいそうな苦労をしてくれた。それで奴の間抜けのすっとんとんのせいで、そいつを失ってしまったと知ったら、ずいぶん自分に対しては言いたいことがあるだろうなって、何かが奴に言ってよこしたんだ。

　となれば奴の魂の晴雨計が「大荒れ」を指しっぱなしだったとしたって驚いた話じゃあない。奴を覆う闇夜の中から、世界の果てから果てまで炭坑みたいに真っ暗闇な中から、ただ一切れだけのガチョウが姿を覗《のぞ》かせていた――この病める時も健やかなる時も伴侶の君が、たまたまそのとき田舎の友人を訪問してでかけていて不在だったたっていう事実だ。少なくともおかげで悪い知らせを告げるのは先送りできるわけだ。

だがその知らせを告げる時のことを思うと、必然的に奴の思いは途轍《とてつ》もない興奮のど真ん中に置かれたんだ。そしてその思いを振り払おうと、奴は享楽的な暮らしへと身を投じたんだった。それから何日か過ぎた晩、とある持ち込みパーティーで、奴は自分が大変な美貌《びぼう》の女性と意気投合しているのに気づいた。そして筆舌《ひつぜつ》に尽くしがたいほど心揺さぶられたことに、彼女の名はベラ・メイ・ジョブソンだって知ったんだ。

これで来《きた》るべき物事のありようはすべて変わった。この状況に対するまったく新たな物の見方を奴は手に入れられたんだ。

この瞬間まで、ハッピーエンディングをまんまとせしめる唯一の道は、できのいい、入念に作り込まれた、もっともらしい物語を拵《こしら》えることだって奴は思っていた。そういうわけだから、奴はビンゴ夫人が戻ってきたら、パーキスのガールフレンドを追い払ったせいでクビになったと率直に述べ、然《しか》る後にどうしてそういう態度をとったかを説明するつもりだった。見知らぬ女性と二人きりになるのは、妻に対してすまないと思ったんだって奴は言うつもりだった。あまりにしばしば、女性の訪問客は編集長のひざをさすったりネクタイの曲がりを直したりするものだ。そしてビンゴの純粋な魂は、自分のように分別のある妻帯者の身の上にそんな間違いがあってはならぬとの思いに尻込みしたんだ。これでうまくいくかもしれないし、うまくいかないかもしれない。正真正銘のリスクを伴う冒険的投企だった。

だがいまやそれよりもっとうまい手が使えると奴は見て取った。自分の仕事に専心するだけで、そんな説明の必要は全部なくなるんだ。

奴がこのチップマンク愛好家と意気投合したって言った時、俺はこの語のもっとも厳密な意味においてそう言った。お前たちの中に本当に本調子の時のビンゴを見たことのある奴がいるとは思わないんだが、だがそういう時の奴は名人芸を見せるって、俺は証言できる。ロナルド・コールマン［イギリス生まれの美男俳優。『二重生活』で一九四七年アカデミー主演男優賞。トレードマークの口ひげは「コールマンひげ」と呼ばれた］を思い出してもらえば、大体のところはわかってもらえるはずだ。二杯目のカクテルの時にはもうB・M・ジョブソンは、この見知らぬ巨大な街で自分がどんなに孤独でいるかって話をしてて、それで奴は「そんなこと、そんなこと」とか言って、そんな問題は簡単に解決できるって指摘してたと言ったらば、俺の言いたいところはわかってもらえるだろう。二人は電話番号を交換し、好意をやり取りして別れた。そしてもう大丈夫って思いながら、奴は家路に着いたんだ。

もう説明するまでもないだろうが、奴がしようとしてたのは、このトマト娘に迫りまくって二人の友情の熟成を進め放題進めてもはや奴の言うことをなんにも拒否できない段階にまで至るって、そういうことだ。そこで奴は付けひげをむしりとって、『ウィー・トッツ』誌の編集長だっていう正体を現す。すると彼女は自作のおとぎ話を有利な条件で奴に任せてくれるから、そこでパーキスの許へ行って、「さあて、パーキス、これでどうだ?」って言ってやればいい。するとパーキスはもちろん、速やかに奴をきつく抱擁《ほうよう》して、絞首台の下で赦免《しゃめん》状を発するんだ。

したがってこの目的がため、奴はすべての精力を傾注した。奴はベラ・メイ・ジョブソンを動物園、ロンドン塔、マダム・タッソー蠟人形館、マチネー五回、昼食七回、晩餐《ばんさん》四回に招待した。奴はまた、白いヒースの花束を一つ、タバコ七箱、バラどっさりを十一回と署名入りの肖像写真を贈った。そしてあたくし何か貴方《あなた》にお返しを差し上げないといけないわ、と、彼女が言う日が訪れたんだ。来週の水曜日にはアメリカ行きの船に乗らないといけない。それで火曜日にはホテルのスィートで素敵な昼食パーティーを開くから、貴方には賓客《ひんきゃく》としてぜひ来てもらわないといけない、ってな。

ビンゴは大喜びで招待を受けた。時来《きた》れりってことが奴にはわかった。ぜんぶうまくいったんだ。ほかの客人が帰るまでその場に居残って、まだ彼女が昼食の余韻にうっとりしているうちに、その大見せ場を始めるんだ。失敗のしようはないと奴は思った。

月曜の朝、ビンゴ夫人から今夜帰るわと電報が届いた段になって初めて、予想もしなかった複雑な展開が奴には理解されてきた。

普通の状況なら、長い不在の後の愛する妻の帰還は、ビンゴに家じゅう歌を歌ってまわらせるにじゅうぶんだったはずだ。だが今、奴は一小節たりとも歌いやしなかった。六時半ごろ駅で彼女を出迎える奴の顔は、やつれ、物思いに沈みがちになっていた。

「これは、これは、これは」プラットホームで妻を抱擁しながら、奴は心から言った。と言うか、できる限り心から言った。「素敵だ！　最高だ！　素晴らしい！　なんて素敵な驚きだろう、ねえ？　君はもっと田舎で長いこと過ごすつもりだって思っていたよ」

ビンゴ夫人は驚愕《きょうがく》の意を表明した。

「なんですって、あたくしたちの結婚記念日にあたくしがいないですって？」彼女は叫んだ。彼女は言葉を止め、それで奴は彼女が自分のことをだいぶ猜疑《さいぎ》の目で見ているのに気づいたんだ。「あなた、明日があたくしたちの結婚記念日だってこと、忘れてらっしゃらなかったでしょうね？」

かぎ竿《ざお》で引き上げられたサケみたいに鋭い痙攣《けいれん》性の跳躍をやったビンゴは、それから気を取り直した。

「僕が？」奴は叫んだ。「そんなはずがないだろう。カレンダーのその日を、僕は指折り数えて待っていたんだよ」

「あたくしもよ」ビンゴ夫人は言った。「ねえ、ビンゴ、ダーリン。明日はチャリング・クロス駅の近くのあの小さいお店、結婚の日の朝食をとったあそこで一緒にお昼を食べましょうね。それであたくしたち、たった今式を挙げたばかりってふりをするの。それって素敵じゃなくて？」

ビンゴは何度か息を呑《の》んだ。のどぼとけに不調を覚えてたんだな。

「素晴らしい！」奴は言った。

「だけどここのところだけは同じってわけにはいかないわ。なぜってあの頃のあなたには、あわてて戻らなきゃならない重要なお仕事はなかったんですもの」

「そうだった」ビンゴは言った。

「ところでお仕事はどんな調子？」

「ああ、大丈夫だとも」

「パーキスさんは今でもあなたのお仕事ぶりにおよろこびでいらっしゃる？」

「彼は僕に夢中さ」ビンゴは言った。

だがそう話す奴の心はそこになかった。そして翌朝目覚めて目玉焼きとベーコンを物憂《ものう》げにもてあそぶ、奴の心は重かった。また編集長の聖域に戻る奴の心も、陽気さを増してはいなかった。奴には陽光なんてひとつだって見えなかったんだ。

むろん、ベラ・メイのところを午後になってからひょっこり訪問するってことは可能だ。だが、それじゃあぜんぜん意味が違うってことが、奴にはわかりすぎるほどわかっていた。奴の計画じゃあ、昼食パーティーの間じゅう奴は一座の花形でいて、陽気なウィットでその席全員のハートを勝ち取ってるはずだったんだ。それから、最後の客人が腹を抱えて笑いながら立ち去った後で、あたくしのパーティーをこんなにも大成功にして下さって本当にありがとう、って奴の招待主がめちゃくちゃに感謝する段になって、奴は彼女に仕上げの一仕事をやってやるはずだったんだ。四時にあたふた飛び込んでって、冷え切った心に一撃食らわせてやるんじゃあ、ぜんぜん話が違う。

それからずいぶん長いこと頭を抱え、最大限に脳細胞を酷使しながら座り込んだ後で、奴はインスピレーションを得、ナポレオンだったらばどうしたかがわかったんだ。一瞬後、奴は電話口にて、ビンゴ夫人が銀鈴を振るがごとき声であらあなたどうなすったのって言うのを相手にしていた。

「ハロー、ダーリン」奴は言った。

「ハロー、エンジェル」ビンゴ夫人は言った。

「ハロー、かわい子ちゃん」ビンゴは言った。

「ハロー、スウィーティーパイ」ビンゴ夫人は言った。

「ああ、わがよろこびの月よ」ビンゴは言った。「聞いてくれ。ちょっと気まずいことが起こって、どうするのが最善か、君の助言が欲しいんだ。ものすごく重要な女流文学者にうちの雑誌に連載を頼みたいんだが、今日彼女を昼食につれてかなきゃならないって問題が生じてるんだ」

「まあ、ビンゴ！」

「それで、僕個人としては、地獄に行けって彼女に言いたいところなんだ」

「だめ、そんなことをしたらだめよ」

「いいや、僕はそうしたい。女流文学者なんかクソくらえだって、言ってやるつもりなんだ」

「だめよ、ビンゴ、お願い！　もちろんあなたはその方をご昼食にお連れしなきゃだめ」

「だけど、僕たちの祝宴はどうするのさ？」

「あたくしたちはディナーにすればいいもの」

「ディナーだって？」

「そうよ」

ビンゴはあえて説得されてみせた。

「ああそうか、そういう手もあるな」奴は言った。「そうだ、それはいい考えだ」

「ディナーだって同じくらいいいわ」

「もっといいくらいだ。止《とど》まるところ知らぬお祭り騒ぎには、もっとふさわしい」

「ディナーの後ならお仕事に急いで戻る必要もないわ」

「そのとおり」

「二人で劇場にでかけて、それから晩餐にしましょ」

「そうだとも」機転さえきかせれば、事はなんてお茶の子さいさいなんだろうって思いながらだ。

「それこそまさしく今宵の計画だ」

「それに、実を言うと」ビンゴ夫人は言った。「本当はそのほうが都合がいいの。だったらあたくし、ジョブソンさんの昼食パーティーに伺えるもの」

ビンゴは強風を受けたゼリーみたいにふるふると揺れた。

「誰の昼食パーティーだって？」

「ジョブソンさんよ。その方のことはご存じないでしょう。ベラ・メイ・ジョブソンさんっておっしゃるアメリカの作家さんなの。パーキス夫人から少し前に電話があって、自分も行くからあたくしも来られないかっておっしゃるの。ジョブソンさんはずっとあたくしの作品の大ファンでいらっしゃるんですって。もちろんお断りしたわよ。だけど、もう大丈夫だから伺えるわ。その方明日の船でご出航なさるんですって。だからお目にかかれる最後のチャンスなの。じゃあ、さよなら、あたくしのかわいい子ちゃま。あなたのお仕事のお邪魔をこれ以上しちゃいけないわね」

受話器を置いたビンゴがよい子のための健全な文学雑誌編集の任務にすぐさま戻ったものとビンゴ夫人が考えていたとしたら、そいつぁ大間違いだ。電話を切ってから十五分ばかりの間、奴は椅子に座って動けないでいた。もの見えぬがごとく目の前をただ凝視し、小刻みに息をしてパーキス氏が給料を払ってやってる時間を浪費しつつだ。奴の顔つきは、突然予期せず稲妻に打たれた男のそれだった。

これでおしまいだ、と奴には思われた。ビンゴ夫人がいるんじゃ、ジョブソン嬢の昼食会にはどうしたって行かれない。わかるだろう。彼女の心を本題から逸らさぬため、奴は自分が妻帯者だってことを知らせずにいた。よかれ悪《あ》しかれ、その件は内密にしといたほうがいい結果が得られそうだって気がしたんだ。それで彼女がビンゴ夫人を引っ張ってきて、「ああ、リトルさん、ロージー・M・バンクスさんはご存じでいらっしゃる?」と言って、それに奴が「もちろんですとも。彼女は僕の妻なんです」と答えたなら、後に続くのは気まずさだけだろう。

だめだ、なすべきことはただひとつだ。雇用確保って考えは丸ごと捨てて、そもそも練ってた計画に戻らなきゃならない。ベラ・メイ・ジョブソンがオフィスを訪ねてきたとき彼女に会うのを拒否したのはなぜかをビンゴ夫人に説明するって計画にだ。これまで奴を活気づけてくれた持ち前の楽観主義の湧き起こりをはじめて意識しながら、後者が前者に会った後ならば、このアイディアはものすごくうまくいくかもしれないと、奴は思った。つまりベラ・メイは、さっきも言ったように、大変な美貌の女性であるからだ。彼女は伸びやかな肢体の持ち主で、その上には小妖精のように魅力的なかんばせとプラチナブロンドの髪が載っかっていた。これほどのセックスアピールの塊《かたまり》と同じ部屋に閉じこもることを拒否したビンゴの賢明さを、ビンゴ夫人は満足に思ってくれることだろう。

少し気分がよくなって、奴は出かけていってジョブソン宛に、遺憾ながら本日の祝宴には出席できませんって電報を送った。それでオフィスに戻ろうとしたところで、奴のみぞおちを抉《えぐ》り、突如思い浮かんだことがあった。通りがかりの街頭柱にしがみついて、ようやく奴はその場に倒れずにすんだくらいだった。

あの署名入りの写真のことを、奴は思い出したんだ。

署名入りの写真の問題っていうのは、それが結婚生活においてきわめて重要な意味をもつってことだ。夫が婚姻外の女性にそれを贈るとき、妻たちはその理由を知りたがる。それで本件の場合、この署名をするにあたってビンゴは——最善の動機からだ——思い切りの大奮発をやってたって事実により、事態の混迷の度合いは深まるんだ。ただ真心を込めてってだけでも十分悪いんだが、奴は真心を込めるってところをちょいとばかし越えてたんだな。それでその作品はおそらくジョブソンのスィートのマントルピース上に飾られてるに相違なく、ビンゴ夫人が部屋に入ってまず最初に見るのがおそらくそいつだろう。

ビンゴはありとあらゆる意味においてその仕事を楽しみに待ち構えちゃあいなかったもんだが、だが最悪の事態を回避してビンゴ＝ビンゴ夫人枢軸を維持しようとするならば、奴はあの写真を昼食時に先立って制圧し、排除せねばならない。


お前たちが今までにスィートから署名入りの写真をくすね盗《と》ろうとの意図をもってホテルを訪れたことがあるかどうか、俺は知らない。もしないようなら、そもそもの始めから技術的な困難に直面しなきゃならないってことを教えてやろう。つまり、一体全体どうやって中に入るのかってところだ。フロントに問い合わせたビンゴは、ジョブソン嬢が不在だと知らされ、しばらくはその情報に勇気づけられていた。階段をこっそり上って鍵の下りたドアの外に佇《たたず》む段階になってはじめて奴は、これが終わりでなく、始まりに過ぎないってことを理解したんだ。

それでそれから、自分は容赦《ようしゃ》なき運命に制御されるただの操り人形に過ぎなくって、じたばたあがいたって仕方がないって思い始めたところで、奴はメイドが廊下をやってくるのを見、またメイドってものは鍵を持ってるもんだってことを思い出したんだな。

今こそ奴の持てる限りの魅力を最大限に発揮すべき時だ。奴は魅力のスウィッチをオンにして、そいつがメイド上をサーチライトみたいに照射するようにした。

「ああ、ハロー、メイド君」奴は言った。「おはよう」

「おはようございます、旦那様」メイドは言った。

「うわあ！　君はなんて素敵で親切で正直で、心の優しい顔をしているんだ。僕のために力を貸してはくれないかなあ。だけど、まず最初に」一〇シリング札を差し出して、奴は言った。「これを取っておいて」

「ありがとうございます、旦那様」メイドは言った。

「手短かに言うと用件はこうなんだ」ビンゴは言った。「僕は今日ジョブソン嬢と昼食を一緒にする」

「ジョブソン様はご外出中でいらっしゃいます」メイドは言った。「あの方が小型犬を連れて廊下をお歩きのところを拝見いたしましたわ」

「そのとおり」ビンゴは言った。「まさしくそこのところが問題なんだ。彼女はでかけている。僕は部屋に入りたい。僕はホテルのロビーで待つのが嫌いなんだ。どんなもんかはわかるだろう。退屈な連中が近づいてきて心配事を話し始める。たかり屋が寄ってきて金をせびる。ジョブソン嬢のスィートの中で待っていられたら、ずっとありがたいんだ。どうにかして」——ここで奴はもう一枚紙幣を渡した——「中に入れてはもらえないかなあ？」

「かしこまりました、旦那様」メイドは言い、奴を中に入れてくれたんだ。

「ありがとう」ビンゴは言った。「君に天の恵みのあらんことを、親愛なるメイド君。素敵な日だね」

「いいお天気ですわ」メイドは言った。

敷居をまたぐかどうかのところで、メイド懐柔にあたり自分が賢明なやり方をしたってことが、奴にはわかった。一ポンドの赤字だ。だが一ポンド出し惜しんだとて、どれほどのものか。金を出した甲斐は断然あったってもんだ。予想通り、写真はそこにあった。マントルピースの真ん中の、入室してきた妻の目に捉え損なわれようのない場所に、それはすっくりと屹立《きつりつ》していた。そいつをひったくってポケットに入れるのは、奴にとっては一瞬の早業だった。そして速やかに撤収すべくドアに向かおうとしたところで、奴の注目はサイドボードに並んだボトルたちに引きつけられたんだ。それらは並んで立ち、奴に向かってほほ笑みかけていた。それで奴はこの試練の後でちょっぴりふらふらしてたところだったから、退去前に別れのしるしに一杯やろうと決心したんだった。

そういうわけで奴はグラスにイタリアン・ベルモットをばしゃんと注ぎ入れ、その上からフレンチ・ベルモットをばしゃんと注ぎ入れ、それからジンもばしゃんと注ぎ入れてやろうと手を伸ばした。と、奴のハートは二回転宙返りとスワン・ダイヴをやった。ドアの鍵がガチャンと回る音が、奴の耳に届いたんだ。

こういう状況でどうするのが本当に正しいことかを言い当てるのは難しい。そのままじっとして陽気なのんきさでもってやり過ごすって奴もいるだろう。窓から飛び降りる奴もいるかもしれない。だが奴は陽気でのんきな気分じゃあなかったし、このスィートは五階にあった。だから奴は中道を行ったんだ。ひと跳びでソファを飛び越え、そいつの後ろに身を隠したかどうかのところで、ドアが開いた。

入ってきたのはベラ・メイ・ジョブソンじゃあなくって、なかよしのメイドだった。彼女はもう一人、早めの訪問者を引率していた。ソファの下のすき間からは、ズボンの裾《すそ》とブーツが見えた。それでズボンの上方にある唇が声を発した時、奴はこの人物が見知らぬ人じゃなく古なじみの知り合いだってことを知った。その声はパーキスの声だったんだ。

「ありがとう、メイドさん」パーキスは言った。

「ありがとうございます、旦那様」メイドは言った。またもや金銭が彼女側に所有権を移転したものと、ビンゴには推測された。奴は自分が事の皮肉に思いを馳《は》せているのに気づいた。メイドにとっちゃあ何て大した日だろうってことだ。それで奴にとっちゃあ、何て不快な日だろうってな。

パーキスは咳払《せきばら》いした。

「私は早く来すぎたようですな」

「さようでございます、旦那様」

「それならば、時間つぶしに、ちょっとジョブソンさんの犬を散歩させてくるとしましょうかな」

「ジョブソン様は犬を連れておでかけでいらっしゃいます」

「あ、あそう?」パーキスは言った。

一瞬沈黙があった。それからメイドが、あらおかしいですわと言い、パーキスは何がおかしいのかと訊いた。

「もう一人別の紳士の方がいらっしゃるはずなんです」メイドは言った。「ですけどお姿が見えませんわ。ああ、わかりました」彼女は続けた。つまりビンゴは、綿ぼこりを大量に吸い込んで、大型のくしゃみをしたところだったんだ。「あちらにいらっしゃいました。ソファの後ろですわ」

そして次の瞬間、ビンゴは大気圏上層部から奴を見おろす目を意識した。パーキスの目だ。

「リトル君!」パーキスは叫んだ。

ビンゴは立ち上がった。これ以上しらばっくれたって無駄だと感じながらだ。

「ああ、パーキス」奴はよそよそしげに言った。つまりこの二人の関係は良好じゃなかったからだ。また大してありゃあしなかったんだが、かき集められるだけの威厳をかき集め、奴は立ち上がってバーに向かい歩き出した。

「おい！」パーキスが叫んだ。「ちょっと待て」

ビンゴは階下に進行を続けた。

「俺と話がしたけりゃ、パーキス」奴は言った。「バーにいる」

だが奴がすぐさま直行したのはバーじゃなかった。気つけの飲み物への欲求は切羽詰っちゃいたものの、しかし気つけの飲み物にも増して、奴には空気が必要だったんだ。奴がソファの下にいたのはほんの三分ぐらいのことだ。だがソファの下はほぼ六年近く掃除されずにきてたから、大量の混合物質が奴の肺に入り込んだんだな。奴は実際、人間っていうよりはゴミ箱になったような気分だった。奴はロビーを通り抜け、ホテルの入り口の外に立ち、生命の素たる大気を大量に吸い込んだ。それからしばらくして、少しは気分がよくなってきた。

しかし奴の調子改善は、純粋に身体的なものに留まっていた。精神的には、奴は依然どん底にいたんだ。現状況を再検討するにつけ、奴のハートは新たにどん底記録を更新した。奴は写真を確保はした。そのとおりだ。それはそれでいい。だがそれだけじゃあ十分よくはないってことが奴にはわかっていた。パーキスがジョブソン昼食会の客人の一人だとすると、奴はまだスープに腰まで浸かっていることになるし、いつなんどき影も形もなく沈んじまうことか、知れやしないんだ。

昼食パーティーがどんなことになるものか、奴には想像できた。苦悩に苛《さいな》まれた奴の脳裡には、そのシーンが一種の対話劇のかたちで思い浮かんでいた。すなわち、
B・M・ジョブソンのアパート。午後。B・M・ジョブソンとパーキスがいる。ビンゴ夫人登場。

ビンゴ夫人：チェーリオ。あたくしがロージー・M・バンクスよ。
ジョブソン：あらまあ、ヤッホー、バンクスさん。パーキスさんはご存じでいらっしゃる？
ビンゴ夫人：もちろんよ。この方はあたくしの夫が編集長をしている雑誌の社長さんでいらっしゃるんですもの。
ジョブソン：あら、あなたご結婚されてらっしゃるの？
ビンゴ夫人：ええそうよ。リトルって名前なの。
ジョブソン：リトル？　リトルですって？　変ね。わたしリトルって名前の人を知っているのよ。本当のところ、「知ってる」って言い方じゃ、ちょっと表現が控えめかもしれないわ。その人わたしに一世一代って勢いで迫ってよこしてるのよ。「ビンゴ」って、わたし彼を呼んでいるの。もしかしてご親戚かしらね？
ビンゴ夫人：

ビンゴ夫人の台詞《せりふ》は考えないことにした。奴はそこに立ち、心の中でうめいていた。奴が十五回くらいうめき終えたところで、一台の車が奴の前に走り寄って来、そして一種の霧越しに、奴はビンゴ夫人が運転席に座っているのを見た。

「まあ、ビンゴ、ダーリン！」ビンゴ夫人は叫んだ。「あなたにここで会えるなんて何てラッキーなのかしら。あなたここで作家さんと昼食を召し上がるの？　何て素敵な偶然かしら！」

もし何であれ作り話を持ち出すなら、今こそそいつを持ち出す時、と、ビンゴには思われた。あとほんのわずかで、ビンゴ夫人はジョブソンの前に現れる。その結果はすでに示唆《しさ》したとおりであるから、彼女には心の準備をしておいてもらわねばならない。

だがシューという鼻鳴らしとガーという咽喉《のど》鳴らしの混ざり合い音のほかには、奴はなんにも声が出せずにいた。するとビンゴ夫人がさらに続けた。

「止まってられないの」彼女は言った。「パーキス夫人のところに急いで戻らないといけないの。大変なお嘆きようなのよ。あたくしが一緒に車ででかけましょうってお宅にお迎えに寄ったら、ひどい状態でいらしたの。どうやら犬がいなくなったらしいのよ。あたくしジョブソンさんに、あたくしたちご昼食には来られませんって言いに来ただけなの。あなたいい子だから、フロントから彼女に電話して説明してくださらない？」

ビンゴは目をぱちくりさせた。頑丈に造られているはずのホテルが、奴の上でゆらゆら揺れているみたいだった。

「君……君はなんて言った？　君は昼食には行かれないって……」

「そうよ。パーキス夫人があたくしにそばにいて欲しいっておっしゃるの。湯たんぽを抱いてベッドで休んでらっしゃるわ。だからあなた、ジョブソンさんに電話してくださる？　それじゃあ、あたくし急ぐわね」

ビンゴは深く息をついた。

「もちろんだとも。もちろん、もちろん、もちろん、もちろんだとも」奴は言った。「ああいいとも。いいとも、いいとも、いい、いいとも。ジョブソンさんに電話して、君とパーキス夫人は出席できないって伝える……完全に説明するんだな。簡単な仕事さ。僕にまかせてくれ。わが人生の光明《こうみよう》よ」

「ありがとう、ダーリン。じゃあさよなら」

「さよなら」ビンゴは言った。

彼女は車で走り去り、奴はまだそこに立っていた。奴の目は閉じられ、唇は物言わず動いていた。これまでの生涯にたった一度だけ、自分は慈悲深い天の摂理の寵児《ちようじ》なのだという畏怖《いふ》の念に包まれる感覚を、奴は経験したことがある。それは私立学校時代に、校長のオーブリー・アップジョン牧師がステッキを振り上げて急所に効き目のいいやつを見舞ってよこそうとしたまさしくその最中に、肩を脱臼《だつきゆう》してその儀式を無期限延期せねばならなくなった時のことだった。

いまや奴の硬直した四肢には生気が戻った。奴は急いで一杯やろうと——それからその後でゆっくり一杯やろうと——バーへ駆けつけた。そこで奴が出会った最初の人物は——何かピンク色のものを飲み込んでいた——パーキスだった。奴は彼に厳しい目を向け、カウンターの向こうの端に腰を落ち着けた。もっと後になったら、彼に近寄っていって家庭内で起こった悲劇のことを伝えてやるのが、おそらく奴の不快な使命だろう。だがあんな振舞いをした後で彼と話をするとの思いはあんまりにも不快きわまりなかったから、何杯か気つけを飲んで防備を固めた後でなけりゃ、とってもできそうになかった。

それで奴が一杯目を飲み終えて二杯目を待っていると、何かが自分の袖《そで》をいやったらしい具合に触ってくるのを奴は感じ取った。奴が振り向いて見ると、そこには嘆願するがごとき目をしたパーキスがいた。犬アレルギーで有名な男に取り入ろうとしているスパニエル犬みたいな格好だった。

「リトル君」

「リトル君、私のために大変な親切をしてはもらえないだろうか？」

もしビンゴの立場にいたとして、お前たちがこれにどう答えたかはわからない——自分に圧力をかけてよこしただけじゃなく、その過程で少なくとも自分に六回は侮辱的な悪口を言った人物にこんなふうに言われたらってことだ。俺個人としては、「へえ？」か、あるいは「ホー！」って言ってやりたいところだ。またビンゴもそう言おうとしてたところだった。だが奴がそれを言える前に、パーキスはさらに続けたんだ。

「なんだ、パーキス？」

「リトル君、私はあまりにも恐ろしい大惨事に直面しており、それを思うと心がおじける。そして私を救えるのは君だけなのだ。今すぐにも、私の妻がここに到着する。われわれはベラ・メイ・ジョブソンと昼食をご一緒することになっているんだ。リトル君、お願いだ。適当な話をでっち上げてドアのところに立って、彼女を妨害してこの昼食パーティーに来られないようにしてはもらえないだろうか。私の未来の幸福は、ひとえにそれに掛かっているのだ」

このときビンゴの二杯目の回復剤が到着し、奴はそれを思慮深げに啜《すす》った。奴には何のことやら皆目《かいもく》わけがわからなかった。だが奴はごく頭のいい男だったから、いずれ何事かちょっぴり自分に有利な状況が出来しているんだってことを理解し始めていた。

「私の妻がジョブソン嬢のスィートに入らずにいることが、どうしても必要不可欠なのだ」

ビンゴはカクテルを飲み終え、グラスを置いた。

「あんたの言葉で全部話をしてもらおうか、パーキス」

パーキスはハンカチを取り出すとひたいを拭いた。片方の手は、依然ビンゴの腕をマッサージし続けていた。彼の立居振舞態度物腰はビンゴを六回侮辱したときのそれとは大幅に異なっていた。

「昼近くになってからのことだ」彼は言った。「ジョブソンさんから私に電話が来て、妻を今日の昼食パーティーに招待したと知らせてよこした——私はそれまでこれは彼女と私の二人きりのパーティーだと思っていた。彼女の素晴らしい作品の刊行に関する交渉を私は成立させたと述べても構うまい。昼食のテーブルで、挿絵や全体の装丁といった詳細について話し合うものと私は考えていたんだ」

「そういうことは」ビンゴは冷たく言った。「編集長に委ねられるのが通例ですね」

「実に、まったく、そのとおり。だが……いや、まったくそのとおり。だが肝心なのは、リトル君、この原稿をジョブソン嬢から確保するため、私は——あ——何と言ったものか？」

「彼女をたらし込んだんですね？」

「まさしくそのとおり。その言い方は私にはなじみのない表現だが、それで事実は的確かつ簡潔に言い尽くせる。そう、私は彼女をたらし込んだ。目的のためには手段を選ばずともよいと思われたからだ。『ウィー・トッツ』は私の見るところ、岐路《きろ》に立っている。ベラ・メイ・ジョブソンの作品をうちで確保さえすれば、競争相手の手の届かぬほどに発行部数は増大するだろう。他方、彼女がほかのライヴァル誌の手に渡ったら、到底回復不可能な打撃をうちは被《こうむ》ることになる。だから私はあらゆる石をひっくり返し」

「あらゆる道もですね」

「あらゆる道もだ。私はあらゆる道を探索した」

ビンゴは口をすぼめた。

「頭ごなしに批判しようなんてつもりはないんですが、パーキスさん」奴は言った。「だけどお話がちょっと低俗な雲行きになってきましたね。ジョブソンさんとは、キスはなさったんですか？」

船首から船尾まで激しくパーキスはギクッと震えた。

「いや、いや、いや、いいや」彼は猛烈に反論した。「まったくそんなことはない。断然そんなことはない。何であれそんな性質のことは何もない。最初から最後まで、われわれの関係は私の側の最大限の慎重さと彼女の側の完全なる貞淑《ていしゅく》の誇りをもって展開されてきた。だが私は彼女を、ナショナル・ギャラリー、大英博物館、サドラーズ・ウェルズ・バレエ団のマチネーに連れて行きはした。そして、彼女が弱ってきたところを見計らって――」

彼は口ごもり、声が消えた。声を取り戻すと、彼はバーテンダーにピンク色の飲み物をもう一杯と、ビンゴが飲みたいものを何でもを注文した。それから、身体組織回復剤が登場すると自分の分をひと飲みで飲み干し、彼は言葉を続ける気力を回復した。

「私は妻のペキニーズを彼女に贈ったのだ」

「なんと！」

「そうだ。彼女がうちを訪問した際、あの動物を賛美していたから、今朝うちを出る時あれを帽子箱にこっそり入れて、このホテルに運んできた。十分後、彼女は契約書にサインした。一時間後、どうやら彼女は私の妻を招待客リストに加えようと決めた。二時間後、彼女はその事実を電話で伝えてよこした。それで私は、あの動物を盗み出そうとの希望を抱いて、あわててここへ駆けつけた。だがあれはここにはいなかった。彼女はあれを散歩に連れ出してしまった。私の置かれた状況を考えてくれ、リトル君。妻がジョブソン嬢のスィートに入ってあの犬が彼女のものになっているのを知ったら、私はどうしたらいい？　説明がだいぶ要ることだろう。それで説明が終わったら、その結果はどうなる？」全身を震わせながら、彼は言葉を止めた。「だがどうしてこんなところで時間を無駄にしてなぞいるのかね？　われわれがここに座っている間にも、妻は到着するかもしれない。君の持ち場はドアの所だ。急げ、リトル君」

　ビンゴは冷たく彼を見た。

「〈急げ〉とおっしゃられるのは結構なんですが」奴は言った。「ですけど僕の口を衝《つ》いて出る疑問はこれです。〈だからって僕になんの得がある？〉そうでしょう、パーキスさん。あなたの最近のお振舞いの後となったからには、どうして僕が骨の髄まで汗してあなたを窮地から救ってやらなきゃならないものか、わからないんですよ。そりゃあ確かに」奴は熟慮するげに言った。「たった今僕は、パーキス夫人が到着されたら回れ右して帰られること間違いなしって最高の作り話を思いつきました。だけどどうして僕が気前よくそいつを披露してやらなきゃいけないんですか？　今週の終わりには、僕はあなたの雇用下から去ることになっているんですよ。もちろん、僕が『ウィー・トッツ』の編集長をこのまま続けられるっていうなら話もまた別でしょうが――」

「もちろんだとも、リトル君、もちろんだ」

「――給料はもっと上げてもらえますか――」

「君の給与は二倍にしよう」

　ビンゴは考えてやってみせた。

「ふむ！」奴は言った。「それからもう首を突っ込んできて〈ジョー《じょー》おじさんからピヨピヨ《ぴよぴよ》よい子《こ》のみんなへ〉のページの編集方針に指図したりはしないってことでいいですかね？」

「わかった、しない。これからはしない。君には完全なる自由裁量を揮《ふる》ってもらう」

「それじゃあ、パーキスさん。ご安心いただだいて結構です。パーキス夫人は昼食パーティーにはご出席なさいません」

「君はそう保証してくれるのかね?」

「保証します」ビンゴは言った。「それじゃあ執務室まで一緒に来てください。僕たちの新契約の条項を短い文章にまとめましょう。そしたら必要なことを済ませてきますよ」

サニーボーイ

クラブに自分の赤ん坊を連れてきて喫煙室にてそれにミルクをストレートで飲ませてやっているビンゴ・リトルの行為は倫理的に正当化可能か否かという問題に関して、ドローンズの意見はきっぱりと二分された。目の下に隈《くま》をこしらえた一人のビーン氏は、あれはきつい一夜の後の軽い胃のむかつき修復に何かひとしずく頂きたいって立ち寄ったところで、突然お目にかかりたいようなモノじゃあないと述べた。もっと寛大なとあるエッグ氏は、その子供はおそらくいずれはこのクラブのメンバーに選出されに来るんだろうから、メンバー仲間と知り合いになっとくのは悪いこっちゃない、と主張した。あるパイ顔氏は、もしビンゴがあの幼いチンピラをこの建物内に野放しにするようなら、ビンゴは少なくとも委員会に対し、全員の帽子、コート、傘に対する個人保証をすべきだと考えた。

「だって警察が指名手配してる誰かみたいな顔した赤ん坊を俺がこれまでに見たことがあったとしたら」そのパイ顔氏は言った。「そいつはこのビンゴのうちの赤ん坊だ。間違いなく犯罪者タイプだ。あれは俺にエドワード・G・ロビンソン［三、四〇年代ハリウッドのギャング映画で活躍した悪役俳優］を思い出させるんだ」

いつも情報通のクランペット氏は、この状況になかなか興味深い光を当ててみせてくれた。

「俺だってそう思うさ」彼は言った。「あのアルジャーノン・オーブリー・リトルは、俺個人としたって暗い裏通りで出くわしたいと思うようなガキじゃない。だがビンゴは自分の心臓は真っ当な場所にあるって俺に請合ってよこしたし、奴があれをここに持ち込んでミルク浸りにさせてるわけについちゃあ、簡単に説明ができる。奴はあの赤ん坊に感謝していて、どんなに感謝したってし足りないって思ってるんだ。正しいことを正しいときにすることで、あれはこのごろ奴をひどい窮地から救出してくれた。奴が言ってたことだが、あれの介入のなかりせば、人類を驚倒させるべき事態が奴の家庭生活に出来《しゅったい》してたはずだと言ったたって過言じゃないくらいなんだ」

著名な女流小説家ロージー・M・バンクスとの結婚二年目にして、二人の結婚は赤ん坊に恵まれ、この元気な男の赤ちゃんがロンドンの街に登場したんだ。俺が聞いたところじゃ（クランペット氏は語った）、ビンゴの反応はお前とそっくりだった。産院でそのガキに紹介された時、ビンゴは驚愕《きょうがく》の「オイ！」を発して後じさったんだ。それで日々が過ぎ去るにつれても、自分は何か灼熱《しゃくねつ》のモノにぶち当たったたって感情がまったく衰えることはなかった。父性愛の低迷を防いだのは唯一、同じくらい幼い頃の自分の写真を奴は所有していて、そこでは奴自身だって殺人狂の目玉焼きみたいに見えたってことだけだった。前途多難なスタートを切ったとて、いずれはだんだんと上品で洗練されて整った顔立ちの洒落《しゃれ》者になれるっていうこの証拠は、奴をだいぶ勇気づけ、奴に最善を願わせたんだ。

しかしその一方、この小さな新参者がかつて哺乳瓶を空にした連中の中でもいちじるしく傑出したガーゴイル野郎だっていう事実から逃れる術《すべ》はなかった。それでビンゴは、そういう名前の馬がプランプトンの三時のレースに出走するのを知って、ためらうことなく一〇ポンドそいつに賭けたんだ。いつだって天上よりのお告げを探し求めているビンゴは、これがためこの子はこの世に遣《つか》わされたにちがいないって思ったんだな。

ガーゴイル号が六位入着を果たせずにフィニッシュしたことで、奴は少なからぬ財政窮乏《きゅうぼう》に陥る羽目になった。そいつのハナに賭けた一〇ポンドは、奴の有り金の最後だった。またその喪失は、奴が一カ月間、タバコ、カクテル、その他洗練された男にとっては必需品よりももっと必要な物ぜんぶなしで過ごさなきゃならないってことを意味したんだ。

つまりどういうことかって言うと、家長からしばらくしのげるだけのはした金をせびり取れる輝かしい見込みは皆無《かいむ》だったんだ。二週間ほど前、ドロイトウィッチで塩水浴療法中の母親に会いにウースターシャーに出かける前にビンゴ夫人が言い残していった言葉は、留守中に賭け事はしないようにっていう、奴に対する強力な禁止命令を含むものだった。自分は絶対確実なところに賭けていたんだって証明して己《おの》が行為の罪責を軽減しようとの試みは、夫人の不興を買うこと必定《ひつじょう》って奴は感じていた。

だめだ、現金は、もし引っ張ってこられるものなら、どこか別の出所から引っ張ってこなきゃならない。そしてこういう状況にあって、奴の思いは、常々しばしばそうであるように、ウーフィー・プロッサー方面に向かった。ウーフィーに金を借りることが容易であったためしはなく、もっとも勇猛果敢な者にとってすら常に最大限の試練であるとは、奴は誰より先に認めるところだ。だがたまたまここ数日ほど、ドローンズ・クラブの擁するこの百万長者は、思いがけなく友好的でいてくれていた。ある時、仕立て屋宛に宥和《ゆうわ》政策成立を請願する手紙を一気に書き上げようと書斎に入ったら、ビンゴはそこでウーフィーがなにやら詩らしきものを忙しく書いてるのに会ったんだ。またそのときウーフィーは「青い瞳」とうまく韻の合う言葉は知らないかってビンゴに訊《き》いて、それから結婚状態について議論を交わし、それこそ唯一正しい暮らしだっていう自説を述べたんだな。

ビンゴが至った結論は、とうとうウーフィー・プロッサーに恋が訪れたっていうものだった。それで恋するウーフィーはおそらく——いや、必ずや——心とろける気分のウーフィーであるにちがいなく、両手に山盛りどっさり金を撒《ま》き散らしてくれるはずだって奴は推論したんだ。したがって、明るい確信もて、奴はウーフィーがねぐらを構えるパークレーンのフラットに向かった。玄関ドアのところで中から出てくるウーフィーに会った時には、ツイてるって感じたものだ。

「やあ、ハロー、ウーフィー」奴は言った。「おはよう、ウーフィー。なあ、ウーフィー……」

思うに、長年ドローンズ公認大金持ちをやってきて、ウーフィーにはある種の第六感が働くようになってるんだな。透視能力があるって言ったっていい。それ以上は聞かず、トラを見つけたアンテロープみたいに素早く横に跳躍し、タクシーに乗ってウーフィーは行っちまった。どうするのが最善かって考え込むビンゴをその場に残したままでだ。

オコジョとイタチの間の線をとり、唯一とるべき道は執拗《しつよう》にウーフィーを追うことだって奴は考えた。それで奴はサヴォイ・グリルにとっとと向かった。つまりそこに向かうよう運転手に指示が飛ばされるのを奴は聞いたからだ。それで二十分ばかり後そこに到着した奴は、ウーフィーが女の子と一緒にロビーにいるのを見つけた。彼女が独身時代によく一緒に踊った昔の友達なのを知って奴はかなり喜んだ。つまりおかげで奴は、やあやあやあって言って割り込んでくことができたからだ。またいったん割り込んだら、ビンゴは容易に除去排除できるような男じゃない。数分後、三人は揃って同じテーブルを囲み、奴はクラレットを室温に戻しとくようにってワイン給仕に言いつけていた。

そのとき奴は思ってもみなかったんだが、だが、後で思い返してみると、ウーフィーは奴が姿を現さなけりゃよかったのにって思っているふうだった。食事の席にはある種の緊張が漂っていた。ビンゴは大丈夫だった。奴は思う存分しゃべりまくっていた。女の子も大丈夫だった。彼女も思う存分しゃべくっていた。祝宴の精神を共有してないのはウーフィーだけみたいだった。沈黙。放心。上《うわ》の空だ。奴は椅子にそわそわと寄りかかり、テーブルクロスをコツコツ指先で叩いていた。

コーヒーの後、女の子は、さあ、急いでチャリング・クロス駅に飛んでいって汽車に乗らなくっちゃと言った――彼女はケント州の邸宅を訪問にでかけるところらしかったんだな。ウーフィーはちょっと気分が明るくなった様子で、駅までいって彼女を見送ると言った。それでビンゴは、ウーフィーを視界外に出さないって方針にのっとって、自分も行くって言ったんだ。それでみんな一緒にでかけた。汽車が出た後で、ビンゴはウーフィーの腕に腕を絡ませ、こう言った。

「なあ、ウーフィー。ほんのちょっぴり俺の頼みを聞いてくれないかなあ」

こう言いながらすでに、相手の態度に何だかおかしなところがあるのに気づいたような気がしたと、奴は話してくれた。ウーフィーの目には冷たく暗い、生気のない色があった。

「ああ」ウーフィーはよそよそしげに言った。「ああ、何だ、何だって？　何の頼みだ、この陽気なひっつき貝野郎？　お前のために何がしてやれるんだって？　この粘着性《ねんちゃくせい》のしつこい絆創膏《ばんそうこう》野郎が？」

「一〇ポンド貸してくれないか、ウーフィー、なあ心の友よ？」

「いやだ、貸せない」

「それで俺の命が助かるんだ」

「そういうことなら」ウーフィーは言った。「この俺は、その計画に絶対反対だ。お前が生きてることに俺は何の利益も見いだせない。お前が死体だったらよかったって俺は思ってるし、それもずたずたに切り裂かれてる死体だったらもっとよかった。お前の死体の上で、俺はダンスを踊りたいんだからな」

ビンゴは驚いた。

「俺の死体の上でダンスしたいだって？」

「全身くまなく踏んづけてやる」

ビンゴはすっくりと立ち上がった。奴には奴なりのプライドがある。

「ああそうか？」奴は言った。「ふん、そういうことなら、すっとんとんだ」

かくしてこの会見は決裂を見た。ウーフィーはタクシーを呼び、ビンゴはウィンブルドンの我が家《や》へと戻った。帰宅後まもなく、奴はお電話が参っておりますと知らされた。受話器のところに行くと、電話口からウーフィーの声が聞こえた。

「ハロー」ウーフィーは言った。「お前か？　なあ、俺がお前の死体の上で踊りたいって言ったのは憶えてるだろう？」

「ああ、憶えてる」

「うん、あれから考え直したんだが――」

ビンゴの顔から厳しさは消えた。何が起こったかわかったんだ。別れてからすぐ、ウーフィーの良心が存在を主張しだして改悛の情を呼び起こしたにちがいない。それで奴が、いや何にも言わなくっていい、人間、かっかと熱くなりすぎた時には思ってもないことを言っちまうもんさ、と言おうとしたところで、ウーフィーがこう続けた。

「――あれから考え直したんだ」奴は言った。「それでこう付け加えさせてもらいたくなった。〈鋲釘《びょうくぎ》つきのブーツを履いて〉ってな。じゃあな」

受話器を置き、先ほどお茶とマフィンをむしゃむしゃ食べていた居間へと戻るビンゴ・リトルは、口をつぐみ、哀愁を漂わせたビンゴ・リトルだった。食事を再開するにつけ、口の中でお茶はニガヨモギに、マフィンは灰に転じた。まるまる一カ月間カクテルとタバコなしで過ごさねばならぬとの思いは、ナイフみたいに奴を深く傷つけた。

それでビンゴ夫人にすべてを告白するという恐るべき最後の手段に訴えるのが結局一番いいのではないかと奴が思い始めていたところで、午後の郵便が配達され、そこには彼女からの手紙があった。封筒をちぎって開けると、中から一〇ポンド札がひらりと落ちてきた。

この瞬間の気持ちはほとんど筆舌《ひつぜつ》に表せないくらいだったと、ビンゴは話してくれた。ずいぶんと長い間、奴は眼を閉じたまま椅子に座り、微動だにせぬまま、「なんて伴侶なんだ！　なんて妻だろう！」ってつぶやいていた。それから奴は目を開けて、手紙を読み始めた。

それはホテルの滞在客とか、たまたま知り合いになったねことか、塩水浴の浴槽に浮かんでいるときの母親がどんなふうに見えるかとかあれこれ色々に関する長い手紙だった。最後の最後まで一〇ポンド札のことには言及されぬままだった。すべての女性と同じく、ビンゴ夫人は一番肝心のところは追伸までとって置いていた。

追伸（彼女は書いていた）一〇ポンド札を同封します。あなたに銀行に行ってかわいいアルジーちゃんのために口座を開いていただきたいの。あの子が自分用のちっちゃい口座を持っていて、自分用のちっちゃい通帳を持ってるだなんて考えるのって素敵過ぎなくて？

かなり筋骨たくましいラバが突然ビンゴの顔を蹴《け》とばしたら、奴ももうちょっとはつらい思いをするんじゃないかとは思う——だが、そんなにずいぶんじゃあない。その手紙は無感覚になった奴の手からはらりと落ちた。結局自分の思ったとおりじゃなかったっていう、おぞましいショックは別にしても、奴はこの計画全体に徹頭徹尾大反対だった。奴自身は富の分配には強力に賛成するものだが、感受性の強い子供の手に渡すにはもっとも不適当なものこそ、ちっちゃい通帳である。必ずやそれは彼に現代の啓蒙された思想とは相容れない資本主義的な考え方を持たせて人生行路を開始させることになるだろう。赤ん坊に一〇ポンドなんか渡してみろ、あっという間に新たな経済的王党派［F・ルーズベルトがアメリカの大企業家を非難して呼んだ名称］が家庭内に作りだされるはずだ、と、奴は結論づけた。

この件に関する奴の見解はあんまりにも強硬だったから、手紙の返事を書いてビンゴ夫人に——この子の最善の利益を思えばこそ——一〇ポンド札を同封するとの手紙を受け取ったが、間違いなく彼女の一瞬の不注意のせいで、どこにも一〇ポンド札なんか入っちゃいなかったと言ってやろうかとの思いを、奴が心にもてあそんだ瞬間があった。だが奴はこのアイディアを却下した——いい考えじゃなかったからじゃない、そうじゃなくって何かが奴に、それじゃあまだ十分によくはないって言ってよこしたからだ。ビンゴ夫人は彼女が彼女であるがゆえに愛されたがる女の子に関する小説を書いてる女性だ。だからって彼女が明敏な頭脳に欠けてるわけじゃあない。

奴は紅茶とマフィンを食べ終えた。それから乳母車を運ばせ、息子にして嗣子《しし》たる子供をそこに移し入れさせ、ウィンブルドン・コモン散歩へと出発した。多くの若い父親たちは自分たちの権威を貶《おとし》めるからってこういう仕事に尻込みするものだって俺は信じるところだが、ビンゴはいつだってこの仕事を楽しんでいた。

しかし今日、この小旅行のよろこびは、指をくわえてそこに物言わず超然と寝そべる子供の姿を見るほどに胸のうちに叩き込まれる陰気な憂鬱《ゆううつ》により、だいなしにされていた。それまで奴は、わが子と真の意味で意見交換できないという事実を冷静に受け入れてきた。後者の発するときたまの咽喉《のど》ガラガラ音と、奴の側の音楽的なシッシという声が二人の関係を成立させていた。だがいまや二人の間は渡りようのない深い裂け目によって大きく隔てられてしまい、それはどんなシッシ音によったとて架橋し得ないと考えることは、奴には痛切きわまりない悲劇だって思われたんだ。

奴は思案した。ここなる自分は無一文だ――そしてここなるこの子は、うんうんうなるほど金を持ち合わせている――そして二人協力してことを調整する方法は絶対的にありはしないのだ。もしアルジャーノン・オーブリーに自分の貧窮した情況に関する事実を伝えてやることさえできたら、一時貸付を段どるのは難しいことじゃああるまいと、奴は確信していた。こいつは誰もが承知の、途轍《とてつ》もなく厄介で商取引の息の根を止める、凍結資産にまつわるありふれたお話ってわけなんだ。

この陰気な黙想にすっかり気をとられていて、奴は自分が名前を呼ばれているのにすぐには気づかなかった。それから、見上げてびっくり跳《と》びあがったことに、奴はフロックコートを着て山高帽をかぶった恰幅《かっぷく》のよい人物が、丸ぽちゃ顔の赤ん坊の入った乳母車を転がしながら並んで歩いているのに気づいたんだ。

「こんばんは、リトルさん」その男は言った。そしてビンゴはそいつがなじみの賭け屋のチャールズ（「チャーリーはいつでも支払いさっくり」）・ピクレットなのに気がついた。最近のガーゴイル号をめぐる取引に関して第二当事者の役目を果たした人物だ。

彼とは競馬の時にしか会ったことがなかった――そこではまちがいなく最善の動機から、彼はやかましい市松模様のツィードと白いパナマ帽を身に着けている――から、奴はすぐには彼だとわからなかった。

「あれれ、ハロー、ピクレットさん」奴は言った。

奴は会話がしたい気分ではなかったし、一人で考え込んでもいたかった。だが相手がおしゃべりしたがっている様子だったから、奴は寛大にも彼の願いを容れてやったんだ。賢明な男はいつだって賭け屋とは仲良くしようって心がけてるもんだからな。

「この辺に住んでらっしゃるなんて知りませんでした。こちらはお宅の赤ちゃんですか？」

「ええ」意気消沈した体《てい》でチャールズ・ピクレットは言った。彼は取り付いていた乳母車の中身をすばやく一瞥《いちべつ》すると、何か恐ろしい光景を目にしたかのごとく身をすくませた。

「コチョコチョコチョコチョコチョ」ビンゴが言った。

「コチョコチョコチョというのは、どういう意味です？」困惑したふうに、ピクレット氏は言った。

「赤ちゃんに話しかけてたんですよ」ビンゴは説明した。「かわいいお子さんですね」お世辞を言っておいて損はあるまいと思い、奴は付け加えた。

チャールズ・ピクレットは奴を見上げた。その目には驚愕あった。

「かわいいですって？」

「えー、そりゃあもちろん」ビンゴは言った。生まれ持った正直さが、奴にこの発言の修正を強《し》いたんだ。「彼が——もしこの子が彼だとしてですが——ロバート・テイラー［ハリウッドの二枚目俳優。代表作に『哀愁』（一九四〇）等］だとか——彼女が——もしこの子が彼女だとしてですが——キャロル・ロンバード［スクリューボール・コメディの女王と言われた美人映画女優。ルビッチの『生きるべきか死ぬべきか』（一九四二）等］だとか言うつもりはありませんが。うちの子に比べたら、かわいいって意味です」

またもやチャールズ・ピクレットは唖然《あぜん》とした様子だった。

「あなたはそこに立って、ここにいるうちの子がお宅のお子さんよりも醜くないだなんて、言ってよこすつもりですか？」信じられないというふうに、彼は叫んだ。

今度はビンゴがびっくりする番だった。

「あなたそこに立って、お宅の子のほうが醜いって言うんですか？」

「もちろんですとも。まったく、お宅の子は人間に見えるじゃないですか」

ビンゴは自分の耳がまるで信じられなかった。

「人間ですって？　うちの子が？」

「えー、大体のところ人間ですよ」

「哀れな大間違いのピクレットさん。何たわごとを言ってらっしゃるんです」

「たわごとだって、えっ？」チャールズ・ピクレットは傷ついたふうに言った。「じゃあ賭けても構いませんね？　あたしはうちのアラベラちゃんがウィンブルドンじゅうで唯一無比の醜い赤ん坊だってほうに五対一で賭けますよ」

わくわくする身震いが突然ビンゴを襲った。奴ほど濡《ぬ》れ手で粟《あわ》のボロ儲《もう》けに目を光らせてる奴はいないいんだからな。

「一〇ポンド賭けますか？」

「一〇ポンドで結構」

「オーケー」ビンゴは言った。

「ケーオー」チャールズ・ピクレットが言った。「あんたの一〇ポンドはどこです？」

この話し合いへのこういう浅ましい調子の導入に、ビンゴは不快げにビクッとした。

「ふん、コン畜生だ」奴は異議を申し立てた。「信用貸しの融通性こそこういう取引の基本だろう。あんたの石盤にチョークでつけとけよ」

ピクレット氏は、いま石盤は持っていないと言った。

ビンゴはすばやく考えねばならなかった。むろん奴は手許に一〇ポンド持ち合わせている。だがそいつは信託金といったような性質のものだってことが奴にはわかっていた。また奴にはアルジャーノン・オーブリーと話し合ってその金を貸してくれるかどうかを確かめる術《すべ》がない。この子が母親のスポーツ精神の欠如を受け継いでいる可能性だってある。

それから、感情の急変とともに、奴には自分がこの子供のことを見損なってたってことがわかったんだ。自分の息子がこんなボロ儲けの機会を見逃すはずがない。

「よしわかった」奴は言った。「ここにある」

奴は紙幣を取り出し、チャールズ・ピクレットの目の前でカサカサ言わせた。

「ようし」満足したチャールズ・ピクレットは言った。「ここにあたしの金が五〇ポンドある。向こうからやってくるあの警官に判断を委ねるとしましょう。ホーイ、お巡《まわ》りさん」

「何でしょうかな、紳士方?」立ち止まりながら、警官は言った。彼は大柄で、気のよい、正直な顔をしていた。ビンゴは彼の顔立ちが気に入ったし、彼の手に判断を委ねることに満足した。

「お巡りさん」チャールズ・ピクレットが言った。「賭けの決着をつけたいんだ。この赤ん坊はそっちの赤ん坊より醜いかい?」

「それともその反対かなあ」ビンゴが言った。

警官は二台の乳母車をのぞき見ながら考え込んだ。

「うちの赤ん坊と比べたら、どちらも全然たいしたもんじゃありませんな」いささか自慢げに、彼は言った。「うちの赤ん坊と来たら時計も止まっちまうようなご面相だ。だのに奥方は美人だって思い込んでる。その件じゃだいぶどっさりと笑わせてもらってるんですよ」警官は面白くてたまらないというふうに言った。

チャールズ・ピクレットとビンゴの両者とも、この警官は論点を逸脱しているって思った。

「お宅の赤ん坊の話はいいんだ」チャールズ・ピクレットが言った。

「そうだ」ビンゴが言った。「本質に忠実に行ってくれ」

「お宅の赤ん坊は出走してない」チャールズ・ピクレットは言った。「先に述べた両名だけが完走したんだ」

威儀を正すよう求められ、警官はいちだんと鋭く吟味《ぎんみ》した。彼は一方の乳母車からもう一方の乳母車へと視線を移し、もう一方の乳母車からまた一方の乳母車へと視線を移した。このためらいが意味することはただ一つしかあり得ないとの思いが、突然冷たいシャワーのごとくビンゴを襲った。

このレースは奴が予想していたような、完全な楽勝じゃあない。

「ふーむ！」警官は言った。

「はーあ！」警官は言った。

ビンゴのハートは静止した。いまや奴の目にこのレースがぎりぎりの接戦だってことは明らかだった。だが奴は言ってたんだが、最後の直線で途轍もない不運に見舞われてなかったら、奴の出走馬がハナ差でゴールインしてたはずだって今でも確信してるってことだ。警官が立ったまま決めかねていると、雲が切れて太陽が顔を覗《のぞ》かせ、日光が射しかけてきたんだ。そいつはアラベラ・ピクレットの顔に落ち、それで彼女は見るもおぞましいまで、めちゃめちゃに顔をしかめたんだ。また同時に、クビ差の叩き合いの末、突如彼女は口の端から泡を吹きだした。

警官はもはや躊躇《ちゅうちょ》しちゃあいなかった。彼はピクレット嬢の手をとって持ち上げた。

「優勝！」彼は言った。「だがお二人とも、うちの子の顔を見るべきですぞ」


ビンゴがお茶の時間に食べたマフィンが口中で灰に転じたとしても、奴が夕食に食べたチャンプ・チョップとフライドポテトに起こったことと比べたらそんなのは物の比じゃあない。つまりその頃までに、無感覚だった奴の脳みそは、それまで落ち込んでいたこん睡状態から抜け出して、奴が自分で自分を投げ込んだ恐るべき混乱状態を様々なアングルから指摘するのに大忙しになってくれてたんだ。そいつは当該情況から七枚のヴェールを剝《は》ぎ取って〔サロメの「七枚のヴェールの踊り」への言及〕、奴の目の前に悲惨な現実を身も蓋《ふた》もなくあからさまに見せつけてくれていた。

ビンゴとビンゴ夫人の間には、ほぼ完全なる愛が存在している。結婚の最初の最初から、二人はハムとたまごみたいに仲良しだった。だが自分が今日やったことを打ち明けたあかつきに、第一級グレードAの愛情ですら持ちこたえられようがあるもんかどうか、ビンゴは疑問に思ったんだ。奴の話をどんなアングルからでもいいから眺《なが》めてみるがいい。若き父親の評価を貶《おとし》め、どんなにうまくいったって「んまあ、あなたどうしてそんなことができて?」の嵐に至らずにゃあいられまい。そしてまた、奴が知るに至った結婚生活の要諦とは、配偶者が「んまあ、あなたどうしてそんなことができて?」を言う機会を、可能な限り最小にすることなんだ。

とはいえ物語は語られねばならない。ビンゴ夫人が帰宅して最初に見たがるのは、アルジャーノン・オーブリーの預金通帳だろう。そしてそういう預金通帳は徹頭徹尾存在しないとの発言から、最終的な言いよどみがちの告白がぽつりぽつりと始まるまではほんの一歩だ。ディナーの後、椅子に座って思いにふけるビンゴの目に光なく、顔は憔悴《しょうすい》し、四肢は引きつりがちであったのは、驚いたことじゃない。

奴は封筒の裏側に「スリに掏《す》り取られた」とか「風の強い日の朝にポケットから紙幣を取り出したところ風に吹かれて飛んでいった」とかいった思いつきをメモし、それで押し通せる可能性を推量していた。と、長距離電話が掛かっておりますと電話口に呼び出されてみると、電話の向こうの相手はビンゴ夫人だった。

「ハロー」ビンゴ夫人は言った。

「ハロー」ビンゴが言った。

「ねえハロー、ダーリン」

「ハロー、かわい子ちゃん」

「ハロー、スウィーティーパイ」

「ハロー、エンジェル」

「あなたいらしたのね?」ビンゴ夫人は言った。「アルジーは元気?」

「ああ、元気さ」

「いつもどおりに美しい赤ちゃんでいて?」

「大いにそうだとも、ああ」

「あたくしの手紙は届いて?」

「ああ」

「それと一〇ポンドも?」

「ああ」

「とっても素敵な思いつきだって思わなくって?」

「最高だよ」

「今日はもう銀行に行く時間はなかったでしょう?」

「ああ」

「それじゃあ明日の朝パディントン駅に来る前に銀行に行っておいてね」

「パディントン駅だって?」

「そうよ。あたくしを迎えによ。あたくしたち明日帰るの。お母様が今朝塩水を飲み込んでしまって、それでここはやめにしてピスタニーで泥風呂治療にしたほうがいいって決めたの。チェコスロヴァキアにあるのよ」

今よりもっと緊迫していないときであったらば、ビンゴ夫人の母親がチェコスロヴァキアほどの遠方に行ってくれるとの思いは、ビンゴの気分を舞い上がらせてくれたはずだ。だがいまやこのニュースは奴に何の感慨も引き起こさなかった。奴に考えられるのはただ、明日はビンゴ夫人とご対面との一事のみだけだった。それからは、つらい罰が待っているんだ。

「汽車はだいたい十二時にパディントンに着くわ。いらしてくださるわね」

「行くとも」

「アルジーを連れてきて頂戴ね」

「よしきたホーさ」

「ああ、そう、ビンゴ。とっても大事なことがあったわ。あたくしの机はわかるでしょ？」

「机だね。ああ」

「真ん中の一番上の引き出しの中を見て欲しいの」

「真ん中の一番上の引き出しだね。いいよ」

「そこに『ウーマンズ・ワンダー』誌用のクリスマス読み物のゲラが入っているの。明日の朝までにそれが欲しいっていうとってもいやらしい電報が来たのよ。だからあなたってエンジェルだから校正してくださって必ず今夜の郵便で発送しておいてくださる？　見つからないことはないはずだわ。あたくしの机の真ん中の一番上の引き出しよ。タイトルは〈ちいさき指〉よ。それじゃああたくし、お母様のところへ戻らなきゃ。まだ咳込《せきこ》んでらっしゃるの。さよなら、ダーリン」

「さよなら、かわいい子ちゃん」

「さよなら、かわかわこひつじちゃん」

「さよなら、僕の夢ウサギちゃん」

ビンゴは受話器を戻し、書斎へ向かった。奴は「ちいさき指」のゲラを見つけだし、手に鉛筆を握り机のところに座って校正を開始した。

奴のハートは前にも増して重たかった。いつもだったら姑《しゅうとめ》が塩水を飲み込んでまだ咳込んでいるとの知らせは、奴の目にきらめきを、唇には幸福な笑《え》みをもたらしていたはずだ。だが、今それは奴を凍りつかせた。奴はたった今完了した会話のことを思い、ビンゴ夫人の声がどれほど愛情に満ちていたかを思い返していた。どれほどほがらかで、どれほど愛らしく——絶対的にありとあらゆる意味で、自分の夫は男の中の王者であると確信している女性の声であったことか。近い将来奴に向かって、「なんですって！」と言うはずの、活気のない金属的な声とはどれほど違うことだろう、と。

すると、突然、ゲラを前に考え込む奴の身体を鋭い興奮が走り抜け、あたかも今まで背骨の代わりをやっていたスパゲッティ数本の代わりに新たに堅牢《けんろう》な背骨が挿入されたみたいに、奴は椅子に座りなおした。二枚目のゲラの真ん中で、物語が展開をはじめ、その展開の仕方のせいで、希望の曙光《しょこう》が兆《きざ》しだしたんだ。

この中に誰かビンゴ夫人の作品の読者がいるかどうかは知らない。もし読んだことがないようなら、彼女は途轍もなく全身全霊でもってお涙頂戴たっぷりをやってるんだってことを教えておこう。普通の時だってそうなんだが、もちろんクリスマス特別号のためとあっちゃあ、当然ながら特別大奉仕でそいつをやるんだ。「ちいさき指」で彼女は完全に手加減なしにやってくれた。雪にヒイラギにコマドリに聖歌歌いの村人たちを両手にテンコ盛りに持ち出して、自分にゴーのサインを出して彼女は作品を世に問うたんだな。

こないだ会った時、ビンゴは「ちいさき指」の筋を情け容赦《ようしゃ》ないまで詳細に話してくれた。それで今ここで必要なのはメインテーマだけだ。そいつは自分の名付け娘が若い芸術家と結婚したいっていうのに肘鉄《ひじてつ》をくれた石頭の名付け親の爺《じい》さんの話で、二人はクリスマス・イヴに赤ん坊をそいつの鼻先に押っつけるんだ——もちろん一番の見せ場は最終場面で、羽目板張りの書斎に座ってその親爺《おやじ》さんは、片手でそのガキを膝《ひざ》にしっかり乗せ、片手で高額小切手をどどんと差し出してるんだな。それでそいつがビンゴの胸に強烈な印象を与えたって理由は、ウーフィー・プロッサーがアルジャーノン・オーブリーの名付け親だってことを思い出したからなんだ。それで奴が自問していたのは、もしこの〈赤ちゃんバンザイ〉作戦が旧弊《きゅうへい》なミドウヴェールの村一番の難物、サー・エイルマー・モルヴァラーに効くなら、どうしてウーフィーに効かないなんて話がありえようかってことだったんだ。

確かに両事案は必ずしもパラレルじゃあない。サー・エイルマーには抗戦すべき雪やらコマドリやらがいたが、今は六月のど真ん中だ。また確かにウーフィーがアルジャーノン・オーブリーの名付け親役を用心しいしい引き受けた時、ふざけた不正行為は絶対になしにしてちいさい銀のマグの引渡しをもってこの話は示談成立だって奴は明示的に宣言していた。それでもなお、ビンゴは楽観的な気分で床に就《つ》いた。実際、眠りに落ちる寸前の奴の思惑《おもわく》は、あの赤ん坊が手札をうまいこと使ってくれれば、ウーフィーに三桁《みけた》の額を吐き出させてやることだって可能かもしれないってところだった。

むろん翌朝パークレーン目指して家を出る時までに、奴の予算案はいくらか減額されてはいた。一夜の眠りを経た後、いつだって人はそうなるもんだ。今じゃあ奴の見るところ、だいたい二〇ポンドくらいはせしめられそうな見込みだった。とはいえ役者とマネージャーでフィフティー・フィフティーで分け合うとすれば十分だろう。奴は金に汚い男じゃない。奴が望むのはただ自分と子供が健全な財政基盤を確保するってことだけだ。ウーフィーのフラットに到着して玄関の呼び鈴を押しながら、ことは成功間違いなしって、ビンゴは確信していた。

もっと楽天的じゃない心境の時なら、この子供がいつにも増して、悪魔島の社交おでかけクラブにメンバーとの交際不適格として入会拒否された大量暗殺者みたいに見えてたって事実に、奴は気力を挫《くじ》かれていたかもしれない。だがチャールズ・ピクレットと警官との間にあった出来事は、この月齢の赤ん坊ってものは皆こんなふうに見えるもんだってことを奴にわからせてくれていたし、「ちいさき指」の赤ん坊がこれと寸分違わないシロモノだと考えない理由はなかった。後者においてビンゴ夫人が強調していた唯一の点はピンク色のつま先で、またアルジャーノン・オーブリーが、もしそう求められたならば他の赤ん坊並みにピンク色のつま先を振り回してくれるであろうことに疑問の余地はない。ドアを開けたウーフィーの従者、コーカーに、奴はほがらかさ満載で声をかけた。

「ああ、ハロー、コーカー。おはよう、いい天気だな。プロッサー氏はご在宅かい?」

コーカーはすぐには答えなかった。アルジャーノン・オーブリーを一目見て、一瞬彼の唇から言葉がきれいさっぱり拭《ぬぐ》い去られたんだ。完璧に訓練された従者だったが、それの姿を一目見ると、自衛の基本姿勢の型に両腕を上げながら彼は後ずさりした。

「はい、旦那様」とうとう彼は答えた。「プロッサー様はご在宅でいらっしゃいます。しかしながらいまだお目覚めではあそばされません。昨夜は遅くまでご外出であそばされましたゆえ」

ビンゴは物わかりよくうなずいた。夜中に遊びまわって朝のミルク配達と一緒に帰ってくるウーフィーのいつもの習慣を、奴はよく知ってたんだな。

「ああ、うん、まあ」奴は寛大げに言った。「若き血潮ってことだ、コーカー、なっ？」

「さようでございます」

「楽しみを知らぬハートは可哀そうなもんだからな［十六世紀の詩］」

「わたくしもさようと伺い存じております」

「ちょっくらお邪魔してピッピーって言ってやろう」

「かしこまりました。あなた様のお手荷物をお預かりいたしましょうか？」

「えっ？　ああ、いや、いい。この子はプロッサー氏の名付け子なんだ。二人に対面して欲しいと思ってさ。プロッサー氏がこの子に会うのは初めてなんだ」

「さようでございますか？」

「奴を喜ばせてやれるんじゃないかな、どうだ？」

「さようと拝察いたすところでございます。わたくしの後についてこちらへどうぞ。プロッサー様は居間においででございます」

「居間にいるだって？　君は彼はベッドで寝てるって言ったと思ったが？」

「いいえ、旦那様。今朝方ご帰宅あそばされた後、プロッサー様におかれましてはお床にてはおやすみあそばされない旨《むね》ご決断なさった模様でございます。あの方は暖炉の中においでででございます」

それでそのとおりだった。ウーフィー・プロッサーは頭を炉格子の中に入れ、口を開けていた。奴はオペラハットと夜会用礼装姿で、あれで締めてたのが手弱女《たおやめ》らが髪を結ぶのに使うようなブルーのリボンじゃなくってネクタイだったら、一点非の打ち所のない姿だったはずだ。片手にはピンク色の風船を握り締めていた。そしてシャツの胸のところには、口紅で、「ヤバッ」と書いてあった。奴の外貌《がいぼう》は明らかに今は起こさぬが賢明っていう男の外貌だったから、ビンゴは物思わしげに唇を嚙《か》みしめ、どういう手段をとるのが最善かって思いめぐらしていた。

懐中時計を一目見て、奴は決心した。スケジュールに遅れ気味だし、ビンゴ夫人とパディントン駅で十二時五分に会うなら、今すぐ出発しなきゃならないってことが奴にはわかったんだ。

「コーカー」奴はコーカーに言った。「これで事はちょっと複雑になったな、コーカー。俺はパディントンに十分以内に行かなきゃならない。それでこの情況からすると、あわてて起こしたらどうしたってプロッサー氏は目覚めてから不機嫌にならずにゃいられない。このままおやすみ続けていただく方がいいと思うんだ。これからの段取りはこうでどうだろう。俺はこの赤ん坊を彼の隣の床に置いてゆく。それでいずれ二人は相まみえることになるからな。帰りに寄ってこいつを拾ってくことにしよう」

「かしこまりました」

「さてと、目が覚めて床に子供が這《は》いまわっているのを見たときのプロッサー氏の最初の行動は、間違いなくベルを鳴らして君を呼び、いったいこれは何事かと訊くことだろう。そこで君は〈こちらはあなた様の名付け子様でございます、ご主人様〉と言うんだ。君は〈ちっちゃい名付け子ちゃんでちゅよー〉とは言えないな？」

「はい、旦那様」

「だめだろうと思った。それでもだ、大体のところはわかってもらえたな？　よし、結構。それゆけホーだ」

　ドロイトウィッチ発の汽車はビンゴがプラットフォームに到着すると同時に入線してきた。そして一瞬の後、奴はビンゴ夫人が降りてくるのを見つけた。彼女は脚がまだふらふらしている母親を支えていたが、奴を見つけると年寄りから身体を離し、一時的に自力走行可能となって、奴の両腕に身を投じた。

「ビンゴ、ダーリン！」

「ロージー、僕の最高の相棒！」

「んもう、あなたのところに戻って来られてうれしいわ。何年も離れてたみたいな気がする。アルジーはどこ？」

「ウーフィー・プロッサーのところに置いてきた。奴はアルジーの名付け親だろう？　ここへ来る途中でちょっと時間があったからウーフィーのところに寄ったんだ。あいつ、あの子に大夢中で離してくれなくてさ。それで帰りにまた迎えに寄ってくことにした」

「わかったわ。それじゃあお母様をフラットまで送ったら、そちらで会うことにすればいいわね。お母様、お加減が悪いのよ」

「ああ、見たところワイン洋酒類の格付け中じゃ、ちょっぴり下のほうにいるみたいだな」今や通りがかりのポーターに寄りかかり中のご老体に嬉しげな一瞥《いちべつ》をやり、ビンゴは言った。「チェコスロヴァキアに出発してもらうのは、早ければ早いほどいいだろう。よしわかった。それじゃあウーフィーのうちで会おう」

「あの人のお住まいはどちら?」

「パークレーン、ブロックスハム・マンションだ」

「できるだけ早く行くわね。ああそう、ビンゴ、ダーリン、あのお金をアルジーのために預金しておいてくださった?」

ビンゴはおでこをぴしゃりと叩いてみせた。

「ひゃあ、しまった! 君に会えるのが嬉しくって、ああ、わがよろこびの夢、きれいさっぱり忘れてたよ。ウーフィーのところを出たら、一緒にでかけるとしよう」

むろん勇敢な言葉だ。だがブロックスハム・マンションに歩いて戻る途中で、はじめて奴は、ウーフィーが当然金を出してくれるものと思い込んでいたのは正当だったろうかっていう、ドキッとするような不安に襲われたんだ。アルジャーノン・オーブリーの軟化効果を利用しようっていう計画を思いついた時、奴はそんなのは容易《たやす》い仕事だって考えていた。サー・エイルマー・モルヴァラーから人間的優しさの甘露《かんろ》をバケツに何杯もざぶんざぶんとほとばしり出させるには、名付け子とほんの五分ばかりご一緒するだけで十分だったんだ。また奴はウーフィーにだっておんなじことが起こるものと考えていた。だが、今や奴のうちからは身も凍るほどの不安が湧《わ》きあがってきていて、一歩一歩足を進めるごとに、そいつは強まってたんだ。

アルジャーノン・オーブリーは「ちいさき指」の子供よりももっと手ごわい難物と立ち向かわね

ばならないんだってことに、奴はたった今思いあたったんだ。サー・エイルマー・モルヴァラーは健康的なアウトドア派の人物で、ベッドから飛び起きてたっぷりと朝食をいただくタイプだ。思い出せる限り、彼が二日酔いに苦しんでいたことを伺わせる記述はない。他方、ウーフィーが新たな一日と向かい合うべく目覚める時、第一級の二日酔いに見舞われるのは火を見るよりも明らかだ。奴にはわかったんだが、すべては二日酔いが名付け親の態度にどう影響するかにかかっている。

強烈な不安に苛《さいな》まれつつ、ドアを開けたコーカーに奴はホットなニュースを要求した。

「何か進展はあったか、コーカー？」

「はい、イエスでもありノーでもございます」

「イエスとノーってのはどういう意味だ？　プロッサー氏は呼び鈴を鳴らしたのか？」

「いいえ、旦那様」

「それじゃあまだ寝てるんだな？」

「いいえ、旦那様」

「だが君は、奴は呼び鈴を押してないって言ったじゃないか」

「さようでございます。しかしながらつい先ほど、あの方が悲鳴を発されるのをわたくしは耳にいたしました」

「悲鳴だって？」

「はい、さようでございます。少なからぬ苦痛の存在を示唆《しさ》する、耳つんざかんばかりの悲鳴でございました。本年一月一日の朝、あの方が――誤ってでございますが――ピンクの象を目撃されたとお思いになられた際の絶叫と多くの点で似通ったものでございました」

ビンゴは眉《まゆ》をひそめた。

「それはいやだな」

「プロッサー様もピンクの象はお嫌いでございます」

「いや、つまり、事のなりゆきの具合がどうもいやだと言っているんだ。君は世知に長《た》けた男だ、コーカー。よっぽど何かおかしなことがない限り、名付け親が名付け子に会って耳つんざく悲鳴を発するもんじゃないってことを、君だって僕と同じくらいよく承知してるだろう。上がらせてもらってちょっと様子を見させてもらおう」

奴はそうした。それで居間に入ってその中身を確認すると、眉を上げて立ち止まった。

アルジャーノン・オーブリーは床に座っており、その関心は風船に釘付けだった。それはその風船を呑《の》み込もうと躍起になっている様子だった。ウーフィー・プロッサーはマントルピース上に立ち、目をとび出させて下を見おろしていた。ビンゴはきわめて洞察力に富んだ男だったから、この場に漂う緊張を感じ取るのにたいして時間はかからなかった。ここは何にも気づかぬげにやり過ごすのが如才《じょさい》のないやり方だと、奴は考えたんだ。

「ハロー、ウーフィー」奴は言った。

「ハロー、ビンゴ」ウーフィーは言った。

「いい朝だな」ビンゴが言った。

「素晴らしくいい天気だ」ウーフィーは言った。

二人はしばらくハースト・パークの予想や最新の中央ヨーロッパの政情について会話を交わした。それからしばらく間《ま》があった。先に沈黙を破ったのは、ウーフィーの方だった。

「教えてくれないか、ビンゴ」奴は言った。ちょっとやりすぎなくらいに何気なさげな言い方でだ。「もしかしてひょっとしてお前、床の上に何かいるのが見えやしないかなあ。暖炉の横のほら、すぐそこのところだ。たぶんただの俺の想像だとは思うんだが、だが俺には――」

「赤ん坊のことか？」

ウーフィーはヒューというあえぎ声を長々と吐き出した。

「あれは赤ん坊なのか？　つまり、あれがお前にも見えてるってことか？」

「ああ、もちろんさ。肉眼ではっきり見える」ビンゴは言った。「コチョコチョコチョコチョ」子供も会話に入れてやって仲間はずれにされた気分にさせないよう、奴は付け加えた。「パパにはお顔が見えまちたよー」

ウーフィーはビクッと跳び上がった。

「お前、〈パパ〉って言ったか？」

「〈パパ〉と言ったが」

「こいつはお前のうちの赤ん坊なのか？」

「そのとおり」

「俺が銀のマグをやった野郎がこいつか？」

「まさしくこの子に他ならない」

「そいつがここで何してるんだ？」

「ああ、ただ社交的訪問をしてるってだけさ」

「うーん」マントルピースから降りようとしながら、ウーフィーは憤慨した声で言った。「こいつにそれを端《はな》から説明してくれる良識があったら、俺は恐ろしい体験はなしで済んだんだ。昨日の晩俺はちょっと遅く帰ってきて、床でさわやかな睡眠をとっていた。それで目が覚めたら、ものすごい顔が俺をにらみつけてるのに気づいたんだ。当然俺は精神的緊張が激しすぎたせいで幻を見てるんだって思った」

「お前、自分の名付け子にキスしたくはないか？」

ウーフィーは激しく身を震わせた。

「そんな恐ろしいことを、たとえふざけてだって言わんでくれ」奴は懇願した。

奴は床に降りると、安全な距離をおいてアルジャーノン・オーブリーをじっと見つめ立ち尽くしていた。

「それでなんと」奴はつぶやいた。「この俺が、結婚しようなんて考えただなんて！」

「結婚はいいもんだぞ」ビンゴは反論した。

「確かにそうだ」ウーフィーは譲歩して言った。「ある時点まではいい。だがそのリスクを考えろ！　恐るべきリスクだ！　ほんの一瞬だけ警戒をゆるめる。たった一秒だけ頭をむこうに向ける。それで――どっかん！――こういうことが起こるんだ」

「コチョコチョかわい子ちゃん」ビンゴが言った。

「〈コチョコチョかわい子ちゃん〉なんて言ったってだめだ。とんでもない話だ。ビンゴ」弱々しく、わななく声でウーフィーは言った。「もしお前があの昼食のとき無理やり割り込んでこなかったら、俺の身の上にもこういうことが起こってたかもしれないってことが、わかってもらえるか？そうだ」吹き出物の下で蒼《あお》ざめながら、奴は続けた。「そのとおりだ。コーヒーとタバコの時になったら、俺はあの女の子に断然プロポーズするつもりだった。そしたらお前がやってきて、俺を救ってくれたんだ」奴は深く息を吸い込んだ。「ビンゴ、心の友よ。お前、確か五ポンドかそこら貸してくれって言ってたような気がするんだが？」

「一〇ポンドだ」

ウーフィーは首を横に振った。

「それじゃあ足らない」奴は言った。「五〇ポンドにしたら、お前はいやか？」

「ぜんぜん構わない」

「いや、一〇〇ポンドにしたほうがいい。異論はないな？」

「全然まったくないさ、心の友」

「よし」ウーフィーは言った。

「結構」ビンゴは言った。

「失礼をいたします、ご主人様」戸口に姿を現したコーカーが言った。「ホールポーターより電話がございまして、階下にてリトル夫人がリトル様をお待ちでおいでとの由にございます」

「よろこび勇みてこれよりすぐ参上すると伝えてくれ」ビンゴは言った。

元気ハツラツ、ブラムレイ・オン・シー

ドローンズ・クラブ年次ゴルフ集会の開催地を決定すべく総会が招集され、ブラムレイ・オン・シーを推《お》す思想の一派が他に一歩を先んじていたその時、フレディー・ウィジョンが起立して議論を開始した。熱を込めた雄弁を揮《ふる》い、あの汚らわしい土地の半径八十キロ以内に踏み込まぬようにと、彼は聴衆に警告した。またジャングルの掟の支配する、投票者たちの身の上に何が起ころうとも不思議でない場所として伝えられたブラムレイ・オン・シーの印象のあまりの鮮烈さゆえ、投票者たちは葦《あし》の茎のごとく揺り動かされ、対抗提案のクーデン・ビーチがほぼ全員一致にて了承されたのだった。

彼の熱の入りようは、バーに集まった人々の評言を誘発した。

「フレディーはブラムレイが好きじゃないんだな」明敏なエッグ氏が言った。彼はピンクジンの助けを借りながらその件のことを思い返していたのだ。

「ひょっとして」ビーン氏が示唆《しさ》した。「あいつが子供のとき、あそこの学校に行ったせいかな」

仲間入りしていたクランペット氏が、首を横に振った。

「いいや、そうじゃない」彼は言った。「かわいそうなフレディーの奴は、最近ブラムレイでひど

くつらい目に遭ってるんだ。最終的には愛する女の子から愛想尽かしされたんだな」

「何、またか？」

「そうだ。フレディーの奴のおかしいのは」考え深げにマティーニを啜《すす》りながら、クランペット氏は言った。「意気投合するまではほぼ確実にＯＫなんだが、意気投合し続けでいるってことが絶対にできないってところなんだ。ボーイ・ミーツ・ガールについちゃあ途方もなく凄腕《すごうで》だが、あいにくボーイ・ルーズ・ガールについてもおんなじように百発百中なんだな」

「今回奴を袖《そで》にしたのは、どこのどういうどなた様なんだい？」興味を持ったパイ顔氏が言った。

「メイヴィス・ピースマーチだ。ボドシャム卿の令嬢だ」

「だけど、なんてこった！」パイ顔氏が言った。「そんなはずはない。ずっと大昔に彼女は奴をご返品してるんだぞ。その話をしたのはお前じゃないか。ほら、ニューヨークで、ウルトラマリンブルーのラヴバード柄の入ったピンクのネグリジェ姿の女性とすったもんだした一件の時にさ」

クランペット氏はうなずいた。

「まったくそのとおり。お前の言うように、奴はあの時ご用済みになった。だがフレディーは、言い訳をじっくりでっち上げる暇さえ与えてやったらものすごく優秀な釈明屋だから、イギリスに帰国してからどうにかその件はチャラにできたんだ。彼女はまた奴のことをお買い上げした——おためし購入ってことでだ。奴が堅実でまじめだってことを証明したら、ウェディングベルが鳴り響くが、もし証明しなかったら、チリリとも鳴らないって、そういう条件だったんだ。

奴がこのピースマーチ嬢から、彼女と父親は夏のあいだブラムレイ・オン・シーのホテル・マグニフィークに滞在する予定だと聞かされたのは、そういう状況でだった」

この知らせを聞いたフレディーの即座の反応はもちろん、（クランペット氏は語った）その地に自分もまんまとご滞在したいっていう激しい衝動だった。で、奴はあらん限りの知恵を絞ってどうしたらそうできるか考えたんだ。ホテルに泊まってどっさり金を遣《つか》うのは願い下げだが、その一方、誇り高き奴の魂は下宿屋住まいを軽蔑《けいべつ》してやまなかった。事態はこれをもっていわゆるアンパス、つまり袋小路に入り込んでたはずなんだが、たまたまビンゴ・リトルとビンゴ夫人が、ビンゴ・ベビーがどっさりオゾンを吸い込めるようにってブラムレイに小屋を借りるってことを奴は聞きつけたんだ。たぶんみんなポスターで見たことがあるはずだが、ブラムレイってところはそりゃあそりゃあ人を元気ハツラツにする場所だし、もしお前が人の親ならそういうことは考えないといけないもんだ。赤ん坊を元気ハツラツにしてやれ、それで勝負にゃあだいぶ先行できると、そういうことだな。

フレディーは電光石火の早業で、ご招待をおねだりした。そして数日後、奴はスーツケースを積み込んでツーシーターでご到着し、前者を荷降ろしし、後者を車庫に入れ、赤ん坊にキスしてご滞在とあいなったわけだ。

家庭内によだれ掛けに哺乳瓶《ほにゅうびん》つきの年少者が存在するってことに異を唱《とな》える連中は多かろうが、フレディーはいつだって立派な社交家だから、奴とこのおさな子は一番の最初から、上陸許可をもらった二人の水兵みたいに大の仲良しになった。このチビ助を浜辺に連れていってそいつがシャベルとバケツをいじくりまわしてる横に立ってるのが、奴の日課になった。それで、ある晴れた日にこいつがどんちゃん騒ぎのご主人様みたいに振舞っていた時のこと、ごく栄養満点の金髪娘がぶらぶらやってきて、立ち止まるとほがらかに微笑《ほほえ》みながらビンゴ家の一子をじっくり観察したんだな。

「この赤ちゃんは砂のお城をつくっているのかしら？」彼女は言った。

「うーん、イエスとノーの両方ですね」フレディーは礼儀正しく答えた。「これとしてはそのつもりなんでしょうが、私見を言わせてもらえれば、建設的な性格の成果はほぼ皆無《かいむ》でしょうね」

「でも、楽しんでるんでしょ」

「ええ、とってもね」

「素敵な日ね」

「素晴らしいですよ」

「正確な時間を教えてくださる？」

「十一時ちょうどです」

「クー！」娘は言った。「急がなきゃ。遅れちゃうわ。あたし殿方のご友人と十時半に桟橋で会う約束をしてるの」

それでそれはそういうことだった。つまり、つつましやかな頰《ほお》を恥じらいに染めるような言葉はどっちの側も発していない、浜辺じゃごく普通の通りすがりの出会いってことだ。俺がこの点を強調するのは、この実《じつ》の詰まったブロンド娘はこの後フレディーの恋路にこんがらがって来るんだが、俺としては今のうちに、奴は徹頭徹尾吹き寄せられた雪のごとく純白［『冬の夜語り』四幕三場］だったってことをはっきりさせておきたいからだ。サー・ギャラハッドだって奴の通信教育講座で勉強できたくらいだったたんだ。

それから二、三日して、奴のロンドンの住所から転送されてきた絵葉書により、メイヴィスと父親がすでにマグニフィークに住まいしていることが知らされた。それで奴はツーシーターにあわてて乗り込み、胸高鳴らせて現地に向かった。愛する人をドライブに誘い、道端の茶房にてお茶をちょっぴり頂こうってのが奴の意図するところだった。

しかしこの計画は、彼女が外出中であったという事実により無効かつ無益となったんだ。スィートにてフレディーに応接した老ボドシャム卿は、彼女は弟のウィルフレッドを学校に送りに行ってしまったと奴に告げた。

「息子を昼食に呼びましてな」ボッド御大《おんたい》は言った。

「え、息子さんを食べようってですか?」フレディーは言った。「ちょっと胃のこなれが悪いんじゃあないかなあ、どうです?」しばらくの間、己《おの》が縦横な機知に心の底から奴は大笑いしていた。それからこのギャグがまるきり受けを取れなかったのを見て、笑いを引っ込めた。この第五代ボドシャム伯爵には何と言うか水曜日のマチネーの客みたいなところがいつだってあるんだってことを今、奴は思い出したんだ。謹厳な人物で、彼の知人の間では〈東方州の呪《のろ》い〉として知られている。

「息子さんはこちらの学校においでなんでしたね?」

「セント・アサフです。わしのカレッジ時代の旧友、オーブリー・アップジョン牧師によって運営されている学校組織です」

「なんですって!」何とこの世は狭いことかと感じ入りながら、フレディーは言った。「僕も昔セント・アサフにいたんですよ」

「さようですか?」

「断然そうですとも。イートンに行く前に三年の刑期をお勤めしたんです。それじゃあ、僕はこれで失礼します。メイヴィスさんに僕の愛を送ってくださいね。それと明朝早くにうかがうとお伝えください」

奴はとっとと立ち去ってふたたび車に飛び乗った。そして半時間くらい、ちょっぴり所在ない思いでブラムレイを運転してまわった。それでマリーナ・クレッセントと呼ばれる、一種の下宿屋ジャングル地帯を通り過ぎようとしていたとき、自分の直近で、騒々しい出来事が起こっているのに気づいたんだ。

奴の方に向かって、ごく栄養満点の金髪娘が道路を近づいてきた。奴が彼女に気づいたとは思わない――いや、もし気づいたとしたって、ただ「ああ、いつかの朝に浜辺で会った実《じつ》の詰まったブロンドだな」と一人ごちただけで、彼女のことは念頭から追っ払っちまってたに違いないんだ。だがこの瞬間、彼女は突然速いギャロップになって奴の注意の中に飛び込んできて、同時に餌食の匂いを察知した砂漠のライオンに似ていなくもない、しゃがれた叫び声が宙をつんざき、横道から頬ひげをたくわえ、退職した船長か塩干し乾物屋《かんぶつや》か何かみたいに見える年かさの人物が飛び出してくるのをフレディーは認めた。

この光景は奴を困惑させた。奴はいつだってブラムレイが人を元気ハツラツにするってことは承知していたが、こんなにまでハツラツにしようだなんて思ってもみなかったんだな。それで奴はもっとよく見てやろうと車を停めた。と、実の詰まったブロンド娘が、直線でスピードを炸裂《さくれつ》させ、奴の車のところまで来ると中に飛び乗ったんだ。

「急いで！」彼女は叫んだ。

「急げだって？」フレディーは言った。奴は当惑していた。「どういう意味で君は〈急いで〉って言葉を使うんだい？」奴は訊《き》いた。それでその件について奴は更に議論を深めようとしてたんだが、そこに頰ひげの親爺《おやじ》さんが全速力で走り寄ってきて、まるで彼女が巻貝で親爺さんの手が爪楊枝《つまようじ》だっていうみたいに、するりと娘を車の中から引っ張り出したんだ。

娘はフレディーをがしとつかんだ。フレディーはハンドルをがしとつかんだ。また頰ひげの親爺さんは娘をがしとつかんで離さなかった。それでしばらくの間、人間の鎖がこの調子で続いていた。それから耳つんざく音がして、娘とフレディーは離れ離れになった。

頰ひげの親爺は奴に向けて、悪意に満ちた態度で言い放った。

「もしここが公共の場でなければ」親爺さんは言った。「わしはお前を乗馬鞭《むち》で打ちすえてやっとるところだ。もし乗馬鞭があったらな」

そしてこの言葉と共に、親爺さんはそのごく栄養満点の娘を現場から引きずり去っていってしまった。容易に想像されるように、大いに混乱し、内なる意味を掌握《しょうあく》するところから遥か彼方《かなた》に離れたるフレディーをその場に残しつつだ。

ただいまの騒動のせいで奴の身体は、半分は車の外、半分は車の中に居るって状態になっていた。それで車から降りることでもって、奴はこのプロセスを完了させた。頰ひげの老人が車の塗装を引っかいて剝《は》がしちゃいないかって気がしたんだ。だが幸いぜんぶ大丈夫だった。それで奴はボンネットにもたれ、心鎮めるタバコを一服していた。と、奴の背後からメイヴィス・ピースマーチの声がしたんだ。

「フレデリック！」彼女は言った。

愛する人の声で、奴はまっすぐ宙に一八〇センチ跳《と》び上がったと、奴は俺に話してよこした。だがおそらくそれは誇張だと思う。きっと四〇センチくらいだったんだろう。だがそれにしたってかなり高く飛び上がったから、マリーナ・クレッセントじゅうのたくさんの窓から身をのり出してた連中が、奴のことを新しいステップを練習中のアダージョ・ダンサーだって思い込むには十分なくらいだった。

「ああ、ハロー、ダーリン！」奴は言った。

奴は陽気で屈託のない態度で話そうとしていたが、その目的を一キロ半くらい外していることに気づかずにはいられなかった。メイヴィス・ピースマーチをじっと見てみると、彼女の様子に一種硬直したところがあるのに奴は気づいたし、また奴はそいつがぜんぜん好きじゃあなかったものだ。彼女の目は厳しく冷たく、唇はきつく結ばれていた。メイヴィスは彼女の父親をして地元州民たちより敬して遠ざけられるに至らしめている厳格なピューリタニズムを父親から受け継いでいたんだが、今やそいつを全身の毛穴から発散していた。

「ああ、君、そこにいたのかあ！」今なお陽気さと屈託のなさで通せるだけ通してみようと、奴は言った。

「ええ」メイヴィス・ピースマーチは言った。

「僕もここに来てたんだよ」フレディーが言った。

「ええ、そのようね」メイヴィス・ピースマーチは言った。

「友達のところに泊まってるんだ。こっちに来て君を驚かせてやろうと思ってね」

「大成功よ」メイヴィス・ピースマーチは言った。彼女は遭難中の船の帆を引き裂く北東の大風みたいに聞こえる音で、フンと鼻を鳴らした。「フレデリック、これはどういうこと？」

「へ？」

「あの女よ」

「ああ、あの娘さん？」フレディーは言った。「ああ、君の言いたいことはわかる。あの娘さんのことを言っているんだな。まったく途方もない出来事じゃあないか、ねえ？」

「ほんとうね」

「彼女は僕の車に飛び込んだんだ、君は見たかい？」

「ええ。昔からのお友達？」

「いや、いいや。見知らぬ他人だ。ほぼまったく見知らぬ他人だよ」

「あら？」メイヴィス・ピースマーチは言った。そして通りの向こうまでこだまするような音で、もう一ぺん鼻をフンと鳴らした。「あのご老人は誰？」

「わからない。別の見知らぬ他人だ。尚更もっと見知らぬ他人さ」

「あの人はあなたを乗馬鞭で打ちすえたいって言ったわ」

「そうだ。僕もそれを聞いた。まったくクソ馴《な》れ馴れしい話じゃないか」

「どうしてあの人はあなたを乗馬鞭で打ちすえたいのかしら？」

「ああ、そこまでだ。あの人物の思考過程は僕には封印された書物に等しい」

「わたしが受けた印象だと、あの方はご自分の娘さんが暇つぶしの慰みものにされたことに憤慨してらっしゃるご様子だったけど」

「だけど僕はやってない。実のところ、こっちに来てから僕に暇な時間なんかあんまりないんだ」

「あらそう？」

「僕の頭に浮かぶ解答は、僕らはいわゆるE・フィリップス・オッペンハイム状況に遭遇してるってことだ。うん、それでぜんぶ説明がつく。僕はこういうことじゃないかと思う。あの娘は国際スパイだ。彼女は要塞の平面図を手に入れて、それを共犯者のところに持っていく途中だった。そこに頬ひげの親爺さんがやってきた。彼はシークレット・サービスなんだ。あの頬ひげが変装だったのはわかるだろう。彼は僕を共犯者だと思った」

「あら?」

「君の弟のウィルフレッドは元気かい?」話題を変えて、フレディーは訊《き》いた。

「わたしをホテルまで乗せていって下さる?」更に話題を変え、メイヴィスが言った。

「ああ、いいよ」フレディーは言った。「いいとも」

その晩、フレディーは横になったまま落ち着かず、眠れずにいた。ホテルで車を降りたときの愛する人の態度には、自分の説明はかくあれと願ったほどにしっかり説得力のあるものだったろうかと、奴をあれこれ思い悩ませるようなところがあった。奴は中に入って一緒に楽しくおしゃべりしようと提案したが、彼女はいいえ、ごめんなさい、頭痛がするの、と言ったんだった。奴は彼女はなんて素敵に見えることかと言ったが、彼女はあらそう? と言った。そして奴が、君は君のフレディー君を愛してくれているかいと訊いた時、彼女はなんら聴き取れるような返答をしなかったんだ。

全面的に、これは専門用語で恋人たちのちょっとした揉《も》め事と言われる状況が、たいそうな勢いで始まったんだと思われた。また寝そべって枕を放り上げながら、これを一体どうやったら調整できるものかと、奴は思案していた。

ここで必要なのはジェスチャーだ、と、奴は感じた――奴のハートが正しい場所にあるってことを証明する、何かしら華々しいパフォーマンスだ。

だがどんな華々しいパフォーマンスだろう？

奴はメイヴィスがおぼれるところを救出するとのアイディアを心にもてあそんだ。だが彼女が海水に浸かるごく稀《まれ》な機会においてすら、彼女は腰より深いところにはけっして行かないんだったと思い出し、その考えを一蹴《いっしゅう》した。

奴は老ボドシャム卿を燃えさかる建物の中から救出することを考えた。だがどうやってその燃えさかる建物を調達したもんだろう？　ホテル・マグニフィークにただマッチで火を点《つ》けたとて、必ずや炎上してくれるとは期待できまい。

それから家族じゅうをくまなく探した末、奴はウィルフレッドのガキに行き当たった。そしてたちまち第一級のインスピレーションを得たんだ。メイヴィスの尊敬を取り戻すのは、ウィルフレッドを介してでなけりゃならない。それはセント・アサフにでかけて行って、オーブリー・アップジョン牧師に学校を半日休みにしてくださいって頼むことによって果たされ得よう。この親切な行為は、自分をたちまちのうちに復権させてくれることだろう、ってな。

奴にはその場面を思い描くことができた。ウィルフレッドがある日の午後、お茶の時間に飛び跳《は》ねながらやってくる。「いったいぜんたい、あなたここで何してるの？　学校から逃げ出したんじゃあないでしょうね？」「ちがうよ」ウィルフレッドは答えるのだ。「学校のほうで僕から逃げ出してくれたのさ。言い換えれば正直者の大王フレディー・ウィジョンさんのおかげで、僕たち半日休みをもらったんだよ」「んまあ、わたしびっくりしちゃったわ！」メイヴィスは叫ぶことだろう。

「フレディー・ウィジョンさんに天のご加護がありますように！　わたしあの人を誤解していたって思うわ」

ここのところで、フレディーは眠りに落ちた。

夜を徹して考えた末に重要な決定に至ったって時には、目が覚めてみたらばだいぶそいつが色あせて見えるってことはしばしばある。だが朝が訪れてもなお、フレディーはその日の善行を果たすべく意を決していた。しかしながら、奴がその展望を好きでいたと言ったら、俺はお前らに嘘をついてることになる。奴はそいつに怖気《おじけ》づいていたと言ったとて、けっして言い過ぎじゃあない。ニッカーボッカーズボン時代から幾星霜《いくせいそう》の歳月が過ぎ去ってはいたものの、いまなおオーブリー・アップジョン牧師は奴の記憶中に青々としていた。精神においてはサイモン・リグリー［ストウ夫人の『アンクル・トムの小屋』に登場する冷酷無比の奴隷商人］とバウンティ号の今は亡きブライ船長［一七八九年に南太平洋で起こった乗組員反乱事件。ブライ船長は映画『戦艦バウンディ号の反乱』（一九三五）で暴虐な独裁者として描かれた］に近似した人物で、規律・訓練手法において彼らと多くを共有していた。彼は可塑《かそ》性に富んだ幼いフレディーの心に深い印象を留めており、自分は彼の許に急に立ち寄って半日休みをお願いしようとしているのだとの思いは、少なからず奴の血を凍りつかせた。

だが二つの理由で奴はこれを克服した。つまり、（a）大いなる愛、（b）ビンゴの赤ん坊を借りて一緒に連れて行くことで、自分は強力な自説の論拠を手に入れられるってことに突然思い当たったという事実だ。

校長先生ってものは、いつだって未来を築き上げるのにひどく熱心だってことを奴は知っていた。彼らにとって、今日の赤ん坊はやがて明日の生徒である。ビンゴの赤ん坊をあの親爺の眼前に見せびらかして「アップジョン、お前のためにちょっとだけ恩義を施してやってもいい。この子の両親に対する俺の影響力は絶大だ。そっちの出方によっちゃあ、こいつがお宅の学校の入学希望者名簿に載ることになるんだぞ」と言ってやる。それですべては変わるはずだ。

そういうわけで、ビンゴとビンゴ夫人が向こうを向いている間を見計らい、奴はジュニアをかっさらって出発した。そして薄いコートの下にこの若年世代を抱え持ち、ただいまセント・アサフの正面玄関ドアの呼び鈴を鳴らすところとなった。メイドが奴を書斎に通し、奴はその場に一人、もう長いこと見てはいないものの記憶に生々しい部屋の細部をしげしげと見回していた。

今たまたま奴が訪問したのは、オーブリー牧師が上級生のクラスで聖書の歴史を教えている時間だった。また校長先生が上級生のクラスに真剣に食らいつくという時、そうやすやすと剣を鞘《さや》に収めちゃあくれないものだ。したがってずいぶんと長い出待ちの時間があった。そして時が経《た》つにつれ、フレディーは書斎の空気をいちじるしく抑圧的だと感じ始めていた。

わかってもらえるだろう。最後に奴がこの部屋に入った時には、状況はちょいとばかり恥ずかしい具合だったんだ。奴は椅子にかがみ込んでいて、他方オーブリー・アップジョン牧師は奴の背後に強力な位置取りを得、目を細めて距離を目測しつつ立ち、突き出されたズボンのお尻に自慢のマラッカ・ステッキを打ちおろそうと準備していた。こういう記憶ってのは、いくらか人を悲しい気持ちにさせるもんだ。

フランス窓の外では太陽が輝いていた。それで奴を苦しめ始めていたこの落ち込んだ気分解消に必要なのは、タバコを一服しながら庭を散歩することだってフレディーは思ったんだ。そういうわけで奴はのんびり歩き出し、それで庭の端まで歩いてその先の柵の向こうをぼんやり眺めていた。

と、その柵の向こう側でとある活気あふれる事態が進行中だってことに気づいたんだ。奴は狭い庭の中を覗《のぞ》き込んだ。その庭の向こうには家があった。その家の上の窓のひとつに女の子がいた。彼女は奴に向かって腕を振り立てていた。

四十メートル距離をおいた位置から腕を振り立てて何を言わんとしているものかを細大洩《も》らさず伝えることが、容易であったためしはない。またフレディーは当然ながらその趣旨を大いにつかみ損ねたところだ。実際、その女の子が奴に伝えようとしていたのは、彼女は最近桟橋の野外ステージでジョージ・パーキンスという男性と出会い、彼はロンドンの賭け屋会社に雇われてジョー・スプロケットの名前で営業しており、二人とも『ザンパ』の序曲［ルイス・ヘロルド作曲のブラスバンド曲］が好きだったことが二人を結びつけた、それで彼女は彼を深く愛していて、彼女の優しき情愛に彼は完全に報いたものだが、彼女の父親は賭け屋を是認しない宗教セクトに属しており、この結婚に賛成しないのみならず前記パーキンスと会うことすら拒否し、また彼——すなわち彼女の父親——は、誠実な恋人から来た、後者の下宿（マリーナ・クレッセント十番地）にて落ち合って地元の結婚登録所にて急ぎ挙式しようと段取った手紙を横取りし、それで彼——ここでも彼女の父を指す——は、彼の言葉を借りるなら、彼女が正気に戻るまで、彼女を自室に閉じ込めてしまった、ということだった。それで彼女がフレディーにしてもらいたいのは、彼女を外に出してくれることだ。なぜなら愛するジョージがマリーナ・クレッセント十番地で結婚許可証を持って待っているんだし、彼女が彼に合流しさえすれば、すべてはすぐ完了なんだからな。

いま言ったように、フレディーはこれだけぜんぶを把握はできなかった。だがここなるは〈悲しみの乙女《おとめ》〉だってことを理解するに十分なほどには、そいつを受け止めたし、それでもって根底から心かき乱されたんだ。奴はこういうことがスリラー小説の世界以外で起こるだなんて思ってもみなかった。またそこですら、そういうことが起こるのは堀をめぐらされた城郭に限られるんだと思っていた。ここはどう見たって堀をめぐらされた城郭じゃあない。向こう側に三百坪拡がる公園のごとき敷地に立つ、二階建ての住み心地のよさそうなスレート葺《ぶ》きの住宅だ。いかにも退職した船長か塩干し乾物屋の所有でありそうな家に見えた。

諸国遍歴の騎士の精神に満ち満ちて、っていうのはいつだって奴は悲しみの乙女にゃあ弱いからなんだが、目を輝かせ奴は柵に跳び上がった。それで窓の下に立った段になってようやく、窓ガラスごしに水族館の稀少魚みたいに目をまん丸くして奴を見ているのが、古馴染《ふるなじ》みの、あの実《じつ》の詰まったブロンド娘だってことに気づいたんだ。

それを見て奴の熱はだいぶ冷めた。奴はどちらかっていうと迷信を信じるような男だったし、この大波のうねるがごとき曲線美の持ち主が奴にとっての幸運の運び手じゃあないって感じ始めていたんだな。いま奴は昔ジプシーに美女には気をつけろって警告されたことを思い出していた。それで一瞬、回れ右をしてすべての不快事は無視しようかって、ギリギリで際どかった時もあった。しかし旧きよき諸国歴遊の騎士精神がひと働きして、奴はまた計画通りでいこうって決めたんだ。彼女の眉毛《まゆげ》がすばやくひとひねりされたところから、鍵はドアの外にあると読み取って、奴は居間のドアから忍び込んで階上に駆け上がり、必要なことをやり終えた。そして一瞬後、彼女は壜《びん》からコルクが抜けるみたいにスポンと飛び出し、階段を急降下した。彼女は居間の中に疾走して入り、窓から疾走して出ていった。奴は彼女の後を疾走した。そして敷居の上を走り抜けながら奴が最初に見たものは、彼女が芝生の周りを、マリーナ・クレッセントで彼女を引きずり去っていった頰ひげの親爺にぴったり伴走されながら、駆け回っている姿だった。彼は三叉《みつまた》の熊手を所持し、柄《え》のところで彼女を強打しておよそ二回に一発は命中を取っていた。

これはフレディーには大きな驚きだった。というのは彼女の指をひねる動作から、彼女の父親はクロケット・クラブに出かけているものと、はっきり理解していたからだ。一瞬奴は立ち止まり、どうしていいかわからずにいた。

奴は退却を決意した。騎士道精神に富んだ男ならば誰だって、女性が熊手の柄で効き目のいいやつを続けて食らう様を見たくはない。だがこれは父と娘の間でしか徹底的な議論は尽くされ得ない、純粋に家庭内の争議だって奴には思われた。そういうわけだから奴はじりじりとその場を離れようとした。と、頬ひげの親爺さんは奴を見、奴の方に向かって突進してきた。塩干し乾物屋の戦場の雄叫びを発しながらだ。むろん親爺さんの思考の脈絡は理解できる。親爺さんはフレディーを失恋した賭け屋のジョージ・パーキンスだと思ったんだ。それで奴の内臓の色を見たいと願ったんだな。たいそう感銘を覚えたことに、フレディーには、親爺さんがいまや熊手の柄の方を手にしているのが見えた。

この老紳士の計画を邪魔だてすることがなんにも起こらなかったら、まさしくどういう帰結が生じていたものかを、言い当てるのは難しい。だがたいそうな幸運のおかげで、突きの届く距離に達する前に親爺さんは植木鉢に蹴《け》つまずいて印象的なまっさかさまの転落をするに至った。それで親爺さんが再び身体を表側に起こせる前に、フレディーは娘を奪取し、彼女を柵の向こうに放り投げ、自分も柵を跳び越えて彼女を引っぱってセント・アサフのグラウンドを横切り、玄関ドアのところに停めてあった奴の車のところまでたどり着いたんだ。

これだけの展開は十分たっぷりだったし、実《じっ》の詰まったブロンド娘も心ここにない体《てい》でいたから、二人して車に乗って急発進した時ですら、会話といったようなものはほとんど発されぬままだった。実の詰まったブロンド娘は、マリーナ・クレッセント十番地まで乗せていってくれとの要求を息切れ切れに伝えた後、目的地に着いた時にもまだ息を切らしていた。奴は彼女を降ろし、車で走り去った。それで走り去りながら、何かが足りないってことに奴は気がついたんだ。何か奴が身につけていたものが身についていない。

奴はあれこれ考えた。

シガレットケースだろうか？

いや、シガレットケースじゃない。

帽子か？

いや、帽子ならかぶっている。

小銭か？……

そこで奴は思い出した。ビンゴのうちの赤ん坊だ。奴はあれをオーブリー・アップジョン牧師の書斎で消しゴムのかけらを齧《かじ》らせたまま、置いてきちまったんだ。

さて、最近の経験によって奴の神経系は依然激しくかき乱されてる最中で、奴の昔の恩師との会見は、恍惚《こうこつ》というような性質の思いと共に楽しみ待ち構えるようなことじゃまったくなかったんだが、奴はきわめて明晰《めいせき》な思考をする男だったし、赤ん坊をそこいらじゅうにばら撒《ま》いてきてそのまんまで済ますなんて真似はできないってことは理解していた。だから奴はセント・アサフに戻って書斎の窓のところに小走りで近寄った。と、中にはオーブリー・アップジョン牧師がいて、いかに気の抜けた、思慮の浅い観察者だとて、狼狽《ろうばい》しているとわかる様子でそわそわ歩き回っていたんだ。

おそらく、未婚の校長先生が自室の聖域にて一番見つけたくないものは、長期滞在に来たらしき、説明のつかない赤ん坊だろうと俺は思う。またフレディーが出ていった後、ほどなく書斎に入ったオーブリー・アップジョン牧師はその中身に気づき、少なからぬ程度のショックを受けたんだ。彼はこの状況を、あからさまな懸念もて見やった。

そしてオーブリー牧師はふたたびそわそわと歩き回りだした、と、またもや別のショックを受けた。この問題をありとあらゆる角度から検討するため、彼は一人きりでいたいと願ってたんだが、自分を窓から覗き込んでいる若い男がいたんだ。その若い男の顔には、彼の目には冷笑的なニヤニヤ笑いと見えるものがあった。そいつはもちろん本当はご機嫌取りの愛想笑いだったんだが、オーブリー牧師みたいな精神状態に置かれた者に、そんなことは知る由もない。

「ああ、ハロー」フレディーが言った。「僕のことは憶えてますよね、どうです?」

「いや、君のことなど憶えてはおらん」オーブリー牧師は叫んだ。「出ていけ」

フレディーは愛想笑いをもう数センチ拡大させた。

「元生徒です。名前はウィジョンです」

オーブリー牧師はうんざりしたようにひたいを手で拭《ぬぐ》った。彼がどんなふうに感じていたかは理解できるってもんだろう。つまり最初にあの恐ろしい衝撃があり、そこに重ねて、何年も前にもう二度と見たくないと願って送り出した男の、彼の人生への再出現だ。

「ああ」低い、抑揚のない声で、彼は言った。「ああ、憶えておる。ウィジョンだな」

「Ｆ・Ｆです」

「君の言うとおり、Ｆ・Ｆだ。何の用だ？」

「僕の赤ん坊を取りに来ました」言い訳がましい配管工みたいにフレディーは言った。

　オードリー牧師はびっくりして跳び上がった。

「これはお前の赤ん坊なのか？」

「えー、厳密に言うと、そうじゃありません。貸出し中なんです、ただの。いくらか前に、友達のビンゴ・リトルが有名な女流作家のロージー・Ｍ・バンクスと結婚して、これはその、いわゆる結果です」

　オーブリー牧師は何かしらの強烈な感情と格闘しているように見えた。

「それじゃあこの赤ん坊をわしの書斎に置いていったのは、お前か？」

「そうです。その、おわかりいただけますか――」

「はっ！」オーブリー牧師は言い、あたかも自然発火するかのごとく、ポンと音立てて爆発した。

　そのとき聞かされた演説くらいに感銘力の深いものもなかったと、フレディーは俺に話してくれた。奴はそいつが好きじゃあなかった。だが不承不承ながら、それは奴の賛嘆の念を喚起せずにはいられなかったんだ。つまりだ、ここなるこの人物は、聖職者の地位にあるがゆえ、俗人には自由に使える言葉をまったく使用できないにもかかわらず、しかしなお、ひとえに人間性の威力のみによってそのハンデを克服し勝利を獲得している。もっとも厳格な家庭の居間において発言し得ない言葉を一言たりとも口にすることなしに、オーブリー・アップジョン牧師はフレディーの胸のうちに、あたかも不定期貨物船の若い航海士の仲間連中と口論に及んでいるかのごとき幻影を築きあげてのけたんだ。また彼の発する一語一句ごとに、この会話を半日休みの主題方向に向けるのは、いよいよ困難なことになっていったんだな。

彼が、「第三点目に」まで到達するはるか以前に、フレディーは自分が何か強力な機構に呑《の》み込まれたみたいな気分になっていた。それでやっとのことでこの場をおさらばするのを許された時、奴は幸運な脱出をしたって感じていた。つまりずいぶん長いこと、自分はきっとあの椅子に身体をかがめるよう求められるんだろうなって、奴は思ってたんだ。それでオーブリー牧師の人間性の強烈な磁力ゆえ、自分は四《し》の五《ご》の言わずにそいつをやってたことだろうって、奴は俺に話してくれた。

だいぶ動揺しながら、奴はビンゴの住まいへと車を運転して戻った。それで着いて最初に奴が見たのは、ビンゴが階段に立ち、すっかり喪失感に打ちひしがれている姿だった。

「フレディー」ビンゴはキャンキャン吠《ほ》えたてた。「アルジャーノンを見たか？」

フレディーの頭は最高に冴《さ》え渡った状態じゃあなかった。

「いいや」奴は言った。「俺はそいつに会ったことがあったとは思わないなあ。アルジャーノン、誰だ？　お前の友達か？　いい奴なのか？」

ビンゴは高い丘みたいにぴょんぴょんした。

「うちの赤ん坊だ、バカ！」

「ああ、あのいい子の赤ん坊かあ？　ああ、俺が持ってる」

「六百五十七回コン畜生だ！」ビンゴは言った。「いったいぜんたいどういうわけでお前がアルジャーノンを連れてでかけなきゃならないんだ？　俺たちが今日の午前中じゅうずっとあの子を探してたってことが、わかってるのか？」

「あいつに何か特別な用事でもあったのか？」

「たった今警察に連絡して、捜査網を敷いてもらうところだったんだぞ」

ようやくここに至って、謝罪が必要だってことがフレディーにもわかったんだ。

「すまなかった」奴は言った。「とはいえ、終わりよければすべてよしさ。さあ子供はここだ。あれれ、いない」車の中を手早く調べた後、奴は付け加えた。「なあ、たいへん不幸なことなんだが、俺はあいつをまた置いてきちまったみたいだ」

「置いてきただって？」

「話があんまり立て込んでて、あいつのことが頭からすっかり抜け落ちてた。だがあいつのいる住所は教えてやれる。ブラムレイ・オン・シー、メイフェキング・ロード、セント・アサフ、オーブリー・アップジョン牧師の許にいる。お前はただ、手の空いた時にあそこに立ち寄って、あいつを回収してくれればいいだけだ。ああ、昼飯の用意はできてるか？」

「昼飯だって？」ビンゴは胸の悪くなるような、陰気な笑い声を上げた。少なくとも、フレディーにはそう思えたんだ。そいつはタイヤが破裂するみたいな音に聞こえた。「昼飯にゃあたいそうなご馳走が頂けることだろうよ。コックはヒステリーを起こした。台所メイドはヒステリーを起こした。パーラーメイドもハウスメイドもみんなんだ。ロージーは十一時半にはもうヒステリーを起こして、今はベッドで氷嚢《ひょうのう》をのっけてる。この件のことを彼女が知ったら、俺はたとえ一〇〇万ポンドもらったってお前の立場にゃあ立ちたくない。いや二〇〇万ポンドだってだ」ビンゴは付け加えた。「いいや、三〇〇万でもだめだな」

事態のこういう側面のことを、フレディーは考えてもいなかった。聞くべきところは大いにあると、奴は理解した。

「なあ、ビンゴ」奴は言った。「俺は今日ロンドンに帰るべきなんじゃないかって思うんだ」

「俺ならそうする」

「向こうでやらなきゃならないことがいくつかある。きわめて重要なことがいくつかな。たぶん、俺が街にさっさと帰ったら、お前は俺の荷物を後から送ってくれるよな?」

「よろこんで送ってやる」

「ありがとう」フレディーは言った。「あの住所は忘れないでくれよ? メイフェキング・ロード、セント・アサフだ。俺の名前を言って、それで俺がうっかりして書斎に置いてきちゃった赤ん坊のことでここに来ましたって言うんだ。それじゃあさてと、俺はメイヴィスに会いに行ってこようと思う。俺はどうしたかって思うだろうからな」

奴は車で出発した。そして数分後、ホテル・マグニフィークのロビーに入っていった。最初に奴が見たのは、メイヴィスと父親が鉢植えのヤシの木の横に立っている姿だった。

「ハロー、ハロー」とことこ近寄りながら奴は言った。

「ああ、フレデリック」ボドシャム御大《おんたい》が言った。

憶えているかどうか、あのニューヨークの件の話をしたとき、かなり厄介な状況になったところで、ボドシャム御大が何か胸に一物持ったタラみたいな顔になったのにフレディーは気づいたって俺は話したんだが。それと同じ状況が、今起こっていた。

「フレデリック」ボッド御大は続けて言った。「メイヴィスがきわめて不快な話をわしに聞かせたところなんじゃ」

フレディーには何と言っていいものだか、皆目わからなかった。現代女性はその発言の忌憚《きたん》のなさにもかかわらず心は健全なんですとか、喫煙室仕込みの小咄《こばなし》――寛大で寛容な話、と言っておわかりいただければですけど――をときたま披露したからってそんなに実害はないじゃないですかとかいった科白《せりふ》を、奴はあわてて頭の中ででっちあげていた。と、ボドシャム御大が再び話し始めた。

「君が金髪の若い女性と、かかわり合いになっていると娘は言うんじゃ」

「デブの若い金髪女よ」メイヴィスはもっと具体的に付け加えた。

フレディーは両腕を、情熱を込め手旗信号みたいに振り立てた。

「事実無根です」奴は叫んだ。「何でもありゃあしません。ぜんぶがぜんぶひどく大げさな話ですよ。メイヴィス」奴は言った。「僕は驚いたし、ずいぶんと傷ついたよ。君はもっと僕を信頼してくれているものと思っていた。優しき心は宝冠に勝り、純真な信頼はノルマン人の血脈より貴い〔テニスンの詩「レディー・クララ・ヴェア・ド・ヴェア」〕」奴はこう続けた。なぜって奴は昔教室で悪臭弾を破裂させたせいでこのギャグを二百回書かされたことがあったから、それでいつだってこいつを憶えてるんだ。「彼女は見知らぬ他人だって言ったはずだ」

「それならばどうして、君が今朝自分の車に彼女を乗せてブラムレイの公道を走り回っているようなことになったのかの？」ボドシャム御大が言った。

「そうよ」メイヴィスが言った。「それをわたしも聞きたいの」

「その点について」ボドシャム御大は言った。「われわれ両名とも、喜んで説明を伺いたいものじゃ」

こういう時のフレディーにおいてこそ、奴の最高の姿が見られるんだ。奴の心臓は繋留《けいりゅう》場所を離れて浮き上がり、奴の前歯の一本を押してぐらぐらにしていたが、奴の態度にそれを示唆するところは絶無だった。二人を見つめる奴の目は、言語道断の非難を不当に受けて苦しむ潔白な男のそれだった。

「僕がですか？」信じられないというように、奴は言った。

「君じゃ」ボドシャム御大は言った。

「わたしはこの目で見たのよ」メイヴィスが言った。

このクラブ中の誰か他のメンバーに、フレディーがこのとき放ったような、明るい、無頓着な笑いができる奴がいるかどうか、俺は疑問に思うな。

「なんて途方もないことを言うのかなあ」奴は言った。「このリゾートにはどんな鋭い目だって騙《だま》されるくらいに僕そっくりの誰かがいるって考えるしかないですね。いいですか、ボッド――いや、というかボドシャム卿――そして君だ、メイヴィス――今朝の僕は忙しくて、たとえそんなことが、考えただけで胸の底までむかむかするようなことじゃないとしたって、ブロンド娘とドライブしてる暇なんかはなかったんだ。ウィルフレッド君が喜んでくれるかもしれないって思い立ったんで、僕はセント・アサフまで、オーブリー・アップジョン牧師に学校を半日休みにしてくださいって頼みに行っていたんだ。もちろん感謝してもらうには及ばない。僕がこの話をするのは、僕がブロンド娘とツーシーターを乗り回して遊んでただなんていう君の考えが、どんなに馬鹿げているかってことをわかってもらいたいからなんだ。僕が長いこと一緒に会談していたことはオーブリー牧師が証明してくれるさ。その後、僕は友人のビンゴ・リトルと会談した。その後で僕はここに来たんだ」

沈黙があった。

「おかしいのう」ボッド御大が言った。

「とってもおかしいわ」メイヴィスが言った。

二人とも明らかに困惑していた。それでフレディーが途轍《とてつ》もないばかりの勝目のなさを克服して窮地を脱したという、この上なく痛快な感覚を覚えはじめていたその時、ホテルの回転ドアが何らかの不可抗力に圧倒されたかのように動き、藤紫色の服を着ててっぺんに金髪を戴いた膨満した人物が姿を現した。左の端から右の端まで隈《くま》なく目をやれば、あの実《じつ》の詰まったブロンド娘である。

「クー！」フレディーを見ると、彼女は叫んだ。「あなたここにいたの、かわい子ちゃん！ ほんのちょっとだけの間、失礼しますわね」彼女はメイヴィスとボッド御大に向かって付け足して言った。二人は彼女の姿を見て、踵《かかと》から上を後ろにのけぞらせてたんだ。それで彼女はフレディーの腕に自分の腕を絡ませると、奴を脇へ引っぱっていった。

「さっきはあなたにありがとうを言ってる時間がなかったの」彼女は言った。「それにあんまりにも息絶え絶えだったから。パパはとっても足が速いし、熊手の柄をよけてまわるのって女の子をとってても疲れさせることだわ。あなたとこんな所で会えるだなんて何てラッキーなんでしょ。あたしの殿方のご友人とあたしは、あれからすぐ登録所で結婚したの。それで結婚祝いの朝食をここで食べてたのよ。あなたにどんなに感謝してるか、言葉にならないわ」

それで、行動は言葉に勝るっていうように、彼女はフレディーに抱きつくと熱いキスをしたんだ。それから彼女は婦人化粧室にとっとと失礼していっちまった。そしてその場に根を下ろしたように、フレディーが後に残された。

　だが奴はその場に長いこと根を下ろしちゃあいなかった。メイヴィスとボドシャム御大をチラッと一目見ると、韋駄天《いだてん》のごとく、奴は一番近い出口に向かって走り去った。その一瞥《いちべつ》は、ほんのチラッではあったものの、これでおしまいだって奴に告げていたんだ。ボッドはメイヴィスを見、メイヴィスはボッドを見ていた。それから二人とも振り向いて奴を見た。そしてその目の中には奴に、いま言ったように、これでおしまいだって告げる何かがあった。奴は見事な言い訳屋だが、言い訳のしようのないことってのはあるってことを奴は知っていたし、こいつはそのひとつだ。

　そういうわけで、もし俺たちの年次トーナメントがブラムレイ・オン・シーで開催されてたら、ハンデ二十四でプレイするフレデリック・ウィジョンの登録はない。奴はブラムレイ・オン・シーとは永久に関係断絶だって事実を隠し立てしちゃあいない。要するに、もしあそこが誰かを元気ハツラツにしたいなら、頼むから他の誰かをどんどん元気ハツラツにしてやってくれってのが、奴の思ってるところなんだ。

タズレイの災難

二人のエッグ氏と幾人かのビーン氏が、ドローンズ・クラブの喫煙室にてゆったり一杯いただいていた。と、一人のクランペット氏が入ってきて、この中で誰か、ほぼ新品のテニスン詩集を買いたい奴はいないかと訊《き》いた。彼の態度物腰からは、この取引成立にほとんど期待を抱いてないことが見て取れた。予想通り、取引は不成立で終わった。二人のビーン氏とエッグ氏の一人はいらないと言った。もう一人のエッグ氏はただ、短い、冷笑的な笑いを放っただけだった。

クランペット氏はあわてて一同との関係修復を図った。

「こいつは俺のじゃない。フレディー・ウィジョンの持ち物なんだ」

二人のビーン氏中、年上のほうが鋭く息を呑《の》んだ。心底ショックを受けていた。

「お前、まさかフレディー・ウィジョンがテニスンを買ったって、そう言ってよこすつもりじゃないだろうな？」

年下のほうのビーン氏が、長らく自分を襲っていた疑念がこれで確証されたと言った。可哀そうなフレディーの奴は、ぶっ壊れちまったんだ、と。

「全然そんなことはない」クランペット氏は言った。「奴には最高の動機があったんだ。ぜんぶがぜんぶ、戦略的手段だったんだし、俺の意見じゃあ、かなり優秀な戦略的手段だった。奴は女の子に向けて自分の株を急騰させようとして、そうしたんだ」

「どの女の子だ？」

「エイプリル・キャロウェイだ。彼女はウースターシャーのタズレイってところに住んでいる。フレディーは釣りをしにそこに行ったんだ。それでロンドンを発とうって日に、たまたま奴は伯父さんのブリスター卿に会った。それで後者のほうは、奴がそっちのほうに行くって聞くと、絶対タズレイ・コートを訪問して旧友のレディー・キャロウェイの背中をはたいてやるのを忘れるなって言ってよこしたんだ。そういうわけでフレディーは到着翌日の午後、同館を訪問し、その件は片付けちゃおうと思ったんだな。それから帰りに庭園を横断している途中で、突然、女の子の声が東屋《あずまや》の中からするのを奴は聞いた。その声があんまりにも音楽的だったから、奴はちょっぴりにじり寄って窓からチラッと一目見た。それでそうしながら、奴はよろめき、もうちょっとで倒れるところだったんだ。

奴の立つ場所からは（クランペット氏は語った）、その女の子の姿をはっきり見ることができたし、また奴が話してくれたところじゃあ、彼女は絶対究極のキメ言葉、泡立つ断末魔の絶叫だったんだそうだ。奴が自分で手ずから設計図を描いたとしたって、彼女が奴にとってここまで美しく見えることはなかったはずだ。奴は茫然自失した。こんなものがこの屋敷内にいようだなんて思ってもみなかったんだ。この時この場で、奴はこれから二週間釣りをして過ごそうっていう計画を放棄した。毎日終日断然絶対全面的に、これからずっと自分はタズレイ・コートに家付きの亡霊みたいにとっ憑《つ》いてやらなきゃならないってことが、奴にはわかったんだ。

奴はいまや五感が再び機能開始するのに十分なくらいまで回復していた。そして彼女が、脇に座った緑色の目と上向きの鼻をしたチビでしかつめらしい顔をした女の子に何かしらの詩を読み聞かせてやってるってことがわかった。で、そのヨタ本が何だかを突き止めるのがきわめて堅実な方針だって奴は思い当たったんだ。つまり、そりゃあもちろん、求愛するとなったら、愛する人のお気に入りの文学方向から攻めるのはもう半分勝ったも同然って手だからな。そいつが何かを確認し、がっちり読んで、彼女の前で引用をひとつふたつ披露すれば、「ヤッホー！」なんて言ってる暇もないうちに、彼女はお前を心の友って思ってぞっこんになるぞと、そういうもんなんだ。

また、ここのところで奴は幸運に恵まれた。その娘は突然読むのをやめたんだ。そしてその本を開いたまま膝の上に伏せて置き、しばらくの間、北北東方向を夢見るように見やった。詩の途中で特別たっぷりそそられる箇所に行き当たった時、しばしば乙女《おとめ》ってものがそうするみたいなふうにだな。それで次の瞬間フレディーは地元の郵便局に脱兎《だっと》のごとく駆けていって、ロンドン宛に『アルフレッド・テニスン卿作品全集』を注文する電報を打っていた。奴はいくらかほっとしたって、俺に話してくれた。なぜなら女の子ってものはあんなふうなモノなんだから、これがシェリーだってことだって容易にあり得たわけだし、ブラウニングってことすら、あり得たんだ。

さてと、フレディーはタズレイ・コート最強の厄介者になろうって計画を作戦開始するにあたって、一時たりとも無駄にゃあしなかったんだ。翌日の午後、奴はそこを再び訪問し、レディー・キャロウェイと再び会見し、この娘、エイプリルと緑目のガキに紹介を受けた。そっちのほうは妹のプルーデンスってことだった。ここまではよしだ。だが奴がエイプリルに礼儀正しいが激烈な目線を向けて、ロメオ隊長ただいま参上って件について大雑把な予備通告を与え始めようとした、ちょうどその時、女主人は続けて〈ブラッドベリー大尉〉とか聞こえるようなことを何か言ったんだな。そしていやらしい衝撃とともに、自分がただ一人の訪問者じゃあないってことに、奴は気づいた。片手に一杯の紅茶を持ち、もう片方の手に食べかけのマフィンを持って椅子に腰掛けていたのは、ツィードの服を着た途轍《とてつ》もなく大型で筋骨たくましい男だった。

「ブラッドベリー大尉よ、ウィジョンさん」レディー・キャロウェイは言った。「ブラッドベリー大尉はインド軍にいらっしゃるの。休暇でこちらに戻ってきておいでで、川沿いにお家を借りてらっしゃるのよ」

「ああ?」フレディーは言った。相手が汚い手を使ってきたなと奴が思っているのがわかるような態度でだ。

「ウィジョンさんはわたくしの旧いお友達のブリスター卿の甥御《おいご》さんでいらっしゃるのよ」

「あーあ?」ブラッドベリー大尉が言った。フレディーの汚《け》がらわしい出自なんて自分には何の興味もないと言いたげなあくびを、ハムみたいな手で覆い隠しながらだ。これが突然の友情誕生の時となりそうにないのは明白だった。ブラッドベリー大尉は明らかに、英雄たちにとって住みやすい世界とは、これ以上削減しようのないほどに最小限のウィジョンしか含まない世界だと感じているようだった。他方、フレディーにしてみれば、この問題のかくも決定的に重要な時点で、この場に一番うろうろしてほしくない人物とは、濃厚に日焼けし、彫りの深い顔立ちと粋な口ひげをした軍人であったわけだ。

しかしながら、奴は一瞬の動揺をすぐに克服した。あのテニスン本が到着しさえすれば、こんな奴はすぐ本来いるべき場所に追い返してやれる。粋な口ひげがすべてじゃない。濃厚な日焼けだってそうだ。彫りの深い顔立ちについてだって同様のことが言えよう。洗練された詩的な女の子を圧倒するのは魂だ。これから数日中に、フレディーはたっぷり六人分はあるくらいの魂を持つことになってるんだ。そういうわけだから、奴は一座の花形として、この席をにぎやかすべく奮闘努力した。またその努力はあんまりにも大成功を収めたから、席を立つ時、ブラッドベリー大尉が奴を脇に引っ張っていって、北西前線で仲間の連隊のライフルをくすね盗《と》ろうとしたところを見つかったパサン族［アフガニスタン東部・南部とパキスタン北西部に住む、アーリア系のスンニー派イスラム教徒］を見るような目で奴を見たくらいだった。またこの時はじめて、相手の体格の真の規模を奴は本当の意味で理解したんだった。軍人ってものが今どきはこんなに大型化してるだなんて、奴はこれっぽっちも知らなかったんだな。

「おい、プリジョン――」

「ウィジョンだ」記録正確を期し、フレディーは言った。

「おい、ウィジョン。お前はこのあたりに長いこと滞在するつもりか？」

「ああ、そうだ。かなり長くな」

「俺ならそうはしない」

「どうして？」

「もし俺がお前ならそうはしない」

「だけど僕はこのあたりの景色が好きなんだ」

「もし両目をつぶされたら、景色なんかは見ちゃいられまい」

「どうして僕の両目がつぶされなきゃならないんだ?」

「そういうことだってあるかもしれん」

「だけどどうして?」

「知らん。あるかもしれんってだけさ。そういうことってのは起こるものだ。ふん、じゃあ失礼、ウィジョン」ブラッドベリー大尉は言い、逆さにした樽の上に飛び乗るサーカスの象みたいに、自分のツーシーターにどんと飛び乗った。そしてフレディーは奴が本部を置く、タズレイ村のブルー・ライオン亭に向かって歩き出したんだ。


このささやかな会話がフレディー・ウィジョンに思考の糧《かて》を与えたってことを、否定しようったって無意味だ。その晩フライドポテト添えのステーキを食べながら、奴はくよくよそのことを考えていた。シーツの間に体を滑り込ませてからずいぶん長く経っても、とっくの昔に安らかな眠りに落ちていていいはずなのに奴はまだそのことをくよくよと考えていた。そして翌朝が卵とベーコンとコーヒーとともに訪れてからも、奴はまたその件をくよくよ考え始めていた。

奴はきわめて洞察力に富んだ男だったし、大尉の発言に込められた脅迫的な調子を感じ取り損ねちゃあいなかった。またどうするのが最善かっていう点については、奴はいささかおぼつかぬ思いでいた。わかるだろう。こういうことが奴の身の上に起こるのは、まったくもって初めてのことだったんだ。おそらく、全経歴を通じて、フレディー・ウィジョンが一目ぼれで恋に落ちた女の子の数は二十七人くらいのはずだ。だがこれまでのところ、ぜんぶがぜんぶ順調な航海でやって来たんだ。つまり奴は何日かぱたぱたはためいて回り、それから女の子が、奴がやった何かのヘマに激怒するか、それとも奴の顔をこれ以上見てるのに我慢ならなくなったかどっちかのせいで、奴の左耳をつかんで放り投げ、それでその件は一件落着ってことになるってことだ。ぜんぶがぜんぶ好ましく快く秩序立ってるって、みんなも言うかもしれない。だが今度は違う。ここで奴は新要素、すなわち嫉妬《しっと》深いライヴァルってものと直面したんだ。またこいつはそんなに結構なものじゃあないらしい。

成り行きが決定したのはテニスンの詩集が目に入ったせいだった。その本は前日早くに到着していたんだ。それでもう奴は『シャロット姫』の三分の二をがっつり読み込んでいた。それでももし今ここでこそこそ逃げ出したら、この恐ろしいばかりのつらい努力はぜんぶ丸損になっちまうんだって思いが、事を決定した。その日の午後、奴はまたタズレイ・コートを訪問した。当初の予定通りでゆく覚悟でもってだ。それでご来臨の皆さんの中にブラッドベリー大尉がおいでてないことを知ったときの、奴の驚愕《きょうがく》と歓喜とを想像してもらいたい。

軍人を求愛活動のライヴァルに持つことの利点はごく少ない。だがその内のひとつは、こういう軍人ってのはしょっちゅうロンドンに飛んでいって陸軍省の偉いさんと会わなきゃならないってところだ。今日のブラッドベリー大尉がそれだ。それで奴さんがいないことで、どれだけの違いが生じるもんかは驚異的なくらいだった。その場に座ってバタつきトーストをむさぼり食うフレディーを、陽気な自信が満たしているみたいだった。その朝、奴は『シャロット姫』を読み終え、扁桃腺《へんとうせん》のところまでいいネタをぎゅうぎゅうに詰め込んでいたんだ。何かの話のきっかけで栓がスポンと抜けて、奴に存分に力量を発揮せよとのキューが送られるのは時間の問題だと奴は思った。

そして今その時が来た。レディー・キャロウェイが手紙を書くからとその場を失礼し、ドアのところで立ち止まってエイプリルに、ランスロット伯父様に何かメッセージはあるかと訊ねてよこしたんだ。

「わたくしの愛を送って差し上げて」エイプリルは言った。「それでボーンマスが気に入ったらいいのだけれどって書いてくださいな」

ドアが閉まった。フレディーは咳払《せきばら》いをした。

「すると彼は引っ越されたんですね？」奴は言った。

「何とおっしゃいまして？」

「ちょっと冗談を言っただけですよ。ランスロットでしょう。テニスンですよ。『シャロット姫』でランスロットは大抵キャメロットで過ごしてましたから」

感情の昂《たかぶ》りのあまりバタつきパンをとり落とし、娘は奴を見つめた。

「あなたはまさか、テニスンをお読みになられるんじゃないでしょう、ウィジョンさん？」

「僕がですか？」フレディーは言った。「テニスンを？　テニスンを読むかですって？　僕がテニスンを読むかですって？　さてさて！　おやおや！　もちろんですよ。僕は彼の詩は暗誦しているんです――いくつかですが」

「わたくしもよ！　〈砕け、砕けよ、砕け散れ、冷たき灰色の石に、おお海よ……〉」

「そのとおり。あるいは『シャロット姫』を例にとれば」

「〈私はかの詩人が歌ったとおりを信じていた［『イン・メモリアム』一・一］……〉」

「僕もですよ。絶対的にです。そしてそれから、『シャロット姫』があります。あなたもテニスンがお好きだなんて、断然途轍もなく素敵なことですね」

「わたくし、彼は素晴らしいと思うの」

「なんて奴だ！　あの『シャロット姫』ときたら！　ボールにスピンがかかってますよ」

「今どきはみんな彼のことをあざ笑ったりして、本当におかしいわ」

「馬鹿な無教養野郎たちですよ。連中には何をやったらいいもんかわからない」

「彼はわたくしのお気に入りの詩人なの」

「僕もですよ。『シャロット姫』を書けるような奴には葉巻でもココナッツでも〔いずれもイギリスの縁日の懸賞品の代表〕、好きなほうを取ってもらっていいと僕は思いますね」

　二人は情熱を込めて互いを見つめ合った。

「ううん、わたくし、思ってもみなかった」エイプリルは言った。

「何をです？」

「何て言うか、わたくしはあなたのこと――うーん、ナイトクラブでダンスするような、そういうタイプの男性だって印象を得ていたものだから」

「なんと！　僕がですか？　ナイトクラブに？　なんてこった！　まったく、僕にとって幸せな宵の過ごし方とは、テニスンの最新刊を読みながら丸くなってることなんですよ」

「『ロックスレイ・ホール』ってお好きじゃありません？」

「ええ、そうですね。それと『シャロット姫』でしょう」

「それに『モード』」

「最高ですよ」フレディーは言った。「そして『シャロット姫』」

「あなたって本当に『シャロット姫』がお好きでらっしゃるのねえ！」

「ええ、好きですとも」

「もちろんわたくしもよ。ここの川はいつもわたくしにあの詩を思い出させるの」

「ええ、もちろんそうですとも！」フレディーは言った。「どうしてあの川があんなに見覚えがあるように思えるのかって、ずっと考えていたんです。そうだ、川と言えばですが、明日ボートをご一緒するのはいかがでしょう？」

娘ははっきりしない様子に見えた。

「明日ですか？」

「ボートを借りて、チキンとハムをちょっぴりとテニスンを持って――」

「でもわたくし、明日はブラッドベリー大尉とバーミンガムに行って釣竿《つりざお》を選ぶのをお手伝いをする約束をしているんですの。ですけど、ほんとうに、それはいつでも別の日で大丈夫ですわよね、どうかしら？」

「もちろんですとも」

「それは後回しにできますわ」

「絶対的にですよ」フレディーは言った。「ずっと後回しにしましょう。どんどんどんどん後回しにしましょう。実際、その件は保留ってことにしとくのが最善でしょうね。それじゃあ明日の一時に、タウンブリッジのところで。いいですね。よし。いいぞ。最高だ。イカしてますよ。この髪三つ編みに結い上げて参上しますよ」

その日の残る間ずっと、フレディーは大の上機嫌だった。足が宙に浮いてたって言ったたっていい。

だが黄昏《たそがれ》近く、奴がブルー・ライオン亭のバーに座ってウィスキー・アンド・スプラッシュを啜《すす》りながら『ロックスレイ・ホール』を読み進んでいると、テーブル上に影が落ち、顔を上げると、奴はブラッドベリー大尉を視認したんだ。

「こんばんは、ウィジョン」ブラッドベリー大尉が言った。

この時の大尉の猛々《たけだけ》しき表情を表せる言葉は一つしかないと、フレディーは俺に言った。《邪悪》だ。眉毛は鼻のてっぺんでくっつき、あごは二十五から三十五センチ突き出していて、大尉はそこに腕の筋肉をほぐしながら立って、ごく部分的に活動休止中の火山みたいにガラゴロ低い音を立てていた。フレディーが受けた印象は、いつ何時《なんどき》かドロドロの溶岩がこの男の口から噴き出しそうだというもので、この状況が好きかどうか、奴に確信はなかった。

しかし、奴はできる限り陽気に振舞おうとしたんだ。

「ああ、ブラッドベリー！」陽気な笑いを添えて、奴は応えた。

ブラッドベリー大尉の右の眉毛《まゆげ》は、いまや左の眉毛とあんまりにも密にくっついていたから、今や何か強力な重機か何かの助けなくして救出できる望みなしって具合になっていた。

「貴様は今日、タズレイ・コートに行ったそうだな？」

「ああ、行ったさ。君はいなかったな。いや、もちろんだが。とはいえ、にもかかわらず、一同みな楽しいひとときを過ごしたよ」

「そう聞いてる。キャロウェイ嬢が俺に、お前が明日川上のピクニックに招待してくれたって話してくれた」

「そのとおりさ。川上だ。まさしくそのとおり」

「貴様はもちろん、彼女に行かれないって知らせるメモを送るんだ。なぜって貴様は予期せずロンドンに呼び戻されたんだからな」

「だが誰も僕をロンドンに呼び戻したりしちゃいない」

「いいや呼び戻しているんだ。俺がだ」

フレディーはすっくりと精いっぱいに背を伸ばそうとした。もちろん座ってる時にはものすごく難しいことだ。大してうまくはやれなかった。

「わからないなあ、ブラッドベリー」

「もっとわかるようにしてやろう」大尉は言った。「深夜十二時十五分に大変結構な列車がある。貴様はそいつに乗るんだ」

「ああ、それで?」

「俺はここに十二時に来ることにする。もしお前が出発していないってわかったら、俺は……ああ、去年インドのボクシングヘビー級選手権で俺は優勝してるって話は、してあったかな?」

フレディーは少し考え込むげにその話を聞いた。

「優勝したのか?」

「そうだ」

フレディーは気を取り直して言った。

「アマチュア選手権だな?」

「無論そうだ」

「僕もアマチュアボクシングなら昔ずい分やったことがあるんだ」ちょっとあくびをしてみせなが

らフレディーは言った。「だけど飽きが来ちゃってね。競争相手が足りないんだ。あんまりわくわくしない。それでプロ相手でやってみた。だけど連中ときたらあんまり途轍もなく弱々しくって、それでぜんぶ金輪際《こんりんざい》やめにしたんだ。僕と試合した後、ブルドッグ・ワッカーの奴が二カ月入院した時のことだったたな。今じゃあ僕は、古い陶磁器を集めてる」

無論勇敢な言葉ではある。だが訪問者が去る姿を見る奴の思いはそんなに恐ろしいくらいに明かったわけじゃあなかった。実際、奴が俺に話してくれたところじゃ、十二時十五分の列車を讃《たた》えて言うべきことは大いにあるかもしれないとの思いを、奴は一瞬心にもてあそんだんだそうだ。

だがそんなのは一瞬の弱気に過ぎなかった。エイプリル・キャロウェイを思う心はすぐさま再び奴を力づけた。奴は彼女をこのピクニックに招待したんだし、またこの約束を守り通すつもりだった。たとえそれがブラッドベリー大尉が視界に入ってくる度にウサギみたいに逃げ出さねばならぬことを意味するとしたってだ。実際のところ、つらつら考えたんだが、あんなでっかくって重たい野郎に奴が捕まるなんて話が、およそありそうにない。

要するに、奴の心のありようは、待機中の異教徒を発見したとの報に接した古《いにしえ》の十字軍兵士、ウイジョン家の者どもの心境に他ならなかったんだ。

翌日、そういうわけだから、タウンブリッジ脇の浮き桟橋横の貸しボート上に腰を下ろすウィジョンの姿が見られた。その日は青い空とか銀色のさざなみとか小鳥とかミツバチとか優しいそよ風とかその他ありとあらゆる備品完備の素敵な夏の日だった。奴は船尾にランチョンバスケットを積み込み、『シャロット姫』を復習しながら待ち時間を過ごしていた。と、階段のところから奴に話しかけてくる声がし、見上げるとプルーデンスのガキが陰気な緑目で自分を見おろしているのに気づいたんだ。

「やあ、ハロー」奴は言った。

「ハロー」ガキは言った。

タズレイ・コートに参入してよりずっと、プルーデンス・キャロウェイはフレディーの人生にとってほぼないしまったく意味を持ってこなかった。無論彼女がその辺にいるのを目にしてはいたし、彼女に慈悲の心でほほえみかけはしていた。つまり愛する人の親戚やら係累《けいるい》にはすべからく慈悲深くほほえみかけるべしってのが、常に変わらぬ奴のポリシーだったからだ。だが奴は彼女のことなんかをこれっぽっちも気にかけちゃいなかった。こういう時にはいつだってそうなんだが、奴の注目はぜんぶが全部愛する人だけに向けられていたからだ。そういうわけで今この時の奴の態度は、かようなご訪問の光栄に与かるいかなる恩義がございましたかな、といぶかる男の様相を呈していた。

「いい日だね」とりあえず奴は言った。

「そうね」そのガキは言った。「あたし、エイプリルは来られないって言いにきたの」

それまで並外れた輝きを放っていた太陽が、水に飛び込むアヒルみたいに突然視界から消えたように、フレディーには思われた。

「まさか、そんなはずは！」

「ほんとよ」

「来られないって？」

「そうなの。本当にごめんなさい、だけどお母様のお友達から立ち寄って昼食を一緒にしたいって電話があったからうちにいてお相手をしなきゃならないのってあんたに伝えてって、姉さんに言われてるの」

「えっ、まいったなあ！」

「だからあたしを代わりに連れてって欲しいんですって。そしたら後で合流するようにするからって。あたしたち、グレッグス・フェリーのところでお昼にしてるからって言ってあるの」

空から真っ黒な暗さが消えたようにフレディーには思えた。無論これは不快な驚きだ。だがそれでもまだ、彼女が後で合流してくれるなら……それに、とりあえずはこのガキを連れてかなきゃならないとしたって、ふむ、それですらいい面はある。このクソガキを心から歓待してやるのは、まったく悪い手じゃない。自分のもてなしの気前のよさと立居振舞いの上品さとがいずれエイプリルに報告されることだろうし、それは自分には実に有利なことだ。妹を懐柔《かいじゅう》するのは恋する男にとって決して時間の無駄とはならないとは、広く認められた事実である。

「ようし、わかった」奴は言った。「飛び乗るんだ」

かくしてガキは飛び乗り、二人は漕ぎ出した。最初の十分くらい、知的な会話といったような性質のものはほとんどないままだった。というのはその時、川の交通量はかなり多く、また舵《かじ》取り装置のところに落ち着いたガキのほうは同手続きについて不確かな観念しか持ち合わせていないようだったからだ。もうちょっとで通りがかりの荷船に衝突しそうになった後で彼女がフレディーに説明したところでは、彼女は右に進みたいときにどっちのロープを引くべきかをいつも忘れるのだということだった。しかしウィジョン家の幸運が二人を見守ってくれ、やがて二人は依然水上に浮かんだまま、行き交う船少ない小川の川上にたどり着いたんだった。ここで何らかの神秘的な力の作用によって舵が脱落し、その後はずっと楽になった。そしてこの時、もはや忙しい用事のなくなったガキが、手を伸ばして本を手に取ったんだ。

「ハロー！　あんたテニスンを読んでるの？」

「漕ぎ出す前に読んでたんだ。間違いなく後になったらまた読むはずさ。暇な時間が五分空いたら、いつだって僕はこの大詩人の作品を読むことにしている」

「あんたまさか、彼が好きだっていう気？」

「もちろん好きだとも。そうじゃない人がいるか？」

「あたし好きじゃないわ。エイプリルはいつもあたしに彼を読ませようとするんだけど、あたし彼ってお涙頂戴だって思うの」

「彼はお涙頂戴なんかじゃまったくない。ひどく美しいんだ」

「だけど彼の書く女の子って、みんなおっそろしいイボ女ばっかりだって思わない？」

旧友シャロット姫のほか、フレディーはまだテニスンの詩に登場する女性のどなたともお知り合いになる機会を得ちゃあいなかった。だがエイプリル・キャロウェイにとってよいものならば、鼻のまわりじゅうソバカスだらけの緑目のガキにだって十分いいに違いないって奴は強く思ったから、奴はその点をかなり厳しく言った。

「テニスンのヒロインたちは」フレディーは言った。「純粋で甘美な女性のこの上ない範例だ。だからここのところを頭に叩き込んどくんだ、この魂なしのクソガキめ。テニスンのヒロインのように振舞えば、君はちゃんとやってるってことになるんだ」

「どのヒロインよ？」

「どのヒロインでもだ。どれでも好きなのを選べばいい。間違いようはない。そのフェリー場まで、あとどれくらいあるんだ？」

「次の角を折れたとこよ」

目的地にてボートの綱を縛りつけるフレディーは、当然ながら悲嘆の思いに暮れていた。グレッグス・フェリーは美しい場所であるばかりでなく、完全に人っ子一人なしだった。木々の間に小さな家がありはしたが、人のいる気配はなかった。半径数キロ以内に存在する生き物は、唯一川岸で草を食《は》む一頭の年老いた馬だけであるようだった。言い換えれば、エイプリルさえここにいてくれてこのガキがいさえしなけりゃあ、二人の神聖なる孤独を邪魔だてする人の目なしに、二人っきりでいられたはずだったんだ。誰からもガーガー言われることなく、二人してテニスンを顔が青くなるまで朗読し合うことができてたはずなんだ。

無論悲痛な思いだ。とはいえ、舟を漕いできたせいで食欲が湧《わ》いていたから、奴はすぐにこういう切ない思いははね除《の》け、ランチョンバスケットを開け始めた。それから、むしゃむしゃ上下するあごの音の他に、何一つ破るものなき静謐《せいひつ》のうちに過ぎた二十分間の終わる段になって、奴はこの小さい客人とおしゃべりしとくのも悪くはないなと思ったんだった。

「十分食べたかい？」奴は訊いた。

「ううん」ガキは言った。「でももうなんにもないもの」

「君の分はみんな食べちゃったみたいだね？」

「学校の友達はみんなあたしのこと〈サナダムシのテレサ〉って呼んだものよ」わずかにプライド

を覗《のぞ》かせながら、ガキは言った。

七月もようやく半ばを過ぎたばかりだというのに、こんなガキが野放しになってるなんてのは少しばかりおかしなことだと、フレディーは突然思い当たった。夏休みっていうのは、記憶する限り、八月一日あたりから始まるもんだったはずだ。

「どうして君はいま学校に行ってないんだい？」

「先月追い出されたの」

「本当かい？」興味を持って、フレディーは言った。「学校のほうで君を追い出したってこと？どうして？」

「ブタを射《う》ったの」

「ブタを射ったんだって？」

「弓と矢でよ。とあるブタ、つまりパーシヴァルね。そいつは校長のミス・メイトランドの飼いブタだったの。あんた本に出てくる人の真似ってしたことある？」

「一度もない。話を逸らさないでくれないかな。僕はそのブタの話の真相を究明したいんだ」

「あたし話を逸らしてなんかいないわ。あたし、ウィリアム・テルをやってたの」

「あのリンゴ的当て男のこと？」

「息子の頭の上のリンゴを射抜いた人よ。あたし友達の頭にリンゴを載せようとしたんだけど、その子いやがってやってくれなかったの。だからあたしブタ小屋に行ってリンゴをパーシヴァルの頭に載せたんだわ。そしたらあのバカなゲテモノったら、あたしが射かけようとしてる時に、そいつを振り落として食べちゃったの。おかげで的は外れて矢は左の耳に当たっちゃったのね。パーシヴアルはそのことでだいぶ怒ったの。ミス・メイトランドもよ。特にあたしその時、不評を買ってるところだったの。なぜかって言うと、その前の晩に寄宿舎に火をつけちゃったからなんだけど」

フレディーはちょっぴり目をぱちぱちさせた。

「君は寄宿舎に火をつけたの？」

「そうよ」

「何か特別な理由で？　それとも単なる気まぐれかな？」

「あたし、フローレンス・ナイチンゲールをやってたの」

「フローレンス・ナイチンゲールだって？」

「ランプの貴婦人よ。あたし、ランプを落っことしちゃったの」

「教えてくれないか」フレディーは言った。「そのミス・メイトランドって人のことだけど。彼女の髪の色は何色だった？」

「灰色よ」

「そうだと思った。それじゃあさてと、もしかまわなけりゃ、しばらく子供らしいぺちゃくちゃしゃべりはやめてくれないかな。安らかな眠りがこの身に忍び寄ってくるのを感じてるんだ」

「あたしのジョー伯父さんは、昼食後すぐに眠る人たちは脂肪変性心だって言うわ」

「君のジョー伯父さんはバカだ」フレディーは言った。

目覚めるまでにどれほどの時間が経《た》ったものか、フレディーにはわからなかった。だが目が覚めて最初に奴が意識したのは、あのガキがもはや視界内にいないということで、そのことは奴をいくらか不安な思いにした。つまりだ、本人の申し立てによれば、ブタに矢を射かけて寄宿舎に火をつけるようなガキは、自分が多かれ少なかれ管理を任されているはずの時に、野辺を好き放題にうろつき回られていてものすごく嬉しいってようなガキじゃあない。奴はいくらか困惑した心持ちで起き上がり、そこらを歩いて彼女の名を怒鳴《どな》ってまわり始めた。

そいつは自分は間抜けだって思い知らされるみたいな経験だったって、奴は俺に話してくれた。なぜなら一人っきりで川岸で「プルーデンス！　プルーデンス！」と叫んでいる男ってのは、その声をたまたま聞きつけた通行人の胸のうちに誤った印象を与えがちであるからだ。しかし、そういう心配をしている時間は長くはなかった。つまりこの時、たまたま川の中にちらりと目をやった奴は、彼女の体がそこに浮かんでいるのを見たからだ。

「まったく、何てこった！」フレディーは言った。

ふむ、つまりだ、そういうことが奴にとって愉快だとは言えやしまい。そいつは奴をいわゆる不快な立場に置くことになる。ここで奴は、このガキの世話をしていることになっている。それで家に着いたらエイプリル・キャロウェイが奴に楽しい一日だったかと訊くことになるだろう。すると奴は答える。「ありがとう、最高でしたよ。ただプルーデンスちゃんが川で溺《おぼ》れ死んじゃって、おそらくはミス・メイトランド以外のみんなに惜しまれている他はなんですが」そいつはうまくは行くまいし、奴にだってそれじゃあうまく行かないだろうってことはわかった。そういうわけだから絶体絶命の救出を試みて奴は川に飛び込んだんだ。それで溺れる子供だと思っていた物のところにたどり着いた奴は、そいつがただの外皮の抜け殻にすぎないってわかってひどく驚いた。言い換えれば、そこに浮かんでたのはガキじゃなくて、ガキのワンピースだけだったたんだ。それでガキ入りのワンピースがどうして突然ガキ抜きになれるのかってのは、奴の理解を超えた問題だった。

ふたたび水からばちゃばちゃ上がった奴に突きつけられたもうひとつの問題は、いったいぜんたいこれから奴はどうしたらいいのかってことだった。太陽は姿を消し、だいぶ冷たい風が吹いていて、衣装の総とっかえの他、奴が肺炎になるのを救ってくれるものはなんにもないように思われた。そしてどこでその衣装の総とっかえができたもんだろうかと佇《たたず》む奴の目に、木立の間の例の家が留まったんだ。

さてと、普通の状況だったら、フレディーは一度も紹介を受けたわけじゃない人物の家を訪問して上下の服を借りようなんて人間じゃあ絶対ない。奴はそういうとこに几帳面《きちょうめん》で融通が利かなくて、劇場で見知らぬ他人にマッチを貸してくれと頼むよりは、一晩タバコなしで通すってことで知られてるくらいなんだ。だがこいつは特殊ケースだ。奴は躊躇《ちゅうちょ》しなかった。野原を一目散に急いで駆け抜け、玄関でノッカーをコツコツやって「もしもーし！」と呼びかけた。それでそれから三分しても誰も姿を現さなかった時、なかなか明敏にも、奴はこの家は留守にちがいないっていう結論に達したんだ。

ふむ、無論そのことは奴の計画にとっちゃあ好都合だった。どうせ状況を呑《の》み込むのに手間の要る間抜け野郎に決まってる誰かに、長々と何もかにもあれこれ説明するよりは、奴としてはさっさと中にお邪魔して自分で勝手にやらせてもらうほうがよかった。ドアの鍵が掛かっていないのを確認すると、そういうわけで奴は中に入り込み、階段をとっとこ上がって二階の寝室に到着したんだ。

すべて快調だった。ベッドの横には衣装簞笥《だんす》があり、中には広範な選択可能な衣装各種が取り揃えられていた。奴は趣味のよい格子柄のツィードを見つけ出し、引き出し簞笥の中からシャツ、ネクタイとセーターを探し当て、濡《ぬ》れた服を脱ぎ捨てると、そいつを着始めたんだ。

そうしながらも、奴はプルーデンスのガキの謎のことを考えめぐらし続けていた。シャーロック・ホームズだったらどうしただろう、あるいはウィムジー卿だったら、と、奴は考えていた。ひとつ確実なのは、服を着終えた瞬間に、奴はとっとと飛んで出て野辺じゅう彼女を求め探しまわらなけりゃならないってことだ。そういうわけだから可能な限り高速で、シャツを着、ネクタイを締め、セーターを着込み、それからぶかぶかだが装用可能な靴を履こうとしたところで、あてどなくさまよっていた奴の目が、マントルピース上の写真の上に留まったんだ。

そいつは頑健な体をした青年が薄っぺらい服を着て椅子に座っている写真だった。彼の顔にはやや高貴な表情が、膝《ひざ》には巨大な銀のカップが、手にはボクシンググローブがあった。そしてその高貴な表情にもかかわらず、その顔があの恐るべきお知り合い、ブラッドベリー大尉の顔だと認めるのになんら困難はなかったんだ。

この瞬間、一日中奴にまあまあほどほどつらくあたってきた運命が、奴をライヴァルの棲家《すみか》に誘い入れることでとどめを刺してきたんだってことがわかったその時、下の庭から足音が聞こえてきた。窓辺に跳《と》んでゆき、奴は最悪の不安が現実のものになったことを知ったんだ。今までに増して大型化し強大化した有様で、大尉は小砂利の小路を玄関ドアに向かって近づいていた。また思い出して少なからず動揺したことに、フレディーはそこを開けっ放しにしてあったんだな。

さてと、ご存じのとおり、フレディーって奴は夢見がちな瞑想家《めいそうか》タイプじゃない。奴を基本的には行動の人と述べたとて構うまい。そして今、奴はかつてないほどの行動をしてのけたんだ。アルプスの岩ヤギだってものすごく集中的な一連のトレーニングを終了した後でなきゃ、奴ほどの速さで階段を駆け下りることはできないんじゃないかって、奴は言ってた。そのこと全体が、そこいらじゅうで幽体離脱してまわるインドの苦行僧の、ボンベイで姿を消して二分後にダージリンでパーツを組み立てなおして再生って行動にむしろ似通ってたって奴は言っていた。その結果奴はブラッドベリー大尉が今まさに玄関に入ろうってところで現場に到着し、顔にドアを叩きつけて閉めてやったんだ。ドア板を通して聞こえるしゃがれた叫び声を聞き、あわてて奴は二つかんぬきを掛け、下板に小型の椅子を立てかけてつっかえ棒にした。

自分が人知の限りを尽くし、熱意と機転でもって困難な状況に対処したってことを奴はうれしく喜んでいた。と、南西方向よりガリガリ壁をひっかくような音がして、胸がむかむかするくらい心沈むことに、幼少のみぎりより北西前線の無法部族連中に汚い真似をしてやるべく訓練を施されてきたこういうインド軍兵士の戦略に立ち向かうってことが、どういうことかを奴は思い知ったんだ。完璧な軍事的熟練でもって、玄関にて前進を阻止されたならば、居間の窓から忍び込むことで敵を側面より出し抜こうと、ブラッドベリー大尉は試みていたんだな。

だがしかし、ものすごく幸運なことに、誰かこの家の洗い磨き掃除をした連中が、玄関ホールにモップを放置してあったんだ。そいつは特大サイズの優良なモップで、フレディーはひとっ跳びしてそいつをさっと取り上げると居間に飛び込んだ。現場に到着すると、ちょうど窓枠に大尉の脚が掛かったところだった。それから顔が視界に入ってきた。その時奴が思わず見とれた目っていうのは、その後ずっとフレディーを夜じゅう眠れない男にした目であったんだそうだ。

しばらくの間、その目はヘビの目のごとく奴を硬直させた。それから理性が玉座に回帰し、猛烈な努力でもって気を取り直して奴はモップを強烈に叩き込み、敵をナスタチウムの花壇へと見事転落させた。然《しか》る後、奴は窓を閉め、かんぬきを下ろした。

二人を隔てる窓ガラスのせいで、ブラッドベリー大尉のぎらぎらした目線は威力を減じたんじゃないかって、みんなは言うかもしれん。だがフレディーによると、そういうことはなかったんだそうだ。襲撃者が誰かを知った今、そいつは基準強度をいよいよ超えてぎらぎら輝きだした。そいつは殺人光線みたいにフレディーを焼け焦がしたんだ。

とはいえ目線のやりとりは長くは続かなかった。こういうインド軍人ってものは、見るんじゃない。行動するんだ。また連中を一時的な窮地に追い込むことは可能かもしれないが、永遠に挫折《ざせつ》させとくことはできないとはよく言ったもんだ。大尉は突然身を翻《ひるがえ》すと、家の角を曲がって疾走しはじめた。別の、もっと守備手薄な方面より攻撃を再開しようとの意図は明白だった。そういうのが北西前線じゃあごく普通の作戦行動なんだと俺は思う。お前はアフガン人が手をかざして地平線《メイダン》の方を遠望してるのを見る。そしたらお前は後ろの峡谷《パパール》に忍び寄ってそいつがお辞儀しているところを捕まえるんだな。

これでフレディーの心は決まった。あちこち跳び回って、ブラッドベリーほどに堅忍不抜の敵の前進を阻止せんがため、ただモップひとつのみもて立ち向かうなんて真似はとにかくいつまでも続けちゃいられない。戦略的退去の時は来《きた》れりだ。したがって敵が姿を消してから十秒としないうちに、奴は玄関ドアをこじ開けていた。

無論奴は危険を冒していた。伏兵に迎撃される可能性だってあったからだ。だがすべては良好な模様だった。大尉はどうやら本当に裏口方面に行っちまったようで、あと数秒以内に自分は広い地平に出《い》で、危険地帯からおさらばできる身の上になれるのだとの快い思いを覚えながら、フレディーは庭門のところに着いた。

終わりよければすべてよしだ、と、フレディーは感じていた。

と、ここのところで、奴は自分がズボンを履いてないことに気づいたんだ。

この発見が可哀そうなフレディーの奴のうちにひき起こした精神の苦悶《くもん》を、くどくどしく述べたてる必要はないだろう。謙譲の人たることはさておくとして、奴はいつだって街でも田舎でも、その場にふさわしい装いでいることを誇りにしてきた男だ。自分がパリの四大芸術舞踏会［十九世紀末から二十世紀初頭、パリで学生が毎年開いていた集会］でだって不評を買いそうないでたちでいることを知り、奴は恥辱と狼狽《ろうばい》に身をよじった。それで奴が「これでおしまいだ！」と言いかけたその時、目の前になんと先のホスト殿の所有に係るツーシーター車があったんだ。

車の中には大きなひざ掛けがあった。

これですべての様相は一変した。憶えてることだろうが、首から腰までは、フレディーは洒落《しゃれ》てるとは言えないまでも、適切に装っていた。ブラッドベリー大尉から借りた衣装はだいぶ大きすぎたが、それでも奴の身体を覆ってはいてくれた。車に乗って膝《ひざ》にあのひざ掛けをかけたなら、奴の概観はほとんど〈お洒落な男〉と言っていいくらいだった。

奴はためらわなかった。奴はそれまで車を盗んだことはなかったが、今それを年季の入ったプロみたいに見事にやってのけた。運転席に飛び乗ると、膝にひざ掛けをたくし上げて置き、セルフスターターを踏みつけ、出発したんだ。

計画はもうできていた。ブルー・ライオン亭に直行しようというのが奴の意図するところだった。

到着の後、速やかにロビーを抜け階段を上って自室に急行する。そこには選り取り見取り少なくとも七本のズボンが奴を待ち構えていてくれるはずである。またロビーにはいつも育ち盛りのナイフとブーツ磨きボーイのほかに人気《ひとけ》はなく、またその少年は陽気なバカ笑いをするだけで後はぜんぶ水に流してくれることだろうから、それ以上の騒ぎは起こるまいと奴は予測した。

だが、人には知る由もなしなんだ。計画を立てて頭の中で練り上げてる限りじゃ欠陥なんか見いだせない。すると青天の霹靂《へきれき》のごとく何かが起こってぜんぶだいなしにしちゃうんだな。フレディーが走り始めて一キロもしないうちに、道路脇の藪《やぶ》の中から女の子みたいな人影が躍り出て、腕を振り立ててよこしたんだ。で、それはエイプリル・キャロウェイだった。

それより何時間か前に、いつかお前にもエイプリル・キャロウェイに会ったって嬉しくない時が来るぞと言ったとしたら、奴はあざけるように笑ったことだろう。だが今彼女に出会って奴は嬉しくなかった。また、車を止めて彼女をもっとよく見られるようになってみると、彼女のほうでも奴に会って嬉しがっている様子はなかった。どうしてそうなのか奴には見当もつかなかった。彼女の顔はこわばり、目にはおかしな、石のごとき表情があった。

「やあ、ハロー！」フレディーは言った。「それじゃあ君は昼食会から抜け出せたんだね」

「ええ」

フレディーは勇気を振り絞って悪いニュースを切り出そうとした。プルーデンスのガキと彼女の謎の失踪のことは、できれば触れずに済ませたい話題だったが、しかしどうしたってそうやらないわけにはいかない。つまり女の子の妹を辺りに置き忘れておいて、それに言及しないで通すなんてのはできない相談だからな。奴は咳払いをした。

「あのう」奴は言った。「なんて言うか、不可思議なことが起こったんだ。変だ、と君は言うかもしれない。誠心誠意真心込めて言わせてもらう。僕は君の妹のプルーデンスを見失ったらしいんだ」

「そうらしいですわね。ふん、あの子なら見つけましたわ」

「えっ？」

このとき、姿なき声が突然藪の中より聞こえ、フレディーはゆうに五センチは座席から飛び上がった。荒野のモーゼにこれと似た経験が起こったのを思い出し［『出エジプト記』三・四］、かの預言者は自分ほどそいつを重大に受けとめただろうかって思ったって、奴は言っていた。

「あたしはここよ！」

フレディーは呆然《ぼうぜん》としていた。

「あれはプルーデンスなのかい？」奴は咽喉《のど》をガラガラ言わせた。

「あれはプルーデンスですわ」エイプリルは冷たく言った。

「でもあの子はあそこで何をしているんだい？」

「あの子はあの藪の中に居ざるを得ないんですの。なぜって何にも着てないんですから」

「何にもきてないだって？　特別何の連絡も来てないってこと？」

「何の服も着ていないってことですわ。馬が川に蹴《け》り落としたんですの」

フレディーは目をぱちぱちさせた。何が何だか皆目《かいもく》わからなかった。

「馬があの子の服を蹴り落としたっていうの？」

「あたしから蹴り落としたんじゃないわ」その声は言った。「服はきちんとたたんで川岸に置いといたの。ミス・メイトランドはいつもあたしたちにお洋服はきちんとたたみましょうって教えてくれるもの。あたし、レディー・ゴダイヴァ［十一世紀イギリスのコヴェントリー領主の妻。夫の課した重税を廃止させるため白昼全裸で白馬に乗って街を歩いた。テニスン『一八四二年詩集』に彼女を歌った詩「ゴダイヴァ」がある］をやってたの、あんたがアドバイスしてくれたとおりによ」

　フレディーはひたいを押さえた。数分間の安らかな眠りに落ちた瞬間に、この恐ろしいガキは何かとんでもないことをしでかしてくれるものと承知してなきゃいけなかったんだと奴は自分に言い聞かせた。またこのガキが罪を奴になすりつけるだろうってことも、承知してなきゃいけなかったんだ。奴は長年女性っていうものを研究してきた。そして女性が窮地に陥ったとき、最初の行動は一番手近な男に罪を押しつけることだってことを、奴は知っていた。

「いったいいつ僕が君にレディー・ゴダイヴァをやれなんて助言した？」

「テニスンのヒロインなら誰の真似をしたって間違えようはないって、言ったじゃない」

「あなたはどうやらこの子を励まして、想像力を刺激してしまったようですわね」フレディーを見つめながらエイプリルは言った。その目線はブラッドベリー大尉のそれとは違った口径より発されたものではあったが、それに一歩も引けを取らないくらい不快だった。「わたくし可哀そうなこの子が我を忘れてしまったことを責められませんわ」

　フレディーはもういっぺんひたい押さえをやった。いかなる求愛者も、愛する娘の妹に野辺をヌード姿で馬に乗って歩けと勧めて真の進歩を得られるもんじゃないってことが、奴にはわかっていた。

「だけど、何てこった――！」

「いいえ、その話はもう結構よ。肝心なのはこの子はほんの小さな麻袋を着てるだけで藪の中にいて、風邪を引きそうだってことですの。できましたら、ご親切にこの子を家まで送っていただけるかしら？」

「あ、ああ、いいとも。もちろんですよ」

「それとそのひざ掛けをこの子に掛けてあげて頂戴」エイプリル・キャロウェイは言った。「悪い風邪を引かないで済むかもしれませんから」

フレディーの周りで世界は揺らいだ。近くの草地でいななくロバの声が、あざけるような悪魔の笑い声に感じられた。夏のそよ風はいまだ木々の梢をざわめかし、小鳥たちはいまだ低木の茂みで囀《さえず》り声をあげていた。だが奴にはその音が聞こえなかった。

奴は何度か息を呑み込んだ。

「すまないけど……」

エイプリル・キャロウェイは不審な面持ちで奴を見た。あたかも自分の耳が信じられないというがごとくにだ。

「まさかあなた、もうくしゃみをしている子供のために、そのひざ掛けを譲ることを拒否すると、そうおっしゃるわけじゃないでしょう？」

「すまない……」

「あなたわかってらっしゃるの……」

「すまないけど……ひざ掛けは手放せないんだ……リューマチで……悪質の……膝の関節が……医者の命令で……」

「ウィジョンさん」エイプリル・キャロウェイは専制的な口調で言った。「今すぐそのひざ掛けをお渡しなさい！」

フレディー・ウィジョンの目に計り知れないほどの哀しみが浮かんだ。奴は娘に一度、長く、悲嘆に満ちた目を向けた——痛恨の念、謝罪、一生を捧げた愛、がうまい具合に混ぜ合わさった目だ。それから、言葉もなく、奴はクラッチを入れ、夕陽に向かって運転し去った。

ウィブルトン・イン・ザ・ヴェールのはずれの何方《いずかた》か、宵闇は暮れなずみ大気は夜露を帯びて甘やかに薫る時、奴は畑の案山子《かかし》からズボンを一本こっそりちょろまかした。そいつを穿《は》き、奴はロンドン目指しひた走った。今はどこかの郊外で、ブラッドベリー大尉の追跡を逃れんがため、あごひげを伸ばしながら暮らしている。

それで奴が俺に言ってよこしたのが、ほんのわずか汚れただけのアルフレッド・テニスン卿の作品集を出血価格で買いたしって奴がもしいたら、商談に応じるってことだ。この詩人が奴には特別不思議なくらい虫が好かないってだけでなく、今朝エイプリル・キャロウェイから手紙が届いて、ただいま言及したこの本が所有主にとってもはや何の利用価値もなしっていう奴の確信を、あらためて強固なものにしてくれたところなんだそうだ。

＊巻末エッセイ――わたしのウッドハウス

見果てぬ夢と笑い

霞　流一

ウッドハウスの著作を読んでいると、いつも、ついつい思ってしまう。もしも、ウッドハウスが精力的にミステリを書いていたならば、数多のユーモア本格の傑作が綺羅星のごとくミステリ史に輝いていただろうと。

その理由は緊密なプロットにある。ジーヴス物はもちろんのこと、マリナー氏やユークリッジのシリーズにおいても、登場人物たちの思惑や誤解から生じる綾織のようなドラマ構造と、それを予想外の方向へ転がし帰結させる伏線の機動力とは、まさしくパズラーの仕事ぶりに他ならないのだ。

もちろん、この点は、私のごとき若輩者に限らず、偉大なミステリの先達たちも同じふうに感じていたに違いない。たとえば、アントニー・バークリーが代表作「試行錯誤」においてウッドハウスへの献辞を捧げているのはもっとも顕著な証左と言えよう。

また、この作品自体が実にウッドハウス的である。不治の病を宣告された主人公が残された時間をいかに使うか悩んだ挙句、社会悪を除去する殺人を決行する。しかし、意外なトラブルから別人が逮捕され、やむなく自首を試みるが信じてもらえないため、己自身を告発するという、何とも皮肉な運命が語られる。やはり本格物として精妙なプロットに裏打ちされており、シニカルなコメディに仕上がっている。さながら黒いウッドハウスとでも呼びたくなる印象だ。

また、「ジャンピング・ジェニー」における素人探偵シェリンガムの気まぐれな捜査による過剰などんでん返し、「毒入りチョコレート事件」の推理が次々と否定される多重解決、それらと同様の血統がウッドハウスに感じられる。そう、ジーヴス・シリーズにおける危機と回避が数珠繋ぎに連続する、あのめくるめく展開を髣髴《ほうふつ》させるのだ。

さらに現代のミステリにおいて、たとえば、C・デクスターの「ウッドストック行最終バス」や「キドリントンから消えた娘」でモース警部が仮説を積み重ねては苦悩する推理行にもそうした血筋を見ることが出来る。

また、ウッドハウス作品においては、複数のトラブルが同時進行的に描出されるのも特徴だが、それも、R・D・ウィングフィールドのモジュラー型ミステリに引き継がれているといってよい。下世話なジョークを飛ばしながら捜査に邁進するワーカホリック体質のフロスト警部は、ジーヴスのちょっとお下劣な子孫といったところだろう。

かように、ウッドハウスの資質はユーモア本格の血脈の源流のように思えてくるのだ。実際に、多数の作品にミステリに関する言及を見ることが出来る。ホームズの名は頻繁に出るし、「よしきた、ジーヴス」ではエドガー・アラン・ポーの「盗まれた手紙」を比喩にしたセリフ、さらには「ジーヴスと朝のよろこび」では、ウィムジイ卿、ポアロ、フォーチュン、フレンチ警部、ネロ・ウルフなど名探偵総登場のように列挙される。自身がミステリの愛好家であり、価値を意識し、また、そのテクニックに通暁していた。

しかし、もちろん、その優れた技量を傾注した先は密室やアリバイの謎ではなく、コメディ（喜劇）であったことは言うまでもない。何故だろう？　ミステリの愛読者でありながら、このジャンルにどこか不満を感じていたのだろうか？　「ジーヴスと朝のよろこび」にちょっと興味深い一節がある。

「……僕が避けたいものがひとつあるとすれば（中略）最終章で探偵がすべてを総ざらいするまで一言たりと説明はない、という類の物語である」（訳・森村たまき）。

本格ミステリの生来的な骨格に窮屈感を覚えていた真情が窺える。読者としてなら楽しめても、作者としては息苦しかった。たとえ、バークリーのように多重解決やどんでん返しを駆使しても、充足感は得られないと考えた。そして、あふれんばかりの機知と策略を縦横無尽に連打させうるコメディという道を歩んだのだと推察される。

ウッドハウスの一連の作品を語る時、たびたびハリウッド映画のスクリューボール・コメディが引用される。確かに行方がどうなるか予想のつかないストーリー展開だが、しかし、その軌跡はもっと複雑である。登場人物の言動がぶつかり、状況が錯綜する。しかも、ボールは複数であり、それらが弾け合い、いびつな方向へと転がる。スクリューボールというよりも、むしろ、ビリヤードボール・コメディなのである。そして、その台上の枠組みとキューの手際こそ作者の緻密な計算によるプロットに他ならない。

とりわけコメディ映画の中で、ウッドハウスを連想させるのはハワード・ホークス監督の作品である。エルンスト・ルビッチでもなく、プレストン・スタージェスでもなく、ビリー・ワイルダーでもない。それはおそらくホークス・コメディの笑いが、プライドの復権に根ざしているからだろう。「赤ちゃん教育」では豹の子供に翻弄される博物館員、「特急二十世紀」では落ちぶれた興行主、「ヒズ・ガール・フライデー」では編集長に挑発される新聞記者、彼らは危うく失いかけるプライドを懸命に取り戻そうとする。その必死なあまりの紛糾ぶりが可笑しく、また、愛しいのだ。

ウッドハウスのビリヤードボール・コメディの構造も、登場人物たちのプライドの復権に寄り添っている。トラブルや障害に立ち向かうのもプライドならば、それらを生んでしまうのもプライド。そこがミソだ。常に高潔であれば、何ら波風も立たないはずなのに、彼らは刹那的に誇りに目覚めるのだ。そのタイミングが絶妙なくらいに危機的なので、結果、奇態な言動に走ってしまい、読んでいるこちらとしては可笑しくて仕方ない。「火事場の馬鹿力」ならぬ「火事場のプライド」とでも呼びたくなる。

本書に収められた作品にもさまざまなアングルから「火事場のプライド」が照射されている。ギャンブル好きのビンゴ氏が留守番の際、目を離した隙に失踪した飼い犬の身代わりを入手しようと企む。そこには、妻を悲しませてはならない、という使命感が働いている。また、金欠病のユークリッジがアスコット競馬場に行くためにシルクハットを盗むのも、愛しい人に恥をかかせたくないという一念からだ。いずれもいびつな形のプライドの顕現である。

私のもっともお気に入りの長編「ウースター家の掟」では、そのテイストが題名に刻まれている。パーティーが幾多の障壁を乗り越えて銀のウシ型クリーマーを奪取せんと奮闘するが、そもそも乗り気ではない。しかし、依頼主の叔母の期待にこたえてしまう。その根っこには、ウースター家の掟の第一条「汝、友を落胆させるべからず」に忠実たらんとする誇りが底光りしているからである。

ちなみに、私は同書を読んで深く感銘を受けた時、一本の映画を想起せずにはいられなかった。

もしかして、この欄にはそぐわないかもしれない。が、記しておきたい。それは、「博奕打ち 総長賭博」という作品。もちろん邦画であり、しかも任俠もの。やはり、いささか突飛に思われても仕方ないが、自分なりに双方のリンクの根拠は理解しているつもりだ。

まず、このシナリオのプロットが実に緊密であり、さながら、すぐれた本格ミステリの堅牢美を思わせること。「仁義なき戦い」を筆頭に数々の傑作で日本を代表する脚本家・笠原和夫の仕事ぶりが素晴らしい。細部まで計算の行き届いたドラマの機構は、時計のメカニズムのようにいかなる部品も必然の機能を果たしている。

三島由紀夫が同映画を見てすこぶる感心し、「絶対的肯定の中にギリギリに仕組まれた悲劇」であり、しかも、「古典劇のように、人間的真実に叶っている」と絶賛したほどであった。

その「ギリギリに仕組まれた悲劇」が物語るのは、組の跡目を巡る俠客たちの意地と闘争の行状である。奸計《かんけい》が交錯し、野望が弾け合う修羅のさまは、やはり、ビリヤードボールの軌跡を髣髴させる。

任俠に誠心であろうする主人公が、外道たちによって翻弄されながら、なおも筋を通そうとするあまり、複雑な波紋を広げてしまう。そして、義理を全うしつつも、カタストロフィを迎えざるを得ない。

義俠心が悲劇の原動力になってしまうという皮肉が描かれるのだ。さかしまの悲しい喜劇か。なるほど、チャップリン曰く「世の中を間近で見れば悲劇に、離れて見れば喜劇に映る」とは真理らしい。

さて、義俠という概念は、本筋を通さんとするプライドと表裏一体であることは言うまでもない。

映画「総長賭博」では、それが修羅の渦中にギリギリまで押し込められながらも発露せんとする窮状の思念となっている。

そう、前述の「火事場のプライド」と二重写しに見えてくるのだ。では、義侠の概念を西欧にスライドさせてみるならば、それに相応するものとは、やはり、騎士道であろう。かの国々において義侠の心を伝えるのは騎士道に他ならない。

その精神が火事場のプライドを発動させるのである。前述のウースター家の掟・第一条に見られるように彼らを高潔たらしめる矜持《きょうじ》には、騎士道のスピリットが脈打っている。「ジーヴスと恋の季節」では投獄された友人の代わりに、彼に扮したバーティーが鬼門とも言うべき屋敷に乗り込み、演技を続け、恋愛成就の一翼を担おうとする。まさしく、「汝、友を落胆させるべからず」。渡海した義侠心が息づいているように思えてくる。

ウッドハウスの世界では、かように極端な形で騎士道が暴走する。故に、登場人物たちは奇矯な騎士たちの姿となり、さながら、ドン・キホーテの群れである。我々読者は笑いながらも、いつのまにかサンチョ・パンサとして遍歴の騎士に付き従い、敬意と愛情を抱いているのだ。

そう、ウッドハウスの作品はすべからく、「喜劇」であると同時に、「騎劇」でもある。それ故に、笑いには勇気が満ちているのだ。

ジーヴス「命あるところ、希望ありでございます、ご主人様」（「ジーヴスと恋の季節」より）。

（かすみ・りゅういち　作家）

＊特別付録

本当のドローンズ・クラブ

N・T・P・マーフィー

P・G・ウッドハウスは、その描き出す物語が私たちを笑わせてくれるが故に、何語で読まれるとを問わず、世界中で愛されている。彼の作品の登場人物――愛すべきバカな若者と彼らの愉快なガールフレンドたち、強烈な猛女おばさんともったいぶったおじさんたち――には普遍的な魅力がある。しかし二度目に読み返す時、私たちを笑わせてくれるのは話だけでなく、話の書かれ方であることに気づかされる。ウッドハウスが使う言葉、馬鹿馬鹿しいがしかし見事な暗喩――「愛する夫は一日か二日雨ざらしにされた死体みたいに見えた」――は、私たちをにっこりさせる。

ウッドハウスは面白い作り話を書いていたのではなく、現実の生活を描いていたのだということを知る時、第三のレベルの認識が訪れる。現代の読者には信じがたいことと思われようが、しかし、ウッドハウスの小説が最初に発表された当時、彼がフィクションを書いているのではなく、現実の出来事を誇張したり、当時なら誰にもそれとわかった事物を風刺していることを人々は理解していたのだ。

一九〇〇年にウッドハウスは学校を卒業し、働き始めた。時代は依然ヴィクトリア女王陛下の御世であり、ロンドンにはバーティー・ウースターやフレディー・スリープウッドのような、金はあるがすることはなく面白おかしく暮らすばかりという人々があふれ返っていた。ウッドハウスは銀行員として働き、それからジャーナリストになった。しかし良家の出であったからまさしくバーティー・ウースターのような知り合いが沢山あり、彼らのことを初期の短編に書いたのである。第一次世界大戦（一九一四—一八）により、そうした世界は終焉《しゅうえん》を見た。だが古きよきエドワード朝にウッドハウスが知っていた金持ちでお気楽な若者たちは、彼の記憶に永遠に留まり続けたのである。

ウッドハウスはきわめて観察力に富んだ人物で、小説の参考となる材料を熱心に集めた。一九二〇年代には彼自身ロンドンの幾つかのクラブのメンバーであったから、彼はそれらクラブ間の相違を認識し、小説中で的確に描写した。彼は権威あるアセニアム・クラブを、主教様やオックスフォードのカレッジの学長や年配の政治家を顧客とする途轍もなく尊敬すべき施設（今でもそうである）として描く一方、クィーンズ・クラブをテニスやラケットやスカッシュを日常的にしたがるような人々のお気に入り（今でもそうである）として描いた。作家や俳優、音楽家らは陽気なサヴェージ・クラブに加わった（今でもそうである）し、ウッドハウスも一九二二年にメンバーになった。彼は小説の中で二十箇所以上のクラブについて書いているが、その描写は常に正確である。とはいえ、そうしたクラブの幾つかを度重なり用いているのに気づくと、彼はそれらに架空の名を与える必要を感じたのだった。ロンドンのクラブを知っていた当時の読者たちには、彼が何をしているかがわかっていた。しかし時の経過と多くのクラブの消滅のため、この点が不分明になってしまったのである。

ウッドハウスは架空のクラブを沢山創りだした——エムズワース卿のシニア・コンサーヴァティ

ヴ、ジーヴスのジュニア・ガニュメデス、バッファーズ、シニア・バッファーズ、クロスト・トリポッズ、シニア・ブラッドステイン、その他である――しかし彼の創造物のうちもっとも有名なのがドローンズ・クラブであることは、疑いを容れまい。

一九一四年まで、金持ちの若者たちに一番人気のロンドン・クラブは、ピカディリーの西の端を外れたハミルトン・プレイスにあるバチェラーズ・クラブであった。ウッドハウスは初期の著書でしばしばこのクラブに言及している。『ジル・ザ・レックレス』（一九二〇）において、バチェラーズ・クラブのフレディー・ルークがアルジー・マーティンと似たようなクラブのホールで出会う筋立て上の必要が生じた。そこでウッドハウスは、ドローンズ・クラブをバチェラーズ・クラブの架空の代替品として拵えたのである。『スミスにおまかせ』（一九二三）で、やはりバチェラーズのメンバーであったフレディー・スリープウッドがスミスに初めて出会った時、同じ必要が生じた。そこでウッドハウスはドローンズを架空の代替物として再使用し、それをドーヴァー・ストリートに配置したのである。

しかし『比類なきジーヴス』（一九二三）の「ウースター一族の誇り傷つく」と題された章において、バーティー・ウースターはビンゴ・リトルと、架空のドローンズ・クラブではなく、実在したバックス・クラブのバーで出会う。なぜならウッドハウスは、バックスが現代の若者たちの「ザ」ロンドン・クラブになっていたことを承知していたからである。

バックス・クラブはキャプテン・ハーバート・バックマスターからその名を得た。彼は第一次世界大戦時にフランスで戦い、もしこの戦争を生き延びられたならロンドンに若者のための新しいクラブを創ろうと決心した人物である。ウッドハウス卿（P・G・ウッドハウスの従兄弟だった）を含む幾人かの友人らの協力を得て、バックス・クラブは一九一九年六月二日にクリフォード・ストリート十八番地に開業した。

まもなくウッドハウスは、このバックス・クラブがバーティー・ウースターと仲間たちの物語のための素晴らしい舞台であることを理解した。しかし、実名使用は明らかに問題を生ずると思われたから、彼は単純にそれを二百メートル「移動」させてドーヴァー・ストリートに移し、以後それをドローンズ・クラブと呼んだのである。

ウッドハウスは自分の本に友達や知り合いの名を適当な箇所でそっと滑り込ませ、私的なジョークを入れるのが好きだった。それらはいつもちょっとした書き込みで、しばしば見逃されてしまうのが常なのだが、「ウースター一族の誇り傷つく」には、そういう箇所が二つある。バーティーはビンゴがオノリア・グロソップに恋したことを知って恐怖し、またビンゴが大声でそれを口にしていることにも同様に戦慄する。すなわち、

「俺は彼女を崇拝しているんだ、バーティー。彼女が歩いたその地面にひれ伏したいよ」

病人は大きな、よく通る声で言った。フレッド・トンプソンと奴の仲間が二、三人入ってきたし、バーテンダーのマクガーリーも耳を拡げて話を聞いている。しかしビンゴにひるんだ様子はない。奴を見ているといつも僕は、ステージの中心に位置取り、若者たちに円く囲まれ、声を張り上げて自分の恋について語るミュージカル・コメディーの主役を思わずにはいられない。

ウッドハウスがバックスに初めて行ったのがいつかはわからない。だがウッドハウスの友人で作詞家仲間だったフレッド・トンプソンは、一九二一年にメンバーになっており、私は彼が一九一二年十二月に開演する『ザ・ゴールデン・モス』(*The Golden Moth*) においての共同作業について話し合うため、ウッドハウスをバックスに昼食に招いたと信ずる理由がある。ではマクガーリーは？　彼は近衛歩兵第四連隊の元隊員で、一九一九年から一九四一年の長きに渡りバックスでバーテンダーを務めた人物であった。

ウッドハウスはフランスのル・トゥケで開催されたドローンズ・クラブ・ウィークエンドについて何度も書いている。一九二〇年代三〇年代にル・トゥケのバックス・クラブ・ウィークエンドは有名だった。ウッドハウス・ファンならば誰でも、『春時のフレッド叔父さん』(一九三九) の最初のトラブルが、ル・トゥケ・ゴルフ・コース脇の家の窓の外に潜んでいた私立探偵マスタード・ポットが数名のドローンズに取り押さえられたことによって出来したのをご記憶であろう。同書刊行の一年前、バックスのメンバーであったウッドハウスの義理の息子、ピーター・カザレットと三人の友人たちがル・トゥケのバックス・ウィークエンドのためにル・トゥケ・ゴルフ・コース脇のウッドハウス邸に滞在していたことを知っても、私は驚かなかった。

バックス・クラブの事務局の方のご厚意のお陰で、私はクラブの会員録を熟読することができ、その結果、ウッドハウスはメンバーではなかったものの、友人の幾人かと義理の息子とその友人たちはメンバーであったこと、そしてガイ・ボルトンが一九三三年に会員に選出されていたことが判明した。ガイ・ボルトンは六十年間以上に渡るウッドハウスの一番の親友であり、ボルトンから来たバックスでの昼食の招待に応じる彼のメモを、私は四つ見たことがある。かくしてウッドハウスはバックスのことをかくも熟知するに至ったのである。

長き生涯の終わりも近づいた頃、ウッドハウスは、ドローンズ・クラブはバックスをモデルにしているのかと訊かれた。そんなことは誰もが承知と思っていたウッドハウスは、その質問に驚いた。時間の経過と共に、自分にとって自明であった事柄が一九七〇年代には神話や伝説になっていたということに、彼は気づいていなかったのだ。彼はバックスが自分が念頭に置いていたクラブであると認めたが、更にドーヴァー・ストリートにあったもう一つのクラブ、バス・クラブの特徴を利用したとも付け加えた。

ウッドハウスは小説執筆に関する限りきわめて実際的な人物であり、二つの理由からドローンズ・クラブをドーヴァー・ストリートに置いた。当時セント・ジェームズ・ストリートとペル・メルは沿道に多数のクラブを擁することで有名だった。ホワイツ、ブードルズ、ブルックスズ、カールトン、オックスフォード・アンド・ケンブリッジ、リフォーム、トラヴェラーズ、アセニアムその他である。これら高名なクラブの間に架空のクラブを放り込むのは馬鹿げたことと思われた。しかし、ピカディリーを渡って北側のドーヴァー・ストリートだったら話は違った。一九〇〇年から一九三九年までの間に、この短い通りは三十を越えるクラブの拠点となった。とはいえ数年以上長続きするものはわずかであったようだ。グラフトン・ストリートの角にあった建物には、ターフ・クラブ、エンパイア・クラブ、ロイヤル・ネイヴィー・クラブ、アーツ・アンド・レター・クラブ、ジュニア・コンサーヴァティヴ・クラブ、英国モーターボート・クラブが入れ替わり立ち替わり入居した。別のクラブ、すなわちドローンズ・クラブをドーヴァー・ストリートに加え入れるのは、簡単なことだったのだ。

第二の理由はドーヴァー・ストリートには、すべてのウッドハウス・ファンが記憶する逸話の設定場所、バス・クラブがあったということである。バーティー・ウースターはタッピー・グロソップに対して積年の怨恨を抱いていると語る。なぜならば……

ご記憶であるだろうか、こいつは子供の時分からの友達だという事実を非情にも無視して、ある晩ドローンズで、僕がプール上に渡したロープにかけたつり輪をつかってプール上を横断――今より敏捷だった頃の子供じみた芸当である――できないほうに賭け、僕が行程の半ばに差し掛かるのを見計らって最後のつり輪にひもをかけて引っ張って取り上げてしまい、その結果僕は夜会用の礼装姿で深い水中に墜落を余儀なくされたのだった。(『よしきた、ジーヴス』一九三四、第八章)

バス・クラブはドーヴァー・ストリート三十四番地に、運動とクラブ・ライフの便益を兼ね備えたクラブを設立せんとしたデズボロー卿と友人らにより、一八九六年に創設された。彼らは建物を買い、一階に水泳プールを設置し、その上に体操用のロープと吊り輪を設えた。つまりあなたは服を着替えてロープに飛びつき、活発な運動を幾らかやった後、水中に飛び込み、五十メートル泳をやって、それからシャワーを浴びて服を着、バーに出かける、と、そうしたわけだ。

だが尊敬すべきロンドンのクラブのメンバーたちは、本当にタッピー・グロソップがバーティーに仕掛けたようなバカないたずらをしたのだろうか? もししたとしたら、それをウッドハウスはどうやって知ったのだろう？

二番目の質問の答えに先に答えておくと、バス・クラブの設立メンバーの中にはウッドハウスの伯父のウォルター・ディーンがおり、彼は若き日のウッドハウスのロンドンでのお目付け役の一人であった。一方、バーティー・ウースターずぶ濡れ事件の話の裏を取るまでには、ずいぶん長いこと待たねばならなかった。バス・クラブは一九四一年の火災で焼失し、私が調査を開始した一九七〇年代には、昔のメンバーを見つけ出す可能性はほぼ絶無であったのだ。私はプール上に渡されたロープと吊り輪のことを覚えている人を一人か、二人見つけただけでいたのだが、しかし一九九五年、幸運がめぐってきた。

私はサヴェージ・クラブのバーに立っていた。と、年老いた紳士が、今でもバス・クラブのことが懐かしいと語る声を聞いたのだ。彼の腕をつかみ、陳謝し、彼にウィスキーをおごって質問を始めるのは一瞬の早業だった。あなたは戦前のメンバーだったのですか？　もちろんじゃとも。ドーヴァー・ストリートの？　もちろんじゃ。プールの上にはロープと吊り輪が掛かっていてそこで人々は運動をしたのですか？　もちろんやったとも。服を着たままプールの上を渡ろうとした人はいたのですか？　しょっちゅうじゃった！

最後の、決定的な質問をする前に私は一瞬、躊躇したことを覚えている。誰かが他のメンバーが服を着たままプール上を渡れない方に賭けて、それで彼が十分進んだところで、最後の吊り輪を引っ張ってプールに落とし込んだという話はご存知じゃありませんか？　彼の表情が変化した様を、私は一生忘れない。六十年間鬱積した遺恨に、彼の目は細められた。「ああ、しょっちゅうあったとも。ろくでなし連中めが、わしを一度ハメおった！」

現在のバックス・クラブ

それは悲しい話だった。この人物は退官した元判事で、一九三八年にバリスター《法廷弁護士》資格を取得したのを祝い、彼の両親は初めてサヴィルロー・スーツを買ってくれた。受任式の後、彼のいわゆる友人一同は彼に昼食をご馳走し、ポートをたっぷり飲ませた上で挑戦を申し出たのだ。彼がプールの中ほどに到着したとき、彼らは最後の輪を手の届かぬところまで引っ張り、彼は新調のスーツ姿で水没したのだった。

ウッドハウスのフィクションがいまひとたび事実となったことを知って私は計り知れないほど大喜びしたが、その記憶がいまだに彼を激怒させていることは明白であったから、この緊張を緩和する当たり障りのないコメントを私は必死になって探し、そしてどうして彼はバス・クラブに加入したのかと訪ねたのだった。バスは当時のバリスターたちに人気のクラブだったのですか、と。

「いいや、まったくそんなことはない。ただ便利だったんじゃ」

便利？　おかしな言葉を使うものだ。便利というのはどういう意味ですか？

「ああ、そうじゃとも。きわめて便利じゃった。バークレー・ストリートを歩いてきて誰か会いたくない相手の姿を見かけたら、クラブの裏口のドアからさっと入ってドーヴァー・ストリートに通り抜け、道を急いで渡ってブラウンズ・ホテルに入りそこを通り抜ければ、もう二本先のアルバマール・ストリートに出られる。ああ、実に便利じゃった」

私は当惑した。私の話している相手は元判事で、これ以上に尊敬すべき人物もいないというものである。彼が避けようとしていた謎の人物たちとは、一体全体誰だったのであろうか？　社会の屋台骨たるこの八十五歳の人物の口からは、フレディー・ウィジョン、ビンゴ・リトル、あるいはバーティー・ウースターの口を衝いて出たとしてもまったくおかしくないような言葉が発されたのだ

った。すなわち、

「ああ、お決まりのやつじゃ。警官、女の子、女の子の母親――そんなような連中じゃよ！」

この時がリチャード・ヴィック判事のサヴェージ・クラブ最後の訪問となった。彼はその後まもなく死去したが、あらゆるウッドハウジアンは彼のことを、我々がよく知っているあの素晴らしい物語が稀有な出来事ではなかったことを確認させてくれた人物として、熱く記憶に留めなければならない。どうりでウッドハウスはドローンズ／バックスをドーヴァー・ストリートに移動させたわけである。

建物が一九四一年に焼失した後、バス・クラブは別の場所に移転し、一九八一年に最終的に閉業したが、その際残った財産がオークションに掛けられた。メンバーたちが悲しく見送ったアイテムの一つが、古い「尻ウォーマー」、すなわち一世紀を経た炉格子で、角のところに腰掛が付いたものであった。うちでならば皆がその真価をわかってくれるから、と、バックス・クラブの二人のメンバーがこれを購入した。それは今日クリフォード・ストリート十八番地のバックス・クラブのバーの暖炉前に立っている。不滅のドローンズ・クラブを創造する着想をウッドハウスに与えた、二つのクラブの物言わぬ記念碑である。

©N. T. P. Murphy

訳者あとがき

ウッドハウス・スペシャルの第二冊目は、ユークリッジ、フレディー・ウィジョン、ビンゴ・リトル、その他ドローンズ・クラブの仲間たちやマリナー氏らが入り乱れ、どちらかというと不謹慎な笑いを提供してくれる名作短編集である。本書にこの人選は考えうる限りのベストマッチであろう。不謹慎な笑いを書かせたら当代一、バカミスキングの霞流一さんが、ウッドハウスに寄せる思いも熱い入魂の〈巻末エッセイ〉を寄稿してくださった。その上、英国ウッドハウス協会随一の知恵と知識の泉、ノーマン・マーフィー初代会長ことN・T・P・マーフィー英国陸軍元中佐には「本当のドローンズ・クラブ」をご寄稿いただいた。この場を借りてお二方に心より感謝を申し上げたい。もはや残る訳者の役目は、作品解題だけであるのが有難いが、しかし、マーフィー中佐殿よりは更に補注して可能な限り背景的知識を提供せよとの指令とあわせ、幾つも有益な注を頂戴している。よって本文章中に「N・N」（ノーマンのノート）と記した中佐殿提供の注をゴシック体で配し、読者諸賢のより一層の理解の助けとすることとした。

本書は *Eggs, Beans and Crumpets*, Herbert Jenkins（一九四〇）の全訳に、同書アメリカ版より短編三篇を追加収録して全十二篇の短編集にしたものである。底本には英国版初版テキスト及び一九四〇年に Doubleday, Doran から刊行された米版を対照しながら用いた。英版は全九篇、米版は全十三篇の短編集だが、英版の九篇が米版にすべて含まれるかというと必ずしもそうではなく、英国版では巻頭掲載の「すべてビンゴはこともなし」と「ドロイトゲート鉱泉のロマンス」は米版には含まれておらず、代わりに英版で三篇だったユークリッジが米版で六篇になって、ウィジョンものが二篇追加、更に一篇ゴルフものが入る構成で、収録順もだいぶ異なっている。

ウッドハウスの単行本は英米両国でほぼ同時に刊行されたが、同じ作品でタイトルが違っていたり、同じタイトルの同じ長編なのに英版と米版では作品自体が書き換えられて内容や長さが違っていたり、また本書のように、同タイトルの短編集でありながら収録作品がだいぶ異なる、ということがしょっちゅうある。本書はイギリス版『エッグ氏、ビーン氏、クランペット氏』まるごと一冊に、アメリカ版から「ユークリッジのホーム・フロム・ホーム」と「元気ハツラツ、ブラムレイ・オン・シー」及び「タズレイの災難」の二篇のウィジョンものがおまけに入った日本版オリジナル編集と考えていただいて、いくらかお得に感じていただけたならば深甚である。

「N・N」「エッグ」「ビーン」「クランペット」は、人の頭の形状と似通っていたためそれらを指す俗語となり、転じて人自体を表すようになった。一九七〇年代まで「オールド・ビーン」は友人に向けた呼びかけとして普通に用いられていた。「グッド・エッグ」は自分が好きな相手のこと。「バッド・エッグ」は嫌いな相手のこと。「オールド・クランペット」も同様に使われていたが、一九六〇年代に魅力的な女性を差す言葉に変わった。ウッドハウスは上流階級の俗語を摑まえる優れた耳を持っていた。


さてと、本書で初登場の新キャラクターも多いことであるから、簡単な作品解説と併せつつ、登場人物の紹介をしてゆくことにしよう。

最初の四編はユークリッジ。彼についてはいささか力を入れて紹介させていただきたい。スタンリー・フアンショー・ユークリッジというのが彼のフルネームで（綴りは Stanley Featherstonehaugh Ukridge）、パブリックスクール時代の友人、売れない作家のコーキーことジェームズ・コーコランが物語の語り手である。記述のスタイルには物語の導入と締めだけをコーキーが行い、あとはユークリッジが語る額縁型と、導入から本文の語りまでをコーキーが務める二パターンがある。コーキーには下積み作家時代のウッドハウス自身の姿が色濃く投影されていると言われる。ユークリッジは一九〇六年刊行の長編 *Love Among the Chickens* で初登場し、その時に実はヒロインと結婚しており、また当時の語り手はジェレミー・ガーネットという名の、やはりコーキーと同じタイプの作家だった。しかしその後の短編では、結婚もガーネットもなかったことになって、ユークリッジは永遠の独身者に戻り、コーキーはユークリッジにたかられながらも友情を維持し続けることになる。

［N・N］ユークリッジの主たるモデルは、ウッドハウスが一九〇三年に出会ったハーバート・ウットン・ウェストブルックである。ウッドハウスはウェストブルックにグローブ紙への就職を紹介してしばらく同僚として働き、一九〇七年に『ノット・ジョージ・ワシントン』を共著で執筆した。ウッドハウスは間もなくウェストブルックが無責任で怠惰で彼の衣服や私物を「借り」ては金に換える悪癖があるのを知ることになる。にもかかわらず、一九五九年にウェストブルックが死去するまで二人の友情は続いた。ウッドハウス側は不承不承ながら、であったが。

短編集『ユークリッジ』*Ukridge*（一九二四）所収の「ユークリッジの犬の大学」に、この二人の経歴と関係紹介にちょうど手ごろな箇所があるので引用しよう。

S・F・ユークリッジのうろんな経歴における第一級の事件を——一部の人々が推奨するようにうまい具合にもみ消すのではなく——一般読者の知るところとすべきであるなら、思うにそれを書くのは僕の仕事だろう。ユークリッジと僕は学校時代からずっと仲良しだった。僕らはいっしょに芝生でスポーツをしたものだし、彼が放校されたとき、僕くらいそれを寂しがった生徒はいない。この放校の件は、運の悪い話だったのだ。ユークリッジの寛容なる精神は、つねづね校則とは不和をきたすところであったのだが、ある晩こっそり寮を抜け出して地元の村の定期市でココナッツ投げの技能を試そうとするに及び、最も峻厳なる学校規則に違背するところとなったのだ。赤い付け髭と付け鼻を装着するという先見性も、その全過程中ついうっかりスクール・キャップをかぶったまま過ごしてしまったことにより、完全に水泡に帰した。彼は翌朝学校を去った。誰もがそれを惜しんだ。

それから数年間、僕らの交友には断絶があった。僕はケンブリッジにて大いに文化を吸収した。それでユークリッジは、ごくたまに来る手紙や、共通の知り合いからの報告から僕が知り得た限りでは、シギみたいに世界中を駆け回っていたのだ。ニューヨークででくわしたという者がいた。家畜運搬船からちょうど降りてきたところだったという。ブエノスアイレスで見かけたという者もいた。モンテカルロで彼に急襲され五ポンド巻き上げられたと悲しげに語る者もあった。僕がロンドンに落ち着くようになってからようやく、彼は僕の生活の中に戻ってきたのだった。僕らはある日ピカディリーで出逢い、断絶していた友情を再開したのだ。旧友の結びつきとは強いものだ。また、彼と僕の体型がほぼ同じで、彼には僕の靴下やらシャツやらを着られたという事実が、僕ら二人をたいそう強く結びつけたのだった。

コーキーのほかに頼れる学友には優秀で世話焼きで善良で人のよい外務官僚、ジョージ・タッパーがいて、折節にユークリッジに少なからぬ金額の金を用立ててくれる。あともう一人、きわめて重要な登場人物としてジュリア叔母さんこと、人気ロマンス小説作家のジュリア・ユークリッジがおり、二人の関係が良好な間は、ユークリッジはウィンブルドン・コモンにある邸宅、〈シーダーズ〉に寄留している。シーダーズ滞在中は女主人の趣味により、美麗なお仕着せで着飾らされているが、そうでない通常時は灰色のフランネルのズボンにゴルフジャケット、茶色のセーター等の薄汚い格好にまっ黄っ黄色のマッキントッシュコートを常に着用し、銀縁の鼻メガネをジンジャー・ビールの蓋を留める針金で耳に留めている。興奮すると首のカラーが外れる。動物や執事に強烈な魅力を発揮する特性があり、犬や執事たちからいつも愛されている。いつも不正直で非現実的な一攫《いっかく》千金計画を構想、実行し、必ず失敗するのがお約束である。

［N・N］ウッドハウスは可能な限り自宅や友人知人親戚の住所など、実在の住所を用いるのを好んだ。ウ

ッドハウスは一九二二年にオンスロー・スクゥエアに自宅を購入したし、ウッドハウスの旧友ビル・タウンエンドとハーバート・ウェストブルックは一九〇六年にアルンデル・ストリートに下宿していた。この通りは区画整理のため、もはや存在しない。ウィンブルドン・コモンはロンドン南西部にある保存緑地。百年以上にわたり、公園沿いの住宅地は大邸宅の建ち並ぶ、富と社会的地位を象徴する地区として知られてきた。ウッドハウスは一九〇一年に従兄弟に連れられて〈ゲイトン・ロッジ〉なる邸宅にお茶に訪問し、この地域を知るようになった。経済的成功と名望の高さを示したい時、彼は登場人物たちによくこの地区に家を構えさせている。ウッドハウスの甥のパトリック・ウッドハウスも現在この地に暮らしている。

続く「ドロイトゲート鉱泉のロマンス」は、唯一入ったノンシリーズの名作。ただし、アメリカでは短編集 ***The Crime Wave at Blandings***（一九三七）に、マリナー氏ものに姿を変えて収録されている。ドロイトゲートとはイギリスの温泉リゾート、ウースターシャーのドロイトウィッチとヨークシャーのハロゲートをつき混ぜた造語だが、「ポンプルーム」の存在から、モデルは〈王立ポンプルーム〉を擁するハロゲートの方だと推測がつく。

［N・N］ウッドハウスは一九二四年にハロゲートを、一九二七年、二八年にドロイトウィッチを訪れている。

「アンセルム、チャンスをつかむ」は一篇だけ入ったマリナー氏ものの珠玉短編。マリナー氏は文藝春秋から『マリナー氏の冒険譚』（二〇〇七）が出ているからまとめて読める。片田舎の川辺にある〈アングラーズ・レスト〉なるパブの常連客マリナー氏が、世界各地で華麗な活躍をする親戚縁者の多彩な物語を、お気に入りの飲み物の名を持つ常連仲間に語り聞かせるという体裁で語られる作品群である。

［N・N］マリナー氏はウッドハウスがある日ロンドンのヴィクトリア駅で見かけた、丸顔の中年男性をモ

デルにしたと信じられている。彼は「この人からだったら少しも躊躇なく石油株を買える」くらい、子供のように無垢な顔をしていた。ウッドハウスは短編を紹介する方法を探していた最中で、これこそ自分の親戚縁者に関する奇想天外な物語を語らせるにふさわしき人物だと気づいたのである。

［N・N］〈アングラーズ・レスト〉は他のマリナー氏短編でイギリス最長のセヴン河の畔に建つと明記されている。ウッドハウスは少年時代、アプトン・オン・セヴンにある聖職者の伯父の許で多く過ごした。二〇〇七年夏、大量のウッドハウス愛好家たちがこの地を訪れた際、地元住民の証言により、アプトン・オン・セヴン橋の袂《たもと》に建つ三軒のパブのうち、〈プロー・イン〉こそが〈アングラーズ・レスト〉のモデルであると決着したかに思われた。しかしその後、別の地元住民より、①〈プロー〉はごく最近までビール販売免許しか持っておらず、②現在の橋は一九四〇年に架け替えられたもので、それ以前は数メートル川下の〈キングズ・ヘッド〉脇に架かっており、また、③〈プロー〉にはバーに接する大きな部屋がない、との情報がもたらされた。ここから〈アングラーズ・レスト〉のモデルは〈キングズ・ヘッド〉と確定してよいと思われる。

［N・N］ウッドハウスはキャラクターの名づけには大層注意を払った。アンセルムという名は、彼が聖職者であるゆえに選ばれた。この名は珍しいから、教会を王室の統制下に置こうとするウィリアム二世及びヘンリー一世の企てを挫いたカンタベリー大司教聖アンセルム（一〇九三―一一〇九）を読者たちが連想するだろうとウッドハウスにはわかっていた。

「すべてビンゴはこともなし」以下四篇はビンゴと愛妻ロージー・M・バンクスが活躍する「ビンゴもの」である。巻末二篇の「ウィジョンもの」と共に、これらはクランペット氏によって語られる「ドローンズ・クラブもの」の作品群の一角を成す。

ビンゴ・リトルと言えば、ウッドハウス・コレクション第一冊目の『比類なきジーヴス』において、ほぼ全編出ずっぱり、準主役級の大活躍をした好青年であった。同書中で愛妻ロージーを得たビンゴは、その後『それゆけ、ジーヴス』、『でかした、ジーヴス』でまったき愛に満ちた新婚生活を読者に瞥見させてくれていたものの、その後のジーヴス長編ではとんと姿を見せることがなかった。いったいどこで何をしているのかと消息を尋ねる声もかまびすしく聞かれるところであったのだが、ご安心あれ、こういうところで自分のシリーズをもらって立派に活躍していたのである。流行作家の夫、人気雑誌の編集長、スポーツマン精神、という有力モチーフにかてて加えて、「サニーボーイ」こと、アルジャーノン・オーブリー君の誕生により、ビンゴものは掟破りの強力兵器を擁することになった。「サニーボーイ」［一九二八年、映画『シンギング・フール』でアル・ジョルソンが歌った大ヒット曲のタイトル。レコードは三百万枚を超える大ヒットになった］は、醜い赤ちゃん文学史に残る、輝かしき金字塔である。「N・N」「すべてビンゴは」で言及されるビンゴ夫人の作中ヒーロー、ピーター・シップバーン卿の名は、義理の息子のピーター・カザレットがケント州のシップバーンに隣接する邸宅に住んでいたことから採られた、ウッドハウスが好む身内ジョークのひとつである。また同短編中の、ゼロが出ると赤黒は「監獄預け」になることをビンゴは忘れていたというのは、フランスのカジノでウッドハウス本人の身の上に起こった実話で、これは短編で使える、と思ったと書簡中で記している。

同じくドローンズ・クラブに所属するフレディー・ウィジョンはどういう人物かというと、かつてのビンゴがそうであったような恋愛の探求者である。本人に必ずしも落ち度はないにもかかわらず、なぜかしら連続する不都合な巡り合わせのせいで決して実らぬ恋を繰り返している。これまでにウィジョンが恋に落ちた女の子を一列に並べたら、ピカディリー・サーカスからハイドパーク・コーナーまで届くだろうと言われている。もっと先まで行くかもしれない。何人かはひどく背が高いから、というオチがつく。ウィジョンものはスラップスティック度が高く、また本人のバカ度も身も蓋もないまでに高いから、バカバカしくてとてもよい。

［N・N］「元気ハツラツ」というタイトルは、ウッドハウスの執筆当時どの英国国民にもおなじみだった。一九〇八年にイングランド東海岸のスケッグネスへ旅行客を誘致しようと鉄道会社がジョン・ハッサールに製作依頼した、太った陽気な漁師が砂浜を飛び跳ねている絵に「元気ハツラツ、スケッグネス」のキャプションが添えられたポスターは大変な大好評を博し、以後五十年間、イギリスでもっとも有名な旅行ポスターとなった。現実には、ウッドハウスのブラムレイ・オン・シーはイギリス南海岸のベックスヒル・オン・シーをモデルにしている。一九二一年に両親が同地に移り住んだことから、彼はその地をよく知るようになった。ベックスヒル・オン・シーは男子校が何校もあることで知られており、同地の学校に行ったウッドハウスの甥のパトリックは、彼に肩車されて砂浜に連れていってもらったことを憶えている。また、この後繰返しバーティー・ウースターの述懐中に登場するオーブリー・アップジョン牧師の登場は、本篇が最初である。彼のモデルはウッドハウスが子供時代に生徒だったマルヴァーン・ハウスの校長、ハーヴェイ・ハモンドだと考えられる。

［N・N］ボドシャム卿には〈水曜日のマチネーの客〉みたいなところがあった、という記述に補説。一九二〇年代、三〇年代当時にはどこの町にも劇場があった。現在でもイギリスの劇場は通常の夜公演に加えて、商店が休みになる水曜午後に公演するのが普通である。したがって水曜日のマチネーの客は商店主や、夜の外出を嫌う老婦人や退職老人が占めたが、彼らは笑わせたり拍手喝采させるのが難しく、陰気なことで名高かった。彼らの陰気さを伝える好エピソードを一つ挙げよう。

とある有名な女優がロンドンの街中で友人としゃべっていて突然仕事を思いだした。二人はちょうど魚屋の前にいた。彼女は店頭に並ぶ魚のどんより冷たい目を見ると言った。「急がなきゃ。あれを見てたら、あと一時間で水曜日のマチネーが始まるって思い出したわ」

さてと、後半は「ノーマンのノート」が大半を占めた感があるが、今回のあとがきはこれにておしまいである。ジーヴスとバーティー、エムズワース卿だけではない、ウッドハウス・ワールドの多様さ多彩さを幾らかでもご紹介できたならば、大きなよろこびである。

そうそう、この［ノーマンのノート］はN・T・P・マーフィーの驚異的博覧強記のごく片鱗を窺わせるに過ぎないものであることを注記しておかねばなるまい。恐るべきその全貌は、是非とも全二巻の大著、*A Wodehouse Handbook*（Popgood & Groolley、二〇〇六）をお手にとって、ご確認いただきたい。この三月、イギリスの氏の許を訪れた際、一緒に乗った地下鉄車内で氏が取り出したのが、マイケル・イネスの『アプルビイズ・エンド』（論創社から邦訳がある）であった。同書には一人で百科事典を執筆中という人物が登場するが、ノーマンはまさしくこのタイプで、しかも人間のかたちをした天使なのだ。ウッドハウス・ワールドに引き寄せられるのがこういう人たちであるというのは、興味深いし、とても愉快なことである。

森村たまき

二〇〇八年三月

ウッドハウス・スペシャル
エッグ氏、ビーン氏、クランペット氏

2008年 4 月14日　初版第1刷印刷
2008年 4 月22日　初版第1刷発行

著者　P・G・ウッドハウス

訳者　森村たまき

発行者　佐藤今朝夫

発行　株式会社国書刊行会
東京都板橋区志村1-13-15
電話 03(5970)7421　FAX 03(5970)7427
http://www.kokusho.co.jp

装幀　澤地真由美

印刷　株式会社シナノ

製本　村上製本所

ISBN978-4-336-04951-3